JUST ONE DAY

JUST ONE DAY
by Gayle Forman

이 도서의 국립중앙도서관 출판예정도서목록(CIP)은
서지정보유통지원시스템 홈페이지(http://soeji.nl.go.kr)와
국가자료공동목록시스템(http://www.nl.go.kr/kolisnet)에서 이용하실 수 있습니다.
(CIP제어번호: CIP2016021895)

JUST ONE DAY

저스트 원 데이

게일 포먼 장편소설
Gayle Forman
이진 옮김

문학동네

일러두기

1. 주석은 모두 옮긴이주이다.
2. 본문 중 고딕체는 원서에서 이탤릭체나 대문자로 강조한 부분이다.

자매이자 여행의 동반자이자 친구

그리고 우연찮게도 네덜란드 남자와 결혼한

타마에게 이 책을 바친다.

차례

JUST ONE DAY

이 세상은 하나의 무대,

세상의 모든 남녀는 그저 배우일 뿐

저마다 퇴장과 등장이 있고,

한 사람이 여러 역할을 맡는다.

윌리엄 셰익스피어, 「뜻대로 하세요」 중에서

1부

단 하루

하나

8월

영국 스트랫퍼드어폰에이번

만약 셰익스피어가 틀렸다면?

죽느냐 사느냐, 그것이 문제로다. 햄릿의, 어쩌면 셰익스피어의 가장 유명한 독백이다. 10학년 영어시간에 햄릿의 독백을 외웠고 지금도 한 자도 빠짐없이 기억하고 있다. 그때는 그 의미를 깊이 생각해보지 않았다. 정확하게 외워서 A를 받겠다는 생각뿐이었다. 그러나 셰익스피어의, 그리고 햄릿의 질문이 잘못된 거라면? 살 것인지 말 것인지, 그게 중요한 게 아니라 어떻게 살 것인지가 중요한 거라면?

사실 〈햄릿〉이 아니었다면, 어떻게 살 것인지 내가 고민이나 했을지도 의문이다. 아마도 그때까지의 앨리슨 힐리로 계속 살아갔겠지. 그저 주어진 일을 하는 앨리슨 힐리로. 그러니까 그날로 말하자면, 〈햄릿〉을 보러 가는 앨리슨 힐리로.

❖ ❖ ❖

“와, 진짜 덥다! 영국이 이렇게 더운 줄 몰랐네!” 내 친구 멜라니가 금발 머리카락을 모아서 위로 들고 땀에 젖은 목에 부채질을 한다. “도대체 문은 몇시에 여는 거야?”

나는 폴리를 돌아본다. 멜라니를 비롯한 우리 투어 팀 아이들은 폴리를 ‘두려움 없는 지도자’*라고 부른다. 그녀는 지금 토드와 얘기중이다. 토드는 역사를 전공한 대학원생으로 폴리와 함께 우리 투어 팀을 인솔하고 있다. 폴리가 그에게 이런저런 지시를 한다. 두 달 전 고등학교 졸업식 때 부모님이 보여준 ‘틴 투어 문화 체험’ 브로슈어는 토드 같은 대학원생들을 “역사 컨설턴트”로 소개했는데 이번 투어의 “교육적 가치”를 향상시키는 역할을 담당할 예정이었다. 그러나 토드는 거의 매일 밤 학생들을 전부 데리고 나가 술을 마시면서 우리 팀의 숙취에 기여하고 있다. 오늘밤 우리 투어 팀 아이들은 더욱 특별한 광란의 밤을 보낼 것이다. 여기는 이번 투어의 마지막 관광지이자 그 이름도 유명한 문화도시, 스트랫퍼드어폰에이번**. 문화도시란 셰익스피어의 이름을 딴 수많은 술집들과 눈부시게 흰 운동화를 신은 사람들로 북적이는 곳이란 뜻인 모양이다.

눈처럼 흰 운동화를 신고 깔끔하게 다림질한 청바지에 ‘틴 투

---

* 미국 TV 애니메이션 〈로키와 불윙클〉의 주인공.

** 셰익스피어 생가와 묘지가 있는 영국의 관광도시.

어!' 폴로셔츠를 입은 폴리가 토드를 야단치고 있다. 아이들이 전부 다 시내에 놀러 나가 있을 때면 폴리는 내게 본부에 토드 문제를 보고하겠다고 말하지만 실제로 그런 보고를 한 적은 없다. 폴리가 야단을 칠 때조차도 토드가 폴리에게 추파를 던지기 때문일 것이다. 토드는 폴리에게도 추파를 던지는 위인이다. 어쩌면 폴리라서 더더욱.

"일곱시에 시작하나봐." 내가 멜라니에게 말하며 시계를 본다. 내가 받은 또하나의 졸업선물이다. 묵직한 금시계 뒷면에는 'Going Places'*라고 새겨져 있다. 땀에 젖은 팔목에 찬 시계가 무겁게 느껴진다. "이제 겨우 여섯시 삼십분이야."

"영국 사람들 줄 서는 거 되게 좋아한다. 참, 영국에선 줄 '서는' 게 아니라 줄 '짓는' 거라고 하던가? 하여간 이 사람들, 이탈리아 사람들한테 좀 배워야 돼. 걔들 완전히 폭도들이잖아. 아니, 이탈리아 사람들이 영국 사람들한테 배워야 하나?" 멜라니가 미니스커트—본인은 붕대스커트라고 부르는—를 끌어내리고 캐미솔톱의 매무새를 고친다. "로마! 거기 갔다 온 지 일 년은 된 거 같다."

로마. 그게 엿새 전이었나? 아니면, 십육 일 전? 유럽 여러 나라들은 내게 공항, 버스, 낡은 건물, 다양한 맛의 소스와 곁들여 나오는 닭고기 정식 메뉴의 뒤범벅이 되고 말았다. 부모님이 큰맘 먹고 준비한 고등학교 졸업선물인 이번 투어가 나는 썩 내키지 않았다. 엄마는 알아볼 만큼 알아봤다며 나를 안심시켰다. 틴 투어는 학생

* '여러 곳을 다닌다'는 의미도 있지만 '성공'이라는 의미도 있다.

들을 잘 돌봐주는 건 물론이고 교육적으로도 훌륭한 여행이라고 정평이 나 있다면서. "너 혼자 다닐 일은 없을 거야." 부모님이 내게 장담했다. 그리고 당연히, 멜라니도 나와 함께 왔다.

부모님 말씀은 사실이었다. 다른 애들은 폴리가 매의 눈으로 우리를 감시한다며 투덜대지만 나는 그녀가 항상 인원을 파악하는 것도 고맙고, 밤에 동네 술집에 나가는 것을 허락하지 않는 것도 고맙다. 사실 투어 팀 아이들 대다수는 유럽에서 술을 마셔도 괜찮은 나이다. 물론 여기서는 아무도 그런 것 따위는 신경조차 안 쓰지만.

나는 술집에 가지 않는다. 주로 멜라니와 함께 쓰는 호텔방에 돌아와 TV를 본다. 거의 언제나 미국 영화를 볼 수 있다. 주말이면 엄청난 양의 팝콘을 먹으며 멜라니 방이나 내 방에서 함께 보던 그런 영화들을.

"완전 쪄 죽겠다!" 멜라니가 신음한다. "아직도 한낮 같아."

나는 하늘을 본다. 태양은 뜨겁고 구름이 하늘을 가르며 질주하고 있다. 거침없이 빠르게 질주하는 구름들이 보기 좋다. 영국이 섬나라라는 건 하늘만 봐도 알 수 있다. "그래도 우리가 처음 여기 왔을 때만큼 덥진 않잖아."

"머리끈 있어?" 멜라니가 묻는다. "아니야, 당연히 없겠지. 너 머리 자르기 진짜 잘했지?"

나도 모르게 손이 목뒤로 간다. 훤히 드러난 목이 아직도 낯설고 어색하다. 틴 투어의 출발지는 런던이었다. 여행 둘째 날 오후, 쇼핑을 위한 자유시간이 주어졌다. 결국 쇼핑도 하나의 문화 체험이니까. 바로 그때 멜라니가 머리를 단발로 잘라보라고 나를 설득했다. 자기가 비행기에서 설명한 대입 기념 변신 프로젝트의 일환이라면서. "우리가 공붓벌레였는 줄 대학에서는 아무도 모를걸. 그러기에 우린 너무 예쁠 테니까. 대학생들은 기본적으로 똑똑해. 그러니까 우리는 예쁘면서 똑똑해야 돼. 그 두 가진 이제 더이상 서로 배타적인 개념이 아냐."

멜라니에게 그 변신은 가져온 돈의 절반을 탕진하며 사들인 노출 심한 옷들과 이름을 멜라니에서 멜로 줄이는 걸 의미했다. 멜라니가 테이블 밑에서 아무리 나를 걷어차도, 나는 자꾸만 멜라니의 새 이름을 잊었지만. 나에게 그 변신은, 멜라니의 말에 넘어가 머리를 단발로 자르는 것이었나보다.

내 모습을 보고 하마터면 기절할 뻔했다. 나는 늘 검은 머리를 길게 기르고 다녔고 내가 기억하는 한 앞머리를 내렸던 적도 없었다. 그런데 미용실 거울 속에서 나를 바라보고 있는 아이는 어딜 봐도 나 같지가 않았다. 여행을 시작한 지 겨우 이틀째였지만 그때부터 이미 나는 향수병으로 속이 메슥거렸다. 익숙한 복숭아색 벽지에 익숙한 빈티지 알람시계 수집품들이 있는 내 방으로 돌아가고 싶었다. 이런 여행도 못 견디면서 대학생활은 어떻게 하겠다는 건지.

하지만 어느덧 새 헤어스타일에 익숙해졌고 향수병도 사라졌다. 설령 향수병이 완전히 사라지지 않았다 해도 이제 투어는 막바지에 접어들고 있다. 내일이면 거의 대부분이 버스를 타고 곧장 공항으로 가 집으로 가는 비행기를 탈 것이다. 멜라니와 나는 기차를 타고 런던으로 가서 멜라니의 사촌 집에 사흘 더 머물 예정이다. 멜라니는 내가 머리를 자른 미용실에 가서 분홍색으로 부분 염색을 하고 싶다고 했다. 웨스트엔드에서 뮤지컬 〈렛잇비〉도 볼 것이다. 일요일이 되면 집으로 돌아가고, 바로 대학생활이 시작될 것이다. 나는 보스턴에서, 멜라니는 뉴욕에서.

"셰익스피어를 석방하라!"

돌아보니, 열 명 남짓한 사람들이 우리가 서 있는 줄을 앞뒤로 오가며 알록달록한 형광색 전단지를 나누어주고 있다. 눈부신 테니스 운동화에 카고 반바지 차림이 아닌 걸 보니 분명히 미국인들은 아니다. 이상할 정도로 키가 크고 호리호리한데다 생김새도 어딘가 달라 보인다. 심지어 골격마저 낯설다.

"저거 한 장 받아야겠다." 멜라니가 손을 뻗어 전단지를 받고는 그걸로 목에 부채질을 한다.

"무슨 내용이야?" 전단지를 돌리는 사람들을 바라보며 내가 멜라니에게 묻는다. 관광 명소 스트랫퍼드어폰에이번에서 그들의 모습은 마치 초록빛 잔디밭 위의 오렌지색 강아지들처럼 눈에 띈다.

멜라니가 전단지를 바라보며 코를 찡긋한다. "게릴라 윌?"

멜라니가 늘 부러워했던 빨간 염색머리를 한 여자애가 다가온다. "대중을 위한 셰익스피어예요."

나는 전단지를 바라본다. 게릴라 윌. 국경 없는 셰익스피어. 해방된 셰익스피어. 공짜 셰익스피어. 모두를 위한 셰익스피어.

"공짜 셰익스피어?" 멜라니도 읽는다.

"네." 빨간 머리 소녀가 독특한 억양의 영어로 대답한다. "이건 자본주의자들이 이윤을 목적으로 만든 셰익스피어 공연이 아니에요. 셰익스피어 자신이 원하는 방식이죠."

"셰익스피어가 자기 작품을 무대에 올려 티켓을 팔고 돈을 버는 것을 원치 않을 거란 얘긴가요?" 괜히 나서서 잘난 척하고 싶진 않지만, 영화 〈셰익스피어 인 러브〉에서 주변 사람들에게 돈을 빌리러 다니던 셰익스피어를 떠올리며 내가 묻는다.

여자애가 눈을 부라리는 바람에 나는 무안해져서 얼른 시선을 떨어뜨린다. 내 앞을 가로막은 그림자가 잠시 햇빛을 가린다. 그리고 웃음소리가 들려온다. 나는 고개를 든다. 환한 저녁 햇살을 등지고 서 있어서 여전히 얼굴은 보이지 않지만 목소리는 들린다.

"사실 맞는 말이에요." 그가 말한다. "굶주린 예술가의 삶이라는 게, 실제로 굶주리는 사람 입장에선 결코 낭만적일 수 없으니까요."

나는 몇 번 눈을 깜빡인다. 내 눈이 빛에 적응하자 그제야 그가 보인다. 나보다 30센티미터는 더 크고 마른 편이다. 머리카락은 여러 색조의 황금빛이고 눈동자는 검은색에 가까운 갈색이다. 나는 그를 보기 위해 고개를 뒤로 젖히고 그는 나를 보기 위해 고개를 숙인다.

"하지만 셰익스피어는 죽었고 무덤에서 로열티를 받고 있지도 않습니다. 우린, 우리는 이렇게 살아 있고요." 그가 양팔을 벌린다. 마치 우주를 품을 듯이. "뭐 보러 왔어요?"

"〈햄릿〉." 내가 답한다.

"아, 〈햄릿〉!" 외국인의 억양이 아주 약해서 그의 영어는 거의 완벽하게 느껴진다. "오늘 같은 밤을 비극을 보면서 낭비해서야 되겠어요?" 진지한 질문이라는 듯 그가 나를 쳐다본다. 그리고 미소 짓는다. "그것도 실내에서? 오늘 우린 〈십이야〉 공연해요. 야외에서." 그가 전단지를 내민다.

"한번 생각해볼게요!" 멜라니가 애교 섞인 목소리로 대답한다.

그가 한쪽 어깨를 올리며 동시에 고개를 그쪽으로 기울여서 그의 귀가 각진 어깨에 닿을 뻔한다. "좋으실 대로!"* 그가 말한다. 시선은 내게 고정한 채로. 그러고 나서 느릿느릿 걸어 일행에 합류한다.

멜라니는 그들이 멀어지는 모습을 지켜본다. "도대체 왜 우리 투어 팀엔 저런 애들이 없는 거니? 문화 체험 좋아하시네. 저런 애들이랑 어울리는 게 진정한 문화 체험이지!"

멀어지는 그들을 바라보면서 묘하게 마음이 끌리는 것을 느낀다. "실은, 나 〈햄릿〉은 본 적 있어."

멜라니가, 너무 많이 뽑아서 성글어진 눈썹을 치켜세우며 나를 바라본다. "나도. TV에서도 했잖아. 하지만 그래도……"

"우리 저 공연 보면 어떨까? 좀 색다를 것 같아. 문화 체험! 부모님이 우릴 여기 보낸 이유가 바로 그거잖아."

멜라니가 웃는다. "너도 이제 슬슬 나쁜 물이 드는구나! 근데 우리 두려움 없는 지도자는 어쩌지? 조만간 또 머릿수를 셀 텐데."

---

* 〈Twelfth Night〉의 원제가 'Twelfth Night, or What You Will'이라는 데 착안해, 의도적으로 "What you will!"이라고 말한 것이다.

"더위 때문에 네가 힘들어하긴 했지." 내가 발동을 건다.

멜라니가 잠시 나를 쳐다보고 그 순간 묘안이 떠오른다. 멜라니는 혀끝으로 입술을 축이고 미소를 지은 뒤 눈동자를 가운데로 모은다. "나 일사병인가봐!" 멜라니가 폴라에게로 돌아선다. 메인 주 출신의 폴라는 열심히 여행 가이드북을 읽고 있다. "폴라, 나 너무 어지러워!"

"날씨 진짜 덥다." 폴라가 동정하듯 고개를 끄덕인다. "수분을 보충해야 돼."

"나 아무래도 쓰러지거나 어떻게 될 것 같아. 눈앞에 검은 점들이 떠다녀."

"적당히 좀 해!" 내가 속삭인다.

"하려면 제대로 해야지!" 이 상황을 즐기고 있는 듯 멜라니가 내게 속삭인다. "아, 나 쓰러질 것 같아."

"폴리 선생님!" 결국 내가 소리친다.

출석부를 확인하던 폴리가 고개를 든다. 그녀가 내게 다가온다. 수심 가득한 표정으로. 거짓말을 하는 게 썩 내키진 않는다. "저기요, 멜라니가, 아니 멜이 일사병에 걸렸나봐요."

"어쩌니! 오래 안 걸릴 테니 조금만 참아. 일단 극장 안에 들어가면 아주 시원하고 쾌적할 거야." 폴리의 말투에는 영국 억양과 미국 중부 억양이 묘하게 뒤섞여 있어서 다들 가식적이라고 놀리지만, 내가 보기엔 그저 미시간 주에서 태어나 유럽에서 많은 시간을 보내다보니 그렇게 된 것 같다.

"저 토할 거 같아요." 멜라니가 계속 밀어붙인다. "스완 극장 안에서 토하긴 싫은데……"

폴리의 얼굴이 불쾌함으로 일그러진다. 멜라니가 스완 극장 안에서 토한다는 생각 때문인지, 아니면 로열셰익스피어 극단 바로 앞에서 토할 것 같단 말을 했기 때문인지는 확실치 않다. "아무래도 널 호텔로 데려다줘야겠다."

"제가 데려갈게요." 내가 말한다.

"그래? 아, 아니야. 그러지 마. 넌 〈햄릿〉 봐야지."

"전 괜찮아요. 제가 데리고 갈게요."

"안 돼! 멜라니를 데려가는 건 내 책임이야. 그 일을 너한테 맡길 순 없어." 폴리의 표정으로 보아 자기 자신과 실랑이하는 중이다.

"괜찮아요. 〈햄릿〉은 전에도 봤어요. 그리고 호텔은 저 광장 바로 뒤잖아요."

"그래? 그래주면 정말 고맙겠다. 믿을 수 있니? 내가 이 일을 이렇게 오랫동안 해오면서도 로열셰익스피어 극단의 〈햄릿〉은 한 번도 본 적이 없다는 걸?"

멜라니가 극적인 효과를 위해 신음 소리를 내고 내가 팔꿈치로 멜라니를 툭 친다. 나는 폴리에게 미소를 지어 보이며 말한다. "그렇다면 더더욱 놓치시면 안 되죠."

폴리가 심각한 표정으로 고개를 끄덕인다. 마치 우리가 왕위 계승 같은 중요한 문제라도 의논하고 있다는 듯. 폴리가 손을 뻗어 내 손을 잡는다. "너와 함께 여행할 수 있어서 정말 기뻤단다, 앨리슨. 네가 보고 싶을 거야. 요즘 애들이 다 너 같기만 하면 얼마나 좋겠니. 넌 참……" 그녀는 잠시 말을 멈추고 적절한 단어를 찾는다. "참…… 반듯한 애야."

"고맙습니다." 기계적으로 대답은 하지만 그녀의 칭찬이 왠지 나를 허탈하게 한다. 폴리가 나에 대해서 생각할 수 있는 가장 큰 칭찬이 겨우 그건가 하는 생각이 들어서일까. 아니면 지금 내가 하려는 일이 반듯한 것과는 거리가 멀어서일까.

"반듯하긴 개뿔!" 일행으로부터 멀어져 더이상 연기할 필요가 없어지자 멜라니가 말한다.

"조용히 해! 나 이런 거 진짜 싫단 말이야."

"잘만 하던데 뭘! 내 생각인데, 너 연기자로 데뷔해도 되겠더라."

"네 생각 물은 적 없거든. 근데 우리 이제 어디로 가야 되니?" 나는 전단지를 본다. "운하 선착장? 그게 뭐야?"

멜라니가 휴대폰을 꺼낸다. 내 휴대폰과는 달리 유럽에서도 작동이 된다. 멜라니가 지도 앱을 연다. "운하에 있는 선착장 말하는 건가봐."

몇 분 뒤 선착장에 도착해보니 축제라도 열리는지 인파로 북적인다. 거룻배들이 정박해 있고 아이스크림부터 그림에 이르기까지 다양한 상품을 파는 보트들도 보인다. 없는 것은 극장뿐이다. 무대도, 의자도, 배우도 없다. 나는 다시 전단지를 살펴본다.

"혹시 다리 위에서 한단 소린가?" 멜라니가 묻는다.

왔던 길을 되돌아 중세풍의 아치형 다리로 가보지만 거기도 마찬가지다. 뜨거운 여름밤, 우리 같은 관광객들이 여기저기서 서성이고 있을 뿐이다.

"분명히 오늘밤이라고 했지?" 멜라니가 묻는다.

나는 눈동자가 믿을 수 없을 정도로 짙은 그를 떠올린다. 오늘밤 비극을 보는 건 낭비라고, 분명히 그가 말했다. 하지만 아무리 주위를 둘러봐도 공연을 할 기미는 없다. 어수룩한 관광객들을 놀려먹으려고 장난을 친 걸까.

"우리 아이스크림이나 먹자. 오늘밤을 이렇게 망쳐버릴 순 없잖아." 내가 말한다.

아이스크림을 사려고 줄을 서는데 어디선가 어쿠스틱 기타와 봉고 드럼의 리듬이 들려온다. 나는 귀를 쫑긋 세우고 음파탐지기를 작동한다. 근처 벤치 위에 올라가 주위를 둘러본다. 공연 무대가 눈앞에 요술처럼 짠! 하고 나타난 건 아니지만 관객들의 모습이 눈에 들어온다. 저만치 나무 그늘에 꽤 많은 사람들이 모여 있다.

"시작하나봐!" 멜라니의 손을 잡아끌며 내가 말한다.

"아이스크림은 어쩌고!" 멜라니가 투덜거린다.

"나중에 먹자." 나는 멜라니를 사람들이 모여 있는 곳으로 이끈다.

"음악이 사랑의 양식이라면, 계속 연주하시오!"

오시노 공으로 분장한 남자는 내가 본 그 어떤 셰익스피어 연극 배우와도 다르다. 리어나도 디캐프리오가 주인공이었던 영화 〈로미오와 줄리엣〉이 그나마 가깝다. 그는 키가 크고 피부색이 검고 머리를 가닥가닥 땋았다. 록스타처럼 딱 붙는 비닐 바지에 앞코가 뾰족한 구두를 신고 그물 탱크톱 같은 것을 걸쳐 근육질 가슴을 드러내고 있다.

"오길 정말 잘했다!" 멜라니가 내 귓가에 속삭인다.

오시노가 기타와 봉고 드럼 연주에 맞추어 독백을 시작하는 순간 등골에 전율이 인다.

우리는 1막 전체를 관람한다. 배우들을 따라 선착장 주위를 돌아다니면서. 배우들이 움직일 때 함께 움직이다보니 우리도 연극의 일부가 된 것 같다. 그래서 이 연극이 이토록 색다르게 느껴지는 걸까. 셰익스피어의 연극이라면 전에도 본 적이 있다. 학교 공연에서도 보았고 필라델피아 셰익스피어 극장에서도 보았다. 그러나 늘 낯선 외국어를 듣는 기분이었다. 주의를 집중하려 애써야 했고 그나마 반 이상은 팸플릿을 보고 또 보면서 시간을 때웠다. 마치 팸플릿을 보면 작품을 더 깊이 이해할 수 있다는 듯.

그러나 이번만큼은 느낌이 온다. 영화를 볼 때처럼 내 귀의 주파수가 그 기이한 언어에 맞춰지고 나는 이야기 속으로 빨려들어간다. 온몸으로 이야기를 느낀다. 오시노가 냉정한 올리비아에게 사랑을 고백할 땐 내 존재조차 모르던 남자아이들을 좋아하던 시절의 고통을 느낀다. 비올라가 오빠를 애도하는 장면에서는 그녀의 외로움을 느낀다. 비올라가 자신을 남자로 알고 있는 오시노와 사랑에 빠질 때는 정말로 우스우면서도 한편으로는 뭉클하다.

2막이 오르고 마침내 그가 등장한다. 죽은 것으로 되어 있는 비올라의 쌍둥이 형제 서배스천 역이다. 어떻게 보면 이 상황과 묘하게 맞아떨어진다. 그가 무대에 오르기 전까지 나는 실제로 존재하지도 않는 사람을 내가 상상 속에서 만들어낸 게 아닌지 의심하고 있었다.

그가 충성스러운 앤토니오를 데리고 풀밭을 누빌 때 우리도 그를 좇아다닌다. 잠시 후, 나는 용기를 내본다. "우리 좀더 가까이 가서 보자." 내가 멜라니에게 말한다. 멜리니가 내 손을 잡고 우리는 함께 앞줄로 나아간다. 올리비아의 광대가 서배스천을 찾아오고 두 사람이 실랑이를 벌이고 서배스천이 그를 돌려보내는 장면이다. 그런데 광대를 돌려보내기 직전, 그와 나의 눈이 0.5초 정도 마주친다.

뜨거운 한낮의 태양이 차츰 석양으로 녹아가는 동안 나는 환상의 나라 일리리아*로 빨려들어간다. 이상하고 낯선 세계에 들어선 것만 같다. 무슨 일이든 일어날 수 있는 나라. 신발을 바꾸어 신듯 다른 사람이 될 수 있는 나라. 죽은 줄 알았던 사람이 살아날 수 있는 나라. 모두가 오래오래 행복하게 살 수 있는 나라. 조금 유치하긴 하지만 따스하고 보드라운 바람과 싱그럽고 풍성한 나무들, 노래하는 풀벌레들 속에서, 어쩌면 정말 그런 일이 일어날지도 모른다는 생각이 든다.

너무 빠르다 싶게 연극이 끝나간다. 서배스천과 비올라가 재회한다. 비올라가 오시노에게 자신이 여자임을 밝히자 오시노는 당연히 그녀와 결혼하고 싶어한다. 그리고 올리비아는 서배스천은 자신이 결혼했다고 믿었던 그 사람이 아니라는 사실을 깨닫는다. 그러나 그녀는 개의치 않는다. 그를 사랑하니까. 악사들이 다시 연주를 시작하고 광대들이 마지막 독백을 한다. 배우들이 나와 인사를 하고 저마다 우스꽝스러운 동작을 한 번씩 취한다. 재주넘기를

* 발칸반도 서부 아드리아 해 동쪽에 있던 고대국가로, 〈십이야〉의 배경이다.

하는 사람도 있고 기타 치는 시늉을 하는 사람도 있다. 서배스천도 인사하고 관중을 훑어보다가 내게 시선을 멈춘다. 그는 반쪽 미소를 지으며 주머니에서 동전 하나를 꺼내 내게 던진다. 주위는 어둡고 동전은 작지만 나는 동전을 받아낸다. 사람들이 내게도 박수를 쳐준다.

나는 동전을 쥔 채 손바닥이 욱신거릴 때까지 박수를 친다. 마치 박수로 이 밤을 길게 늘일 수 있다는 듯. '십이야'를 '이십사야'로 바꿀 수 있다는 듯. 내 손에 그 느낌을 간직하려고. 박수를 멈추면 무슨 일이 일어날지 알기 때문에 박수를 친다. 완전히 몰입했던 영화가 끝나고 현실로 돌아와야 할 때면 왠지 허탈한 기분이 들곤 하는데 지금도 꼭 그런 기분이다. 실제로 존재하는 세상 속에 들어가 있는 것 같은 그 기분을 또다시 느껴보고 싶어서 영화를 처음부터 다시 볼 때도 있다. 물론, 나도 안다. 그래봐야 달라질 건 없다는 걸.

그러나 오늘밤 나는 이 연극을 되돌려 볼 수가 없다. 관객들은 흩어지고 있고 배우들도 자리를 뜬다. 공연이 끝난 뒤에도 남아 있는 사람들은 기부 모자를 들고 돌아다니는 악사들뿐이다. 나는 지갑에서 십 파운드짜리 지폐를 찾는다.

멜라니와 나는 말없이 서 있다. "우와!" 멜라니가 말한다.

"맞아. 우와!" 나도 말한다.

"꽤 근사한데? 셰익스피어 싫어하는 내가 봐도."

나는 고개를 끄덕인다.

"혹시 내가 잘못 생각한 거니? 서배스천 역 했던 그 멋진 남자애, 계속 우리를 본 거 맞아?"

우리? 분명히 동전은 나한테 던졌는데. 아니면 우연히 내가 그 동전을 잡았던 걸까? 하긴, 당연히 캐미솔톱을 입은 금발의 멜라니에게 관심이 있었겠지. 멜라니가 말하는 소위 멜 2.0이 앨리슨 1.0보다 훨씬 매력적인 건 사실이니까.

"잘 모르겠어." 내가 말한다.

"우리한테 동전도 던졌잖아! 그나저나 너 잘 잡더라. 걔들 찾아서, 오늘 걔들하고 같이 놀아보면 어떨까."

"벌써 갔잖아."

"하지만 아직 저 사람들이 저기 있잖아." 멜라니가 모금하는 사람들을 가리키며 말한다. "저 사람들한테 어디 갔냐고 물어보면 돼."

나는 고개를 젓는다. "걔들이 한심한 미국 여자애들하고 어울리고 싶을까?"

"우린 절대 한심하지 않아. 그리고 우리보다 나이가 훨씬 많아 보이지도 않던데 뭘."

"안 돼. 더구나 폴리 선생님이 언제 우리 방에 올지 모르잖아. 일단 호텔방으로 돌아가야 돼."

멜라니가 눈을 부라린다. "도대체 넌 왜 맨날 그 모양이니?"

"그 모양이라니?"

"뭐든 싫다고 하잖아. 모험 기피증 같아."

"항상 싫다고 하는 건 아니야."

"열 번 물으면 아홉 번은 싫다고 하잖아. 이제 우린 곧 대학생이야. 좀 즐겨도 된다고."

"난 지금도 충분히 즐기고 있거든." 내가 쏘아붙인다. "그리고 너 전엔 그런 불평 안 했어."

2학년으로 올라가기 전 여름, 우리집 두 집 건너 집으로 멜라니가 이사 온 이후, 우리는 늘 단짝이었다. 뭐든 함께 했다. 이도 비슷한 시기에 빠졌고 생리도 비슷한 시기에 시작했고 남자친구도 비슷한 시기에 사귀었다. 멜라니가 앨릭스와 사귄 지 몇 주 만에 나는 앨릭스의 친구 에번과 사귀기 시작했다. 멜라니와 앨릭스는 1월에 헤어졌고 에번과 나는 4월까지 사귀었다.

우리는 많은 시간을 함께했고 우리끼리만 아는 농담이나 표정 같은 비밀언어도 생겼다. 싸우기도 많이 싸웠다. 둘 다 외동딸이라 때로는 친자매처럼 티격태격했다. 싸우다가 램프를 깨뜨린 적도 있었다. 그러나 이런 식은 아니었다. 도대체 뭐가 문제일까. 이번 여행에서 멜라니와 함께 있을 때 나는 얼떨결에 참가한 경기에서 지고 있는 것 같은 기분이 든다.

"오늘밤에도 여기 왔잖아." 내가 말한다. 내 목소리가 날카롭고 방어적이다. "내가 폴리 선생님한테 거짓말해서 빠져나온 거잖아."

"그래? 그래서 엄청 재미있었지? 그러니까 좀더 즐기면 되겠네!"

나는 고개를 젓는다.

멜라니는 가방에서 휴대폰을 꺼내 문자를 확인한다. "〈햄릿〉도 방금 끝났대. 크레이그가 그러는데, 토드가 애들 데리고 '더티 덕 Dirty Duck'이란 술집에 간대. 이름 좋네. 같이 가자는데? 재미있을 거라고."

사실 나도 멜라니와 다른 아이들과 함께 밤에 나간 적이 있다.

여행이 시작되고 일주일쯤 되었을 때였다. 그때쯤, 아이들 대부분은 벌써 몇 번 외출을 한 상태였다. 멜라니는 그애들을 만난 지 겨우 일주일밖에 안 되었는데도—내가 그들을 알고 지낸 것과 같은 시간이다—벌써 그애들과 자기들만 아는 농담을 주고받았다. 내가 이해하지 못하는 농담. 그럴 때면 나는 학기중에 전학 온 불운한 아이처럼, 아이들로 붐비는 테이블에서 음료수만 홀짝이며 앉아 있었다.

나는 시계를 본다. 시계가 팔목 밑으로 내려와 있어서 다시 시계를 올려 반점을 가린다. "거의 열한시야. 내일 기차 타려면 일찍 일어나야 돼. 모험 기피증인 난 그만 방으로 돌아갈래." 내 심술궂은 목소리가 꼭 엄마를 닮았다.

"좋아. 호텔까지 너 데려다주고 난 다시 나갈래."

"만약 폴리 선생님 오시면?"

멜라니가 웃는다. "아깐 일사병이었다고 해. 이젠 안 덥잖아." 멜라니가 언덕길을 올라 다리 쪽으로 가기 시작한다. "왜? 뭐 기다려?"

나는 운하와 배들을 바라본다. 북적이던 저녁 시간이 지나고 선착장도 한산해지고 있다. 청소부들이 단체로 몰려나온다. 어느덧 하루가 저물어간다. 다시 돌아오지 않을 이 하루가.

"아냐. 아무것도."

둘

런던행 기차는 여덟시 십오분 출발이다. 쇼핑 시간을 최대한 벌어보려는 멜라니의 묘안이었다. 그러나 여섯시에 알람이 울리자 멜라니는 머리를 베개 밑에 파묻는다.

"다음 기차 타자." 멜라니가 신음하며 말한다.

"안 돼. 이미 가는 걸로 일정 다 잡아놨잖아. 기차에서 자면 돼. 그리고 너, 여섯시 반에 내려가서 애들한테 작별인사 하기로 했다며." 나는 폴리와 작별인사를 하기로 약속했다.

나는 멜라니를 침대에서 끌어내 호텔의 빈약한 샤워실로 밀어넣는다. 멜라니에게 얼른 인스턴트커피를 타주고 펜실베이니아 시간으로 새벽 한시까지 기다리고 있었을 엄마와 통화를 한다. 그리고 여섯시 반, 아래층으로 내려간다. 여느 때처럼 청바지에 '틴 투어!' 폴로셔츠 차림을 한 폴리가 멜라니와 악수를 나눈다. 그리고 앙상한 몸으로 나를 끌어안으며 명함을 내민다. 런던에 머무는 동안 필요하면 주저 말고 연락하라고. 다음 투어가 일요일에 시작이라 그때까지 여기 있을 거라고. 멜라니와 나를 기차역까지 데려다줄 택시를 일곱시 반에 예약했다고 말한다. 런던에 아는 사람이 있는지 한번 더 확인하고(네, 있어요!) 다시 한번 내게 반듯한 아이라고 하고는, 튜브* 안에서 소매치기를 조심하라고 주의를 준다.

나는 멜라니를 삼십 분 더 재운다. 늘 하던 몸치장을 건너뛴다는 의미다. 일곱시 삼십분에 우리는 택시에 몸을 싣는다. 기차가 도착하자 나는 우리 짐을 싣고 빈자리를 찾는다. 멜라니는 창가 쪽 자리에 털썩 앉는다. "런던에 도착하면 깨워."

내가 잠시 멜라니를 쳐다보지만 멜라니는 바로 눈을 감고 창가에 몸을 기대며 웅크린다. 나는 한숨을 쉬며 멜라니의 가방을 발밑에 넣어주고 소매치기나 음탕한 남자들을 쫓기 위해 내 자리에 카디건을 던져놓고 식당칸으로 향한다. 호텔에서 아침을 거른 탓에 배에서 꼬르륵 소리가 나고 머리가 지끈거리고 관자놀이까지 욱신거린다.

유럽이 기차의 대륙이라고들 하지만 이번 여행에서 기차는 처음이다. 장거리는 비행기로 이동했고 단거리는 버스로 이동했다. 기차의 칸과 칸 사이를 건널 때 경쾌한 소리와 함께 자동문이 열리고 발밑에서 기차가 부드럽게 흔들린다. 창밖에는 초록빛 전원 풍경이 스쳐지나간다.

식당칸에 도착한 나는 허접한 메뉴를 훑어보고 나서 결국 치즈

* 런던 지하철. 터널 모양에서 이름을 따 튜브라 부른다.

샌드위치와 차 한 잔, 그리고 어느새 중독이 되어버린 솔트 앤드 비니거 감자칩을 한 봉지 산다. 멜라니에게 줄 콜라 한 캔도. 조그만 상자에 방금 산 것들을 담아 들고 막 돌아서는데 창가 쪽 빈자리 하나가 눈에 들어온다. 잠시 망설인다. 멜라니에게 가봐야 할 텐데. 하지만 멜라니는 자고 있고 내가 어디 있건 개의치 않을 것 같아서 나는 창가 테이블에 앉아 창밖을 내다본다. 눈앞에 펼쳐지는 전원 풍경이 너무도 영국적이다. 온통 초록빛이고 깔끔하고 울타리로 구분되어 있고 솜털 같은 양들은 마치 거울에 비춘 듯, 이곳 하늘에 늘 떠다니는 흰 구름들과 똑같다.

"헷갈리는 아침식사네."

그 목소리. 어젯밤 4막에 달하는 연극을 보았기 때문에 나는 곧바로 그 목소리를 기억해낸다.

고개를 들어보니 그가 바로 눈앞에 있다. 반쪽 미소를 짓는 그의 모습이 금방 잠에서 깨어난 사람처럼 나른해 보인다.

"헷갈리다니?" 내가 묻는다. 깜짝 놀라는 게 당연하겠지만 어쩐 일인지 놀랍지가 않다. 슬그머니 번져오는 미소를 참으려 입술을 깨문다.

그는 대답하지 않고 카운터로 가서 커피 한 잔을 주문한다. 그러고는 고갯짓으로 내 테이블을 가리킨다. 나는 고개를 끄덕인다.

"어디로 보나 그렇지." 그가 내 맞은편에 앉으며 말한다. "이건 완전히 시차에 적응 못한 국적 불명 식단이잖아."

나는 먹고 있던 샌드위치와 차, 과자를 바라본다. "시차에 적응 못한 국적 불명 식단? 뭘 보고 그렇게 말해?"

그가 커피를 불어서 식힌다. "그야 간단하지. 첫째, 아직 아침 아홉시도 안 됐으니까 차를 마시는 것까진 이해가 가. 하지만 샌드위치하고 감자칩은 점심 메뉴잖아. 콜라는 언급할 필요도 없고." 그가 캔을 두드리며 말한다. "봐, 시간개념이 전혀 없어. 한마디로 네 아침식사는 시차에 적응을 못한 거야."

그 말에 웃지 않을 수가 없다. "도넛이 너무 맛없어 보였어." 내가 카운터 쪽을 가리키며 말한다.

"그렇긴 하더라. 그래서 난 항상 아침거리를 갖고 다녀." 그가 가방 안에서 꼬깃꼬깃한 왁스 종이에 싼 무언가를 꺼내 풀기 시작한다.

"네 것도 샌드위치 같은데?" 내가 말한다.

"샌드위치 아니야. 빵하고 하헬슬라흐야."

"하헬 뭐?"

"하흐, 엘, 슬라흐." 그가 샌드위치를 펼쳐 보인다. 빵 안쪽에 버터와 초콜릿 알갱이 같은 것이 뿌려져 있다.

"내 아침식사보고 헷갈린다더니, 넌 아침에 디저트를 먹네."

"네덜란드에선 이게 아침식사야. 아주 전형적인 아침식사. 이거 아니면 아위츠메이터르라고, 달걀프라이에 햄을 곁들여 먹어."

"그런 건 시험에 안 나오겠지? 난 발음도 못 따라 하겠다."

"아위, 츠메이, 터르. 연습은 나중에 하자. 그러고 보니 두번째 이유를 얘기 안 했네. 네 아침이 국적 불명인 이유는, 아, 어서 먹어. 네가 먹는 동안 내가 얘기할 테니까."

"고마워. 네가 한 번에 두 가지 일을 할 수 있어서 다행이다." 내가 그렇게 말하고는 웃는다. 모든 게 이상하다. 모든 게 너무도 자연스럽다. 아침식사를 하면서 낯선 남자와 시시덕거리다니. 그것도 아침식사에 관해서. "국적 불명이라니, 그건 또 무슨 뜻이야?"

"모국을 떠나서 사는 국적 없는 사람 같다고. 네가 먹는 샌드위치는 미국식이야. 네가 마시는 차는 영국식이고. 그리고 그 감자 크리스프 아니면 칩, 네가 뭐라고 부르건, 그건 영국식이기도 하고 미국식이기도 한데, 솔트 앤드 비니거니까 영국식으로 봐야지. 하지만 그걸 아침으로 먹는 건 미국식이야. 콜라를 아침으로 산 것도 그렇고. 콜라하고 감자칩, 미국에선 아침에 그런 걸 먹지?"

"뭘 보고 내가 미국에서 왔다고 단정해?" 내가 따진다.

"미국인 단체 관광객들이랑 같이 있었던 것, 미국 억양으로 말하는 것 말고 이유를 더 대보라고?" 그가 하헬 어쩌고 하는 샌드위치를 한입 베어 물고 커피를 한 모금 마신다.

나는 웃지 않으려 입술을 깨문다. "응. 그 두 가지 말고."

"실은 그 두 가지가 전부야. 사실 넌 별로 미국 애처럼 생기진 않았어."

"그래?" 내가 감자칩 봉지를 뜯는다. 싸한 비니거향이 퍼진다. 내가 그에게 한 개를 권하지만 그는 거절하고 샌드위치를 한입 더 베어 문다. "미국 애처럼 생긴 게 어떤 건데?"

그가 어깨를 으쓱한다. "금발에," 그가 말한다. "풍만하고……" 손짓으로 젖가슴을 표현한다. "동글동글한 이목구비에," 그가 내 얼굴 앞쪽을 가리키며 말한다. "예쁘잖아. 네 친구처럼."

"그러니까, 난 안 그렇다고?" 나는 왜 이런 걸 묻는 걸까. 내가 어떻게 생겼는지는 나도 잘 안다. 짙은 색 머리카락. 짙은 색 눈동자. 날카로운 이목구비. 볼륨 없는 몸매. 갑자기 김이 빠진다. 결국 이 모든 게 멜라니에게 접근하려는 수단이었나?

"응." 그가 나를 뚫어지게 쳐다본다. 어제는 그의 눈동자가 짙은 색이라고 생각했는데 가까이서 보니 눈동자 속에 여러 가지 빛깔이 담겨 있다. 회색과 갈색과 심지어 금빛마저 감돈다. "너 누구 닮았는지 알아? 루이즈 브룩스!"

내가 멍하니 그를 쳐다본다.

"누군지 몰라? 그 무성영화 배우?"

나는 고개를 젓는다. 무성영화는 본 적이 없다.

"1920년대에 인기가 대단했어. 미국 여자야. 미국 배우."

"그런데 금발이 아니야?" 농담으로 한 말이었는데 내뱉고 보니 그렇게 들리지 않는다.

그가 샌드위치를 한입 더 베어 문다. 조그만 초콜릿 알갱이가 그의 입가에 붙는다. "네덜란드엔 금발이 흔해. 내가 거울을 봐도 금발이 보이고. 루이즈 브룩스는 머리카락이 검었어. 묘하게 슬픈 눈빛에 이목구비가 또렷해. 머리를 너하고 똑같이 했어." 어젯밤에 그랬던 것처럼 그가 헝클어진 자기 머리카락을 매만진다. "너 진짜 루이즈하고 닮았다. 아무래도 루이즈라고 불러야겠어."

루이즈. 마음에 든다.

"아니, 루이즈가 아니고, 룰루. 그게 루이즈의 애칭이었어."

룰루. 더 마음에 든다.

그가 손을 내민다. "안녕, 룰루, 난 빌럼이라고 해."

그의 손은 따듯하고 손아귀 힘은 세다. "만나서 반가워, 빌럼. 우리 지금 역할놀이 하는 거야? 그럼 나도 널 서배스천이라고 부를까?"

그가 웃을 때면 눈가에 작은 주름들이 생긴다. "아니. 난 빌럼이 좋아. 서배스천은 좀 뭐랄까…… 수동적이잖아. 자기 여동생하고 같이 있고 싶어하는 올리비아하고 결혼하지. 셰익스피어 희곡에서는 그런 일이 많이 일어나. 여자들은 자기가 원하는 걸 얻고 남자들은 상황에 떠밀리지."

"그랬나? 어쨌든 난 해피엔딩이라 좋던데."

"동화 같은 얘기야. 하지만 결국 동화인 건 사실이지. 셰익스피어는 희극 주인공들한테 관대할 수밖에 없어. 비극 주인공들한테 너무 잔인하니까. 「햄릿」이라든가 「로미오와 줄리엣」을 봐. 거의 가학적인 수준이잖아." 그가 고개를 젓는다. "서배스천은 그런대로 괜찮은 인물이지만 자기 운명을 개척하진 않아. 셰익스피어는 비올라에게만 그런 특권을 주고 있어."

"넌 네 운명을 개척해?" 내가 묻는다. 이번에도 내가 그런 걸 묻고 있다는 게 믿기지 않는다. 어린 시절 나는 동네 스케이트장에 자주 갔다. 마음 같아서는 스케이트를 신고 빙글빙글 돌고 점프도 할 수 있을 것 같았는데 막상 링크에서는 똑바로 서 있기조차 쉽지 않았다. 자라면서 나의 인간관계도 꼭 그런 식이었다. 대범하고 솔직하고 싶어도 겉으로 드러나는 나의 모습은 항상 온순하고 예의발랐다. 11학년과 12학년 중반까지 사귀던 남자친구 에번과의 관계에서도 늘 내가 꿈꾸었던, 회전도 하고 점프도 하는 멋진 스케이트를 탈 수 없었다. 그러나 오늘만큼은 스케이트를 썩 잘 타고 있다.

"아니. 전혀. 난 그냥 바람 부는 대로 떠돌아다녀." 그가 잠시 말을 멈추고 생각에 잠긴다. "어쩌면 내가 서배스천 역을 맡은 데는 그럴 만한 이유가 있었는지도 몰라."

"그래서 이번에는 바람이 널 어디로 데려가는데?" 그가 런던에 머물기를 바라는 마음으로 내가 묻는다.

"런던에서 기차를 타고 네덜란드로 갈 거야. 어젯밤이 이번 시즌 마지막 공연이었거든."

나는 맥이 빠진다. "그렇구나."

"너 아직 샌드위치 안 먹었네. 미리 경고하는데, 여기 사람들은 치즈 샌드위치에 버터를 넣어. 가짜 버터."

"알아." 나는 시든 토마토 조각들을 빼내고, 흘러나온 버터와 마가린을 냅킨으로 찍어낸다.

"마요네즈를 넣으면 한결 나을 텐데." 빌럼이 말한다.

"칠면조고기도 있어야지."

"아니, 치즈하고 마요네즈만 넣어도 맛있어."

"좀 느끼할 것 같은데?"

"제대로 된 마요네즈를 못 먹어봐서 그렇지. 미국 마요네즈는 올바른 마요네즈가 아니라더라."

나는 코에서 차가 튀어나올 정도로 심하게 웃는다.

"왜?" 빌럼이 묻는다. "왜 그래?"

"올바른 마요네즈라니……" 내가 터져나오는 웃음 사이사이에 말한다. "그렇게 말하니까 꼭 방탕하고 손버릇 나쁜 마요네즈하고 예의바르고 정숙한 마요네즈가 있는 것 같잖아. 그런데 난 올바른 마요네즈를 아직 만난 적이 없어."

"내 말이." 그가 말한다. 그리고 그도 웃기 시작한다.

둘 다 배를 잡고 웃고 있는데 멜라니가 식당칸으로 들어선다. 자기 짐과 내 카디건을 들고서. "한참 찾았잖아!" 멜라니가 퉁명스럽게 말한다.

"런던에 도착하면 깨우라며." 나는 그제야 창밖을 바라본다. 아름다운 영국의 전원 풍경이 사라지고 어느덧 흉한 잿빛 도시가 펼쳐지고 있다.

빌럼을 보는 순간 멜라니의 눈이 휘둥그레진다.

"실종된 줄 알았는데, 아니었네." 멜라니가 말한다.

"아니야." 빌럼이 말한다. 그러나 그의 시선은 나를 향하고 있다. "룰루한테 화내지 마. 내 잘못이니까. 내가 붙잡았거든."

"룰루?"

"루이즈의 애칭. 내 새 이름이야, 멜." 나는 마치 내 정체를 폭로하지 말아달라고 애원하는 듯한 눈빛으로 멜라니를 바라본다. 내가 룰루인 게 좋다. 아직은 룰루를 버리고 싶지 않다.

아직 잠이 덜 깬 듯 멜라니가 눈을 비비더니 어깨를 으쓱하고는 빌럼의 옆자리에 앉는다. "좋아. 누가 되고 싶든 네 마음대로 해. 난 머리를 통째로 새걸로 바꿔 끼고 싶어."

"얘가 숙취가 처음이라 그래." 내가 빌럼에게 말한다.

"가만 좀 있을래?" 멜라니가 쏘아붙인다.

"그럼 네가 숙취에 익숙하다고 말할까?"

"너 오늘 아침에 아주 기운이 넘치나보구나."

"자." 빌럼이 배낭에서 조그맣고 작은 용기를 꺼내더니 안에서 흰 알사탕 같은 것을 몇 개 꺼내 멜라니의 손에 쥐여준다. "녹을 때까지 이걸 혀 밑에 넣고 있어. 한결 좋아질 거야."

"이게 뭔데?" 멜라니가 미심쩍다는 듯 묻는다.

"허브 사탕."

"데이트 강간용 최음제 아니지?"

"그거 맞아. 기차 안에서 널 기절시키려고 주는 거야." 내가 말한다.

빌럼이 멜라니에게 상표를 보여준다. "엄마가 자연요법 치료사야. 두통에 이걸 쓰셔. 날 강간하려고 하시는 것 같진 않던데."

"우리 아빠도 의사야." 내가 말한다. 자연요법 치료사와는 정반대이지만. 아빠는 현대 의학에만 의존하는 호흡기내과 의사다.

멜라니는 잠시 그 사탕들을 바라보다가 결국 입안에 넣는다. 십 분 뒤 기차가 역에 도착했을 때 멜라니의 두통은 한결 나아져 있다.

암묵적인 합의하에, 우리 세 사람은 함께 내린다. 멜라니와 나는 바퀴 달린 무거운 여행가방들을 끌어내리고 빌럼은 단출하게 배낭 하나만 메고 내린다. 우리는 한여름 햇볕에 이미 달구어진 승강장을 가로질러 비교적 서늘한 말리본 역으로 들어선다.

"베로니카한테서 문자 왔는데 좀 늦을 거래." 멜라니가 말한다. "WH스미스 앞에서 보자는데? 그게 뭔지는 모르겠지만."

"서점이야." 빌럼이 역 맞은편을 가리키며 말한다.

역 내부가 예쁘고 현대적이지만 내가 바라던 찰칵거리는 열차

운행 현황판이 있는 웅장한 역은 아니어서 조금 실망스럽다. 대신 출발 시간을 알리는 TV 모니터가 있다. 다가가서 종착역들을 훑어본다. 역 이름들이 그다지 이국적이지 않다. 하이위컴. 밴버리. 물론 내가 몰라서 그렇지 의외로 멋진 곳들일 수도 있다. 이런 한심한 노릇이 있나. 나는 지금껏 유럽 대도시들을 전부 훑어보았다. 로마, 피렌체, 프라하, 빈, 부다페스트, 베를린, 에든버러. 그리고 이제는 다시 런던. 그 시간 동안 나는 집으로 돌아갈 날만 손꼽고 있었다. 그런데 왜 이제 와서 어디론가 훌쩍 떠나고 싶은 걸까.

"왜 그래?" 멜라니가 묻는다.

"난 거대한 현황판 같은 걸 기대했거든. 공항에 있는 것 같은."

"암스테르담 중앙역에 가면 그런 거 있어." 빌럼이 말한다. "난 그 앞에 서 있는 거 좋아해. 어디든 내 마음대로 골라서 갈 수 있을 것 같잖아."

"그래? 정말 그럴 것 같다."

"무슨 뜻이야?" 멜라니가 TV 모니터를 보면서 묻는다. "비스터노스에 가는 게 별로란 거야?"

"사실 거긴 파리처럼 신나는 도시는 아니잖아." 내가 말한다.

"그만 좀 해. 너 아직도 미련 못 버린 거야?" 멜라니가 빌럼에게로 돌아선다. "원래 로마에서 파리에 가기로 했었는데 공항 관제탑 직원들이 파업하는 바람에 비행기가 다 결항됐거든. 버스로 가긴 너무 먼 거리였고. 그래서 저러는 거야."

"프랑스는 항상 파업중이야." 빌럼이 고개를 끄덕이며 말한다.

"파리 대신 부다페스트에 갔어." 내가 말한다. "부다페스트도 멋지긴 했는데, 여기까지 와서 파리를 못 보고 가야 한다는 게 너무 속상해."

빌럼이 나를 뚫어지게 본다. 배낭끈을 한 손가락으로 꼬면서. "그럼 가면 되잖아." 그가 말한다.

"어딜?"

"파리."

"못 간다니까. 취소됐다고."

"지금 가면 되잖아."

"투어는 끝났어. 더구나 지금 가도 파업중일걸."

"기차로 가면 돼. 런던에서 파리까진 두 시간이야." 그가 벽시계를 바라본다. "점심시간에는 파리에 도착할 거야. 거기 샌드위치는 여기보다 훨씬 맛있어."

"그치만, 난 프랑스어도 할 줄 모르고 가이드북도 없어. 프랑스 돈도 없고. 거기 유로 쓰지?" 절대로 파리에 갈 수 없는 이유라도 되는 양 내가 줄줄이 핑계를 댄다. 누가 들으면 빌럼이 로켓을 타고 달나라에라도 가라고 한 줄 알겠다. 유럽은 좁고 기차를 타고 이 나라 저 나라 다니는 사람들이 있다는 건 나도 안다. 그러나 나는 그런 사람들이 아니다.

그는 여전히 고개를 갸우뚱한 채 나를 쳐다본다.

"못 가. 난 파리를 전혀 모르거든." 내가 결론을 내린다.

빌럼이 벽시계를 바라본다. 그리고 잠시 후 내 쪽으로 돌아선다. "난 알아."

미친듯이 심장이 뛴다. 그러나 나의 이성은 계속 그래선 안 되는 이유들을 생각해낸다. "돈이 충분한지도 모르겠어. 기차표가 얼마야?" 가방에 손을 넣어 남아 있는 현금을 확인해본다. 주말까지 버틸 파운드와 비상시에 사용할 신용카드 한 장, 그리고 신용카드 사용이 불가능할 경우를 대비해 엄마가 준 비상금 백 달러짜리 지폐 한 장이 있다. 그러나 지금은 비상시가 아니다. 더구나 신용카드를 사용하면 부모님이 깜짝 놀랄 것이다.

빌럼이 자기 주머니에 손을 넣더니 외국 지폐 한 다발을 꺼낸다. "걱정 마. 이번 여름엔 수입이 꽤 괜찮았거든."

나는 그가 들고 있는 지폐를 본다. 정말 그럴 셈인가? 날 파리로 데려다줄까? 하지만 도대체 왜?

"우리 내일 밤 〈렛잇비〉 공연 예약했잖아." 멜라니가 '이성의 목소리'를 자처하며 말한다. "그리고 우리 이번주 일요일엔 떠나야 해. 너희 엄마 아시면 아마 기절하실걸. 어쩌면 널 죽일지도 몰라."

나는 빌럼을 본다. 그는 어깨를 으쓱할 뿐이다. 진실을 부정할 순 없다는 듯.

어쨌든 고맙다고 말하고 마음을 접으려는 순간, 마치 룰루가 나를 밀어내고 앞으로 나서는 것 같다. 내가 멜라니에게 돌아서서 말한다. "알아야 죽이지."

멜라니는 코웃음을 친다. "너희 엄마가 모를 거라고? 결국 알아낼걸."

"네가 도와주면 되잖아."

멜라니는 아무 말도 하지 않는다.

"부탁이야. 이번 여행에서 내가 널 여러 번 도와줬잖아."

멜라니는 과장스럽게 한숨을 내쉰다. "그건 그냥 술집이었지. 낯선 나라로 가는 게 아니었어."

"내가 이런 짓 안 한다고 비난했던 건 너야."

그 말엔 멜라니도 대꾸를 못한다. 멜라니는 작전을 바꾼다. "너희 엄마가 나한테 전화해서 널 찾으면 어떻게 해? 분명히 그러실 걸. 너도 알잖아."

엄마는 내 휴대폰이 유럽에서 먹통이라 무척 화가 나 있다. 통신사에서는 통화가 될 거라고 했는데 막상 나와 연결이 되지 않자 엄마는 통신사에 항의 전화까지 했다. 그러나 뭔가가 맞지 않아 생긴 일이라 어쩔 수가 없었다. 사실 크게 문제될 일도 아니었다. 엄마는 우리 투어의 일정표를 갖고 있었고 우리가 언제 호텔방에 들어가는지도 다 꿰고 있었다. 그래도 연결이 되지 않으면 멜라니에게 전화했다.

"전화기 꺼놔. 자동응답으로 넘어가게." 내가 말한다. 그리고 빌럼을 본다. 빌럼은 여전히 한 손 가득 지폐를 들고 있다. "정말 갈 거야? 너 네덜란드로 돌아간다면서."

"그럴 생각이었어. 그런데 바람이 날 다른 곳으로 데려다주려나 보네."

나는 멜라니를 돌아본다. 이제 모든 게 멜라니에게 달려 있다. 멜라니의 초록빛 눈동자가 빌럼에게로 향한다. "혹시라도 내 친구 강간하거나 죽이면 너 내 손에 죽을 줄 알아."

빌럼이 혀를 찬다. "하여간 너희 미국 애들은 너무 폭력적이야. 난 네덜란드 출신이거든. 네덜란드 사람이 할 수 있는 가장 끔찍한 짓은 아마 자전거로 사람을 치는 것 정도일걸."

"마약에 취한 상태로?" 멜라니가 덧붙인다.

"물론 그럴 수도 있겠지." 빌럼이 인정한다. 그리고 나를 바라본다. 가슴속에서 무언가 꿈틀거린다. 과연 내가 할 수 있을까?

"룰루, 어떻게 할래? 파리에 가고 싶어? 단 하루만이라도?"

이건 분명히 미친 짓이다. 나는 그를 잘 모른다. 엄마에게 들킬 수도 있다. 단 하루 동안 파리를 보면 얼마나 보겠다고. 아무리 생각해도 잘못될 가능성이 많은 일이다. 이 모든 걱정은 사실이다. 나도 안다. 그래도 파리에 가고 싶은 마음은 변함이 없다.

그래서 이번만큼은, 거절하는 대신, 지금까지와는 다른 대답을 한다.

예스, 라고.

셋

유로스타는 앞이 뭉툭하고 여기저기 진흙이 튄 노란색 기차다. 기차에 올라탈 무렵, 나는 땀범벅이 되어 숨을 헐떡인다. 멜라니에게 작별인사를 하고 허겁지겁 일정을 확인한 다음 내일 만날 장소를 정한 뒤로 빌럼과 나는 계속 뛰고 있다. 일단 말리본 역에서 빠져나왔고, 복잡한 런던 도심을 지나 튜브로 들어가서, 개표구와 일대 격전을 치렀다. 세 번이나 나를 거부하다가 마침내 열린 개표구가 내 여행가방 위로 닫히는 바람에 틴 투어 수화물 표가 날아가 티켓판매기 밑으로 쏙 들어가버렸다. "나 이제 진짜 막 나가는 거 같아." 내가 빌럼에게 장난처럼 말했다.

동굴처럼 음산한 세인트팽크러스 역에 이르자 빌럼이 내가 말한 찰칵거리는 현황판을 가리킨 다음 유로스타 티켓 창구 앞에 줄을 섰다. 그는 자신의 매력을 한껏 발휘해 고국으로 돌아가는 티켓을 파리행 티켓으로 바꾸고는 거금을 들여 내 표까지 샀다. 그러고 나서 우리는 여권을 제시하고 서둘러 탑승수속을 밟았다. 빌럼이 내 여권을 보면 어쩌나 잠깐 걱정했다. 내 여권은 룰루의 것이라기보다는 앨리슨의 것이다. 평범한 앨리슨도 아니고 여드름이 한창이던 열다섯 살 앨리슨. 그러나 그는 내 여권을 보지 않았다. 우리는 미래 사회를 연상시키는 출발 라운지에 내려갔다가 기차 탈 시간에 맞추어 다시 올라왔다.

마침내 지정된 좌석에 앉고 나서야 비로소 숨을 고르며 내가 무슨 짓을 했는지 서서히 깨닫는다. 파리에 가고 있다니. 그것도 낯선 남자와 함께. 바로 이 낯선 남자와.

가방 위치를 바꾸는 척하며 흘긋 그를 쳐다본다. 그의 얼굴은 감각이 뛰어난 여자들만 소화하는 패션을 연상시킨다. 하나씩 보면 그저 그렇지만 전체적으로는 꽤 근사한. 얼굴은 날카로울 정도로 각이 졌고 입술은 탐스러운 붉은빛이다. 볼은 사과파이를 만들어도 될 정도로 발그스름하다. 어떻게 보면 나이들어 보이고 어떻게 보면 어려 보인다. 성숙하면서도 여리다. 12학년 최고의 미남으로 뽑혔던 브렌트 하퍼처럼 전형적인 미남이라고 말할 수는 없다. 그러나 자꾸만 그를 쳐다보게 된다.

분명 나 혼자만의 생각은 아닌 것 같다. 배낭을 메고 통로를 지나던 여자애들 몇 명이, 우린 아침으로 섹스를 먹어, 라고 말하는 것 같은 음흉하고 나른한 눈빛으로 그를 흘금거린다. 그들 중 한 명이 지나가다가 빌럼에게 프랑스어로 말을 건다. 빌럼은 프랑스어로 대답하고는 그녀가 가방을 머리 위 선반에 올리는 걸 돕는다. 그들은 통로 맞은편 뒷줄에 앉는다. 키가 작은 여자의 말에 모두가 웃는다. 무슨 얘기를 했는지 물어보고 싶다는 생각이 들고, 그와 동시에 나 자신이 너무 유치하게 느껴진다. 어울리지 않는 곳에 있는 것 같은 기분이다. 추수감사절에 어린애들이 모여 있는 테이블에 꼼짝없이 붙잡힌 기분이랄까.

고등학교 때 프랑스어를 공부했더라면 좋았을 텐데. 9학년 초에 나는 프랑스어를 공부하고 싶었지만 부모님이 중국어를 권했다. "앞으론 중국이 대세야. 중국어를 하면 경쟁에서 훨씬 유리해." 엄마가 말했다. 무슨 경쟁을 말하는 건지. 어쨌든 지난 사 년 동안 나는 중국어를 공부했고 다음달에 대학에 진학한 뒤에도 계속 공부할 예정이다.

빌럼이 자리에 앉기를 기다렸지만 그는 나를 쳐다보다가 이제 막 짐을 정리하고 어디론가 몰려가는 프랑스 여자애들을 바라보며 묻는다.

"기차 타면 배고프더라. 넌 샌드위치도 못 먹었지? 내가 식당칸에 가서 먹을 걸 좀 사올게. 룰루, 뭐 먹을래?"

아마도 룰루는 이국적인 것을 먹고 싶어할 것 같다. 초콜릿을 끼얹은 딸기라든가, 아니면 굴이라든가. 앨리슨이라면 땅콩버터를 바른 샌드위치를 먹을 것이다. 무얼 먹지?

"아무거나."

내게서 돌아서서 멀어지는 그를 바라본다. 나는 앞좌석 포켓에서 잡지를 꺼내 기차에 관한 안내 글을 읽는다. 도버해협 터널의 길이는 50킬로미터이고 1994년에 개통되었으며 육 년 만에 완공되었다. 유로스타의 최고 속도는 시속 300킬로미터. 아직도 투어

중이었다면 시시콜콜한 것을 설명하기 좋아하는 폴리가 인쇄물에 적힌 이런 내용들을 읽어주었겠지. 나는 잡지를 도로 제자리에 넣는다.

기차가 움직이기 시작한다. 움직임이 너무도 부드러워서 기차가 움직이는 게 아니라 승강장이 서서히 멀어지는 건가 싶더니 어느 순간 기차가 달리고 있다. 경적이 울린다. 창밖으로 세인트팽크러스 역의 웅장한 아치 지붕이 작별인사를 하듯 반짝이고 우리는 터널로 들어간다. 객차 안을 둘러본다. 모두가 행복해 보이고 무언가에 열중해 있다. 잡지를 읽거나 노트북에 타이핑을 하거나 문자를 보내거나 통화를 하거나 옆자리에 앉은 사람과 이야기를 나눈다. 의자 뒤쪽을 바라보지만 빌럼은 여전히 보이지 않는다. 프랑스 여자애들도 보이지 않는다.

다시 잡지를 펼쳐 레스토랑 리뷰를 읽어보지만 잘 들어오지 않는다. 시간은 흐르고 기차는 런던의 흉측한 창고들을 오만하게 지나치며 점점 더 속도를 내고 있다. 차장이 첫번째로 정차할 역을 안내한다. 승무원이 표를 확인하러 온다. "여기 사람 있나요?" 그가 빌럼의 빈 좌석을 가리키며 묻는다.

"네." 그러나 그의 소지품은 자리에 없다. 그가 있었다는 흔적이 없다.

나는 시계를 본다. 열시 사십삼분. 런던에서 출발한 지 십오 분이 지났다. 몇 분 뒤 우리는 엡스플리트 역에 도착한다. 번드르르한 현대식 역이다. 승객들이 열차에 오른다. 서류가방을 든 노인이 빌럼의 자리에 앉을 것처럼 옆에 서더니, 표를 확인하고는 다시 통로를 걷는다. 삑 소리와 함께 문이 닫히고 기차는 다시 달린다. 도시적인 런던의 풍경이 어느덧 초록빛으로 변해간다. 멀리, 성이 보인다. 기차는 게걸스럽게 풍경들을 집어삼킨다. 나는 기차가 지나간 자리에 파헤쳐진 흙더미가 쌓이는 상상을 해본다. 의자 팔걸이를 꽉 움켜쥔다. 손톱이 파고들 정도로. 멜라니가 나를 억지로 끌고 가서 타곤 했던, 먹은 것을 다 토하고 싶게 만드는 롤러코스터가 가파른 첫 경사 길을 오를 때처럼. 강력한 에어컨 바람에도 불구하고 내 이마에 구슬 같은 땀방울이 맺힌다.

요란한 경적 소리와 함께 맞은편에서 달려오던 기차가 내가 탄 기차를 스치고 지나가는 순간, 나는 놀라서 펄쩍 뛴다. 이 초 후, 기차는 지나간다. 그러나 나는 왠지 빌럼이 그 맞은편 기차에 탔을 것만 같다. 있을 수 없는 일이다. 그 기차를 타려면 다른 역으로 엄청 빨리 뛰어야 했을 테니까.

그러나 그렇다고 해서 그가 이 기차에 타고 있다고 단정할 수는 없다.

시계를 본다. 빌럼이 식당칸에 간 지 이십 분이 지났다. 그때는 기차가 출발하기도 전이었다. 혹시 기차가 출발하기 전에 프랑스 여자애들과 기차에서 내린 것은 아닐까. 아니면 조금 전 그 역에서 내린 건 아닐까. 어쩌면 프랑스 여자애들과 이런 얘기를 주고받은 건지도 모른다. 따분한 미국 여자애 버리고 우리랑 놀지 않을래?

그는 이 기차에 타지 않았다.

너무도 분명한 사실이 마주 오는 기차의 충격처럼 나를 덮친다. 빌럼은 마음을 바꾸었다. 파리 여행에 대해. 나에 대해.

나를 파리로 데려가겠다는 제안은 일종의 충동구매였다. 문을 나서는 순간 방금 산 물건이 얼마나 쓸데없는지 깨닫게 되는 편의점 계산대 옆 잡동사니처럼.

그러나 그 순간 또 한 가지 생각이 뇌리를 스친다. 혹시 이 모든 일의 배후에 어떤 거대한 음모가 있는 건 아닐까? 순진한 미국 여자애를 꼬드겨 기차에 태우고 버린 다음…… 폭력배들한테 넘긴다? 엄마가 녹화해둔 심층취재 프로그램 중에 그런 사건이 있었다. 그래서 어젯밤 그가 나를 쳐다본 거라면? 그래서 오늘 아침 스트랫퍼드어폰에이번발 기차에서 날 찾아온 거라면? 가장 만만해 보이는 상대를 고른 걸까? 〈동물의 왕국〉에서 사자들이 가장 약한 가젤을 공격하는 것을 수도 없이 보았다.

비현실적이긴 해도, 이런 가정에는 어느 정도 서늘한 한 조각 위안이 담겨 있다. 이제야 지금까지 일어난 일들이 납득이 간다. 내가 어쩌다 이 기차에 타게 되었는지 설명이 된다.

머리에 뭔가 보드랍고 바삭바삭한 것이 내려앉는 듯한 느낌이 들었다. 두려움에 휩싸여 있던 나는 펄쩍 뛰어오른다.

또하나가 떨어진다. 집어들고 보니 솔트 앤드 비니거 감자칩 한 봉지다.

고개를 든다. 빌럼이 은행강도처럼 죄책감 어린 미소를 짓고 있다. 들고 있던 물건들이 그의 손에서 빠져나가려 하는 중인 건 말할 것도 없다. 초코바와 서로 다른 종류의 뜨거운 음료 세 잔을 들고, 한쪽 겨드랑이에는 오렌지주스 한 병을, 반대편 겨드랑이에는 콜라 한 캔을 끼고서. "기다리게 해서 미안. 식당칸이 열차 맨 끝에 있는데 세인트팽크러스 역에서 출발할 때까지 문을 안 열더라고. 내가 갔을 땐 이미 사람들이 길게 줄을 서 있었고. 네가 커피를 마실지 차를 마실지 몰라서 둘 다 샀어. 그런데 오다가 갑자기 네가 아까 콜라를 샀던 생각이 나는 거야. 그래서 다시 콜라를 사러 갔지. 그런데 돌아오는 길에 어떤 성질 고약한 벨기에 남자하고 부딪치는 바람에 커피를 옷에 다 쏟았어. 그래서 할 수 없이 화장실로 뛰어갔는데, 아무래도 거기서 내가 상황을 더 악화시킨 것 같아."

그는 내 앞 접이식 테이블에 종이컵 두 개와 콜라 한 캔을 내려놓고 자기 바지 앞쪽을 가리킨다. 바지에 커다란 갈색 얼룩이 있다.

나는 방귀 농담이나 구역질나는 얘기를 재미있어하는 타입이 아니다. 작년에 조너선 스팰리키가 생리현상을 억누르지 못하고 방귀를 뀌었을 때 휴버먼 선생님이 수업을 일찍 끝내면서 자제력을 발휘해준 유일한 학생이라며 나를 칭찬했을 정도였다.

그러니까 그 젖은 부분을 보고 내가 자제력을 잃은 건 결코 아니다.

그런데, 내가 콜라를 별로 좋아하지 않을뿐더러 오전에 본 콜라는 멜라니의 숙취 해소를 위해 산 거였다고 말하려 입을 벌리는 순간, 말 대신 웃음이 터져나온다. 그리고 내 웃음소리가 들리는 순간부터는 폭죽처럼 더 큰 웃음이 터져나온다. 너무 웃어서 숨을 헐떡일 정도로. 겁에 질려 금방이라도 쏟아질 것 같던 눈물을 마침내 마음놓고 흘릴 구실이 생긴다.

빌럼이 눈을 크게 뜨고는 네가 무슨 생각 하는지 알아, 라고 말하는 듯한 표정으로 바지 얼룩을 내려다본다. 그러고는 테이블에서 냅킨을 집어들며 말한다. "그 정도로 끔찍한 줄은 몰랐네." 그는 냅킨으로 바지를 찍어낸다. "커피 얼룩이 안 지워지던가?"

그 말에 또 한차례 웃음 발작이 시작된다. 그는 겸연쩍은 듯, 인내심 있는 미소를 짓는다. 그는 자신을 웃음거리로 만들 만큼 너그럽다.

"미, 미안." 내가 헐떡이며 말한다. "나, 지금, 네 팬츠, 때문에, 웃는 거, 아냐."

팬츠! 미국 영어와 영국 영어의 차이점을 설명하면서 폴리는 영국인들은 팬츠를 속옷이라는 의미로 사용한다고 말했다. 그러니까 팬츠라는 말을 사용할 때 불미스러운 오해가 생기지 않도록 유의하라고. 그 얘기를 하면서 폴리는 얼굴을 붉혔다.

이제 나는 배를 잡고 웃는다. 가까스로 똑바로 앉는 순간 프랑스 여자애들 중 한 명이 자리로 돌아온다. 그녀가 빌럼 뒤쪽으로 다가오더니 한 손을 그의 팔에 얹는다. 그녀의 손이 잠시 빌럼의 팔에 머문다. 그녀가 프랑스어로 뭐라고 말한 뒤 다시 자리에 앉는다.

빌럼은 그녀를 쳐다보지도 않는다. 대신 나를 돌아본다. 그의 검은 눈동자 속에 물음표가 떠오른다.

"네가 기차에서 내린 줄 알았어." 안도감의 샴페인 거품 속에서 나도 모르게 내뱉은 말이다.

세상에. 내가 이런 말을 하다니. 키득거리는 웃음소리가 새어나온다. 그를 쳐다보기가 두렵다. 조금 전까지 날 버리고 기차에서 내릴 마음이 없었다 해도 이제 그러고 싶을 것 같다.

빌럼이 자리에 앉는 순간 자리가 들썩한다. 가까스로 용기를 내어 그를 쳐다본다. 놀랍게도 전혀 놀라거나 불쾌해하는 표정이 아니다. 그저 재미있다는 듯 묘한 미소를 짓고 있을 뿐.

그가 인스턴트 음식들을 테이블에 펼쳐놓고 배낭에서 구부러진 바게트를 꺼낸다. 먹을 걸 전부 다 펼쳐놓고 나서야 그가 나를 똑바로 쳐다본다. "내가 왜 기차에서 내리는데?" 나를 놀리는 듯 쾌활한 목소리로 그가 묻는다.

거짓말을 둘러댈 수도 있다. 깜빡 잊었던 무언가가 생각나서라든가, 아니면 결국 네덜란드로 돌아가야 한다는 생각이 들었는데 내게 말할 시간이 충분치 않아서라든가. 한심하긴 해도 훨씬 순진한 이유를 댈 수도 있다. 그러나 나는 그렇게 하지 않는다.

"네 맘이 바뀌어서." 그가 불쾌해하기를, 놀라기를, 황당해하기를 기다리지만 그는 여전히 재미있다는 표정을 지으며 오히려 내 말에 호기심을 느끼는 것 같다. 그 순간 나는 뜻밖의 충동에 사로잡힌다. 진실만을 말하게 하는 물약이라도 먹었는지 전부 다 말해버린다. "아주 잠깐은, 어쩌면 이 모든 일의 배후에 어떤 음모가 있을지도 모른다고 생각했어. 네가 날 성노예로 팔아넘기려는 건지도 모른다고."

내가 그를 쳐다본다. 너무 멀리 갔나? 그가 미소를 머금고 턱을 문지른다. "어떻게?" 그가 묻는다.

"그야 모르지. 일단 날 기절시키든가 해야겠지. 그럴 때 사용하는 약이 뭐였더라? 클로로포름? 손수건에 그걸 묻혀서 코에 대면 잠든다며."

"영화에서나 그렇지. 네 친구 말대로 음료수에 약을 타는 게 더 쉽지 않을까?"

"하지만 넌 음료수를 세 개나 들고 왔고 그중 하난 아직 따지도 않았어." 내가 콜라 캔을 내민다. "근데 나 콜라 안 마셔."

"작전 실패네." 그가 과장스럽게 한숨을 쉰다. "안타깝다. 크게 한몫 챙길 수 있었는데."

"나 얼마나 받을 거 같아?" 내가 묻는다. 두려움이 이렇게 쉽게 농담의 소재가 되다니.

그가 나를 위아래로 훑어본다. "글쎄. 여러 가지 변수가 있지."

"예를 들면?"

"나이. 몇 살이야?"

"열여덟."

그가 고개를 끄덕인다. "신장하고 체중은?"

"5피트 4인치, 115파운드.* 미터로 어떻게 환산하는지는 몰라."

"신체 특이사항이나 흉터, 의족이나 의수 같은 거 있어?"

"그게 중요해?"

"그런 거 좋아하는 변태들이 있거든. 그 사람들한텐 돈을 더 받아."

"의족이나 의수는 없어." 문득 내 손목의 반점이 떠오른다. 너무 흉해서 늘 시계 밑에 숨기고 다니는 흉터 같은 그것. 그 반점을 드러내고 싶은, 나를 드러내고 싶은 묘한 충동이 일어서 손목시계를 내린다. "이런 건 있어."

---

* 162.5센티미터, 52킬로그램.

그가 바라보고 고개를 끄덕인다. 그리고 아무렇지도 않게 묻는다. "처녀야?"

"처녀면 값이 더 나가? 아님 덜 나가?"

"어느 시장에 파느냐에 따라 다르지."

"너 이 방면으로 좀 아는 것 같다?"

"암스테르담에서 자랐잖아." 그 말 한마디면 다 설명된다는 듯 그가 말한다.

"그래서 나 얼만데?"

"아직 내 질문에 대답 다 안 했잖아."

기분이 묘하다. 목욕가운의 끈을 잡고 있는데, 더 조일 수도 있고 아예 풀어버릴 수도 있을 것 같다. "아니. 처녀 아니야."

그가 고개를 끄덕인다. 왠지 설레게 만드는 눈빛으로 나를 바라보면서.

"보리스가 실망하겠네." 내가 덧붙인다.

"보리스가 누군데?"

"너희 조직에서 험한 일을 도맡아 하는 잔혹한 우크라이나 남자. 넌 단지 끄나풀일 뿐이잖아."

이번에는 그가 웃는다. 목을 뒤로 젖히고서. 마침내 그가 진정하고 말한다. "난 주로 불가리아 사람들하고 일해."

"놀리고 싶으면 마음껏 놀려. 하지만 TV에서 본 게 있단 말이야. 더구나 내가 널 잘 아는 것도 아니잖아."

그가 나를 똑바로 쳐다보면서 말한다. "나이 스무 살. 190센티미터. 마지막으로 쟀을 때 75킬로그램. 그리고 이것," 그가 발의 지그재그 모양 흉터를 보여준다. 그리고 내 눈을 똑바로 쳐다보면서 말한다. "마지막으로, 아니."

그가 내게 물었던 마지막 질문까지 대답했다는 사실을 깨닫기까지 일 분 정도가 걸린다. 마침내 그 의미를 이해하는 순간 내 목이 벌겋게 달아오른다.

"우린 아침도 같이 먹었어. 난 아주 잘 아는 사람들하고만 아침을 같이 먹거든."

서서히 달아오르던 얼굴이 이번에는 완전히 붉게 물든다. 재치 있는 대답을 생각해보려 애쓰지만 누군가가 날 그런 식으로 쳐다볼 때 재치 있는 대답을 하기란 쉽지 않다.

"정말 내가 널 두고 내릴 거라고 생각했어?" 그가 묻는다.

성노예 인신매매에 관해 한참 농담을 한 뒤라 그런지 그의 질문이 이상하게 느껴진다. 나는 잠시 생각해본다. 내가 정말 그렇게 생각했을까?

"모르겠어. 나답지 않게 너무 충동적으로 굴어서 좀 겁이 났나봐. 사실 이건 진짜 내 모습이 아니거든."

"그래?" 그가 묻는다. "어쨌든 넌 지금 여기 있잖아."

"여기 있지." 내가 그의 말을 따라 한다. 나는 여기 있다. 이곳에. 파리로 가는 길에. 그와 함께. 나는 그를 바라본다. 특유의 반쪽 미소를 머금고 있다. 내가 너무도 재미있는 사람이라는 듯. 흔들리는 기차 때문일까. 아니면 오늘 하루를 보낸 뒤에는 다시는 그를 보지 못할 수도 있다는 생각 때문일까. 아니면 한번 열었던 진실의 문을 다시 닫을 수 없어서일까. 어쩌면 그저 내가 그러고 싶어서일까.

나는 가운을 완전히 벗어 바닥에 떨어뜨린다. "네가 열차에서 내렸다고 생각했던 건, 애초에 네가 이 열차에 탔다는 걸 도저히 믿을 수가 없어서야. 아무 이유 없이 그냥 나하고 탔다는 걸."

이건 진실이다. 내 나이 겨우 열여덟이지만, 세상이 이미 두 그룹으로 나뉘어 있는 것 정도는 안다. 행하는 자와 구경하는 자. 특별한 일들을 경험하는 사람들과 그저 묵묵히 일상을 살아가는 사람들. 룰루들과 앨리슨들.

룰루가 되어 다른 세계로 빠져나갈 수 있다는 생각을 나는 한 번도 해본 적이 없다. 단 하루라도.

나는 빌럼을 바라본다. 그는 과연 뭐라고 대답할까. 그러나 그가 미처 대답하기도 전에, 기차는 해협 터널의 어둠 속으로 들어간다. 내가 읽은 자료에 의하면, 이십 분 내로 우리는 칼레에 도착하고 그로부터 한 시간 뒤에 파리에 도착한다. 그러나 지금 이 순간, 나는 왠지 이 기차가 파리가 아닌 다른 곳으로, 완전히 낯선 어딘가로 나를 데려갈 것만 같다.

넷
파리

우리는 곧바로 난관에 부딪친다. 기차역 지하의 물품보관소가 닫혀 있다. 짐을 보관하려면 보안검색기를 통과해야 하는데 그걸 작동하는 직원들이 파업중이란다. 그 바람에 내 가방이 들어갈 만큼 큰 자동 사물함은 전부 다 차버렸다. 빌럼은 멀지 않은 곳에 다른 역이 있긴 하지만 거기도 파업중이라면 상황이 마찬가지일 거라고 말한다.

"하지만 이 가방을 끌고 다닐 순 없어. 센 강에 내던질 수도 없고." 농담삼아 한 말이지만 앨리슨의 모든 흔적을 강물에 던진다는 생각에 묘하게 마음이 끌린다.

"이 근처 나이트클럽에서 일하는 친구가 있는데……" 그가 배낭에 손을 넣어 낡은 가죽 노트를 꺼낸다. 여자친구들 주소록이냐고 농담을 하려는 순간 노트에 적힌 이름들과 전화번호, 이메일 주소가 보인다. 그가 말을 잇는다. "거기서 장부를 관리하는 직원이라 오후엔 주로 자리에 있어.” 나는 그것이 실제로 여자친구 주소록임을 깨닫는다.

빌럼이 마침내 번호를 찾고 낡은 휴대폰을 꺼내 전원 버튼을 몇 번 누른다. “배터리가 다 닳았어. 네 건 돼?”

나는 고개를 젓는다. “유럽에선 안 돼. 카메라로만 쓰고 있어.”

“그럼 일단 걸어가보자. 여기서 가까워.”

우리는 다시 에스컬레이터로 향한다. 자동문을 통과하기 직전에 빌럼이 내 쪽으로 돌아서며 묻는다. “파리를 만날 준비 됐어?”

여행가방 문제로 속을 썩느라 이 모든 소동의 이유가 파리라는 사실을 잊고 있었다. 갑자기 조금 긴장이 된다. “그랬으면 좋겠다.” 내가 힘없이 말한다.

우리는 역 밖으로 나가 뜨거운 열기 속으로 들어선다. 나는 엄청난 실망에 대비하려고 눈살을 찌푸린다. 이번 여행 내내, 가는 곳마다 실망스러웠으니까. 영화를 너무 많이 본 탓일까? 로마에선 오드리 헵번의 〈로마의 휴일〉 같은 경험을 정말 하고 싶었지만 트레비 분수에는 사람이 너무 바글거렸고 스페인 계단 밑에는 맥도날드가 있었고 유적지마다 길고양이들 때문에 고양이 오줌 냄새가 진동했다. 『참을 수 없는 존재의 가벼움』의 자유분방함에 동경을 품고 갔던 프라하도 마찬가지였다. 매혹적인 예술가도, 젊은 시절 대니얼 데이 루이스 비슷하게 생긴 남자도 없었다. 카페에서 사르트르를 읽고 있던 신비로운 분위기의 남자를 보긴 했지만 휴대폰이 울리자 텍사스 사투리로 떠들기 시작했다.

그리고 런던. 멜라니와 나는 튜브에서 완전히 길을 잃었다가 우연히 노팅힐을 둘러보게 되었다. 그러나 노팅힐에도 화려한 고가의 명품매장들뿐이었다. 이국적인 서점들도, 저녁파티에 초대하고 싶은 사랑스러운 친구들도 없었다. 내가 본 영화의 수만큼 실망도 쌓여갔다. 파리에 관한 영화도 많이 봤는데.

파리 북역에서 나를 반기는 것은 영화 속의 파리가 아니다. 에펠탑도 없고 멋진 의류매장도 없다. 호텔과 환전소가 가득하고, 택시와 버스로 마비된 평범한 길이다.

주위를 둘러보니 지저분한 갈색 건물들이 끝도 없이 줄지어 서 있다. 찍어낸 듯 똑같은 건물의 창문과 프렌치도어가 활짝 열려 있고 곳곳에 꽃들이 흐드러지게 피었다. 길 건너 대각선 방향으로 카페가 두 개 보인다. 두 개 다 그리 근사해 보이지 않는데도 사람이 꽉 찼다. 사람들은 차양이 달린 동그란 유리 테이블에 앉아 있다. 너무나 평범하고 한편으로는 너무나 이국적이다.

빌럼과 나는 걷기 시작한다. 길 건너 카페 두 곳 중 한 곳을 지나친다. 카페 테이블에 혼자 앉은 여자가 분홍색 와인을 마시며 담배를 피운다. 자그마한 불도그가 그녀의 발치에서 헐떡이고 있다. 테이블 앞을 지나치는 순간 불도그가 달려와 내 스커트 자락에 코를 대고 킁킁거리며 내 다리에 줄을 휘감는다.

여자는 우리 엄마 나이쯤 되어 보이는데도 미니스커트를 입고 종아리까지 끈으로 묶는 굽 높은 샌들을 신고 있다. 그녀가 쫓아나와 개를 야단치며 줄을 푼다. 나는 몸을 숙여 녀석의 귀 뒤를 쓰다듬어준다. 여자가 프랑스어로 하는 말을 듣고 빌럼이 웃는다.

"뭐라고 했어?" 여자로부터 어느 정도 멀어졌을 때 내가 묻는다.

"자기 개가 예쁜 여자만 보면 거세한 수퇘지처럼 침을 질질 흘린대."

"정말?" 나는 우쭐해져서 얼굴을 붉힌다. 한심하기는. 불도그는 한 마리 개일 뿐이고 거세한 수퇘지가 정확히 무슨 뜻인지도 모르면서.

빌럼과 나는 성인용품가게들과 여행사들이 모여 있는 블록을 지나 모퉁이를 돌아서 발음하기 어려운 어느 불러바드에 접어든다. 불러바드라는 말이 본래 프랑스 말임을 나는 온몸으로 느낀다. 미국에서 불러바드라고 불리는 길은 그저 복잡한 도로일 뿐, 불러바드가 아니다. 진짜 불러바드는 프랑스에 있다. 프랑스의 불러바드는 삶이 흐르는 강이다. 넓고 웅장하며 흐름이 있다. 한복판에는 광장이 있고 길가에는 머리 위로 우아한 나무들이 서로에게 몸을 기울이고 있다.

빨간 신호등이 켜지는 순간 몸에 붙는 슈트 차림의 잘생긴 남자가 자전거 전용도로에서 모터 자전거를 타고 가다가 멈춰 서서 나를 위아래로 훑어본다. 뒤에 오던 모터 자전거가 경적을 울릴 때까지.

불과 오 분 만에 두 번이나 이런 일을 겪다니. 물론 첫번째는 개였지만 왠지 어떤 의미가 있을 것만 같다. 지난 삼 주 동안 남자들의 시선을 한몸에 받은 사람은 멜라니였다. 나는 그게 멜라니의 금발과 나 좀 봐줘 하고 말하는 것 같은 옷차림 때문일 거라고 소심하게 짐작하고 있었다. 지나친 성 상품화가 아니냐고 내가 한두 번 불평을 했지만 멜라니는 눈을 부릅뜨고 내가 중요한 걸 놓치고 있다고 했다.

이런 가벼운 시선에 기분이 좋아지는 것을 보면 어쩌면 멜라니가 옳은 게 아닐까. 어쩌면 남자들에게 예쁘게 보이는 게 중요한 게 아니라 파리가 날 인정해주고 내게 윙크하고 날 받아들여주는 것 같은 이 느낌이 중요한 게 아닐까. 이상한 일이다. 왜냐하면 내가 전 세계 모든 도시의 사람들 중에서도 파리 사람들에게만큼은 당연히 투명인간일 거라고 생각했기 때문이다. 하지만 분명 여기서 난 투명인간이 아니다. 파리에서라면 스케이트를 타는 정도가 아니라 올림픽 출전권도 딸 수 있을 것 같다!

"정식으로 선언할게." 내가 말한다. "난 파리가 좋아!"

"벌써?"

"이런 건 곧바로 아는 거야. 이제 파리는 전 세계에서 내가 가장 좋아하는 도시가 됐어."

"파리가 그런 매력이 좀 있긴 하지."

"사실 경쟁이 치열하진 않았어. 이번 여행에서 가본 다른 도시들이 다 별로였거든."

이번에도 아무렇지 않게 그런 말이 나온다. 꼭 하루가 주어졌는데, 무슨 말인들 못할까. 이번 여행은 한마디로 꽝이었다. 마침내 누군가에게 이런 얘기를 할 수 있어서 후련하다. 부모님에게는 말할 수 없었다. '인생 최고의 여행'을 위해 경비를 지불했다고 믿고 있었으니까. 멜라니에게도 말할 수 없었다. 멜라니는 실제로 '인생 최고의 여행'을 하고 있었으니까. 폴리에게도 말할 수 없었다. 이 여행을 우리 '인생 최고의 여행'으로 만들어주는 게 폴리의 책임이었으니까. 그러나 진실은 이것이다. 지난 삼 주 동안 여행을 즐기려 노력했지만 나의 노력은 실패로 끝났다.

"여행을 잘하는 것도 일종의 재능인 것 같아. 휘파람을 불거나 춤을 추는 것처럼." 내가 말을 잇는다. "그런 재능을 타고나는 사람들이 있는 것 같아. 너도 그래 보여. 여행 다닌 지 얼마나 됐어?"

"이 년." 그가 말한다.

"띄엄띄엄 이 년?"

그가 고개를 젓는다. "네덜란드에 이 년 만에 돌아가는 거야."

"정말? 오늘 돌아갈 예정이었어? 이 년 만에?"

그가 양팔을 번쩍 든다. "이 년에 하루쯤 더 보태는 게 뭐 대수야?"

그에게는 대수가 아닌가보다. 하지만 나에게는 대수다. "내 말이 바로 그 말이야. 넌 여행에 소질이 있어. 난 그런 재능이 없는 것 같아. 여행을 하면 견문이 넓어진다고들 말하지만, 솔직히 그 말이 정확히 무슨 뜻인지도 잘 모르겠어. 왜냐하면 난 이번 여행이 내 견문을 넓혀준 것 같지 않거든. 내가 여행에 소질이 없어서 그런가봐."

철로 폭의 수십 배는 될 것 같은 널찍하고 긴 다리를 걷는 동안 그는 거의 말이 없다. 다리는 온통 낙서투성이다. 그가 입을 연다. "여행은 잘해야 하는 무언가가 아니야. 그냥 하면 되는 거지. 숨쉬는 것처럼."

"아닌 거 같은데. 난 숨은 잘 쉴 수 있어."

"진짜? 숨쉬는 걸 의식한다고?"

"다른 사람들보단. 아빠가 호흡기내과 의사거든. 폐 전문."

"그러니까 내 말은, 네가 숨을 잘 쉬는지 못 쉬는지 생각해봤냐고. 낮이나 밤이나. 잘 때, 먹을 때, 말할 때."

"별로."

"지금 생각해봐."

"숨쉬는 걸 어떻게 생각해?" 그렇게 말하면서도 어느 순간 나는 생각하고 있다. 나는 숨쉬는 것에 대해 생각해본다. 숨쉬는 원리를 생각해본다. 잠잘 때나 울 때나 재채기할 때 숨쉬는 방법을 내 몸은 어떻게 알까. 만약 내 몸이 그 방법을 잊어버린다면? 그렇게 되면 나는 숨쉬기가 힘들어질 것이다. 내리막길을 걸을 때조차도 오르막길을 걸을 때처럼 힘들어하겠지.

"생각해보니까 좀 이상하다."

"그것 봐." 빌럼이 말한다. "생각을 너무 깊이 해서 그래. 여행도 마찬가지야. 너무 애쓰면 안 돼. 그랬다간 일처럼 느껴지니까. 그냥 모든 혼란스러운 상황에 항복해야 돼. 나한테 일어나는 사고에."

"달려오는 버스 앞으로 걸어가면 여행이 재미있을 거란 얘기야?"

빌럼이 키득거린다. "그런 사고를 말하는 게 아니야. 우리 주위에서 일어나는 작은 일들 말이야. 대수롭지 않은 우연일 수도 있지만 때로는 모든 걸 바꾸기도 하는."

"꼭 제다이*처럼 말하네. 좀더 구체적으로 설명해줄래?"

"어느 외진 마을 고속도로에서 한 남자가 히치하이크하는 여자

---

* 영화 〈스타워즈〉에 나오는 신비스러운 기사단.

를 태워. 일 년 뒤, 돈이 떨어진 여자가 남자의 집 앞에 나타나. 그리고 육 개월 뒤, 두 사람은 결혼해. 그게 사고야."

"너 그렇게 결혼했어?"

돛이 펼쳐지듯 그의 얼굴에 미소가 번진다. "예를 들면 그렇다고."

"실제로 겪은 일을 말해줘."

"그게 실제가 아닌지 어떻게 알아?" 그가 장난을 친다. "좋아. 이건 실제로 일어난 일이야. 작년에 내가 베를린에 있을 때, 부쿠레슈티로 가는 기차를 놓쳐서 할 수 없이 슬로바키아로 갔어. 거기서 어느 극단 사람들을 만났는데, 한 명이 발목을 다쳐서 대역이 필요하다는 거야. 그래서 브라티슬라바로 가는 여섯 시간 동안 내가 그 사람 대사를 외웠어. 그 사람 발목이 다 나을 때까지 육 개월 동안 그 극단에 머물렀고. 그러고 나서 게릴라 윌 극단에서 일하는 사람들을 알게 됐는데, 그 사람들은 프랑스어로 셰익스피어 연극을 할 수 있는 사람을 급하게 찾고 있었어."

"네가 할 수 있었고?"

그가 고개를 끄덕인다.

"너 혹시 무슨 언어 영재라도 되는 거야?"

"네덜란드 출신인 것뿐이야. 어쨌든 그렇게 게릴라 윌에 합류했어." 그가 손가락을 튕겨 소리를 낸다. "그래서 배우가 된 거고."

그 말에 나는 놀란다. "난 네가 배우생활을 오래한 줄 알았어."

"아니. 그저 하나의 우연이었고 임시로 시작한 일이었어. 그다음 우연이 또다른 어딘가로 날 데려다줄 때까지. 결국 그게 인생이잖아."

가슴속에서 무언가가 빠르게 움직인다. "정말 그렇게 생각해? 그게 인생이라고? 그렇게 쉽게 바뀔 수 있다고?"

"세상 어딘가에선 항상 무슨 일이 일어나고 있어. 내가 그 길에 나가 있지 않으면 그 일들을 놓치는 거야. 여행을 하면 그 길 위에서 있게 돼. 물론 매번 좋은 일만 일어나는 건 아니야. 나쁜 일이 일어날 수도 있어. 하지만 대부분은……" 그가 어깨를 으쓱하며 파리를 가리키는 몸짓을 하고는 곁눈질로 나를 흘긋 본다. "그렇게 나쁘지 않아."

"버스에 치이지만 않으면." 내가 말한다.

그가 웃는다. 그리고 손으로 나를 가리킨다. "맞아. 버스에 치이지만 않으면." 그가 내 말을 받는다.

다섯

빌럼의 친구가 일한다는 클럽 앞에 도착해보니 클럽 안이 쥐죽은듯 고요하다. 그러나 빌럼이 문을 두드리자 검은 피부의 키 큰 남자가 문을 열어준다. 빌럼이 그에게 프랑스어로 말을 건네고 잠시 후 우리는 자그마한 무대와 좁은 바, 의자들을 올려놓은 테이블들이 있는 널찍하고 눅눅한 클럽의 홀로 들어선다. 빌럼은 프랑스어로 거인과 조금 더 이야기를 나눈 뒤 내게 돌아선다.

"셀린은 예고 없이 오는 걸 별로 안 좋아해. 일단 나 혼자 아래층에 내려갔다 올게."

"알았어." 어둡침침한 홀 안에서 내 목소리가 쩌렁쩌렁 울린다. 문득 내가 긴장하고 있음을 깨닫는다.

빌럼은 클럽 안쪽의 계단으로 향한다. 거인은 바 뒤로 돌아가 술병을 반짝거리게 닦는 일에 열중한다. 그는 파리가 날 사랑한다는 소식을 못 들은 게 분명하다. 나는 간이의자에 앉는다. 할아버지 할머니와 즐겨 갔던 아이스크림가게 의자처럼 빙그르르 한 바퀴 돌아본다. 거인이 나를 완전히 무시하고 있기 때문에 나는 이리저리 의자를 돌리며 시간을 보낸다. 너무 빨리 돌렸는지 어느 순간 의자가 지지대에서 빠져버린다.

"어, 이런! 앗!"

거인이 바닥에 엎드려 있는 내 쪽으로 다가온다. 표정을 보니 한두 번 겪는 일이 아닌가보다. 그는 의자를 끼워넣고 바 뒤쪽으로 돌아간다. 나는 주저앉은 채 잠시 가만히 있는다. 이대로 주저앉아 있는 게 덜 창피할까, 아니면 의자로 돌아가는 게 덜 창피할까.

"미국인?"

어, 어떻게 알았지? 내가 허둥대는 꼴을 보고 알았나? 프랑스 사람들은 허둥거리지도 않나? 사실 난 우아한 여자다. 발레도 팔 년이나 배웠다. 다른 사람이 앉기 전에 의자를 고치라고 말해야지. 아니, 그랬다간 정말 미국인처럼 보일 것이다.

"어떻게 알았어요?" 굳이 왜 묻는지 나도 모르겠다. 우리 비행기가 런던에 착륙한 순간부터 쭉 내 머리 위에서 네온사인이 반짝이는 것 같다. 관광객! 미국인! 외국인! 이제 익숙할 때도 됐건만. 파리에 도착한 이후, 그 네온사인 불빛이 약간 흐릿해진 것 같은 기분이 들었는데, 아무래도 아니었던 모양이다.

"아가씨 친구가 말해줬어요." 그가 말한다. "우리 형이 로셰에스테르에 살아요."

"네……" 내가 당연히 알아야 하는 곳인가보다. "파리에서 가까운 곳인가요?"

그가 호탕하게 웃는다. "아니, 뉴욕에 있어요. 커다란 호수 근처에."

로셰에스테르? "아! 로체스터!"

"맞아요. 로셰에스테르." 그가 되풀이한다. "거기 되게 춥대요. 눈도 많이 오고요. 우리 형 이름은 알리우 미오디예요. 혹시 우리 형 알아요?"

나는 고개를 젓는다. "전 펜실베이니아에 살아요. 뉴욕 옆이요."

"페니스바니아에도 눈이 많이 오나요?"

나는 웃음을 참는다. "펜-실-베이니아에도 눈이 꽤 많이 오지만," 내가 발음을 강조하며 말한다. "로체스터만큼은 아니에요."

그가 몸을 부르르 떤다. "엄청 춥대요. 특히 우리 같은 사람들한테는. 우리한텐 세네갈의 피가 흐르거든요. 둘 다 파리에서 태어났지만요. 우리 형은 로셰에스테르 대학에서 컴퓨터를 공부하고 있어요." 거인이 무척 뿌듯해하는 표정으로 말한다. "형은 눈을 안 좋아해요. 그리고 여름에는 세네갈 모기만큼이나 커다란 모기도 있대요."

내가 웃는다.

거인의 얼굴이 미소 짓는 호박 등처럼 환하게 밝아진다. "파리에 온 지는 얼마나 됐어요?"

나는 시계를 본다. "한 시간이요. 딱 하루만 있을 거예요."

"하루만? 근데 여긴 왜 왔어요?" 그가 바를 가리키며 묻는다.

나는 내 가방을 가리킨다. "가방을 맡길 데가 없어서요."

"아래층으로 가져가요. 오늘 하루를 여기서 낭비하면 안 되죠.

햇빛이 날 땐 햇볕을 쬐어야죠. 언제 눈이 내릴지 모르니까."

"빌럼이 여기서 기다리라고 했어요. 셀린이라는 친구가……"

"무슨!" 그는 손을 내저으며 내 말을 자르고는 바 뒤에서 나오더니 내 가방을 한쪽 어깨에 들쳐멘다. "이쪽으로 와요. 가방 아래층으로 내려다줄게요."

아래층으로 내려가보니 어두운 복도에 스피커와 확성기, 케이블, 조명 같은 것들이 널려 있다. 위층에서 누군가 문을 두드리는 소리가 들리자 거인이 얼른 위층으로 뛰어올라가면서 내게 가방을 사무실에 갖다놓으라고 말한다.

문이 여러 개가 있다. 첫번째 문을 노크하고 열어보니 철제 책상과 낡은 컴퓨터, 서류들이 쌓여 있는 조그만 방이 나온다. 빌럼의 배낭이 그곳에 있지만 빌럼은 없다. 다시 복도로 나오자 여자의 빠른 프랑스어와 상대적으로 느린 빌럼의 목소리가 들려온다.

"빌럼?" 내가 불러본다. "어딨어?"

빌럼이 대답하지만 무슨 말인지 알아들을 수가 없다.

"뭐라고?"

그가 또다시 대답하지만 나는 이번에도 알아듣지 못한다. 그래서 조심스럽게 또다른 방문을 열어본다. 상자들이 가득 쌓인 조그만 창고에 빌럼이 셀린으로 보이는 여자 앞에 서 있다. 어둑어둑한 창고 안이지만 셀린이라는 여자가 나와 비교도 되지 않을 정도로 예쁘다는 것 정도는 알 수 있다. 셀린은 쉰 목소리로 빌럼에게 말하며 그의 셔츠를 머리 위로 벗겨주려 애쓰는 중이다. 물론, 빌럼은 웃고 있다.

나는 문을 쾅 닫고 계단으로 향한다. 서두르는 바람에 내 여행가방이 쓰러진다.

덜컹거리는 소리가 들린다. "룰루! 문 열어! 여기 뭐가 걸렸어!"

돌아보니 여행가방이 문 손잡이 밑에 괴어져 있다. 나는 문 쪽으로 돌아가 발로 내 가방을 뻥 차고 다시 계단 쪽으로 돌아선다. 그 순간 문이 활짝 열린다.

"지금 뭐 하는 거야?" 빌럼이 묻는다.

"가려고." 빌럼과 내가 특별한 사이라고 말할 수는 없지만 어떻게 그럴 수 있을까. 날 위층에 남겨두고 아래층에서 섹스를 하다니.

"돌아와."

프랑스 사람들 얘기라면 나도 익히 들어서 알고 있다. 프랑스 영화도 많이 보았다. 프랑스 영화는 대체로 섹시하다. 어떤 건 좀 변태적이지만. 물론 나는 룰루이고 싶다. 그러나 이런 일을 감수할 정도로 절박하진 않다.

"룰루!" 빌럼의 목소리는 단호하다. "내가 옷 안 갈아입으면 셀린이 네 짐을 안 맡아주겠대." 그가 상황을 설명한다. "나보고 성인용품가게에서 나오는 추잡한 늙은이 같대." 그가 자신의 바지춤을 가리키며 말한다.

그 말이 무슨 뜻인지 이해하기까지 잠시 시간이 걸리고 그 순간 내 얼굴이 붉게 물든다.

셀린이 빌럼에게 프랑스어로 한마디 던지자 빌럼이 웃는다. 내가 생각했던 그런 상황은 아닌 것 같다. 그래도 내가 두 사람을 방해한 것만은 분명하다.

빌럼이 내 쪽으로 돌아선다. "그래서 바지를 갈아입겠다고 했어. 그런데 내 셔츠들이 전부 다 지금 입고 있는 것만큼 더러워서 셀린이 셔츠를 하나 찾아주던 참이었어."

셀린은 계속 빌럼에게 프랑스어로 떠들어댄다. 나는 아마 여기 없나보다.

마침내 셀린이 셔츠를 하나 찾아낸다. 큼직한 빨간 글씨로 SOS라고 적힌 엷은 회색 티셔츠. 빌럼은 티셔츠를 받아들고 입고 있던 셔츠를 벗는다. 셀린이 또다시 그에게 뭐라고 말하며 그의 벨트 버클을 풀려는 듯 손을 뻗는다. 그는 항복의 의미로 두 손을 치켜들더니 직접 바지 단추를 푼다. 바지가 바닥에 떨어지고 빌럼은 사각팬티 한 장만 걸친 채 그렇게 서 있다.

"엑스퀴제 무아!"* 그가 말하며 내 곁을 스쳐지나간다. 그 바람에 그의 벗은 상체가 내 팔을 스친다. 이곳은 어둡지만 셀린이라는 여자는 내가 얼굴을 붉히는 것을 분명히 보았을 테고, 그래서 날 미워할 것이다. 잠시 후 빌럼이 자기 배낭을 들고 돌아온다. 그는 배낭에서 구겨졌지만 얼룩이 없는 깨끗한 청바지를 꺼낸다. 나는 그가 바지를 입고 낡은 갈색 가죽 벨트를 매는 것을 보지 않으려 애쓴다. 빌럼이 티셔츠를 입는다. 셀린이 빌럼을 쳐다보는 나를 보는 순간 뭔가를 들킨 사람처럼 고개를 돌린다. 그녀에게 들킨 건 사실이다. 그가 벗고 있는 것보다 옷을 입는 걸 지켜보는 게 왠지 더 은밀하게 느껴진다.

* '실례합니다!'라는 뜻의 프랑스어.

"다코르?"* 그가 셀린에게 묻는다. 셀린은 양손을 허리에 얹고 그를 위아래로 훑어본다.

"미외."** 그녀가 말한다. 마치 고양이가 야옹 하는 소리 같다.

"룰루?" 빌럼이 묻는다.

"괜찮네."

그제야 셀린이 나를 제대로 본다. 그리고 커다란 몸짓을 섞어가며 내게 무언가를 말하고 멈춘다.

내가 대답을 못하고 우물거리자 셀린이 한쪽 눈썹을 완벽한 아치 모양으로 치켜세운다. 그동안 다른 쪽 눈썹은 제자리에 있다. 피렌체에서도, 프라하에서도 그렇게 하는 여자들을 본 적이 있다. 아마 유럽 학교에서 가르치는 기술인가보다.

"수 우 쉬르Sous Ou Sur 들어봤느냐고 묻는 거야." 빌럼이 묻는다. 티셔츠에 적힌 SOS를 가리키면서. "정의에 관한 과격한 노래를 부르는 유명한 펑크랩 밴드 이름이거든."

나는 고개를 젓는다. 프랑스어를 못하는 것도 모자라서 프랑스의 유명한 반정부 밴드 이름도 모르는 두 배로 한심한 낙오자가 된 것 같은 기분이 든다. "미안해요. 전 프랑스어 못해요."

셀린은 나를 경멸하는 표정이다. 외국어 하나 할 줄 모르는 한심한 미국인이 또 납셨군, 하고 말하는 듯한 저 표정.

"중국어는 좀 할 줄 아는데……" 절박한 마음에 내가 덧붙여보

---

* '괜찮아?'라는 뜻.

** '한결 나아'라는 뜻.

지만 그녀에겐 먹히지 않는다.

셀린이 갑자기 영어로 말하기 시작한다. "하지만 이름이 룰루라면서요. 프랑스 이름 아니었어요?"

잠시 정적이 흐른다. 공연장에서 노래와 노래 사이에 감도는 것 같은 그런 정적이다. 아무렇지도 않은 척 상황을 설명하기에 더없이 좋은 기회다. "사실 제 이름은 앨리슨이에요."

그러나 빌럼이 나를 대신해 대답한다. "룰루는 루이즈의 줄임말이야." 빌럼이 내게 윙크한다.

셀린이 보라색 매니큐어를 바른 손가락으로 내 가방을 가리킨다. "이게 그 가방인가요?"

"네."

"무지하게 크네요."

"그렇게 큰 건 아닌데." 헤어드라이어와 어댑터와 하루에 세 번씩 갈아입을 옷들이 들어 있는 다른 여자애들의 가방을 떠올리며 내가 말한다. 그리고 허벅지까지 오는 검은 그물드레스 차림의 셀린을 바라본다. 멜라니가 거금을 투자해 살 법한 드레스다. 그러나 그런 말을 해봐야 셀린은 별로 감동할 것 같지 않다.

"사무실 말고 창고에 보관하죠."

"어디든 괜찮아요. 내일 찾으러 올게요."

"열시에 청소부가 올 거예요. 그리고 여러 장 있으니까 한 장 가지세요." 그녀가 말하며 빌럼에게 준 것과 똑같은 티셔츠를 내민다. 내 티셔츠가 빌럼 것보다 한 사이즈 정도 클 뿐이다.

나는 여행가방을 열고 티셔츠를 집어넣으려다가 문득 가방에 들어 있는 물건들을 떠올린다. 엄마가 골라준 얌전한 A라인 스커트와 티셔츠. 숨막히는 모험의 기록이 되기를 바랐건만 겨우 전보 문구 같은 것들로 채워지고 만 여행 일기. 오늘 우리는 프라하 성에 갔다. 끝. 오늘은 국립오페라하우스에서 〈마술피리〉를 보았다. 끝. 저녁식사로 치킨커틀릿을 먹었다. 끝. 유럽 명소들을 찍은 우편엽서는 한 장도 쓰지 않았다. 의무적으로 부모님과 할머니에게 쓰고 난 뒤에는 마땅히 보낼 사람이 없었다. 그리고 지퍼락 비닐봉지 안에는 이제 달랑 종이 한 장만 남아 있다. 여행을 떠나기 전에 엄마가 소지품 목록을 적어서 여러 장 복사해주었다. 여행지마다 한 장씩, 가방을 챙길 때 빠뜨리지 않도록 하나하나 확인해보라면서. 이제 마지막 여행지 런던에서 확인할 목록 한 장만 남았다.

나는 티셔츠를 숄더백에 넣는다. "여기 넣을게요. 오늘밤에 입고 잘게요."

셀린의 눈썹이 다시 한번 위로 올라간다. 티셔츠를 입고 잔 적이 한 번도 없나. 하긴 셀린 같은 여자는 아주 추운 겨울날에도 홀딱 벗고 자겠지. 문득 발가벗고 빌럼의 곁에 잠든 셀린의 모습이 눈앞에 스친다.

"고마워요. 셔츠도, 그리고 가방 맡아주는 것도." 내가 말한다.

"메르시." 셀린도 말한다. 셀린은 내게 뭐가 고맙다는 걸까 하고 생각하다가 프랑스어로 인사하라는 뜻임을 이내 깨닫고 그렇게 한다. 그러나 내 발음은 '머시'에 가깝다.

우리는 함께 위층으로 올라간다. 셀린은 빌럼 옆에서 계속 종알거린다. 그제야 나는 빌럼의 프랑스어가 유창한 이유를 알 것 같다. 계속 종알거리는 것만으로는 자신이 한 마리 개이고 빌럼은 자신의 급수대인 것을 증명하기에 충분치 않다는 듯, 위층에 올라가자마자 셀린은 빌럼의 팔짱을 끼고 천천히 바 앞쪽으로 간다. 나는 팔을 흔들며 "얘들아! 나 여기 있는 거 잊어버렸니?"라고 외치고 싶은 심정이다.

두 사람이 뺨을 비비고 키스하는 의식을 치르는 동안, 파리에 와서 느꼈던 흥분이 잦아든다. 아찔한 하이힐. 아래쪽을 금발로 염색한 검은 머리카락. 과한 피어싱 때문에 묻히기도 하고 돋보이기도 하는 완벽한 대칭을 이루는 얼굴. 셀린 옆에 서 있자니 나는 난쟁이 똥자루 같다. 다시 한번 궁금해진다. 도대체 빌럼은 왜 날 데려왔을까. 그 순간 셰인 마이클스의 얼굴이 떠오른다.

10학년 내내, 나는 졸업반의 셰인을 짝사랑했다. 어느 순간 우리는 꽤 친해졌다. 그는 가끔 내게 추파를 던지기도 했고 날 여기저기 데리고 다녔다. 나 대신 돈을 내주기도 했고 사적인 얘기도 많이 했다. 심지어는 자기가 데이트하는 여자애들에 대해서도. 그러나 그의 연애는 대부분 몇 주를 넘기지 못했다. 그때 난 혼자 생각했다. 우리가 점점 더 가까워지고 있고 언젠가는 그가 나와 사랑에 빠질 거라고. 하지만 몇 개월이 지나도 우리에겐 아무 일도 일어나지 않았다. 멜라니는 내가 헛물을 켜고 있다고 했다. "너 아무래도 사이드킥 신드롬*인 거 같아." 멜라니가 말했다. 그땐 멜라니가 나를 질투한다고 생각했지만 멜라니 말이 옳았다. 비록 에번과

* 잘나가는 친구 옆에서 들러리를 서는 성향.

사귀긴 했지만, 사이드킥 신드롬은 불치병인지도 모른다.

나는 주눅이 든다. 조금 전까지 나를 환영해주었던 파리와도 서서히 멀어진다. 파리가 정말 나를 환영하긴 했는지도 모르겠다. 개 한 마리가 내 스커트 자락을 킁킁거리고 지나가던 남자가 나를 흘긋 쳐다봤다고 거기에 큰 의미를 부여하다니 얼마나 한심한가. 파리는 셀린 같은 여자를 좋아한다. 짝퉁 룰루가 아닌 진짜 룰루.

우리가 클럽을 나설 때 거인이 바 뒤에서 나와 내 손을 잡더니 "아 비엥토!"*라고 말하며 내 양볼에 키스한다.

따듯한 기운이 가슴에 번진다. 이번 여행중에 현지인이 베풀어준 첫번째 친절이다. 돈을 받아서가 아니라 그저 베풀고 싶어서 베푸는 친절. 물론 빌럼이 더이상 셀린을 보지 않고 나를 바라보고 있다는 사실을 놓치지는 않는다. 그의 얼굴에 묘한 호기심이 번진다. 내 생각이 맞는지, 아니면 다른 이유가 있는지 모르지만 그저 플라토닉한 우정의 키스, 마치 뺨과 뺨의 악수처럼 느껴졌던 거인의 키스가 너무도 의미심장하게 다가온다. 마치 파리가 내게 보내는 키스인 것처럼.

---

* '또 봐요!'라는 뜻.

여섯

"룰루, 의논해야 할 중요한 문제가 있어."

빌럼이 심각한 표정으로 나를 쳐다보며 말한다. 유쾌하지 않은 또하나의 깜짝쇼가 있을까봐 속이 뒤집힐 듯 불안하다.

"또 뭔데?" 짜증스럽게 말하지 않으려 애쓰며 내가 묻는다.

그가 팔짱을 끼고 턱을 문지른다. 날 돌려보낼 셈인가? 그러면 안 되는데! 기절초풍이라면 한 번으로 족하다.

"뭔데?" 내가 다시 묻는다. 아무리 애를 써도 목소리가 격해지는 건 어쩔 수 없다.

"우린 프랑스에서 한 시간을 낭비했어. 벌써 두시가 지났어. 점심시간이야. 그리고 여긴 파리야. 우리한텐 꼭 하루가 주어졌고. 그러니까 이 상황을 심각하게 받아들여야 한다고."

"아." 안도의 한숨이 나온다. 빌럼은 아직도 나하고 얽히고 싶은 걸까? "난 아무거나 상관없어. 초콜릿하고 빵만 아니면 다 괜찮아.

그게 네 주식일지 모르지만 딱히 프랑스식은 아닌 것 같아서." 내가 말한다. 왜 신경이 이렇게 곤두선 건지. 셀린의 클럽에서 한참을 걸어왔는데도 그녀가 여전히 우릴 뒤따라오는 것 같다.

빌럼이 기분 상한 척하는 표정을 짓는다. "빵하고 초콜릿은 내 주식이 아니야." 그러고는 싱긋 웃는다. "적어도 유일한 주식은 아니지. 그리고 그건 아주 프랑스식이야. 초콜릿 크루아상 어때? 내일 아침에 그거 먹자."

아침. 내일. 오늘밤 이후의 시간. 이제야 셀린으로부터 조금 더 멀어진 것 같다.

"네가 아침에 감자칩 먹을 생각만 아니면." 그가 말한다. "팬케이크라든가. 그게 미국식이지? 아니면 팬케이크랑 감자칩이랑 같이?"

"난 아침에 감자칩 안 먹어. 가끔 저녁으로 팬케이크 먹을 땐 있지. 그런 면에선 내가 좀 반항적이야."

"크레페!" 그가 손가락으로 소리를 내며 말한다. "크레페 먹자. 아주 프랑스적이잖아. 그러면서 좀 반항적이기도 하고."

우리는 식당 메뉴들을 훑으며 함께 걷다가 삼각형 모양의 조용한 모퉁이에서 크레페를 파는 식당을 발견한다. 메뉴가 프랑스어로 흘려 써 있지만 빌럼에게 해석해달라고 하지는 않는다. 셀린과의 만남 이후 프랑스어를 못하는 게 엄청난 장애처럼 느껴진다. 나는 메뉴를 훑어보다가 시트롱이라는 단어에서 멈춘다. 보나 마나 레몬이나 오렌지, 아니면 감귤류의 과일이겠지? 나는 시트롱 크레페와 시트롱 프레세를 고른다. 레모네이드 비슷한 음료이길 바라면서.

"넌 뭐 먹을 거야?" 내가 묻는다.

그가 턱을 문지른다. 턱에 어느새 짧은 황금빛 수염이 자라나 있다. "초콜릿 크레페를 먹을까 생각중인데, 그게 초콜릿 빵하고 너무 비슷해서 그거 먹었다간 네가 나에 대한 존경심을 잃을 것 같고……" 그가 나른한 반쪽 미소를 짓는다.

"나라면 신경 안 쓰겠다. 아까 셀린 사무실에서 네가 옷 벗을 때 이미 너에 대한 존경심은 잃었어." 내가 농담을 던진다.

그가 또다시 그런 표정을 짓는다. 내 말이 아주 놀랍고 재미있다는 듯한 표정. "거기 셀린 사무실 아니야." 그가 느릿느릿 말한다. "그리고 나라면 '셀린이 내 옷을 벗겼다'고 표현하겠어."

"그래? 어쨌든 신경쓰지 말고 초콜릿 시켜."

그가 나를 뚫어지게 쳐다본다. "됐어. 반성의 의미로 누텔라 시킬래."

"그게 어째서 반성의 의미야? 누텔라도 결국 초콜릿이잖아."

"누텔라는 땅콩으로 만들어."

"초콜릿도 넣잖아. 느끼해."

"네가 미국인이라 그래."

"미국인인 거하고는 상관없거든. 넌 초콜릿하고 빵을 무척 좋아하는 것 같은데, 난 그게 네가 네덜란드 사람이라서 그렇다고는 생각 안 해."

"그게 무슨 상관이야?"

"네덜란드 코코아, 유명하잖아. 초콜릿 하면 네덜란드지."

빌럼이 웃는다. "네덜란드하고 벨기에를 혼동하는구나. 내가 단 거 좋아하는 건 엄마 닮아서 그래. 엄만 네덜란드 출신도 아니고. 날 임신했을 때 초콜릿이 그렇게 먹고 싶더래. 그래서 내가 그렇게 초콜릿을 좋아하는 거래."

"당연히 그렇겠지. 전부 다 여자들 탓이지."

"내가 언제 여자를 탓했다고 그래?"

웨이트리스가 음료를 들고 온다.

"그러니까 그 셀린이란 친구는……" 내가 말을 꺼낸다. 그만 잊어버려야 한다는 걸 알면서도 왠지 그럴 수가 없다. "셀린은 그 클럽에서 회계 일을 하는 거야?"

"응."

유치하지만 셀린이 그렇게 따분한 직업을 가져서 그나마 다행이란 생각이 든다. 그러나 빌럼은 굳이 부연설명을 한다. "회계 일만 하는 건 아니고 밴드 섭외하는 일도 해. 가수들을 많이 알아." 그것만으로는 부족하다는 듯 그가 또 한번 덧붙인다. "포스터 제작도 하고."

"그렇구나." 나는 김이 빠진다. "재주가 많은가보다. 연극 하다가 알게 된 친구야?"

"아니."

"그럼 어떻게 만났어?"

그는 내 빨대 포장지를 만지작거린다.

"아, 알았다!" 너무도 분명한 것을 왜 그렇게 굳이 확인하려는 걸까. "둘이 사귀었구나."

"아니, 그건 아니야."

"그래?" 뜻밖이다. 그리고 다행이다.

그리고 빌럼이 너무도 아무렇지 않게 말을 잇는다. "우린 꼭 한 번 사랑에 빠졌을 뿐이야."

시트롱 프레세를 한 모금 들이켜는 순간 시큼한 맛이 목에 걸린다. 마셔보니 레모네이드라기보다는 레몬즙에 물을 탄 것 같다. 빌럼이 내게 각설탕 한 개와 냅킨을 내민다.

"꼭 한 번?" 내가 마침내 정신을 차리며 묻는다.

"오래전에."

"지금은?"

"지금은 그냥 좋은 친구야. 네가 본 것처럼."

내가 본 게 그런 거였는지 잘 모르겠다.

"이제는 그녀를 사랑하지 않아?" 나는 유리잔 가장자리를 손가락으로 문지른다.

빌럼이 날 쳐다본다. "사랑했다고 말한 적 없어."

"사랑에 빠졌었다면서."

"사랑에 빠졌지."

나는 어리둥절한 표정으로 그를 쳐다본다.

"룰루, 사랑에 빠지는 거랑 사랑을 하는 건 달라."

내 얼굴이 붉게 달아오른다. 그러나 이유는 알 수 없다. "순차적으로 일어나는 일 아니야? A 다음에 B가 오는 것처럼."

"물론 사랑을 하려면 일단 사랑에 빠져야겠지. 하지만 사랑에 빠지는 것과 사랑을 하는 게 같은 건 아냐." 빌럼이 속눈썹을 내리

깔고 날 쳐다본다. "넌 사랑에 빠진 적 있어?"

에번과 나는 에번이 대학 등록금을 납부한 그날 헤어졌다. 예상 못했던 일은 아니었다. 충분히 예상할 수 있는 일이었다. 같은 지역 대학에 다니지 않는 한 헤어질 수밖에 없다는 데 이미 합의한 상태였다. 그는 세인트루이스에 있는 대학에 진학했고 나는 보스턴에 있는 대학에 진학했다. 내가 예상 못했던 것은 타이밍이었다. 에번은 우리가 졸업하는 6월이나 대학으로 떠나야 하는 8월보다는 4월에 '찢어지고' 각자의 길을 가는 게 낫다고 판단한 것이다.

내가 에번에게 차여 졸업파티에 참석 못하게 된 것을 속상해한다는 소문 때문에 창피했던 걸 제외하면 에번과 헤어지는 게 그다지 슬프진 않았다. 첫 남자친구와의 이별에 나는 놀라울 정도로 침착했다. 마치 남자친구가 아예 없었던 것처럼. 그가 그립지도 않았고 그의 빈자리는 멜라니가 빨리 채웠다.

"아니." 내가 대답한다. "사랑해본 적 없어."

때마침 웨이트리스가 우리가 주문한 크레페를 들고 온다. 내 크레페는 새콤달콤한 레몬 소스와 설탕을 끼얹은, 황금빛이 감도는 갈색이다. 나는 한 조각을 잘라 입안에 넣는다. 따듯하고 달콤한 눈처럼 혀끝에서 녹는다.

"그걸 물어본 게 아니고," 빌럼이 말한다. "사랑에 빠져본 적 있느냐고."

그의 목소리에 담긴 장난기가 마치 긁을 수 없는 가려움 같다. 나는 그를 바라본다. 원래 이렇게 문법 따지기를 좋아하는 앤가?

빌럼이 포크와 나이프를 내려놓는다. "사랑에 빠진다는 건 바로 이런 거야." 그가 크레페 안쪽의 누텔라를 손가락에 쓱 묻힌 뒤 내 팔목 안쪽에 한 방울 떨어뜨린다. 뜨겁고 축축한 초콜릿이 내 끈끈한 피부에서 녹아내리지만 바닥으로 흐르기 직전에 빌렘이 엄지손가락으로 쓱 닦아서 자기 입에 넣는다. 너무도 순식간에 일어난 일이다. 마치 도마뱀이 파리를 잡아먹는 것처럼. "사랑한다는 건 이런 거고." 그는 시계를 차고 있는 내 반대편 팔목을 잡고 시계를 이리저리 움직이며 무언가를 찾는다. 그러고 나서 다시 한번 자기 엄지를 혀로 핥더니 엄지손가락으로 내 반점을 세게 문지른다. 마치 점을 문질러 없애려는 듯.

"사랑한다는 게 점이라고?" 팔을 거두며 내가 농담처럼 묻는다. 그러나 내 목소리는 떨린다. 축축한 그의 엄지가 닿았던 자리가 마르면서 어쩐 일인지 더 뜨거워진다.

"사랑하면 절대 지워지지 않아. 아무리 지우고 싶어도."

"그러니까 지금 사랑을…… 얼룩에 비유한 거야?"

그가 몸을 뒤로 젖히고 그 바람에 의자 앞다리가 들린다. 그는 아주 만족스러운 표정이다. 크레페가 만족스러운 걸까, 아니면 자기 자신이 만족스러운 걸까. "바로 그거야."

나는 그의 바지에 묻었던 커피 얼룩을 생각한다. 맥베스 부인의 대사 "사라져라! 저주받은 핏자국이여!"도 떠올린다. 영어시간에 외운 대사다. "사랑을 표현하기에 얼룩은 좀 지저분하지 않아?" 내가 말한다.

빌렘은 그저 어깨를 으쓱한다. "영어에서만 그럴 거야. 네덜란드어로는 플렉, 프랑스어로는 타슈." 그가 웃으며 고개를 젓는다.

"아니다, 역시 좀 지저분하긴 하네."

"도대체 너한테 얼룩을 남긴 언어가 몇 개야?"

그가 다시 엄지를 핥은 다음 아직 누텔라가 조금 남아 있는 내 팔목으로 손을 뻗는다. 이번에는 누텔라를—나를—깨끗이 닦아 낸다. "없어. 다 잘 지워지던데." 그가 남은 크레페를 전부 다 입에 넣고 뭉툭한 나이프로 접시에 있는 누텔라를 닦아낸다. 그리고 손가락을 접시 가장자리에 문질러 손에 묻은 누텔라를 씻어낸다.

"그렇겠지." 내가 말한다. "더러워지는 게 그렇게 재미있는데 왜 굳이 얼룩을 남기겠어?" 나는 다시 한번 입안의 레몬을 음미한다. 달콤함은 다 어디로 간 걸까.

빌럼은 아무 말도 하지 않는다. 그저 커피만 홀짝인다.

여자 셋이 카페에 들어선다. 빌럼만큼이나 키가 크고, 마른데다 가슴 바로 밑에서 다리가 시작되는 여자들이다. 인간 기린. 변종들. 모델들. 실제로 모델을 본 적은 없지만 그들이 모델인 건 너무도 분명하다. 그들 중 한 명은 조그만 반바지에 플랫폼 샌들을 신고 있다. 그녀가 빌럼을 바라본다. 빌럼은 그녀에게 반쪽 미소를 날리다가 문득 나를 의식하고 다시 내 쪽을 돌아본다.

"네 말이 나한테 어떻게 들리는지 알아?" 내가 묻는다. "그냥 이 여자 저 여자하고 자고 싶단 말처럼 들려. 뭐 안 될 건 없겠지. 하지만 그건 네 얘기일 뿐이야. 사랑에 빠지는 거하고 사랑하는 건 다르다느니 하는 말도 안 되는 얘길 지어낼 필요는 없어."

나도 내 목소리를 듣는다. 어딘가 유치원 선생님 같은. 성인군자처럼 옳은 말만 줄줄 읊어대는. 룰루와는 전혀 다른. 왜 이렇게 화가 나는지 나도 모른다. 그가 사랑에 빠지는 게 사랑하는 것과 다르다고 믿건, 사랑은 이빨 요정이 베개 밑에 넣어두고 가는 거라고 믿건, 그게 나와 무슨 상관인가.

고개를 들어보니 빌럼이 반쯤 눈을 감고 미소를 머금고 있다. 마치 내가 그를 웃기려 애쓰는 어릿광대란 듯. 그의 그런 모습이 나를 더 안달하게 만든다. 가질 수 없는 걸 알면서도 터무니없는 걸—조랑말—사달라고 조르다가 거절당해 성질을 부리려고 하는 어린애처럼.

"넌 사랑 자체를 믿지 않는 거 같아." 내 목소리가 날카롭다.

"믿어." 그의 목소리는 침착하다.

"그래? 그럼 설명해봐. '얼룩이 진다'는 건……" 내가 손으로 따옴표를 만들고 눈을 크게 뜨며 말한다. "어떤 거야?"

그는 잠시도 지체하지 않고 대답한다. "야엘하고 브람 부부처럼 되는 거."

"그 사람들이 누군데? 네덜란드의 브란젤리나*쯤 돼? 그런 건 인정 못해. 그런 사람들이 실제로 어떻게 사는지 알 게 뭐야?" 모델들이 카페 안쪽으로 사라지는 것을 보며 내가 말한다. 저기서 마음껏 커피를 마시며 수다를 떨겠지. 언젠가 뚱뚱해지고 평범해질 그들의 모습을 상상해본다. 저토록 아름다운 건 결코 영원할 수 없으니까.

"브란젤리나가 누군데?" 빌럼이 무심하게 묻는다. 그는 주머니

---

* 브래드 피트와 앤젤리나 졸리 커플을 일컫는 말.

에서 동전을 하나 꺼내 두 손가락 사이에 올려 균형을 잡은 다음, 손가락 마디 사이로 장난을 친다.

나는 동전을, 그리고 그의 손을 바라본다. 그의 손은 무척 크지만 손가락은 섬세하다. "몰라도 돼."

"야엘하고 브람은 우리 부모님이야." 그가 침착하게 말한다.

"부모님?"

그가 동전 돌리기를 멈추고 공중으로 휙 던진다. "얼룩이 졌다…… 네 표현 마음에 든다. 야엘과 브람, 장장 이십오 년간 얼룩지다!"

애정과 서글픔이 깃든 목소리로 그가 말한다. 내 마음속 어딘가가 아려온다.

"너희 부모님도 그래?" 그가 나지막이 묻는다.

"이십오 년 동안 결혼생활을 하신 건 맞지만, 얼룩이 졌던가?" 나는 웃음을 참을 수 없다. "두 분이 한 번이라도 얼룩진 적이 있는지는 모르겠어. 대학 때 소개로 만나셨고 연인이라기보다는 사이좋은 동업자처럼 보여. 내가 두 분이 생산한 유일한 제품이고."

"유일한? 너 혼자야?"

혼자? 아마 외동이냐고 묻는 거겠지. 난 혼자인 적이 없다. 늘 엄마와 냉장고에 붙은 알록달록한 달력과 함께한다. 내 시간이 조금이라도 낭비되지 않도록, 내 삶의 모든 순간이 행복하도록 관리하는 달력이다. 그러나 저녁식사 시간에 엄마 아빠가 나와 얘기한다기보다는 내게 얘기한다는 점과, 학교에서 내가 결코 친해질 수 없었던 수많은 아이들을 생각해보면, 비록 빌럼의 의도는 그게 아니겠지만, 어쩌면 그의 말대로 난 혼자가 아닐까 하는 생각도 든다.

"응." 내가 말한다.

"나도."

"좋을 때 그만두기로 하셨대." 내가 말한다. 왜 딸 하나만 낳았느냐고 사람들이 물을 때마다 부모님이 하는 대답이다. 좋을 때 그만두기로 했어요.

"난 가끔 영어 표현 중에 이해 안 가는 게 있더라." 빌럼이 대답한다. "좋으면 계속해야지, 왜 그만둬?"

"내가 보기엔 도박용어 같아."

빌럼이 고개를 젓는다. "좋으면 계속하고 싶은 게 인간 본성이야. 무슨 일이든 그래. 안 좋을 때 그만두는 거지." 그가 다시 날 쳐다본다. 그리고 혹시 날 모욕한 게 아닐까 걱정이 되는지 서둘러 덧붙인다. "물론 네 경우는 아니겠지만."

내가 어렸을 때 부모님은 아이를 더 낳고 싶어했다. 처음에는 자연스러운 방법으로 노력하다가 나중엔 인공수정을 시도했고, 엄마는 수많은 끔찍한 과정을 견뎌냈지만 결국 성공하지 못했다. 그러다가 입양으로 눈을 돌리게 되었고 서류작업을 진행하는 중에 임신에 성공했다. 엄마는 무척 기뻐했다. 그때 나는 1학년이었고 내가 아기였을 때부터 줄곧 직장생활을 했던 엄마는 임신이 되자마자 제약회사에 장기휴가를 냈다. 나중에는 반나절만 근무할 계획이었다. 그러나 오 개월째에 아기를 유산하고 말았다. 그리고 그때, 엄마 아빠는 좋을 때 그만두기로 결정했다. 두 분이 내게 그렇게 말했다. 그러나 그때도 그게 거짓말이라는 걸 나는 알고 있었다. 두 분은 아이를 더 원했지만 결국 나 하나로 만족해야 했다. 그래서 난 아주 착한 아이가 되어야만 했다. 부모님이 보상받을 수 있도록.

"어쩌면 네 말이 맞는 것 같아." 내가 빌럼에게 말한다. "좋을 때 그만두는 사람은 없어. 부모님은 늘 그렇게 말씀하셨지만 사실 아이를 더 낳을 수 없었기 때문에 나만 키우신 거야. 나 하나로 충분해서가 아니라."

"물론 너 하나로도 충분했을 거야."

"넌 충분했어?" 내가 묻는다.

"충분한 것 이상이었을걸, 아마?" 그가 애매하게 말한다. 자랑처럼 들리지만 표정은 전혀 자랑하는 것 같지 않다.

그가 다시 동전으로 장난치기 시작한다. 나는 잠자코 앉아 동전을 바라본다. 그가 동전을 떨어뜨릴까봐 조바심이 난다. 그러나 그는 동전을 떨어뜨리지 않는다. 손가락 사이에서 계속 돌린다. 그리고 어느 순간 내 쪽으로 동전을 휙 던진다. 어젯밤에 그랬던 것처럼.

"뭐 하나 물어봐도 돼?" 잠시 후 내가 묻는다.

"응."

"이것도 공연의 일부였어?"

그가 고개를 갸우뚱한다.

"공연 때마다 여자한테 동전을 던져? 아니면 나한테만 그랬던 거야?"

어젯밤 호텔로 돌아가서 나는 한참 동안 그가 던진 동전을 살펴보았다. 체코의 코루나였고 오 센트에 해당하는 액수였다. 나는 그 동전을 지갑 한쪽 구석에, 다른 외국 동전들과 분리해서 넣어두었다. 내가 지갑에서 그 동전을 꺼낸다. 오후의 햇살에 동전이 반짝인다.

빌럼도 그 동전을 바라본다. 그의 대답이 진실인지, 그저 애매하게 얼버무린 건지, 아니면 둘 다인지 잘 모르겠다. 그의 대답이 꼭 그렇다. "아마 둘 다일걸."

일곱

레스토랑을 나서며 빌럼이 내게 시간을 묻는다. 나는 손목시계를 돌린다. 지난 삼 주 동안 묵직한 금속 시계를 차고 있었더니 그 밑의 피부가 가렵고 창백하다. 그동안 한 번도 시계를 풀지 않았다.

시계는 부모님의 선물이다. 졸업식 날 밤, 멜라니의 가족과 함께 이탈리아 식당에서 파티를 하며 이번 투어에 대한 이야기를 한 뒤 엄마가 내게 준 선물이다.

"이게 뭐예요?" 내가 물었다. 그때 우린 하루의 긴장을 풀며 식탁에 앉아 있었다. "졸업선물 주셨잖아요."

엄마가 미소를 지었다. "하나 더 준비했지."

상자를 열어보니 시계였다. 손끝으로 금색 시곗줄을 만져보았다. 시계에 새겨진 문구도 읽었다.

"너무 과분해요." 정말 그랬다. 어디로 보나 과했다.

"시간은 누구도 기다려주지 않아." 엄마가 말했다. 조금 서글프

게 미소를 지으면서. "시간을 허비하지 않으려면 좋은 시계가 필요해." 엄마가 내 손목에 시계를 채워주고 나서 보조 잠금장치를 채우는 방법을 알려준 다음 방수도 된다고 말했다. "절대 안 풀릴 거야. 그러니까 유럽에 가져가도 돼."

"아니에요. 너무 고가품이에요."

"괜찮아. 보험 들어놨어. 그리고 네 스와치 시계, 엄마가 버렸어."

"버렸다고요?" 나는 고등학교 삼 년 내내 얼룩말 줄무늬가 있는 스와치 시계를 차고 다녔다.

"이제 넌 성인이야. 성인용 시계가 필요해."

시계를 본다. 거의 네시. 아직 투어중이었다면 바쁜 일정이 끝나간다는 사실에 안도의 한숨을 쉬고 있을 시간. 보통 다섯시쯤 휴식 시간을 가졌고 여덟시쯤이면 호텔로 돌아와 영화를 볼 수 있었다.

"이제 슬슬 좀 둘러봐야지." 빌럼이 말한다. "뭐 하고 싶어?"

나는 어깨를 으쓱한다. "센 강 먼저 볼까? 저기 보이는 저거 아니야?" 내가 콘크리트로 만든 둑을 가리키며 묻는다. 그 아래로 강 비슷한 게 흐르고 있다.

빌럼이 웃는다. "아니. 그건 운하야."

우리는 자갈길을 걷는다. 빌럼이 두툼한 『러프 가이드 유럽 편』이라는 책을 꺼내 파리 지도 부분을 펼치고 우리가 있는 곳을 짚어준다. 우리가 있는 곳 이름은 빌레트.

"센 강은 여기야." 그가 말하며 손으로 지도의 줄을 따라간다.

"아, 그래?" 나는 두 개의 대형 철제 게이트 사이에 정박해 있는 보트를 바라본다. 게이트 안에 물이 차오르고 있다. 빌럼은 그 게

이트가 일종의 수문 역할을 하는데, 수위를 조절해서 보트를 띄우거나 내려놓는다고 설명한다.

"모든 걸 어떻게 그렇게 잘 알아?"

그가 웃는다. "네덜란드 출신이잖아."

"그러니까 네가 천재라는 거야?"

"운하에 관해서는. 신이 세상을 만들고 네덜란드 사람들이 네덜란드를 만들었다고들 하지." 그는 네덜란드 영토의 상당 부분이 바다를 메워 만들어졌고 물을 막기 위해 세운 낮은 제방 위로 자전거를 타고 다닌다는 이야기를 들려준다. 제방 밑에서 자전거를 타는 게 얼마나 대범한 행동인지에 대해서도 설명한다. 제방 밑의 육지는 물속에 있진 않지만 해수면보다 낮은 곳에 있다고. 그 이야기를 들려주는 빌럼은 어린아이 같다. 끝없이 펼쳐진 수로들을 바라보며 다 어디로 이어지는 걸까 궁금해하는, 커다란 눈의 황금빛 머리칼 소년이 눈앞에 그려진다.

"저 보트 탈 수 있지 않을까?" 수문을 통과해서 운하로 나가는 보트 한 척을 가리키며 내가 말한다.

빌럼의 눈이 반짝이고 잠깐 그 소년의 모습이 다시 보인다. "글쎄." 그는 가이드북을 들춰본다. "이 동넨 안 나와 있어."

"물어볼까?"

빌럼이 프랑스어로 누군가에게 묻자 온갖 제스처를 동원한 복잡한 대답이 돌아온다. 그가 잔뜩 흥분한 표정으로 내게 돌아선다. "네 말이 맞아. 선착장에 가면 보트를 탈 수 있대."

자갈길을 따라 걷다보니 커다란 호수 선착장이 나온다. 호수에서는 사람들이 카누를 타고 노를 젓고 있다. 호수 한쪽, 시멘트 제방 옆에 보트 몇 척이 묶여 있다. 그러나 가까이 다가가 보니 개인 소유 보트들이다. 오늘은 더이상 관광용 보트 운행이 없다고 한다.

"센 강에 가서 보트 타면 돼." 빌럼이 말한다. "센 강이 훨씬 더 유명하고 거긴 하루종일 보트가 다니니까." 그가 시선을 떨어뜨린다. 무척 실망한 표정이다. 마치 자기가 날 실망시켰다는 듯.

"난 괜찮아. 어디든 상관없어."

그러나 빌럼은 여전히 아쉬운 듯 운하를 바라보고 있다. 그에게는 상관이 있는 게 분명하다. 그를 잘 알지 못하지만 그가 향수에 젖어 있다는 것 정도는 알 수 있다. 보트, 운하, 물. 나는 잠시 이 년 넘게 집을 떠나 있는 게 어떤 걸까 생각한다. 더구나 집으로 돌아갈 날을 하루 더 미루었다. 그가 그렇게 했다. 나 때문에.

선착장에 묶여 있는 보트들과 바지선들이 바람에 흔들린다. 나는 빌럼을 본다. 쓸쓸한 표정이 얼굴에 깊은 주름을 만들고 있다. 나는 다시 보트들을 바라본다.

"실은, 상관있어." 내가 말한다. 그리고 가방에서 지갑을 꺼내 그 안에 접어서 넣어둔 백 달러짜리 지폐를 꺼낸다. 나는 지폐를 높이 들고 외친다. "우리 배 태워주실 분! 돈 드릴게요!"

빌럼이 깜짝 놀라 나를 쳐다본다. "룰루, 너 지금 뭐 하는 거야?"

나는 돌아서서 선착장 쪽으로 걷는다. "배 태워주실 분 안 계세요? 미국 지폐 있어요!"

날카로운 이목구비에 염소수염을 기르고 얼굴에 얽은 자국이 있는 왜소한 남자가 파란 차양 달린 보트에서 고개를 내민다. "지폐 몇 장?" 그가 강한 프랑스 억양으로 묻는다.

"이거 다 드릴게요!"

그는 백 달러짜리 지폐를 받은 뒤 눈 가까이 대고 살펴본다. 냄새도 맡아본다.

위조지폐 냄새가 안 났는지 그가 말한다. "우리 승객들이 동의하면, 바스티유 근처 아르스날까지 태워주마. 오늘밤 거기서 머물 예정이니까." 그가 보트 뒤쪽을 가리킨다. 머리가 희끗희끗한 노인들이 조그만 테이블에 둘러앉아 브리지 게임 비슷한 것을 하고 있다. 염소수염 남자가 그들 중 한 명을 부른다.

"무슨 일인가, 잭 선장!" 그들 중 한 명이 대답한다. 나이가 예순 정도 되어 보인다. 머리카락은 희고 얼굴은 햇볕에 붉게 그을었다.

"우리 배에 타고 싶다는 히치하이커들이 있는데?"

"포커는 칠 줄 안대?" 여자 노인 중 한 명이 묻는다.

할아버지가 살아 계실 때 할아버지와 오 센트짜리 동전들을 걸고 세븐카드스터드*를 치곤 했다. 할아버지는 내가 허풍을 잘 떤다고 했다.

"헛물켜지 말게. 벌써 나한테 돈 다 털렸어." 잭 선장이 말한다.

"얼마를 내라고 그러던?" 남자들 중 한 명이 내게 묻는다.

"제가 백 달러 드렸어요." 내가 대답한다.

"어디까지 가는데?"

* 포커 게임의 일종.

"운하 끝까지요."

"하여간, 우리가 괜히 잭 선장이라고 부르는 게 아니라니까." 그들 중 한 명이 말한다. "진짜 해적이야."

"무슨 소리야! 내 이름이 자크고 내가 이 보트 선장이니까 잭 선장이지!"

"자크, 백 달러나?" 긴 회색 머리를 땋은, 놀라울 정도로 파란 눈동자의 여자가 묻는다. "그건 좀 심한데. 아무리 잭 선장이래도."

"이 아가씨가 그냥 내놓은 거야." 자크가 어깨를 으쓱한다. "어쨌든 포커 판에서 당신 주머니에 들어갈 내 돈이 더 많아졌잖아."

"그건 맞는 말이네." 그녀가 말한다.

"지금 출발하실 건가요?" 내가 묻는다.

"곧."

"그게 언젠데요?" 네시가 넘었다. 하루가 저물어가고 있다.

"이런 일은 서두르면 안 돼." 그가 손을 내젓는다. "시간은 물과 같은 거야. 액체란 말이지."

나에게 시간은 액체가 아닌 것 같다. 시간은 현실이고 살아 있으며 바위처럼 견고하다.

"이 친구 말은," 꽁지머리 노인이 말한다. "아르스날까지는 시간이 꽤 걸릴 거고 우리가 지금 막 클라레* 한 병을 딸 참이었단 뜻이라네. 자, 잭 선장, 이제 그만 출발하지. 백 달러나 벌었는데, 와인은 나중에 마셔도 되잖아."

* 프랑스 보르도산 레드와인.

"프렌치 진이나 계속 마시지 뭐." 머리를 땋은 여자가 말한다.

잭 선장은 어깨를 으쓱하고 지폐를 주머니에 넣는다. 나는 빌럼을 바라보며 미소 짓는다. 그러고 나서 잭 선장에게 고개를 끄덕인다. 배에 탈 때 그가 내 손을 잡아준다.

네 승객이 자신을 소개한다. 그들은 모두 은퇴한 덴마크 사람들이고, 해마다 배를 한 척 빌려 유럽 여러 나라들을 사 주 동안 여행한다. 아그네테는 머리를 땋았고 카린은 머리가 짧고 비죽비죽하다. 베르트는 흰머리 한 줌만 남았고 구스타브는 정수리가 벗어졌지만 쥐꼬리처럼 머리를 묶었고 양말에 샌들을 신는 남다른 패션 감각을 뽐내고 있다. 빌럼이 자신을 소개한다. 그리고 거의 무의식적으로 나도 룰루라는 이름으로 그들에게 인사한다. 진짜 룰루가 된 기분이다. 어쩌면 진짜 룰루가 되었는지도 모른다. 앨리슨이라면 백만 년이 지나도 이런 짓은 못할 테니까.

잭 선장과 빌럼이 줄을 푼다. 빌럼이 일등항해사 노릇을 할 거라면 돈을 일부 돌려받아야겠다고 말하려는데, 정작 빌럼은 신이 나서 돌아다닌다. 보트에 대해 잘 아는 게 분명하다.

보트가 칙칙 소리를 내며 넓은 선착장에서 빠져나가자 고풍스러운 흰색 건물들과 둥근 은색 지붕이 있는 현대적인 건물이 시야에 들어온다. 덴마크 사람들은 다시 포커 게임으로 돌아간다.

"돈 다 잃으면 안 돼!" 잭이 그들에게 소리친다. "나한테 잃을 돈 남겨두라고!"

배 뒤쪽으로 가서 지나가는 풍경을 바라본다. 아치 모양의 좁다란 현수교들 밑으로 흐르는 운하는 한결 서늘하다. 냄새도 다르다.

축축한 벽에 수세대에 걸친 역사가 깃들어 있는 듯 더 오래되고 더 퀴퀴한 냄새가 난다. 만약 벽이 말을 할 수 있다면 어떤 비밀을 말해줄까.

첫번째 수문에 이르자 빌럼이 배 가장자리로 올라가 수문의 작동원리를 설명해준다. 아주 오래되어 보이는 철제 게이트는 녹이 슬어서, 바닷물과 민물이 섞인 물 빛깔과 똑같은 색을 띤다. 배가 빠져나가면 수문이 닫히고 배 밑으로 빠져나간 물이 더 낮은 지대로 다시 흘러 다음 수문을 여는 식이다.

이 지역 운하는 폭이 좁아서 배가 수로를 꽉 채운다. 가파른 제방 위쪽으로 길이 나 있고, 잭 선장의 설명에 따르면 그 위쪽으로 포플러나무와 느릅나무 숲이 뜨거운 오후의 태양을 피할 쉼터를 제공한다.

한줄기 바람이 나무를 흔들고 나뭇잎들이 갑판에 떨어진다. "비가 오겠군." 토끼처럼 코를 킁킁거리며 잭 선장이 말한다. 나는 하늘을 보고 나서 빌럼을 바라보며 눈을 크게 뜬다. 하늘에는 구름 한 점 없고 지난 열흘 동안 유럽 이 일대에는 비가 오지 않았다.

저 위에서 파리가 자신의 일상을 이어간다. 엄마들은 커피를 마시며, 길가에서 뛰어노는 아이들을 지켜본다. 노점 상인들이 과일과 채소를 판다. 연인들은 더운 날씨에도 아랑곳없이 서로 끌어안고 있다. 다리 위에서 클라리넷으로 세레나데를 연주하는 남자도 보인다.

이번 여행에서 나는 거의 사진을 찍지 않았다. 멜리니가 왜 사진을 안 찍느냐고 물을 때마다 사진에 담는 데 집착하기보다는 실제로 체험하는 게 좋다고 대답하곤 했다. 그러나 실제로는, 구두가게 종업원이나 마임 배우, 잘생긴 웨이터를 포함하여 여행에서 만난 모든 사람을 기억하고 싶어하는 멜라니와 달리, 나는 그런 것들이 전혀 중요하게 느껴지지 않았다. 처음 투어를 시작할 때만 해도 관광지에서 사진을 찍었다. 콜로세움. 벨베데레 궁전. 모차르트 광장. 그러다가 어느 순간 사진 찍기를 그만두었다. 사진이 잘 나오지도 않을뿐더러 그런 명소의 그림엽서는 얼마든지 살 수 있었다.

그러나 이런 풍경을 담은, 삶을 담은 그림엽서는 없다.

나는 털이 북슬북슬한 개 네 마리를 산책시키는 대머리 남자를 찍는다. 우스꽝스러울 정도로 주름이 많이 잡힌 스커트를 입은 작은 소녀가 꽃잎을 뜯고 있는 모습과, 운하 옆 인공 해변에서 태연하게 애무하는 커플도 찍는다. 이 모든 풍경을 외면한 채 카드 게임을 하며 자신들의 삶을 즐기는 덴마크 노인들도 찍는다.

"너희들 사진 찍어줘야겠다." 아그네테가 말하며 게임 판에서 조심스럽게 일어선다. "참 좋을 때구나." 그녀가 포커 테이블 쪽으로 돌아서며 묻는다. "베르트, 나도 저렇게 예쁠 때가 있었나?"

"당신은 지금도 예뻐, 내 사랑!"

"결혼한 지 얼마나 되셨어요?" 내가 묻는다.

"결혼생활은 십삼 년 했지." 그녀가 말한다. 그들이 서로 얼룩을 남겼는지 궁금하다. 그러나 그녀가 덧붙인다. "이혼한 지는 십 년 됐고."

그녀가 내 얼굴에 드리운 혼란을 읽는다. "우리 이혼은 다른 사람들 결혼보다 훨씬 성공적이었지."

내가 빌럼에게 돌아선다. "이런 경우는 어떤 얼룩이야?" 내가 속삭이고 그가 웃는다. 그리고 그 순간 아그네테가 사진을 찍는다.

멀리 교회 종소리가 울려퍼진다. 아그네테가 내 휴대폰을 돌려준다. 나는 아그네테와 베르트의 사진을 찍는다. "그 사진 보내줄 거지? 전부 다?"

"그럼요. 신호 잡히는 대로 보내드릴게요." 내가 빌럼에게 돌아선다. "전화번호 알려주면 너한테도 보내줄게."

"내 휴대폰은 너무 오래된 거라 사진 보내도 못 봐."

"그럼 집에 돌아가서 컴퓨터에 옮겨서 메일로 보내줄게." 내가 말한다. 비록 엄마가 보지 못하게 사진을 숨길 곳을 찾아야 하겠지만. 엄마는 내 휴대폰이나 컴퓨터를 뒤져보고도 남을 사람이다. 그러나 나는 문득 깨닫는다. 이제 그런 생활도 앞으로 한 달 남았다. 한 달 뒤 나는 자유다. 오늘 내가 자유인 것처럼.

그가 사진 중 한 장을 한참 들여다본다. 그리고 날 바라본다. "널 여기 저장해둘게." 그가 관자놀이를 톡톡 치며 말한다. "그럼 절대 잃어버릴 염려가 없거든."

나는 번져오는 미소를 참느라 입술을 깨물며 휴대폰을 집어넣는 척하다가, 때마침 잭 선장이 빌럼에게 자기가 앞쪽을 살펴보고 올 동안 타륜을 잡고 있으라고 말하자, 다시 휴대폰을 꺼내 사진들을 뒤지고는 아그네테가 찍어준 우리 사진을 들여다본다. 나는 옆을 보면서 입을 벌리고 있다. 그는 웃고 있다. 그는 항상 웃고 있다. 엄지손가락으로 그의 얼굴을 문질러본다. 체온이 느껴지길 조금은 기대하면서.

나는 휴대폰을 넣고 스쳐지나가는 파리의 풍경을 바라본다. 갑자기 긴장이 풀리고 나른해진다. 잠시 후 빌럼이 내게 돌아온다. 우리는 조용히 앉아 배에 물이 철썩거리는 소리와 덴마크 사람들이 이야기를 나누는 소리를 듣는다. 빌럼은 다시 동전을 꺼내 손가락 사이에 넣고 돌리기 시작한다. 그 손놀림에 취한 듯, 물소리에 취한 듯, 내가 그를 바라본다. 덴마크 사람들이 큰 소리로 실랑이를 벌일 때까지 그 평화는 지속된다. 빌럼이 통역해준다. 그들은 어느 프랑스 여배우가 포르노 영화를 찍은 적이 있는지 없는지를 놓고 다투고 있다.

"너 덴마크 말도 할 줄 알아?" 내가 묻는다.

"아니. 네덜란드 말이랑 비슷하거든."

"도대체 몇 가지 언어를 할 줄 알아?"

"유창하게 하는 거?"

"됐어. 물어본 내가 잘못이지."

"네 가지 언어는 유창하게 해. 독일어하고 스페인어도 어느 정도는 알아듣고."

나는 놀라서 고개를 젓는다.

"넌 중국어 할 줄 안다면서."

"할 줄 안다기보단 내가 중국어를 살해하고 있다고 봐야지. 성조에 젬병이거든. 중국어는 성조가 전부야."

"한번 해봐."

나는 그를 바라본다. "니 전 솨이."*

"다른 말도 해봐."

"워 시양 원 니."**

"이제야 들리네." 그가 머리를 감싼다. "그만. 나 지금 귀에서 피난다."

"입 안 다물면 정말 피나게 해준다." 내가 그를 밀치는 시늉을 한다.

"뭐라고 한 거야?" 그가 묻는다.

나는 애매한 표정을 지으며 그를 바라본다. 절대 말할 수 없다.

"지어냈구나?"

내가 어깨를 으쓱한다. "절대 알아낼 수 없을걸."

"무슨 뜻이었는데?"

내가 웃는다. "네가 찾아봐."

"쓸 줄도 알아?" 그가 조그만 가죽 노트를 펼치고 뒤쪽의 빈 페이지를 펼친다. 그리고 가방을 뒤진다. "펜 있어?"

내게 아빠에게서 슬쩍해온 좋은 볼펜이 있다. 펄모클리어와 함께 편안한 호흡을!이라고 적혀 있는 볼펜이다. 나는 태양, 달, 별을 뜻하는 글자를 쓴다. 빌럼이 감탄하며 고개를 끄덕인다.

"그리고 이건 내가 좋아하는 글자야. 두 배의 행복."

囍

"똑같은 글자가 두 개 나란히 있지?"

---

* '너 정말 멋있어'라는 뜻.

** '너에게 입맞추고 싶어'라는 뜻.

"두 배의 행복." 빌럼이 검지로 글자의 획을 그리며 따라 읽는다.

"많이 쓰는 글자야. 식당이나 물건에 적혀 있는 거 자주 봤지? 행운하고 관계가 있어서 그런가봐. 중국에서 결혼식 때 이 글자를 굉장히 많이 쓰는데 아마 그 유래 때문일 거야."

"어떤 유래?"

"어떤 남자가 관직에 오르기 위해 중요한 시험을 치르려고 길을 떠났는데, 가다가 어느 산골 마을에서 병이 났어. 그래서 산에 살던 의사가 남자를 돌봐주었는데, 회복하는 중에 남자가 의사의 딸을 만나게 되고 두 사람은 사랑에 빠지지. 남자가 떠나기 직전에, 여자가 시 한 구절을 읊어줘. 남자는 시험을 보기 위해 도성으로 떠나고 시험을 잘 치러서 황제가 아주 기뻐해. 황제는, 아마 내 생각엔 그를 조금 더 시험해보려고 한 것 같은데, 시 한 구절을 읊어. 물론 남자는 그 신비한 시구가 여자가 그에게 일러준 이행시의 반이라는 걸 곧 깨닫고, 여자에게 들은 나머지 반을 읊지. 황제는 두 배로 기뻐했고, 남자는 관직에 오르게 돼. 그러고는 다시 돌아가서 여자와 결혼해. 아마 그래서 두 배의 행복인가봐. 관직에 오르고 여자도 얻었으니까. 중국 사람들은 행운에 아주 큰 의미를 두거든."

빌럼이 고개를 젓는다. "자신의 반쪽을 찾아서 두 배의 행복일 거야. 그 이행시처럼."

그렇게는 생각해본 적 없다. 그러나 듣고 보니 그 말이 맞는 것도 같다.

"그 시가 뭐였는지 기억나?" 빌럼이 묻는다.

나는 고개를 끄덕인다. "푸른 나무들은 봄비 내리는 하늘 아래 선명한데 하늘이 봄나무들을 흐릿하게 지우려 하네. 붉은 꽃이 바람에 쫓기며 대지를 수놓고 그 입맞춤에 대지는 온통 붉게 물드네."

❖ ❖ ❖

운하의 마지막 구역은 지하로 연결되어 있다. 아치 모양의 벽은 너무 낮아서 손만 뻗으면 미끄럽고 축축한 벽돌이 만져진다. 지하는 조용하지만 울림이 있고 어딘가 으스스하다. 시끄러운 덴마크 사람들도 어느덧 잠잠하다. 빌럼과 나는 보트에 걸터앉아 다리를 흔들다가 이따금 운하의 벽을 차기도 한다.

그가 발끝으로 내 발목을 툭 친다. "고마워."

"뭐가?"

"이 보트 타게 해줘서." 그가 보트를 가리키며 말한다.

"내가 고맙지. 이거 볼 수 있게 해줘서." 우리의 머리 위쪽을 가리키며 내가 말한다. 바삐 움직이는 파리가 있는 곳.

"언제든 말만 해." 그가 주위를 둘러본다. "멋지다. 이 운하." 그가 나를 바라본다. "그리고 너도."

"보나 마나 넌 세상의 모든 운하에 그렇게 말하겠지?" 말은 그렇게 해도 퀴퀴하고 눅눅한 어둠 속에서 나는 얼굴을 붉힌다.

운하 유람이 끝나도록 우리는 그렇게 앉아 있는다. 배에 걸터앉아 다리를 흔들며, 지하세계로 흘러들어오는 사람들의 웃음소리와 음악의 묘한 박자에 귀를 기울인 채로. 마치 파리가 비밀 이야기를 들려주는 것 같다. 귀기울이는 사람만 들을 수 있는 비밀 이야기.

여덟

아르스날 마리나는 꼭 보트 주차장 같다. 운하 양쪽 시멘트 제방에 보트들이 빼곡하게 들어서 있다. 빌럼은 잭 선장이 비좁은 정박장 안으로 보트를 넣을 수 있게 방향을 안내하며 돕고 이리저리 뛰어다니며 복잡한 매듭으로 줄을 묶는다. 어느덧 완전히 술에 취해버린 덴마크 사람들에게 작별인사를 한 다음 내가 아그네테의 휴대폰 번호를 받아적으며 여건이 허락하는 대로 사진을 보내주기로 약속한다.

배에서 내릴 때 잭 선장이 악수를 청한다. "돈 받은 게 영 찜찜하네." 그가 말한다.

"아니에요. 그러실 필요 없어요." 나는 터널 안에서 보았던 빌럼의 표정을 떠올린다. 그것만으로도 충분히 백 달러의 가치가 있다.

"어차피 조만간 우리한테 털릴 건데 뭘 그래!" 구스타브가 소리친다.

잭 선장은 어깨를 으쓱한다. 그는 내 손에 키스하고 내가 보트에서 내리는 것을 도운 뒤 빌럼을 끌어안는다.

돌아서서 걷는데 빌럼이 내 어깨를 두드린다. "보트 이름 봤어?"

나는 보지 못했다. 보트 뒤쪽 빨간색과 흰색, 파란색 줄무늬의 프랑스 국기 옆으로, 파란 글씨로 이름이 적혀 있다. 비올라. 도빌.

"비올라? 셰익스피어에 나오는?"

"아니. 자크 아저씨 말씀이, 원래는 부알라Voilà였는데, 사촌이 잘못 써서 비올라Viola가 됐대. 근데 그게 마음에 들어서 그 이름으로 등록해버렸대."

"음…… 좀 이상하다." 내가 말한다.

빌럼이 특유의 미소를 짓는다.

"우연?" 그 말을 하는 순간 묘한 전율이 내 등골을 스친다.

빌럼이 고개를 끄덕인다. 아주 심각한 표정으로. "우연." 그가 다시 한번 말한다.

"그게 무슨 뜻이야? 그럼 우리가 그 보트를 타기로 예정되어 있었단 거야? 만약 우리가 그 보트를 타지 않았더라면, 더 좋은 일, 혹은 더 나쁜 일이 일어날 수도 있었단 거야? 그 보트를 탄 게 우리 인생의 방향을 바꿨다고? 세상일이 정말 그렇게 쉽게 달라진다고?"

빌럼이 어깨를 으쓱한다.

"그냥 자크 아저씨 사촌이 철자법이 엉망이라는 뜻 아닐까?" 내가 말한다.

빌럼이 다시 웃는다. 웃음소리가 종소리처럼 맑고도 강렬하다. 그 웃음이 나를 행복으로 채운다. 나는 난생처음 깨닫는다. 이렇게 남에게 행복을 전파하는 게 웃음의 진정한 의미임을.

"하긴, 자기가 직접 겪어보고 깨닫기 전엔 이해할 수 없는 것들도 있으니까." 그가 말한다.

"퍽 위안이 된다."

그가 웃으며 나를 한참 쳐다본다. "그러고 보니 너, 생각보다 여행에 소질 있는 것 같다."

"정말? 아닌데. 오늘은 아주 이례적인 날이야. 투어 때는 진짜 형편없었거든. 정말이야, 보트도 한번 못 타봤어. 택시도. 심지어는 자전거도."

"투어 오기 전엔 어땠는데?"

"여행을 많이 안 다녔어. 그나마 했던 여행들도…… 우연에 휘말릴 여지가 없는 여행이었고."

빌럼이 무언가를 묻는 듯 눈썹을 치켜세운다.

"사실 여기저기 다니긴 했네. 플로리다에도 갔었고 스키 여행도 갔었고. 멕시코에도 갔었는데 생각만큼 이국적이진 않았어. 해마다 캉쿤 남쪽에 있는 리조트에 가는데, 거대한 마야 사원처럼 꾸며놓은 곳이야. 하지만 미국에서 벗어났다는 느낌을 주는 유일한 단서라곤 인공 강가의 미끄럼틀을 탈 때마다 울려퍼지는 멕시코 악단의 크리스마스캐럴뿐이야. 매번 같은 건물에 머물면서 같은 해변에 나갔어. 똑같은 레스토랑에서 식사를 했고. 리조트를 벗어날 일도 없고 어쩌다 벗어나봐야 유적지에 가는데, 그나마도 매년 같은 유적지였어. 매년 달력은 넘어가지만 달라지는 건 하나도 없었어."

"같고도 다른 여행이네." 빌럼이 말한다.

"아니. 그냥 같고도 같은 여행이야."

"다음에 캉쿤에 가면 몰래 빠져나가서 진짜 멕시코를 즐겨봐." 그가 말한다. "운명을 시험해봐. 무슨 일이 일어나는지 한번 지켜보는 거야."

"그럴까봐." 내가 말한다. 혼자 돌아다니겠다고 말하면 엄마가 어떤 반응을 보일지 상상하면서.

"나도 언젠간 멕시코에 가겠지." 빌럼이 말한다. "거기서 우연히 널 마주치게 될 거야. 그럼 우리 같이 밀림으로 도망치자."

"그런 일이 일어날 거라고 생각해? 우리가 우연히 서로 만날 수 있다고?"

빌럼이 양손을 번쩍 든다. "또 한번의 우연이 필요하겠지. 아주 커다란 우연."

"너 지금 내가 너한테 하나의 우연이라고 말하는 거야?"

캐러멜 같은 미소가 그의 얼굴에 번져간다. "물론."

나는 발가락 끝을 보도의 연석에 문지른다. 그리고 지퍼락 비닐을 생각한다. 한 여덟 살 때부터 색연필로 꾸며 항상 냉장고에 붙여두었던 일과표도 떠올린다. 대입 지원서가 정리되어 있는 깔끔한 파일도. 나의 모든 것은 정리되고 준비되어 있었다. 나는 빌럼을 바라본다. 빌럼은 나와는 정반대다. 오늘의 내 모습 역시 지금까지의 내 모습과는 정반대다.

"그 말, 지금까지 내가 들어본 말 중에서 가장 기분좋은 말이야." 나는 잠시 말을 멈춘다. "그게 정확히 어떤 의미인지는 모르겠지만."

"네가 그동안 기분좋은 말을 별로 못 들었다는 의미인 거 같은데?"

그 말에 나는 고개를 숙이고 한 팔로 큰 원을 그려 보이며 마음대로 생각하세요!라고 말하는 듯한 동작을 취한다.

그가 나를 가만히 바라보며 서 있는다. 그의 눈이 마치 스캐너 같다. 기차 안에서 그랬던 것처럼 그가 나를 감정하는 것 같은 기분이 든다. 단 이번에는 내 외모와 몸값이 아닌 다른 무언가를 찾는 것 같다.

"예쁘단 말은 안 할게. 그건 아까 봤던 개가 했으니까. 네가 재미있단 말도 안 할게. 널 만난 이후로 내가 계속 웃은 것만 봐도 이미 너도 알 테니까."

에번은 내게 말하곤 했다. 내가 자기와 "잘 맞는다"고. 마치 자기와 잘 맞는 것이야말로 최고의 칭찬이라는 듯. 내가 예쁘고 재미있다니. 그게 전부라고 해도 상관없다. 그것만으로도 내겐 충분하다.

그러나 그는 거기서 멈추지 않는다. "넌 길을 가다 돈을 주우면 높이 쳐들고 흔들면서 혹시 돈 잃어버린 사람 없냐고 소리칠 애야. 별로 슬프지도 않은 영화를 보고도 우는 애고. 왜냐하면, 겉으로 드러내진 않아도, 넌 마음이 아주 여리니까. 그리고 넌 네가 두려워하는 일에 도전해. 그게 바로 네가 번지점프대에서 뛰어내리는 아드레날린 중독자들보다 더 용감한 이유야."

빌럼은 거기서 멈춘다. 나는 뭔가 대꾸를 하려 입을 벌리지만 아무 말도 나오지 않는다. 목 밑에서 무언가 울컥 치밀어오른다. 짧은 순간, 울음을 터뜨릴 것 같아 두렵다.

난 그저 유치하고 시시하고 공허한 말들을 기대하고 있었다. 웃는 게 예쁘다든가, 다리가 예쁘다든가, 섹시하다든가.

그러나 그가 한 말은…… 나는 실제로 쇼핑몰 식당가에서 사십 달러를 주워 경비원에게 가져다준 적이 있다. 제이슨 본이 나온 영화를 보면 늘 울었다. 그가 마지막으로 한 말이 사실인지는 잘 모르겠다. 그러나 어떤 말보다도 그 말이 사실이기를 바란다.

"가자." 내가 헛기침을 하며 말한다. "루브르에 가려면 서둘러야지. 여기서 멀어?"

"아마 몇 킬로미터 정도. 자전거 타면 빨리 갈 수 있어."

"혹시 날보고 지나가는 자전거 잡으란 거야?" 내가 농담을 던진다.

"아니. 우리 벨리브* 탈 거야." 빌럼이 주위를 두리번거리면서 회색 자전거들이 세워져 있는 자전거 보관대 쪽으로 걷는다. "하얀 자전거 얘기 들어본 적 있어?" 그가 묻는다.

나는 고개를 젓는다. 빌럼은 1960년대에 암스테르담에서 한동안 통용되었다는 하얀 자전거 이야기를 들려준다. 자전거는 무료였고 어디에든 있었다. 자전거가 필요하면 아무데서나 탈 수 있고 다 타고 나면 아무데나 놓아둘 수 있었다. 그러나 자전거 숫자가 부족하자 언젠가부터 사람들이 자전거를 훔치기 시작했고 그래서 결국 하얀 자전거는 없어져버렸다. "파리에서는 삼십 분 동안 무

* 파리의 무인 임대 자전거.

료로 자전거를 사용할 수 있는데, 시간 내에 제자리에 갖다놓지 않으면 돈을 물어야 해."

"미국에서도 그런 걸 시작한단 기사를 읽은 적 있어. 그럼 이거 공짜야?"

"보증금 용도로 쓸 신용카드만 있으면 돼."

내겐 신용카드가 없다. 그러니까, 부모님 계좌와 연결되지 않은 신용카드는 없다. 그러나 빌럼은 은행카드를 갖고 있다. 단, 잔액이 얼마나 남았는지는 확실히 모른다고 했다. 빌럼이 카드를 조그만 키패드에 대자 자전거 열쇠가 열린다. 하나를 더 빌리려고 카드를 한번 더 댔는데 이번엔 승인이 나지 않는다. 나는 별로 실망하지 않는다. 헬멧도 없이 자전거를 타고 파리 시내를 돌아다니는 건 자살 행위처럼 느껴진다.

그러나 빌럼은 자전거를 도로 반납하지 않는다. 그가 자전거를 끌고 내 쪽으로 다가와 안장을 올린다. 그리고 날 쳐다보며 안장을 두드린다.

"뭐야, 내가 타라고?"

그가 고개를 끄덕인다.

"그럼 넌? 내 옆에서 뛸 거야?"

"아니. 난 널 타려고." 그가 눈썹을 일그러뜨리고 나는 얼굴을 붉힌다. "자전거 위에서." 그가 자신의 말뜻을 분명히 한다.

나는 널찍한 안장에 앉고 빌럼은 내 앞에 선다. "정확히 어딜 갈 건데?" 내가 묻는다.

"걱정 말고 그냥 편안히 있어." 그가 말한다. 마치 지금 상황에서 그게 가능한 일이라는 듯. 그의 등이 내 얼굴에서 불과 몇 인치 떨어져 있는데, 그의 몸에서 나오는 열기를 느낄 수 있을 정도로 가까이 있는데, 희미한 땀냄새와 섞인 그의 새 티셔츠 냄새를 맡을 수 있을 정도로 가까이 있는데, 그게 가능한 일이라는 듯. 그가 한쪽 발을 페달 위에 올려놓고 뒤를 돌아본다. 개구쟁이 같은 미소를 머금고서. "혹시 경찰 보이면 알려줘. 이거 불법이거든."

"잠깐, 뭐가 불법이란 거야?"

하지만 그는 이미 페달을 밟고 있다. 나는 눈을 질끈 감는다. 이건 미친 짓이다. 이러다가 죽을지도 모른다. 그리고 부모님도 날 죽이려 할 것이다.

그런데 한 블록이 지나도 우리는 여전히 살아 있다. 나는 한쪽 눈을 살짝 떠본다. 빌렘은 핸들 쪽으로 몸을 숙인 채 페달 위에 서 있고 나는 양다리를 뒷바퀴 옆에서 흔들며 몸을 한껏 뒤로 젖히고 앉아 있다. 한쪽 눈을 마저 뜨고 그의 셔츠 가장자리를 잡고 있던 축축한 손을 놓는다. 아르스날 마리나는 이제 한참 멀어졌고 우리는 어느새 자전거도로를 달리고 있다. 회색 자전거들의 행렬 속에서.

공사중이라 일부를 막아놓은 도로로 접어든다. 도로의 반이 가설 발판과 차단벽으로 막혀 있다. 차단벽은 온통 낙서 천지다. 티셔츠에 적혀 있던 '수 우 쉬르'라는 밴드 이름도 낙서들 틈에 보인다. 빌렘에게 그 낙서를 보라고 손짓하려다 반대쪽으로 몸을 돌리니 눈앞에 센 강이 펼쳐진다. 여기, 파리가 있다! 우편엽서에서 보았던 파리! 〈프렌치 키스〉와 〈미드나잇 인 파리〉 〈샤레이드〉에서 보았던 파리. 수많은 다른 파리 영화에서 보았던 바로 그 파리! 나는 숨을 헉 들이켜며, 바람에 물결치는, 이른 저녁 햇살에 반짝이는 센 강을 바라본다. 저만치 아치 모양의 다리들도 보인다. 우아한 손목에 드리운 값비싼 팔찌 같은 다리들. 빌럼이 노트르담 성당을 가리킨다. 강 한복판의 섬, 그리고 그 섬 한복판에 아무렇지도 않게 높이 솟아올라 있는 노트르담 성당. 마치 늘 그 자리에 있었다는 듯, 그 유명한 노트르담이 아니라는 듯. 왕족이 살고 있을 것 같은 웨딩케이크처럼 생긴 건물도 지난다. 알고 보니 시청 건물이다.

우습게도 투어중에는 이런 장관을 버스를 타고 지나치며 보았다. 폴리가 버스 앞쪽에 서서 마이크를 들고 이쪽의 성당, 저쪽의 오페라하우스에 대해 설명하곤 했다. 가끔은 우리도 내려서 직접 돌아보았지만 한 도시에 겨우 하루나 이틀 머물렀기 때문에 대부분은 그저 지나쳤다.

물론 지금도 우리는 많은 것들을 그저 지나치고 있다. 그러나 오늘은 어딘가 다르게 느껴진다. 자전거를 타고 달리는 지금 이 순간, 수세기를 견딘 울퉁불퉁한 자갈길에 엉덩이가 들썩이고 바람에 머리카락을 흩날리며 도시의 소음을 듣는 지금 이 순간, 나는 아무것도 놓치지 않는다. 오히려 그 반대다. 나는 이 모든 것을 들이마시고, 흡수하고, 그들과 하나가 된다.

오늘 내게 일어난 이 변화를 어떻게 설명해야 할지. 파리 때문일까? 아니면 룰루? 아니면 빌럼? 이 도시가 이토록 매혹적으로 느껴지는 건 그가 곁에 있기 때문일까? 아니면 이 도시가 그를 매혹적으로 만드는 걸까?

어디선가 들려오는 커다란 호각 소리가 나의 몽상을 파고든다. 우리가 탄 자전거가 갑자기 멈춘다.

"자전거 여행은 끝." 그가 말한다. 내가 자전거에서 뛰어내리자 빌럼이 자전거를 끌고 걷기 시작한다.

가느다란 콧수염을 기르고 왠지 변비에 걸린 것 같은 표정의 경찰이 우릴 쫓아온다. 그가 빌럼을 향해 소리를 지르고 나를 손가락으로 가리킨다. 경찰의 얼굴이 벌겋게 달아오른다. 그가 조그만 수첩을 꺼내들고 나와 빌럼을 가리키자 나는 불안해진다. 빌럼이 불법이라고 했을 때 나는 농담인 줄만 알았다.

그런데 빌럼이 무어라 말을 건네자 경찰은 더이상 소리를 지르지 않는다.

경찰이 투덜거리기 시작하고 나는 한마디도 알아듣지 못하지만 그가 한 손가락을 쳐들고 "셰익스피어!"라고 말하는 것만큼은 똑똑히 듣는다. 빌럼이 고개를 끄덕이자 경찰의 목소리는 한결 누그러든다. 그는 여전히 우리 쪽으로 손가락을 흔들지만 조그만 수첩은 다시 그의 가방 안으로 들어간다. 그는 우스꽝스러운 조그만 모자를 고쳐쓰고 돌아간다.

"경찰한테 셰익스피어 인용했어?" 내가 묻는다.

빌럼이 고개를 끄덕인다.

누가 더 이상한지 모르겠다. 셰익스피어를 인용한 빌럼이 더 이상한지, 아니면 경찰이 셰익스피어를 알고 있는 게 더 이상한지.

"뭐라고 했는데?"

"라 보테 에 윈 앙샹트레스, 에 라 본 푸아 키 섹스포제 아 세 샤름 스 디수 앙 상!"* 그가 말한다. "「헛소동」에 나오는 구절이야."

"무슨 뜻인데?"

빌럼은 특유의 표정을 지어 보인 뒤 혀끝으로 입술을 축이고 미소를 짓는다. "나중에 찾아봐."

강을 따라 걷다가 레스토랑과 갤러리, 고급 의상실이 즐비하게 들어선 대로로 접어든다. 빌럼이 자전거를 보관대에 반납한 뒤 우리는 어느 건물의 긴 회랑을 따라 걷기 시작한다. 모퉁이를 몇 번 더 돌고 나니 대통령의 관저나 왕궁, 혹은 베르사유 궁전처럼 보이는 크고 웅장한 건물들이 나타난다. 그리고 안뜰 한복판에 자리잡은 유리 피라미드를 본 순간 나는 루브르박물관에 도착했음을 깨닫는다.

사람들이 바글거린다. 수천 명의 관람객이 마치 대피하듯 유리 건물 밖으로 빠져나오고 있다. 포스터를 말아 들고 흰색과 검은색이 섞인 커다란 쇼핑백들을 어깨에 메고서. 신이 난 듯 수다를 떠는 사람들도 있었지만 대부분의 사람들은 하루에 다 감당하기 벅찬 문화 체험에 충격을 받고 지치고 생기 잃은 표정이다. 그런 표정이라면 나도 잘 안다. 틴 투어 홍보자료에는 "청소년들이 유럽 문화를 깊이 체험할 수 있는 절호의 기회! 여러분의 자녀들은 역사적, 언어적, 예술적 시야를 넓히고 다양한 문화유산을 보고 음식을 맛보면서 최단 기간에 최대 분량의 문화 체험을 하게 될 것입니다!"라고 적혀 있었다. 많은 것을 깨닫는 여행이어야 했지만 대개

* '아름다움은 사람을 홀려 선의도 그 매력에 노출되면 피 속에 녹아버린다'는 뜻.

지치고 피곤한 일정이었다.

그래서 루브르가 방금 문을 닫았다는 사실을 확인하자 오히려 마음이 놓인다.

"미안해." 빌럼이 말한다.

"아니, 난 괜찮아." 이런 것도 하나의 우연이라고 말할 수 있을지 모르겠지만 우연이건 아니건, 나는 정말 괜찮다.

우리는 뒤로 돌아서 강 위의 다리를 건넌다. 강둑을 따라 책과 오래된 잡지를 파는 잡상인들이 나와 있다. 재클린 케네디가 표지 모델인 새것 같은 〈파리 마치〉도 있고 영어와 프랑스어로 제목이 적힌 음란한 문고판 책들도 있다. 골동품, 낡은 꽃병, 무대용 장신구 같은 것들을 파는 사람도 한 명 있는데 그 옆의 상자에 먼지투성이의 빈티지 알람시계들이 진열되어 있다. 나는 상자 안을 뒤적이다가 베이클라이트 재질로 된 SMI사의 빈티지 알람시계를 집어든다. "이십 유로!" 수건을 두른 여자가 내게 말한다. 나는 포커페이스를 유지하려 애쓴다. 이십 유로면 삼십 달러 정도다. 이백 달러는 거뜬히 받을 수 있는 제품인데.

"사고 싶어?" 빌럼이 묻는다.

집에 이걸 가져갔다간 엄마가 난리를 칠 게 뻔하다. 어디서 샀는지 엄마가 알아선 안 된다. 시계 파는 여자가 태엽을 감고 시계가 작동되는 걸 확인시켜준다. 재깍거리는 소리를 듣는 순간 책 선장의 말이 떠오른다. 시간은 액체라는 말. 센 강을 바라본다. 어느덧 밀려들고 있는 구름이 수면에서 분홍빛으로 반짝인다. 나는 시계를 도로 상자에 넣는다.

우리는 강둑에서 벗어나 꼬불꼬불하고 좁은 골목길로 접어든다. 학생들이 사는 라탱 지구라고 빌럼이 일러준다. 라탱 지구는 어딘가 다르다. 웅장한 도로나 불러바드 대신 좁은 골목길만 보인다. 곳곳에서 눈에 띄는 최신식 2인용 소형차가 겨우 지나갈 정도의 길이다. 조그만 교회들, 숨겨진 모퉁이들, 골목들. 또다른 파리의 모습이다. 그러나 이런 파리도 매혹적이다.

"술 한잔 할까?" 빌럼이 묻는다.

나는 고개를 끄덕인다.

우리는 인파로 북적이는 극장들과 노천카페들이 있는 복잡한 거리를 가로지르고 조그만 호텔도 몇 개 지난다. 입구에 적힌 숙박료가 그다지 비싸진 않다. 대부분의 호텔 앞에는 'complet'라는 팻말이 세워져 있다. 빈방이 없단 뜻인가보다. 그런 팻말이 없는 곳도 있다. 내게 남은 사십 파운드가량의 돈을 환전하면 숙박료를 지불할 수 있을 텐데.

아직 빌럼에게 오늘밤 이야기를 꺼내지 못했다. 어디서 묵을 것인지. 빌럼은 별로 걱정하는 것 같지 않다. 혹시라도 셀린이 그의 대안일까봐 걱정이다. 환전소 앞을 지날 때 내가 빌럼에게 환전을 하고 싶다고 말한다.

"나한테 돈이 좀 있어. 넌 보트값 냈잖아." 그가 말한다.

"난 유로화가 하나도 없는걸. 혹시 알아? 우편엽서라도 하나 사고 싶을지." 나는 우편엽서 진열대를 둘러본다. "술하고 식사값도 필요하잖아. 그리고 오늘밤……" 내가 말끝을 흐리다가 용기를 내어 말을 끝맺는다. "오늘밤도 그렇고." 내 목이 벌겋게 달아오르는 게 느껴진다.

빌럼의 대답을, 혹은 그의 생각을 알려줄 단서를 기다리는 동안 내가 한 말이 공중에 떠다니는 것 같다. 그는 길 건너 카페를 바라보고 있다. 카페 테이블에 둘러앉은 여자들이 그에게 손을 흔든다. 마침내 그가 내 쪽으로 돌아선다. "방금 뭐라고 했어?" 그가 묻는다.

여자들은 여전히 손을 흔들고 있다. 그들 중 한 명이 그에게 오라고 손짓한다. "혹시 아는 애들이야?"

그가 카페 쪽을 보다가, 다시 나를 보다가, 다시 카페를 본다. "잠깐 기다려줄 수 있지?"

맥이 쭉 빠진다. "그럼. 걱정 마."

나를 기념품가게 앞에 세워두고 그가 돌아선다. 나는 엽서 진열대를 돌리면서 그를 염탐한다. 그가 여자들에게 다가가 뺨을 맞대고 키스하는 인사를 나눈다. 그것도 세 번씩이나. 셀린과는 두 번이었는데. 빌럼이 그에게 손짓하던 여자 곁에 앉는다. 서로 아는 사이인 게 분명하다. 그녀는 자꾸만 손을 그의 무릎 위에 얹는다. 그가 내 쪽을 흘금거리고 나는 그가 내게 오라고 손짓하기를 바라지만 그는 그러지 않는다. 영원 같은 오 분이 지나자 그의 무릎을 만지던 여자애가 종이에 무언가를 적어 그에게 내민다. 그는 종이를 주머니 깊숙이 찔러넣는다. 그리고 그가 일어서자 또 한차례 뺨을 맞대고 키스하는 인사가 이어진다. 빌럼이 다시 내게 돌아온다. 로트레크의 그림엽서에 정신이 팔린 척하고 있는 내게로.

"가자!" 내 팔꿈치를 잡으며 그가 말한다.

"친구들이야?" 그의 넓은 보폭을 따라잡으려 애쓰며 내가 묻는다.

"아니."

"그럼 그냥 아는 애들?"

"예전에 알던 애들."

"우연히 만난 거야?"

그가 내 쪽으로 돌아선다. 그리고 오늘 들어 처음으로 짜증을 낸다. "여긴 파리야, 룰루. 전 세계에서 가장 유명한 관광지라고. 얼마든지 일어날 수 있는 일이야."

우연이겠지, 생각한다. 하지만 질투가 나고 집착이 생긴다. 빌럼이 벌써 자기 가죽 노트에 옮겨 적지 않았다면 아직 그의 바지 주머니 속에 있을 전화번호의 주인을 질투하는 게 아니다. 이런 우연에 질투가 난다. 오늘만큼은 그런 우연이 오직 우리에게만 일어날 것 같았기 때문이다.

빌럼이 조금 누그러진다. "네덜란드에서 알던 애들이야."

빌럼의 태도가 갑자기 달라진다. 전구가 완전히 꺼지기 직전의 램프처럼. 그제야 나는 깨닫는다. 그가 네덜란드라는 말을 비장하면서도 쓸쓸하게 발음했다는 걸. 그가 하루종일 한 번도 집이라는 말을 쓰지 않았다는 사실도 떠올린다. 그리고 또 한 가지. 오늘 그는 집으로 돌아갈 계획이었다. 그가 태어난 나라 네덜란드로, 이 년 만에.

사흘 뒤 나는 집으로 돌아간다. 공항에는 가족들이 여럿 나올 것이다. 집에는 날 환영하는 플래카드가 걸리고 축하파티가 열릴 것이다. 시차로 인한 피로 때문에 내가 먹지도 못할 음식들이 준비될 것이다. 공연장에 끌려다니는 조랑말처럼 이리저리 끌려다니며 삼

주 동안 여행을 한 것뿐인데 나는 영웅 대접을 받을 것이다.

빌럼은 이 년이나 집을 떠나 있었다. 그런데 왜 그는 영웅처럼 환대받지 않을까? 그를 기다리고 있는 사람이 있기는 한 걸까?

"셀린의 클럽에 있을 때 말이야." 나는 그제야 그에게 묻는다. "혹시 누구한테 전화 안 했어?"

그가 내게 돌아선다. 어둡고 찌푸린 그의 눈빛이 혼란스러워 보인다. "아니. 왜?"

그가 예정보다 늦게 돌아가는 걸 누군가는 알아야 하지 않을까? 그래야 환영파티를 하루 미룰 수 있지 않을까?

"너 기다리는 사람 없어?" 내가 묻는다.

그 순간, 그의 얼굴에 어떤 변화가 일어난다. 너무도 짧은 찰나의 순간, 그의 유쾌한 가면이 벗겨지고 가면 속에 감추어진 얼굴이 드러난다. 나는 그가 가면을 쓰고 있는 줄도 몰랐다. 가면 속 그의 얼굴이 얼마나 지쳐 있고 얼마나 불안정한지, 또 얼마나 나와 닮았는지 엿보기 전까지는.

"지금 내가 무슨 생각 하는지 알아?" 빌럼이 묻는다.

"무슨 생각?"

"우린 길을 잃어야 해."

"우리 오늘 하루종일 길 잃었던 거 아니었어?"

"그런 거하곤 달라. 이번엔 일부러 길을 잃는 거야. 새로운 도시에 오면 나는 제일 먼저 그렇게 해. 지하철이나 전차를 타고 아무 데서나 내리는 거야."

그가 왜 이러는지 알 것 같다. 그는 장면을 바꾸고 있다. 화제를 바꾸고 있다. 어떤 면에서는 이해가 간다. 그는 그래야 할 것이다. 그래서 나는 그렇게 하도록 내버려둔다. "당나귀 꼬리 붙이기 게임*처럼?" 내가 묻는다.

빌럼이 어리둥절한 표정을 짓는다. 빌럼이 영어를 워낙 잘해서 그가 모르는 단어가 있다는 사실을 잊는다.

"이것도 우연을 위해서야?" 내가 묻는다.

그가 나를 본다. 그리고 아주 짧은 순간, 그의 가면이 다시 벗겨진다. 그러나 이번에도 그는 얼른 가면을 쓴다. 아무래도 상관없다. 어쨌든 그의 가면은 벗겨졌고 나는 보았다. 그리고 나는 이해한다. 빌럼이 혼자라는 걸. 내가 혼자이듯. 그의 것인지 나의 것인지 분간할 수 없는 아픔이 내 마음속에 자리잡는다.

"모든 게 다 우연을 위해서야." 그가 말한다.

---

* 벽에 당나귀 그림을 붙여놓고 눈을 가린 뒤 꼬리를 붙이는 게임.

아홉

우리가 갈 특별한 장소는 내가 뽑는다.

당나귀 꼬리 붙이기 게임의 규칙에 따라 나는 눈을 감고 지하철 노선도 앞에서 한 바퀴를 돈 다음 왠지 괜찮을 것 같은 샤토루주* 란 곳에 손가락을 짚는다.

지하철 밖으로 빠져나오니 이번에도 전혀 다른 파리의 모습이 펼쳐진다. 붉은색이든 다른 색이든 성이라고는 보이지 않는다.

길이 라탱 지구처럼 좁지만 훨씬 더 거친 흙길이다. 가게 창문에서는 양철북 소리가 두드러진 음악이 흘러나오고, 온갖 냄새들이 진동해서 어떤 냄새를 먼저 들이마셔야 할지 코가 혼란스럽다. 빵집에서 풍겨오는 카레 냄새, 어디론가 운반되는 거대한 가축 사체에서 풍겨오는 금속성 피냄새, 달콤하고 이국적인 방향제 냄새, 자

---

* '붉은 성'이라는 뜻.

동차와 오토바이의 배기가스 냄새, 어디에나 있는 커피 냄새. 골목 한 귀퉁이를 완전히 점령한 큰 카페들이 눈에 많이 띄진 않는다. 임시 가게처럼 작은 카페들이 있고 보도까지 테이블이 밀려나와 있다. 테이블마다 담배 피우고 커피 마시는 사람들로 만원이다. 눈만 내놓고 검은 베일을 두른 여자들도 보이고 현란한 빛깔의 옷을 입고 잠든 아기를 등에 업고서 상가를 돌아다니는 여자들도 보인다. 이 동네에 관광객은 우리뿐이다. 사람들이 우릴 쳐다본다. 위협적이라기보단 호기심 어린 눈길로, 마치 길 잃은 사람 보듯 쳐다본다. 길을 잃은 건 사실이다. 바로 이런 시선들이 내가 혼자서는 죽어도 이런 짓을 하지 않는 이유다.

그러나 빌럼은 이곳을 좋아하는 것 같다. 나는 빌럼처럼 편안해지려 애쓰며, 중동과 아프리카가 만나는 이 지역 파리의 모습에 그저 놀란다.

마치 우리처럼 어쩌다 이곳에 내려앉은 것 같은, 회교 사원과 거대한 교회들, 수많은 뾰족탑과 부벽을 지나친다. 꼬불꼬불한 길을 따라 걷고 또 돌다보니 공원 비슷하게 생긴 곳이 나온다. 아파트 건물들 사이에 네모난 잔디밭과 오솔길, 핸드볼 코트가 있다. 머리에 두건을 쓰고 사방치기 비슷한 놀이를 하는 소녀들과 핸드볼을 하는 남자아이들, 개를 산책시키는 사람들, 체스 두는 사람들, 여름날 저물어가는 오후의 담배를 즐기러 나온 사람들이 북적인다.

"여기가 어딘지 알아?" 내가 빌럼에게 묻는다.

"나도 너하고 똑같이 길을 잃었어."

"우리 진짜 큰일났네." 그러나 나는 웃는다. 누군가와 함께 길을 잃는다는 게 왠지 나쁘지 않다.

우리는 한적한 공원 한 귀퉁이로 가서 구름 속에서 뛰어노는 아이들을 그려놓은 벽화 옆 나무 그늘에 털썩 앉는다. 나는 샌들을 벗는다. 흙과 땀으로 발에 검은 줄이 생겼다. “발이 부서진 거 같아.”

빌럼도 슬리퍼를 벗어던진다. 그의 왼쪽 발에 지그재그 모양의 상처가 있다. “나도.”

비릿한 비냄새를 머금은 서늘한 바람을 타고 구름이 서서히 밀려들기 시작한다. 그 사이로 비치는 햇살에 그림자가 드리울 때, 우리는 잔디에 등을 대고 눕는다. 잭 선장의 예고는 정확했다.

“지금 몇시야?” 빌럼이 묻는다.

나는 눈을 감고 그에게 보라고 팔을 내민다. “나한텐 말하지 마. 알고 싶지 않으니까.”

그가 내 팔을 잡고 시간을 확인한다. 그러고는 내 팔을 바로 놓지 않고 앞뒤로 돌리며 내 손목을 본다. 신기한 물건이라는 듯, 태어나서 처음 본 손목이라는 듯.

“시계 멋지다.” 마침내 그가 말한다.

“고마워.” 내가 건성으로 대답한다.

“넌 마음에 안 들어?”

“아니. 그런 건 아냐. 내 말은, 부모님이 주신 거야. 아주 후한 선물이지. 이 여행을 보내주셨는데 이런 선물까지 주셨어. 게다가 아주 비싼 시계래.” 나는 거기서 멈춘다. 상대는 빌럼이다. 내 마음속의 무언가가 진실을 말하라고 강요한다. “맞아, 솔직히 말하면, 난 별로야.”

"왜?"

"모르겠어. 너무 무거워. 손목에 땀도 차고 소리도 너무 커. 시간이 가고 있다는 걸 항상 일깨워주지. 절대로 잊지 말라는 듯이."

"그럼 왜 차고 다녀?"

너무도 단순한 질문이다. 왜 싫어하는 시계를 차고 다니는 걸까. 집에서 수천 마일 떨어진 곳인데도, 이 시계를 차고 있는 걸 볼 사람이 아무도 없는데도, 나는 왜 계속 이 시계를 차고 있는지. 부모님이 애틋한 마음으로 사주신 시계이기 때문이다. 부모님을 실망시킬 수는 없기 때문이다.

내 손목을 부드럽게 누르는 빌럼의 손가락이 다시 느껴진다. 그가 고리를 풀자 시계가 흰 자국을 남긴 채 내 손목에서 떨어진다. 서늘한 바람이 손목의 점을 간질인다.

빌럼이 시계를 살펴보고 'Going Places'라고 새겨진 글을 읽는다. "정확히 어딜 가란 거야?"

"아, 뻔하지. 유럽. 대학. 의대."

"의대?" 그의 목소리에서 놀라움이 배어난다.

나는 고개를 끄덕인다. 8학년 이후 그게 나의 목표였다. 8학년 때 옆 테이블 남자가 양고기를 먹다 목에 걸려 숨을 헐떡이는 것을 보고 하임리히요법*을 시행한 적이 있다. 아빠는 병원에서 온 전화를 받느라 밖에 나가고 없었고 남자의 얼굴은 보라색으로 변했다. 나는 얼른 일어나 침착하게 양팔을 그의 횡격막 근처에 둘러 그를

* 약물이나 음식 등이 목에 걸려 질식 상태에 빠졌을 때 실시하는 응급처치법.

끌어안고 삼킨 고깃조각이 튀어나올 때까지 힘껏 당겼다. 그 모습을 보고 엄마는 무척 감동했다. 그리고 나도 아빠처럼 의사가 되어야 한다고 말하기 시작했고 나도 언제부터인가 그렇게 믿었다.

"그럼 나도 돌봐줄 거야?"

그의 목소리에 특유의 장난기가 배어 있어 농담이라는 걸 알면서도 나는 묘한 전율을 느낀다. 지금은 누가 그를 돌봐주고 있을까? 나는 그를 바라본다. 그는 여전히 세상 모든 것에 초연해 보이지만 나는 기억한다. 그가 혼자라는 확신을 주었던 조금 전 그 모습을.

"지금은 누가 널 돌봐주는데?"

그가 한참 동안 대답하지 않았기 때문에, 내가 실제로 그 말을 내뱉었는지, 만약 그랬다면 그가 내 말을 들었는지 아리송하다. 그런데 마침내 그가 대답한다. "내가."

"하지만 네가 돌볼 수 없을 땐? 네가 아플 때는?"

"난 안 아파."

"누구나 아플 때가 있잖아. 여행 다니다가 독감 같은 거 걸리면 어떻게 해?"

"아팠다가도 나아져." 내 질문을 회피하며 그가 대답한다.

나는 팔꿈치를 세우고 몸을 일으킨다. 가슴속에 묘한 감정이 번져오면서 내 호흡이 가빠지고 내가 하는 말들이 흩어진 나뭇잎처럼 춤춘다. "내가 두 배의 행복 얘기 생각해봤거든. 그 남자가 혼자 여행하다가 병이 들었는데 누군가가 돌봐주잖아. 네가 아플 때도 그런 일이 일어나? 아니면 혼자 허름한 호텔방에 누워 있어?"

나는 어느 산골 마을에 머무는 그의 모습을 그려본다. 그러나 내 머릿속에 떠오르는 건 음침한 방에 누워 있는 그의 모습뿐이다. 아플 때 나는 어떤 기분이 드는지도 생각해본다. 그 깊은 슬픔. 엄습하는 외로움. 그러나 내 곁엔 돌봐줄 엄마가 있다. 하지만 그는 어떨까. 누군가 그에게 수프를 끓여줄까? 봄비 내리는 푸른 하늘에 높이 솟은 선명한 초록빛 나무 이야기를 들려주는 사람이 있을까?

빌럼은 대답하지 않는다. 멀리서, 핸드볼 공이 벽에 부딪히는 소리와 교태스러운 여자들의 웃음소리가 들려온다. 나는 셀린을 떠올린다. 기차에서 만난 여자들, 카페에서 만난 모델들도 떠올린다. 그의 주머니에 있는 쪽지도 생각한다. 그를 돌봐주고 싶어 안달하는 여자들은 넘쳐나겠지. 갑자기 속이 불편해진다. 길을 잘못 들었다. 마치 스키를 타다가 울퉁불퉁한 둔덕이 있는 고난이도 코스로 잘못 접어들었을 때처럼.

"미안," 내가 말한다. "아무래도 의사 근성이 나오나보다. 아니면 유대인 엄마 근성."

빌럼이 묘한 표정을 짓는다. 또 길을 잘못 들었나. 유럽에 유대인이 많지 않다는 사실을 나는 자꾸만 잊는다. 이런 농담이 통할 리 없다.

"나 유대인이고 그건 내가 나이들수록 건강 문제에 유난히 집착할 거란 뜻이야." 내가 얼른 설명을 덧붙인다. "유대인 엄마들은 다 그렇거든."

빌럼이 등을 대고 누워 시계를 자기 얼굴 위로 든다. "네가 두 배의 행복 얘기를 하니까 기분이 이상해. 사실 나도 가끔은 아파서

변기를 붙잡고 토하고 그러거든. 그럴 땐 영 기분이 별로야."

그 생각을 하면서 나는 움찔한다.

"한번은 이런 적도 있었어. 버스를 타고 모로코에서 알제리로 건너가는데, 갑자기 배가 아픈 거야. 그것도 아주 심하게. 그래서 아무데서나 버스에서 내릴 수밖에 없었어. 지도에도 안 나오는 사하라사막 외곽의 어느 마을이었어. 탈수에 환각 증세까지 있었는데 비틀거리면서 하룻밤 묵을 곳을 찾다가 '사바'라는 이름이 붙은 호텔 겸 식당을 봤어. 어렸을 때 내가 우리 할아버지를 사바라고 불렀었거든. 꼭 계시 같았어. 마치 우리 할아버지가 '저기로 가보렴!' 하고 말하는 거 같더라고. 식당은 비어 있었고, 난 곧장 화장실로 가서 토하기 시작했어. 화장실에서 나와보니까 젤라바*를 입고 짧은 회색 수염을 기른 남자가 있는 거야. 그래서 내가 그 사람한테 차하고 생강을 달라고 했어. 배가 아플 땐 엄마가 항상 그걸 주셨거든. 그런데 그 사람이, 내가 지금 사막에 있으니 사막의 요법을 써야 한다면서 부엌에 가서 반으로 자른 구운 레몬을 가져왔어. 그리고 레몬에 소금을 뿌리더니 나한테 입안에 짜넣으래. 그것도 토할 거라고 생각했는데, 이십 분쯤 지나니까 속이 가라앉는 거야. 그러고 나서 그 사람이 나무껍질 같은 맛이 나는 맛없는 차를 주더라. 그리고 위층으로 올라가라고 했고 거기서 난 열여덟 시간을 잤어. 내가 아래층으로 내려갈 때마다 그 사람이 내 상태를 묻고 증상에 따라 먹을 걸 준비해줬어. 우린 이런저런 얘기를 나눴

* 긴소매에 모자가 달린 아랍의 남성용 겉옷.

지. 어렸을 때 할아버지와 얘기하던 것처럼. 거기 일주일을 머물렀어. 지도에도 안 나와 있고 존재하는지조차 확실치 않은 그 마을에서 말이야. 네가 해준 그 얘기랑 비슷하지?"

"그 할아버지한테 딸이 없는 것만 빼고." 내가 말한다. "있었다면 지금쯤 결혼했겠지."

우리는 모로 누워 서로를 마주본다. 그의 몸에서 배어나는 온기가 그대로 전해질 정도로 가까이, 같은 공기를 호흡하는 것처럼 느껴질 정도로 가까이 누워 있다.

"네가 그 딸이 되면 되잖아. 그 이행시 다시 읊어봐." 빌럼이 말한다.

"푸른 나무들은 봄비 내리는 하늘 아래 선명한데 하늘이 봄나무들을 흐릿하게 지우려 하네. 붉은 꽃이 바람에 쫓기며 대지를 수놓고 그 입맞춤에 대지는 온통 붉게 물드네."

마지막 단어, 입맞춤이 허공에서 맴돈다.

"다음번에 내가 아플 때 그거 읽어줘. 그럼 네가 나의 산골 아가씨가 되는 거야."

"좋아." 내가 말한다. "내가 그 산골 아가씨가 되어서 널 보살펴줄게."

그는 웃는다. 이번에도 농담이라는 듯, 서로 시시덕거리던 중에 나온 또 한번의 말장난이라는 듯. 전혀 농담으로 한 말이 아니면서도, 나도 함께 웃는다.

"그럼 그 보답으로 내가 네 시간의 짐을 덜어줄게." 그가 내 시계를 자기 손목에 찬다. 그의 손목에 있는 내 시계는 감옥의 쇠사

슬처럼 보이지 않는다. “이제 시간은 존재하지 않아. 시간은…… 잭 선장이 뭐라고 했더라. 액체?”

“액체.” 마치 주문처럼 내가 말한다. 시간이 액체라면, 단 하루라는 시간도 영원할 수 있기에.

열

그렇게 잠이 든다. 다시 눈을 떠보니 모든 게 달라진 것 같다. 공원은 고요하다. 웃음소리와 공 튀는 소리는 긴 황혼 속으로 사라져버렸다. 묵직한 잿빛 비구름들이 어둑어둑해지는 하늘을 점령하고 있다.

그러나 그것 말고도 달라진 게 있다. 숫자로 표현할 수 있는 물리적 변화라고 말할 순 없지만 그래도 엄청난 변화다. 나는 눈을 뜨는 순간 그 변화를 감지한다. 원자와 분자가 재구성되면서 온 세상이 돌이킬 수 없이 달라져버렸다.

빌럼의 손을 느낀 것도 바로 그 순간이다.

빌럼도 잠이 들었다. 기다란 그가 내 뒤에서 물음표처럼 몸을 웅크리고 있다. 우리의 몸은 떨어져 있다. 그의 한 손이 내 허리 밑에 들어가 있는 것만 빼고는. 마치 누군가 떨어뜨린 스카프인 듯. 잠든 사이 바람에 날려 그곳에 내려앉은 듯. 그의 손이 그곳에 있으니 마치 거기가 제자리인 것 같다. 항상 그 자리에 있었던 것 같다.

나는 꼼짝 않고 누워 귀를 기울인다. 나무를 스치는 바람에, 빌럼의 규칙적인 숨소리에. 그리고 그의 손에 주의를 집중한다. 그의 손끝에서 지금까지 존재조차 알지 못했던 내 몸의 중심 어느 곳으로 전류가 흐르는 것 같다.

빌럼이 잠결에 뒤척인다. 그도 느끼고 있을까. 어떻게 못 느낄 수 있을까. 이 전류는 너무도 생생하고 사실적이어서 계량기를 가까이 대면 다이얼이 빙글빙글 돌아갈 것 같다.

그가 다시 뒤척인다. 그의 손끝이 내 허리의 여린 살 속으로 파고들자 달콤하고도 짜릿한 전율이 밀려들어, 나는 움찔하다가 그만 그의 다리를 걷어차고 만다.

눈을 감고 있어도 그의 눈꺼풀이 파르르 떨리며 열리는 것을 느낄 수 있었다고 맹세한다. 목 뒤쪽에 그의 숨결이 느껴진다. "후이 모르헌." 여전히 잠에 취한 나긋나긋한 목소리로 그가 말한다.

나는 돌아누워 그를 마주본다. 그의 손이 여전히 내 허리에 머물러 있는 게 고맙다. 잔디가 그의 뺨에 톱니 자국을 만들었다. 마치 원시부족 성년식의 상처 같다. 그 자국을 만져보고 싶다. 매끄러운 피부에 팬 홈을 만져보고 싶다. 그의 몸 구석구석을 만져보고 싶다. 그의 몸이 거대한 태양처럼 강한 중력을 발산하고 있는 것 같다.

"지금 아침 인사 한 거야? 근데 아직 저녁이야." 내 목소리가 거칠다. 말하면서 동시에 숨쉬는 방법을 잊었나보다.

"너 잊은 모양인데, 더이상 시간은 존재하지 않아. 나한테 줬잖아."

"너한테 줬지." 내가 그의 말을 되풀이한다. 그 말 속에 담긴 항복이 달콤하게 느껴진다. 나는 내 몸에서 빠져나가 그에게로 향한다. 내 마음의 작은 부분이 경고한다. 단지 오늘 하루일뿐이라고. 난 그저 지나가는 여자애일 뿐이라고. 그러나 그 말에 저항하는 나, 저항하고 싶은 나는 기어이 경고하는 나를 뿌리친다.

빌럼이 나를 보며 눈을 깜빡인다. 그의 눈은 짙고 나른하고 섹시하다. 나는 벌써 우리가 키스하는 상상을 한다. 그의 입술이 내 온몸에 내려앉는 것을 느낀다. 나의 몸에 닿는 그의 뾰족한 골반뼈를 느낀다. 공원에는 거의 인적이 없다. 근처에서 머리에 두건을 쓰고 청바지를 입은 소녀 두어 명이 남자들과 이야기를 나누고 있다. 그러나 그들은 자기들끼리 한 귀퉁이에 모여 있다. 나는 사람들의 시선 따위는 안중에 없다.

나의 생각이 영화처럼 스크린에 투영되고 있나보다. 빌럼도 그 영화를 다 보고 있다. 의미심장한 미소를 짓는 걸 보면 안다. 우리는 서로에게 조금 더 다가간다. 매미 울음소리 속에서도 나는 우리 사이에서 발생하는 에너지가 윙윙거리는 소리를 실제로 들을 수 있을 것 같다. 시골 마을의 전깃줄이 윙윙거리는 소리 같다.

그런데 다른 소리도 들린다. 처음엔 무슨 소리인지 판단이 되지 않는다. 우리가 만들어내는 전류의 윙윙거림과는 너무도 어울리지 않는 소리다. 그러나 다시 한번 그 소리를 듣는 순간, 차갑고 날카롭고 긴장이 감도는 선명한 소리를 듣는 순간, 무슨 소리인지 바로 알아차린다. 두려움은 통역이 필요치 않다. 비명은 어떤 언어에서든 똑같다.

빌럼이 벌떡 일어나고 나도 일어난다. "여기 있어!" 그가 명령한다. 내가 상황을 파악하기도 전에 그가 긴 다리로 성큼성큼 걸어간다. 나를 욕망과 두려움의 채찍질 사이에 남겨둔 채로.

또 한차례 비명이 울려퍼진다. 소녀의 비명이다. 그때부터 모든 일이 천천히 일어난다. 영화의 슬로모션처럼. 내가 두건을 쓴 소녀들 쪽을 쳐다본다. 그런데 둘 중 한 명의 두건이 보이지 않는다. 두건 하나가 바닥에 떨어져 있고 거칠고 뻣뻣한 소녀의 검은 머리카락이 그대로 드러나 있다. 머리카락마저 겁에 질린 듯하다. 그녀는 다른 한 명을 부둥켜안고 있다. 마치 그렇게 해서 남자들의 시야에서 사라지려는 듯. 자세히 보니 남자들은 어리지 않다. 성인 남자들이다. 머리를 짧게 밀었고 군복 차림에 크고 검은 군화를 신고 있다. 문득, 이 한적한 공원에 이 남자들과 이 소녀들이 함께 있는 게 뭔가 잘못되었다는 생각이 든다. 나는 빌럼이 버려두고 간 배낭을 들고 살금살금 그들 쪽으로 다가간다.

소녀의 낮은 비명소리와 남자들의 거친 웃음소리가 들린다. 남자들의 목소리가 들린다. 프랑스 말이 그렇게 흉측할 수도 있음을 처음 깨닫는다.

빌럼은 어디로 간 걸까 궁금해하는 순간 빌럼이 남자들과 소녀들 사이에 끼어들어 뭐라고 얘기한다. 빌럼은 차근차근 낮게 말하고 있지만 내가 있는 곳에서도 그의 목소리가 들린다. 배우의 발성법인가보다. 그러나 그도 역시 프랑스어로 말하고 있어서 무슨 얘기를 하고 있는지는 알 수가 없다. 어쨌든 빌럼은 스킨헤드족의 주의를 끈다. 그들이 크고 툭툭 끊기는 말투로 빌럼의 말에 대꾸하고 그 소리가 텅 빈 핸드볼 코트에 울려퍼진다. 빌럼이 산들바람처럼 침착하고 고요한 목소리로 반박한다. 한마디라도 알아들으려 애써 보지만 도저히 알아들을 수가 없다.

남자들은 말을 하면서도 서성거린다. 소녀들은 빌럼의 의도대로 그 순간을 틈타 달아난다. 스킨헤드들은 알아차리지도 못한다. 아니, 개의치 않는다. 이제 그들의 관심은 빌럼에게 쏠려 있다. 처음엔 빌럼의 매력은 통하지 않는 데가 없다고 생각했다. 그래서 스킨헤드들과도 친구가 되었나보다, 생각했다. 그러나 그 순간 내 귀는 그의 말투가 그가 하는 말과는 정반대임을 감지한다. 나는 그 말투를 안다. 내가 하루종일 들었던 말투. 빌럼은 그들을 약 올리는 중이다. 그들이 제대로 알아들을지조차 확실치 않은 방식으로 그들을 조롱하고 있다. 그들은 셋이고 빌럼은 혼자인데, 그들이 빌럼의 메시지를 제대로 이해했다면 여전히 그렇게 서서 얘기나 하고 있을 리가 없다.

시큼하고 달착지근한 술냄새와 싸한 아드레날린의 냄새가 풍겨오고 그 순간 나는 몸으로 느낀다. 그들이 빌럼에게 무슨 짓을 하려는지. 마치 그들이 나를 겨냥한 것처럼 너무도 생생하게 느껴진다. 그 깨달음에 두려움을 느끼며 마비되는 게 당연하겠지만 나는 마비되지 않는다. 오히려 뜨겁고 애틋하고 독한 무언가가 나를 채운다.

누가 널 돌봐주는데?

미처 생각할 겨를도 없이, 나는 빌럼의 가방에 손을 넣어 가장 묵직한 물건인 여행 가이드북을 꺼낸다. 그리고 그들을 향해 돌진

한다. 아무도 내가 다가가는 걸 보지 못한다. 심지어는 빌럼조차도. 덕분에 그들의 허를 찌르는 성과를 거둔다. 죽기 살기로 덤비는 사람 특유의 독기도 있다. 내가 빌럼 가장 가까이에 서 있는 남자에게 책을 던지고 그 바람에 남자가 들고 있던 맥주병을 떨어뜨린다. 그가 손을 이마 쪽으로 드는데 손에서 붉은 꽃처럼 피가 배어나온다.

두려워해야 하는 게 맞겠지만 나는 두렵지 않다. 이상할 정도로 침착하고, 비록 몇 초일지언정 잠시 떨어져 있다가 다시 빌럼 곁으로 돌아온 것이 기쁘다. 빌럼이 눈을 크게 뜨고 입을 쩍 벌린 채 나를 쳐다본다. 스킨헤드족이 내 뒤쪽을 보고 공원 주위를 두리번거린다. 그런 공격을 감행한 주인공이 나일 리가 없다는 듯.

그리고 그들의 혼란의 순간이 우리를 구한다. 빌럼이 내 손을 잡고, 그때부터 우리는 달리기 시작한다.

공원에서 벗어나 교회를 지나고 아까 지나왔던 뒤죽박죽 이상한 동네를 다시 가로질러 찻집들과 카페들을 지나고 가축 사체들을 지난다. 물이 넘치는 도랑들을 뛰어넘고 오토바이와 자전거의 행렬을 지나고 화려하고 반짝거리는 장신구가 잔뜩 달린 옷들을 실은 배달용 밴을 피한다.

사람들이 하던 일을 멈추고 우리를 바라본다. 우리가 올림픽 인기 종목 미친 백인 추격전에 출전한 선수라도 된다는 듯 우리에게 길을 내어준다.

나는 마땅히 두려워해야 한다. 성난 스킨헤드들이 나를 쫓고 있다. 지금까지 내 뒤를 쫓으며 달렸던 사람은 아빠뿐이었다. 그나마도 함께 조깅을 할 때였다. 우리를 쫓는 군화 발소리가 내 머리에서 울리는 맥박과 같은 박자로 들린다. 그러나 나는 두렵지 않다. 내 다리가 요술처럼 길어져 빌럼의 넓은 보폭을 따라잡는다. 발에 닿는 땅도 우리 편인 듯 발걸음에 맞추어 물결치는 것 같다. 발이 거의 땅에 닿지 않는 것 같다. 그대로 하늘로 날아올라 파리의 지붕들 위에서, 아무도 닿을 수 없는 곳에서 달릴 수 있을 것만 같다.

뒤쪽에서 그들의 고함이 들려온다. 유리 깨지는 소리가 들리는가 싶더니 바람을 가르는 휙 소리가 귓가에 들리고 어느 순간 나의 목이 서늘해진다. 땀샘이 한꺼번에 열리면서 땀을 배출하는 것 같은 기분. 웃음소리가 더 많이 들리더니 군화 발소리가 갑자기 멈춘다.

그러나 빌럼은 멈추지 않고 계속 달린다. 나를 끌고 좁고 꼬불꼬불한 골목길을 달린다. 널찍한 불러바드가 나올 때까지. 신호가 바뀌자 대로를 건너고 경찰차 옆에서 달린다. 어느덧 복잡한 거리로 들어섰다. 그들이 더이상 쫓아오지 않는 게 거의 확실하다. 이제 우리는 안전하다. 그런데 어쩐 일인지 빌럼은 내게 이리저리 방향을 가리키며 계속 좁고 조용한 골목들을 달린다. 그러다가 비밀의 문을 드러내는 책장처럼 거리의 풍경 속에 틈이 하나 보인다. 키패드를 눌러 들어가는 대형 아파트 단지의 정문이다. 휠체어 탄 노인이 단지 내 정원을 지나 문을 나서는 순간 빌럼이 얼른 나를 안으로 잡아끈다. 속도가 시속 60마일에서 갑자기 0이 되고, 거대한 돌벽에 털썩 기대는 순간 철컥하고 등뒤에서 문이 닫힌다.

거기 서 있는 우리의 몸은 서로에게서 몇 인치밖에 떨어져 있지 않다. 빠르고도 안정적인 그의 심장박동과 거친 숨결이 그대로 느껴진다. 그의 목을 타고 흘러내리는 땀의 강물도 보인다. 둑 위로 넘치려는 강물처럼 거세게 혈관을 질주하는 나의 피도 느낀다. 내 몸이 더이상 나를 감당할 수 없을 것 같다. 내 몸이 감당하기에 내가 너무 커진 것 같다.

"빌럼." 내가 입을 연다. 할 얘기가 너무도 많다.

그가 내 목에 손가락을 댄다. 나는 잠자코 서 있는다. 그의 손길이 나를 진정시키면서도 한편으로는 흥분시킨다. 그가 손을 뗀다. 손이 피로 붉게 물들어 있다. 내가 목을 만져본다. 피.

"호드버도머!"* 그가 중얼거린다. 그는 한 손을 배낭에 넣어 손수건을 찾으면서 다른 손에 묻은 피를 핥는다.

그가 손수건을 내 목에 댄다. 피가 난 건 사실이지만 상태가 심각하지 않다. 도대체 무슨 일이 일어난 걸까.

"놈들이 깨진 유리병을 던졌어." 빌럼의 목소리가 분노로 가득 차 있다.

그러나 아프지 않다. 나는 괜찮다. 정말 괜찮다. 그냥 조금 베인 것뿐이다.

그는 더 가까이 다가와 손수건으로 내 목을 조심스럽게 누른다. 그 순간 내 목의 상처는 피가 배어나오는 출구가 아니다. 우리 사이에 감도는 묘한 전류가 선을 타고 흘러들어오는 입구다.

나는 그를 원한다. 그의 전부를 원한다. 그의 입을 맛보고 싶다.

---

* '젠장!'이라는 뜻의 네덜란드어.

나의 피를 맛본 그의 입을 맛보고 싶다. 내가 그에게 몸을 기댄다.

그러나 그는 나를 밀어내고 내게서 떨어진다. 그의 손이 내 목을 떠난다. 피에 젖은 수건이 내 목에 힘없이 걸쳐져 있다.

고개를 들어 그의 눈을 바라본다. 그의 눈빛은 완전히 빛깔을 잃어 검은색만 남았다. 그러나 그보다 더 나를 불안하게 하는 건, 그 속에 담겨 있는 그것이다. 내가 곧바로 알아보았던 바로 그것. 두려움. 나는 어떻게든 그 두려움을 걷어내고 싶다. 왜냐하면, 나도 두려워해야겠지만, 어쩐 일인지 오늘 나는 두렵지 않기 때문이다.

"괜찮아." 내가 입을 연다. "난 괜찮다니까."

"도대체 어쩌자고 그런 짓을 한 거야?" 그가 내 말을 자른다. 그의 목소리가 낯선 사람처럼 차다. 그래서인지, 아니면 안도감 때문인지 나는 갑자기 울고 싶어진다.

"그 사람들이 널 해치려고 했잖아." 내가 말한다. 내 목소리가 떨린다. 나는 그를 바라본다. 그가 이해했는지 보려고. 그러나 그의 표정은 더 굳어질 뿐이다. 두려움이 자신의 쌍둥이 형제인 분노를 만났다. "내가 너한테 약속했잖아."

"무슨 약속?"

머릿속에 당시의 상황이 재연된다. 주먹이 오가진 않았다. 그들이 무슨 얘기를 하고 있었지만 나는 이해하지 못했다. 그러나 그들은 그를 해치려 했다. 나는 뼛속 깊이 느낄 수 있었다.

"내가 널 돌봐주겠다고." 확신이 잦아들면서 내 목소리도 한풀 꺾인다.

"날 돌봐주겠다고? 이게 날 돌봐주는 거야?" 그가 손을 벌려 보인다. 피로 얼룩진 손을.

그가 나에게서 한 발자국 떨어진다. 그와 나 사이에 깃드는 황혼 속에서 그제야 나는 깨닫는다. 내가 다 망쳐버렸음을. 나는 스키를 타다가 고난이도 코스로 접어든 게 아니라 낭떠러지에서 날아올랐다. 그를 돌봐주겠단 얘기는 장난삼아 주고받은 말일 뿐이다. 내가 한 번이라도 남을 돌봐준 적이 있었던가. 더구나 그는 돌봐줄 사람이 필요하다고 말한 적도 없다.

우리는 그렇게 그곳에 서 있는다. 침묵이 우리를 감싼다. 마지막 햇살이 사라져간다. 어둠이 내리기를 기다렸다는 듯 빗방울이 떨어지기 시작한다. 빌럼이 하늘을 보고 다시 시계를 본다. 나의 시계를. 내 시계는 여전히 그의 손목에 있다.

나는 내게 남은 사십 파운드를 생각한다. 조용하고 깨끗한 호텔방을 떠올린다. 그 호텔방에 들어가 있는 우리를 생각한다. 한 시간 전에 파리 공원에서 상상했던 모습이 아닌, 그저 조용히 빗소리를 듣는 우리의 모습을. 제발, 나는 속으로 기도한다. 어디든 가서 이 상황을 해결할 수 있기를.

그러나 빌럼은 가방에서 유로스타 운행시간표를 꺼내 시간을 확인한다. 그리고 내 시계를 푼다. 그 순간 나는 깨닫는다. 그가 내게 시간을 돌려주리라는 걸. 그러나 그렇게 함으로써 그는 나의 시간을 영원히 가져가버린다는 걸.

열하나

오늘밤 런던행 열차는 두 대가 남아 있다. 아홉시가 넘었기 때문에 차표를 교환해서 다음 기차를 타려면 시간이 빠듯하겠지만 막차는 분명히 탈 수 있을 거라고 빌럼이 말한다. 영국으로 돌아가면 한 시간 느리기 때문에 런던 튜브가 끊기기 직전에 도착할 거라고. 마치 지나가다 길을 묻는 낯선 사람 대하듯 빌럼이 이 모든 걸 다정하고 친절하게 설명한다. 나 역시 밤이건 낮이건 늘 런던 튜브를 혼자 타고 다녔다는 듯 고개를 끄덕인다.

매일 밤 오줌을 누러 나가는 개를 위해 문을 열어주는 사람처럼 낯설도록 무심하게 빌럼이 아파트 정문을 열어준다. 이미 늦은 시간이다. 긴 여름날의 황혼이 저물어간다. 지금 내가 들어서는 파리는 삼십 분 전의 파리와 너무도 다르다. 나는 다시 한번 깨닫는다. 이 변화가 비가 와서도, 햇빛이 사라져서도 아니라는 걸. 무언가가 달라졌다. 아니, 어쩌면 제자리로 돌아온 것인지도 모른다. 아니면, 애초에 달라진 건 아무것도 없는데 내가 나 자신을 속이고 있던 건지도 모른다.

그런데도, 달라진 파리를 보고 있자니 눈에 눈물이 차오른다. 눈물 때문에 주위의 모든 빛이 크고 붉은 상처처럼 보인다. 나는 축축해진 카디건으로 얼굴을 닦는다. 돌려받은 시계는 여전히 손에 쥐고 있다. 어쩐지 도저히 다시 그 시계를 찰 수가 없다. 목의 상처보다 그 시계가 나를 더 아프게 한다. 나는 빌럼보다 앞서 걸으며 그와 간격을 유지하려 애쓴다.

"룰루!" 그가 날 부른다.

나는 대답하지 않는다. 나는 룰루가 아니다. 룰루였던 적이 없다.

그가 날 따라잡는다. "파리 북역은 저쪽이야." 그가 내 팔꿈치를 잡는다. 그의 손길에 동요하지 않으려 마음을 다잡는다. 주사를 맞을 때 긴장하는 것처럼. 그러나 상황은 더 악화될 뿐이다.

"어떻게 가는지만 알려줘."

"이 길을 따라 몇 블록 가다가 왼쪽으로 돌면 돼. 하지만 일단 셀린의 클럽에 가야지."

그렇지. 셀린이 있었지. 그는 너무도 아무렇지 않게 행동하고 있다. 그닥게 아무렇지 않다기보단 이십 분 전과 비교했을 때 그렇다는 얘기다. 그의 눈빛에 두려움이 사라지고 어떤 안도감이 찾아든다. 나라는 짐을 내려놓는 것에 대한 안도감. 처음부터 이럴 계획이었을까? 날 중간에 떼어놓고 셀린과 밤을 보낼 계획이었을까? 아니면 또다른 여자가 있는 걸까? 그의 바지 주머니 속에 안선하게 보관된 전화번호의 주인공? 하긴, 그렇게 여러 가지 선택이 있는데 왜 굳이 날 선택하겠는가.

넌 참 반듯한 애야. 내가 좋아했던 셰인 마이클스에게 내 감정을 그나마 가장 비슷하게 고백했을 때 그가 내게 한 말이었다. 참 반듯한 애. 그게 나다. 셰인은 내 손을 잡기도 했고 날 유혹하는 달콤한 말도 했다. 나는 그 말속에 어떤 의미가 있을 거라고 생각했다. 그러다가 어느 순간부터 그가 다른 여자를 사귀기 시작했고 정말 의미가 있는 일들을 그녀와 하기 시작했다.

우리는 불러바드를 따라 다시 역으로 향한다. 그렇게 몇 블록을 걷다가 다시 조그만 골목길로 빠진다. 클럽을 찾아보지만 이곳은 상가가 아니다. 아파트가 빼곡히 들어선 주택가다. 빗물을 잔뜩 들이켠 창가의 화분들과 닫힌 창문 안쪽에서 졸고 있는 피둥피둥한 고양이들이 보인다. 모퉁이에 레스토랑이 있다. 김이 서린 레스토랑의 유리창이 반짝인다. 길 건너인데도 웃음소리와 그릇 달그락거리는 소리가 들린다. 사람들. 보송보송하고 따스한 집. 목요일 저녁식사를 즐기는 파리 사람들.

어느덧 빗줄기가 거세어진다. 젖은 스웨터가 티셔츠까지 적신다. 나는 스웨터 소매를 손목까지 내린다. 이가 딱딱 부딪친다. 떨지 않으려고 턱에 힘을 주었더니 턱을 제외한 나머지 부분이 떨린다. 목에서 손수건을 풀어보니 피는 멎었지만 목이 온통 피와 땀 범벅이라 지저분하다.

빌럼이 혼란스러운, 어쩌면 역겨운 표정으로 바라본다. "좀 닦아야겠다."

"가방에 깨끗한 옷 있어."

빌럼이 내 목을 바라보며 얼굴을 찌푸리더니 내 팔꿈치를 잡고 맞은편 레스토랑 문을 열고 들어간다. 레스토랑 안에 들어서니 흔들리는 촛불의 불빛이 금속 재질의 진열대 위에 줄지어 세워놓은 와인병들을 비추고 있다. 메뉴는 조그만 칠판에 손으로 써놓았다. 나는 문간에 멈추어 선다. 이 레스토랑에 우린 어울리지 않는다.

"여기서 우선 상처를 좀 닦자. 구급약통이 있는지 물어볼게."

"내가 기차에서 할게." 엄마는 당연히 구급약품도 챙겨주었다.

우리는 잠시 마주보고 그렇게 서 있는다. 웨이터가 나온다. 보나마나 우리 때문에 찬바람이 들어온다고 투덜거리거나, 더러운 하층민 같은 우리 옷차림을 타박하며 화를 내겠지, 생각했다. 그러나 그는 우리를 안으로 안내한다. 마치 우리가 자기가 연 파티에 참석한 손님이라는 듯. 내 목을 본 순간 그의 눈이 휘둥그레진다. 빌럼이 프랑스어로 설명하자 그가 고개를 끄덕인 뒤 구석 테이블을 가리킨다.

레스토랑 안은 따듯하고 양파 냄새와 달콤한 바닐라 냄새가 풍겨온다. 웨이터의 제안에 저항하기에 나는 너무 지쳐 있다. 나는 의자에 털썩 앉으며 한 손으로 목의 상처를 가린다. 다른 손에 움켜쥐고 있던 시계를 흰 테이블보 위에 내려놓는다. 시계는 힘차게 째깍거린다.

웨이터가 조그맣고 하얀 구급약통과 검은색 메뉴판을 들고 온다. 빌럼이 약통을 열고 소독솜을 꺼낸다. 그러나 내가 그에게서 솜을 빼앗는다.

"나 혼자 할 수 있어!" 내가 말한다.

나는 상처에 연고를 바른 다음 큼직한 반창고를 붙인다. 웨이터가 내 솜씨를 확인하기 위해 돌아와 반창고를 보고 됐다는 듯 고개를 끄덕인다. 그리고 프랑스어로 내게 말을 건넨다. "스웨터를 부엌에서 말리고 싶냐고 묻는 거야." 빌럼이 통역한다.

그의 친절이 너무도 고마워서 그의 길고 빳빳한 흰 앞치마에 얼굴을 파묻고 울고 싶지만, 젖은 스웨터만 그에게 건넨다. 젖은 티셔츠는 내 몸에 달라붙어 있고 칼라에 핏자국이 있다. 내겐 셀린이 준 티셔츠가 있다. 빌럼이 입고 있는 것과 똑같은, 밴드 이름이 적힌 세련된 티셔츠. 하지만 그 옷을 입고 다니느니 차라리 속옷 차림으로 돌아다니겠다. 빌럼이 프랑스어로 웨이터와 이야기를 나누고 잠시 후 웨이터가 레드와인 한 병을 테이블에 올려놓는다.

"기차 타라며."

"요기할 시간은 있어." 빌럼이 와인을 한 잔 따라 내게 건넨다.

유럽 어디에서나 술을 마실 수 있는 나이인데도 지금껏 나는 술을 마시지 않았다. 폴리가 방심한 틈을 타, 몇몇 아이들이 점심식사 때 제공되는 와인을 몰래 마실 때조차도 술을 입에 대지 않았다. 그러나 오늘밤 나는 망설이지 않는다. 촛불 불빛 속에서 와인이 핏빛으로 반짝인다. 와인을 마시는 게 마치 수혈을 받는 것 같다. 목에서부터 위까지 온기가 퍼져가다가 뼛속의 한기까지 녹이기 시작한다. 나는 잔의 반을 단숨에 비운다.

"천천히." 빌럼이 경고한다.

나는 나머지 반을 마신 뒤 빈 유리잔을 마치 가운데 손가락처럼 그에게 내민다. 빌럼은 잠시 나를 쳐다보다가 다시 찰랑찰랑하게 잔을 채운다.

웨이터가 돌아와 칠판에 적힌 메뉴를 정식으로 우리에게 건네주고 빵이 담긴 바구니와 작은 은색 래머킨*을 내려놓는다.

"에 푸르 부, 르 파테."**

"고맙습니다." 내가 말한다. "아 참, 메르시."

그가 미소 짓는다. "드 리엥!"***

빌럼이 빵 한 조각에 갈색 페이스트를 바른 뒤 내게 내민다. 나는 그를 쏘아본다.

"누텔라보다 훨씬 나을 거야." 그가 노래하듯 유쾌한 목소리로 나를 놀린다.

와인 때문인지, 마침내 나를 떼어버릴 수 있게 되어서인지, 오늘 하루종일 나와 함께했던 그 빌럼이 다시 돌아왔다. 그런데 그 사실이 왠지 날 화나게 한다. "나 배 안 고파." 내가 말한다. 배고파 죽을 것 같은데도. 크레페를 먹은 이후로 아무것도 먹지 않았다. "그리고 그거 꼭 개밥 같다." 내가 한마디 더 보탠다.

"한번 먹어봐." 그가 파테를 바른 빵을 내 입 가까이에 댄다. 내가 빵을 그의 손에서 빼앗아 아주 조금 베어 문다. 맛이 섬세하면서도 강렬하다. 마치 고기로 만든 버터처럼. 그러나 그에게 내가 맛있게 먹는 모습을 지켜보는 기쁨을 주고 싶지 않다. 나는 조금 씹다가 얼굴을 찌푸리며 빵을 내려놓는다.

---

* 한 사람이 먹을 분량의 음식을 담아 오븐에 구워 상에 내는 데 쓰는 작은 그릇.

** '두 분을 위해 파테를 준비했습니다'라는 뜻.

*** '천만에요'라는 뜻.

웨이터가 돌아와 와인병이 거의 빈 것을 보고 병을 가리키자 빌럼이 고개를 끄덕인다. 그가 새 와인을 들고 돌아온다. "넙치 요리, 오늘 끝이에요." 그가 영어로 말한다. 칠판에 적힌 메뉴 하나를 지우면서. 그가 나를 바라보며 말을 잇는다. "지금 춥고 피를 흘렸어요. 그러니까……" 그가 말한다. 마치 내가 엄청난 출혈을 했다는 듯. "힘나는 요리, 추천합니다." 그가 주먹을 불끈 쥐어 보이며 말한다. "비프 부르기뇽이 맛있어요. 피시 포토푀도 아주 훌륭합니다."

"그냥 이거 계속 주세요." 와인을 가리키며 내가 말한다.

웨이터가 조금 얼굴을 찌푸리며 나를 쳐다보고는 다시 빌럼을 본다. 마치 내가 두 사람 공동의 책임이라는 듯. "아스파라거스와 훈제 연어 샐러드로 시작하는 거, 어때요?"

내 위가 날 배신하며 꾸르륵 소리를 낸다. 빌럼이 고개를 끄덕이고 웨이터의 추천대로 우리 두 사람의 식사를 주문한다. 내게는 굳이 묻지도 않는다. 아무래도 상관없다. 지금 내가 원하는 건 와인뿐이니까. 한 잔을 더 마시려고 손을 뻗는다. 그러나 빌럼이 병을 잡은 내 손 위에 자기 손을 얹는다. "일단 뭘 좀 먹어." 그가 말한다. "그리고 빵에 바른 파테는 돼지고기가 아니고 오리고기야."

"그래서?" 나는 파테를 바른 바게트를 한입에 넣고 보란듯이 요란하게 소리를 내며 먹는다. 실제로 내가 느끼는 만족감은 감추려 애쓰면서. 그러고 나서 다시 잔을 든다.

빌럼이 나를 한참 쳐다본다. 그러나 결국은 내 잔에 와인을 따라주면서 나른한 반쪽 미소를 짓는다. 겨우 하루 만에, 나는 그 미소를 사랑하게 되었다. 그러나 지금은 그 미소를 죽이고 싶다.

우리는 말없이 앉아 있는다. 잠시 후 웨이터가 예쁜 접시에 걸맞은 현란한 빛깔의 샐러드를 들고 올 때까지. 분홍빛 연어와 초록빛 아스파라거스, 노란 머스터드 소스, 그리고 마치 꽃잎처럼 접시 가장자리를 빙 두른 세모난 토스트들. 한 폭의 그림이다. 입안에 침이 고인다. 내 몸이 백기를 들려 한다. 이제 굴복하라고. 좋을 때 그만두라고. 오늘 멋진 하루를 보냈다는 걸, 내가 기대했던 것보다 훨씬 더 멋진 하루였다는 걸 인정하라고. 그러나 나의 일부는 아직 굶주려 있다. 음식에 굶주린 게 아니라 오늘 내 앞에 펼쳐졌던 모든 것에 굶주려 있다. 그 굶주린 소녀를 대신해서 나는 샐러드를 거부한다.

"아직도 화났구나." 그가 말한다. "내 생각만큼 상처가 크진 않아. 흉터도 안 남을 거야."

아니, 흉터는 남을 것이다. 다음주에 상처가 다 낫는다 해도, 비록 그가 생각하는 그런 흉터는 아닐지라도, 흉터는 남을 것이다.
"내가 이것 때문에 화난 거라고 생각해?" 목의 반창고를 만지며 내가 묻는다.

그는 나를 쳐다보지 않는다. 내가 상처 때문에 화가 난 게 아니라는 걸 그는 너무도 잘 알고 있다. "우선 좀 먹자. 응?"

"날 돌려보내려 하고 있잖아. 네 맘대로 해. 하지만 나한테 기뻐하라고 강요하진 마."

춤추는 촛불 위로 변화무쌍한 그의 표정이 구름처럼 빠르게 스쳐지나가는 게 보인다. 놀라움. 흥미. 실망. 그리고 자상함. 어쩌면 연민일지도. "어차피 내일 돌아갈 계획이었잖아. 내일이든 오늘이든, 뭐가 달라?" 그가 테이블 위의 빵 부스러기를 쓸어낸다.

뭐가 다르냐고, 빌럼? 그야 밤이 있단 게 다르지.

"어쨌든." 이게 나의 절묘한 대답이다.

"어쨌든?" 빌럼이 묻는다. 그가 유리잔 가장자리에 손가락을 문지르고 그 바람에 마치 뱃고동 소리 같은 낮은 소리가 난다. "어떤 일이 벌어질지 생각해봤어?"

그 생각만 했다. 아니, 그 생각만은 하지 않으려고 했다. 오늘밤 과연 어떤 일이 벌어질지.

하지만 이번에도 나는 그의 말을 잘못 알아들었다. "만약 우리가 놈들한테 잡혔으면 어떻게 됐을지." 그가 말한다.

그들이 빌럼에게 무슨 짓을 하려 했는지 분명히 느낄 수 있었다. 그들의 폭력성을 입안의 음식처럼 선명하게 느낄 수 있었다. "그래서 책을 던진 거야. 놈들이 널 해치려고 해서." 내가 말한다. "도대체 너 무슨 말을 했길래 걔들이 그렇게 화가 난 거야?"

"걔들은 이미 있는 대로 화가 난 상태였어." 내 질문을 회피하며 그가 말했다. "내가 이유를 하나 더 보태준 것뿐이야." 그의 대답과 표정은 내 예감이 틀리지 않았음을 말해주고 있다. 그들은 빌럼을 해칠 생각이었다. 적어도 나의 예감은 옳았다.

"만약 걔들한테 우리가 잡혔다면, 네가 잡혔다면, 어떻게 했을 거 같아?" 빌럼의 목소리가 너무 작아서 나는 들으려고 몸을 숙인다. "걔들이 한 짓을 봐." 그가 내 목을 만지려는 듯 손을 뻗었다 거둔다.

도망칠 때 분비되던 아드레날린과 그뒤에 이어진 묘한 희열 속에서, 내가 잡힐 수도 있다는 생각은 미처 하지 못했다. 왠지 그럴 것 같지가 않았다. 우리 발엔 날개가 달려 있었고 그들은 납덩이처럼 무거운 군화를 신고 있었다. 그러나 빌럼이 야릇하고 침착한 표정으로 내 맞은편에 앉아 있고 테이블 한쪽에 피 묻은 손수건이 공처럼 뭉쳐져 있는 지금은, 점점 가까워지는 군화 발소리가 들리는 것만 같다. 군홧발로 날 짓밟는 소리, 내 뼈가 부러지는 소리도.

"어쨌든 안 잡혔잖아." 나는 와인을 한 모금 더 마시며 밀려드는 소름을 삼킨다.

그가 잔을 비우고 잠시 내 빈 잔을 바라본다. "이러려고 널 데려온 게 아니야."

"그럼 왜 데려왔어?" 그는 이유를 말하지 않았다. 왜 오늘 내게 파리에 가자고 했는지.

그가 양손 손바닥 아랫부분으로 눈을 문지른다. 손을 떼었을 때 그의 모습이 어딘가 달라 보인다. 그의 모든 가면이 벗겨진다. "일이 이렇게 될 줄 몰랐어."

"글쎄, 그런 말 하기엔 좀 늦은 거 같네." 나는 도도하게 말하려 애쓴다. 그나마 남아 있는 룰루의 모습을 끌어내려 애쓴다. 그러나 그 말을 내뱉는 순간, 그 말에 담긴 진실이 내 배를 걷어찬다. 우리는, 적어도 나는, 돌아가기엔 너무 늦었다.

나는 다시 그를 쳐다본다. 그의 시선이 내게 고정되어 있다. 전류는 다시 흐르기 시작한다.

"그런 거 같다." 빌럼이 말한다.

열둘

아무래도 자크 말이 맞는 것 같다. 시간은 정말 액체다. 왜냐하면, 우리가 식사하는 동안 테이블 위에 놓여 있던 내 시계가 마치 살바도르 달리의 그림처럼 구부러지고 일그러지는 것처럼 보였기 때문이다. 그러다 어느 순간, 비프 부르기뇽과 크렘브륄레 사이 어딘가에서, 빌럼이 시계를 집어들고 날 한참 바라보다가 다시 자기 손목에 찬다. 나는 엄청난 안도감을 느낀다. 단지 그가 오늘밤 나를 런던으로 돌려보내지 않아서가 아니다. 그가 다시 내 시간의 주인이 되었기 때문이다. 나의 항복은 비로소 완전해진다.

거리로 나와보니 날이 저물어 있다. 파리는 어느덧 세피아 색조의 사진이 되었다. 호텔이나 유스호스텔에 들어가기에도 늦은 시간이고 어차피 그럴 돈도 남아 있지 않다. 나는 수중에 남아 있던 사십 파운드를 빌럼에게 주고 저녁식사값에 보태라고 한다. 웨이터는 우리가 낸 돈을 받지 않으려 한다. 유로와 파운드를 섞어 내서가 아니다. 그에게 이십오 달러 상당의 팁을 주었기 때문이다. "너무 많아요." 그가 사양한다. 그러나 나는 그것도 부족하다는 생각이 든다.

어쨌건 나는 지금 여기 있다. 돈 한푼 없이. 묵을 곳도 없이. 내게 있어 가장 끔찍한 악몽이어야 할 테지만 난 상관하지 않는다. 재미있는 사실은, 끔찍할 거라고 두려워했던 일은 막상 닥치면 생각만큼 끔찍하지 않다는 것이다.

그래서 우리는 걷는다. 거리는 고요하다. 거리엔 밝은 초록색 점프슈트를 입은 청소부들과 우리뿐인 것 같다. 그들이 들고 있는 나뭇가지 모양의 형광 초록색 빗자루는 마법의 숲에서 뽑아온 것 같다. 헤드라이트의 불빛도 있다. 오후에 내린 소나기가 만들어놓은 물웅덩이를 승용차들과 택시들이 첨벙거리며 지나간다. 억수같이 쏟아지던 비는 어느덧 한풀 꺾여 안개 속에 내리는 보슬비가 되었다.

우리는 고요한 운하를 따라 걷고 오늘 오후 보트를 얻어탔던 호수 공원을 걷는다. 고가 철로 밑으로 난 길도 걷는다.

그러다가 조그만 차이나타운에 다다른다. 밤이라 가게 문들은 닫혀 있지만 간판은 모두 여전히 불이 켜져 있다.

"저기 좀 봐!" 내가 어느 가게를 가리키며 말한다. "두 배의 행복!"

빌럼이 걸음을 멈추고 간판을 본다. 그의 얼굴은 아름답다. 환한 네온 불빛 속에서도.

"두 배의 행복!" 그가 미소 짓는다. 그리고 내 손을 잡는다.

내 심장이 미친듯이 뛰기 시작한다. "이제 우리 어디 가지?"

"너 예술작품 감상을 아직 못했잖아."

"지금 새벽 한시야."

"여긴 파리야."

우리는 차이나타운으로 더 깊숙이 들어가서 이 골목, 저 골목 돌아다닌다. 빌럼이 찾던 동네를 마침내 발견할 때까지. 빌럼이 찾은 동네에는 창문에 철창이 달린 높고 낡은 건물들이 모여 있다. 맨 오른쪽 건물을 제외하면 외관이 다 똑같다. 맨 오른쪽 건물에는 붉은색 가설 발판이 건물을 둘러싸고 있고 그 발판에 현대적으로 과감하게 변형된 초상화들이 걸려 있다. 건물 정문은 색색의 낙서와 그림이 완전히 뒤덮고 있다.

"여기가 뭐하는 데야?"

"아트 스콰트."

"그게 뭔데?"

빌럼은 아트 스콰트가 화가나 음악가, 펑크족, 사회운동가 들이 점거하고 창작활동을 하는 유기된 건물을 뜻하는 말이라고 설명한다. "하룻밤 재워주기도 해. 자본 적은 없지만 들어가본 적은 있어. 꽤 괜찮던데."

그러나 빌럼이 육중한 철문을 밀어보는데 문은 잠겨 있고 밖에는 체인이 감겨 있다. 그는 한 걸음 뒤로 물러나 창문 안을 들여다본다. 그러나 그곳 전부가 이 동네와 똑같이 어둠에 잠겨 있다.

빌럼이 미안해하는 표정으로 나를 바라본다. "사람이 있을 줄 알았어." 그가 한숨을 쉰다. "아무래도 셸린 클럽에서 묵어야겠다.” 그러나 빌럼도 썩 내키지 않는 눈치다.

나는 고개를 젓는다. 차라리 쏟아지는 빗속을 밤새 걷는 편이 낫다. 더구나, 이제 비도 멎었다. 가느다란 달빛이 구름 사이로 들락거린다. 비스듬한 지붕 위로 내리쬐는 달빛이 너무도 파리다워서 그 달이 오늘밤 우리집 내 방 창문을 비추고 있을 바로 그 달이란 사실이 믿기지 않는다. 빌럼이 내 시선을 따라 하늘을 본다. 그리고 그의 시선이 무언가에 꽂힌다.

그가 다시 건물 쪽으로 돌아가고 나도 그의 뒤를 따른다. 건물 가장자리의 가설 발판 하나가 열린 창문 밑의 선반과 이어져 있다. 창문에 드리운 커튼이 바람에 부풀어 있다.

빌럼은 창문을 보고 나를 본다. “올라갈 수 있겠어?”

어제였다면 못한다고 했을 것이다. 너무 높다고. 너무 위험하다고. 하지만 오늘 나는 말한다. “해볼게.”

나는 가방을 어깨에 메고 빌럼이 손깍지를 껴 만든 사다리 위에 발을 올려놓는다. 빌럼이 나를 발판까지의 높이 반 정도까지 올려주고 그다음엔 내가 건물 회벽의 홈을 발판 삼아 가설 발판으로 올라간 다음 거기서 다시 창문 선반 쪽으로 움직인다. 배를 깔고 기다시피 해서 선반을 가로지른 뒤 창문 옆 나선형 난간을 붙잡고 머리부터 창문으로 들이민다.

“나 괜찮아!” 내가 소리친다. “무사해!”

내가 창밖으로 머리를 내민다. 빌럼이 바로 밑에 서 있다. 특유의 묘한 미소를 머금고서. 그리고 나서 빌럼은, 마치 다람쥐처럼, 별로 힘도 안 들이고, 가설 발판으로 올라갔다가 줄타기 곡예사처럼 양팔을 벌리고 무릎을 조금 굽힌 자세로 선반을 가로질러 창문 안으로 뛰어든다.

어둠에 눈이 적응하기까지 조금 시간이 걸린다. 주위를 둘러보니 온통 흰색이다. 흰 벽. 흰 책장. 흰 책상. 흰 조각상.

"누군가 우릴 위해 창문을 열어뒀어." 빌럼이 말한다.

우리 둘 다 잠시 말이 없다. 우연의 섭리에 감사하는 순간이라고 믿고 싶다.

빌럼이 조그만 손전등을 꺼낸다. "탐험을 시작해볼까?"

나는 고개를 끄덕인다. 우리는 감상을 시작한다. 마시멜로로 만든 것 같은 조각상도 보고, 발가벗은 뚱뚱한 소녀들을 찍은 흑백사진과 발가벗은 비쩍 마른 소녀들을 그린 유화도 본다. 빌럼이 거대한 조각 작품을 향해 손전등을 흔든다. 철제와 관을 비틀고 구부려서 만든, 우주정거장을 예술적으로 재해석한 듯한 매우 미래적인 작품이다.

비걱거리는 계단을 내려가보니 검은색 벽과 깊고 푸른 물속을 떠다니는 사람들의 커다란 사진이 있는 방이 나온다. 그곳에 서 있으니 보드라운 물의 촉감을 금방이라도 느낄 수 있을 것만 같다. 멕시코에서 인파로 북적이는 시간을 피해 밤 수영을 할 때 파도가 몸을 감싸오듯이.

"무슨 생각 해?" 빌럼이 묻는다.

"루브르보다 낫다는 생각."

우리는 다시 위층으로 올라간다. 빌럼은 손전등을 끈다.

"그거 알아? 언젠간 여기 있는 작품들 중 하나가 루브르에 갈지도 몰라." 그가 말한다. 그러고는 어둠 속에서 빛을 발하는 것 같은 흰색 타원형 조각품을 만져본다. "셰익스피어가 사백 년 뒤에 게릴라 윌이라는 극단이 자기 작품을 공연할 거라고 짐작이나 했겠어?" 그가 조금 웃는다. 그러나 그의 목소리는 어딘가 경건하다. "어떤 게 영원할지 지금은 알 수 없는 거야."

빌럼은 아까도 그런 말을 했다. 우연에 대해서. 어떤 게 그저 발에 차인 돌부리인지, 어떤 게 인생의 갈림길인지 알 수 없는 거라고. 지나고 나서야 그 순간 삶이 변했다는 걸 알게 되는 거라고.

"알 수도 있을 것 같아." 감정이 실린 목소리로 내가 말한다.

빌럼이 내 쪽으로 돌아서서 내가 멘 가방의 어깨끈에 손끝을 댄다. 잠시 나는 움직일 수가 없다. 숨을 쉴 수도 없다. 그가 내게서 가방을 풀어 바닥에 털썩 내려놓는다. 그 바람에 먼지가 일어나 내 코를 간질이고 나는 재채기를 한다.

"헤종데이트!"* 빌럼이 말한다.

"하헬슬라흐!" 내가 되받는다.

"그거 기억하고 있었어?"

"오늘 일어난 일은 전부 다 기억해." 내 말이 너무도 진실임을 깨닫는 순간 갑자기 목이 메어온다.

"지금부턴 뭘 기억할 건데?" 그가 자기 배낭을 풀어 내 가방 옆에 놓는다. 두 개의 가방이 오랜 전우처럼 서로에게 기댄다.

---

* 네덜란드어로 건강을 뜻하는 말로 영어의 'Bless you!'처럼 재채기를 한 사람에게 해주는 말.

내가 테이블에 기대어 선다. 오늘 하루가 스쳐지나간다. 기차에서 내 아침식사를 놓고 장난스럽게 말을 걸던 빌럼의 목소리. 다음 기차를 타고 파리에 가자는 그의 제안에 이상할 정도로 쉽게 동의하던 순간의 짜릿함. 클럽에서 만난 거인의 사랑스러운 키스. 카페에서 내 팔목에 닿았던 빌럼의 서늘한 침. 파리 지하에서 들었던 비밀의 소리들. 내 시계를 풀던 순간의 해방감. 빌럼의 손이 내게 닿던 순간의 전류. 여자의 비명소리를 듣던 순간의 두려움. 그 비명에 대한 빌럼의 용감하고도 즉각적인 반응. 파리 시내를 누비며 달려야 했던 우리. 그것은 진정한 의미의 탈출이었다. 그리고 그의 눈. 나를 관찰하고 약 올리고 시험하는, 그러면서도 한편으로 나를 이해하는 그의 눈.

오늘 하루를 돌이켜보니 그런 장면들이 눈앞에 펼쳐진다.

그 모든 장면들이 파리에서 일어난 일이지만, 그보다는 나를 이곳에 데려온 사람 곁에서 일어난 일이다. 그 사람, 그리고 이곳에 있는 또다른 나. 가슴이 벅차올라 그 모든 걸 설명할 수가 없다. 그래서 나는 그 모든 걸 단 한마디에 담는다. "너."

"이건?" 그가 내 목의 반창고를 만진다. 나는 상처와 무관한 전율을 느낀다.

"그런 건 중요하지 않아." 내가 속삭인다.

"나한텐 중요해." 그도 속삭인다.

빌럼은 모른다. 그런 것들 따윈 내게 전혀 중요하지 않다는 걸. 하긴 그가 알 리가 없다. 그는 오늘 이전의 나를 모른다. "오늘 난 전혀 위험하지 않았어." 목멘 소리로 내가 말한다. "오히려 위험에서 벗어났지." 실제로 그랬다. 단지 스킨헤드족들로부터 벗어난 게 아니다. 오늘 하루는 내게 일종의 전기 충격이다. 내가 의식조차 하지 못했던 혼수상태에서 나를 깨워준, 내 심장에 가해지는 전기 충격. "다 벗어났어." 내가 되풀이한다.

"벗어났지." 그가 다가와 나를 내려다본다. 나의 등이 테이블을 세게 누른다. 심장이 미친듯이 뛰기 시작한다. 왜냐하면, 이제 이 순간으로부터 벗어날 순 없을 테니까. 지금 이 순간에서 벗어나고 싶지 않다.

내 몸과 분리된 듯 내 손이 공중에서 머뭇거리다 그의 뺨으로 향한다. 그러나 손이 미처 그의 뺨에 닿기도 전에 빌럼이 내 손목을 잡는다. 혼란스럽고도 짧은 한순간, 나는 이번에도 내가 잘못 짚었나, 이렇게 또 거절당하는 건가, 생각한다.

빌럼은 한동안 내 손목을 잡고 있다. 손목의 반점을 바라보면서. 그리고 그 손을 자기 입으로 가져간다. 그의 입술은 보드랍고 그의 키스는 다정하지만 마치 전기 콘센트에 칼을 꽂는 것 같다. 그 순간 내가 전기로 작동될 것 같다.

내 손목에 키스한 다음 빌럼은 더 위로 움직인다. 팔 안쪽, 팔꿈치 안쪽의 간지러운 곳, 그리고 키스 받을 만한 곳이라고 생각해본 적 없는 겨드랑이까지. 그가 내 어깨뼈를 간질이다가 움푹한 쇄골에 고인 물로 목을 축이기 위해 멈추었다가, 다시 내 목의 힘줄로, 반창고 주위로, 부드럽게 반창고 위로 옮겨가고 나의 호흡은 거칠어진다. 전기회로에 전기가 통하듯 내가 존재조차 알지 못했던 내 몸 구석구석이 살아나는 것 같다.

마침내 그가 내 입술에 키스하는 순간 이상할 정도로 주위가 고요해진다. 마치 번개와 천둥 사이의 정적처럼. 미시시피 하나, 미시시피 둘, 미시시피 셋, 미시시피 넷, 미시시피 다섯.*

탕!

우리는 다시 키스한다. 두번째 키스는 하늘을 뚫는 키스다. 그 키스가 내 숨결을 빼앗았다 되돌려준다. 지금까지 내가 해온 모든 키스가 가짜임을 증명한다.

나는 손으로 그의 머리카락을 움켜잡고 가까이 끌어당긴다. 빌럼이 내 목 뒤쪽을 감싸고 손가락으로 척추의 작은 돌기들을 쓰다듬는다. 핑, 핑, 핑. 전기 충격이다.

그의 손이 내 허리를 감싸며 나를 들어 테이블 위에 앉힌다. 그리고 우리는 얼굴을 마주보고 키스하기 시작한다. 내 카디건이 떨어진다. 그리고 내 티셔츠도. 그의 티셔츠도. 그의 가슴은 매끄럽고 단단하다. 나는 그 속에 머리를 파묻고 중심선을 따라 키스하며 내려간다. 나는 그의 벨트를 풀고 내가 이해할 수 없는 욕망에 휩싸여 그의 바지를 벗긴다.

내 다리가 그의 허리를 휘감는다. 그의 손이 내 몸 구석구석을 애무하며 낮잠 잘 때 머물렀던 내 허리 움푹한 곳으로 향한다. 나는 내게서 나온 것이 아닌 듯한 소리를 낸다.

콘돔이 등장한다. 내 속옷이 샌들을 신은 발 위로 떨어지고 스커

* 어림짐작으로 초 단위의 시간을 잴 때 초의 간격을 일정하게 유지하기 위해 미시시피라는 단어를 관용적으로 사용한다.

트는 페티코트처럼 허리에 말린다. 빌럼의 팬티도 떨어진다. 그리고 그가 나를 번쩍 안아든다. 그제야 나는 깨닫는다. 나의 항복은 이제야 비로소 완전해졌다는 것을.

잠시 후 우리는 바닥에 쓰러진다. 빌럼은 등을 대고 누워 있고 나는 그의 곁에 누워 있다. 그의 손가락이 내 반점을 어루만진다. 반점이 불이 붙은 듯 뜨겁게 느껴진다. 나의 손가락이 그의 손목을 간질인다. 내 시계의 묵직한 줄 때문에 그의 솜털이 너무도 보드랍게 느껴진다.

"이게 날 돌봐주는 거야?" 자기 목에 난 빨간 자국을 가리키며 그가 농담을 던진다. 내가 그를 깨물었나보다.

다른 모든 것들처럼 그는 이번에도 나의 약속을 웃음거리로, 놀림거리로 만들어버린다. 그러나 나는 웃을 기분이 아니다. 적어도 지금은. 이 일에 대해서만큼은. 그 일을 치르고 난 뒤에는.

"아니. 이런 거 말한 건 아니야." 내가 말한다. 마음 한편으로는 그 모든 걸 취소하고 싶다. 그러나 취소하지 않을 것이다. 왜냐하면 그가 자신을 돌봐줄 거냐고 내게 물었고, 비록 그가 농담으로 한 말이라 해도 나는 그렇게 하겠다고 약속했기 때문이다. 나는 농담이 아니었다. 그의 산골 아가씨가 되겠다고 말했을 때 나는 그를 다시 볼 수 없으리란 걸 알고 있었다. 그러나 중요한 건 그게 아니었다. 이 넓은 세상에서 홀로 외로울 때, 내가 있다는 걸 그가 기억해주기를 바랐다.

그러나 그건 어제 일이다. 사람들이 왜 가슴이 찢어지는 고통이라고 표현하는지 이제야 알 것 같다. 지금 내가 느끼는 고통이 바로 그런 고통이다. 나는 생각한다. 지금 내가 외로울까봐 걱정하는 사람이 어쩌면 그가 아닐지도 모른다고.

빌럼의 손가락이 내 몸을 뒤덮은 뽀얀 먼지를 쓰다듬는다. "너 꼭 유령 같다." 그가 말한다. "금방 없어질 거 같아." 그의 목소리는 밝지만 내가 눈을 맞추려는 순간 그는 눈길을 피한다.

"알아." 목이 메어온다. 계속 이 얘기를 하다간 울음이 터질 것 같다.

빌럼이 손끝으로 먼지를 한 겹 닦아내자 여행에 그을린 나의 어두운 피부가 드러난다. 그러나 먼지 외에 다른 것들은, 쉽게 떨어지지 않는다. 나는 양손으로 빌럼의 턱을 감싸 그가 나를 똑바로 쳐다보게 한다. 흐릿한 가로등 불빛 속에서, 그의 얼굴을 이룬 면과 각은 어둡기도 하고 환하기도 하다. 이제야 그가 나를 바라본다. 이번에는 제대로 본다. 그의 얼굴에 드리운 표정은 서글퍼하는 것 같기도 하고 안타까워하는 것 같기도 하다. 여린 것 같기도 하고 간절한 것 같기도 하다. 그리고 그 표정이 내가 알아야 할 것 전부를 말해준다.

나는 떨리는 손을 들어 입으로 가져간다. 엄지손가락을 핥은 다음 손목의 반점을 문지른다. 문지르고 또 문지른다. 그리고 다시 그의 눈을 쳐다본다. 이 밤처럼, 영원히 끝나지 않으면 좋을 이 밤처럼 어두운 그의 눈동자를.

그의 표정이 잠시 흔들리다가 우리가 쫓길 때 그랬던 것처럼 심각해진다. 그가 내 반점으로 손을 뻗더니 문지른다. 그건 안 지워져, 라고 말하는 듯.

"넌 내일 떠날 거잖아." 그가 말한다.

관자놀이에서 느껴지는 내 심장박동 소리가 들린다. "나 안 가도 돼."

잠시 그가 혼란스러워한다.

"하루 더 있어도 돼." 내가 말한다.

하루. 내가 원하는 건 그것뿐이다. 꼭 하루만 더. 그 이상은 생각할 수 없다. 그 이상을 생각하면 복잡해진다. 항공 일정이 연기되면 부모님은 난리가 날 것이다. 그러나 꼭 하루만 더 머문다면, 멜라니 이외의 그 누구도 화나게 하지 않고 최소한의 분란만 일으킬 수 있을 것이다. 멜라니는 날 이해해줄 것이다. 결국에는.

내 마음의 일부는 이미 알고 있다. 하루 더 있어봐야 가슴이 찢어지는 고통을 하루 연기하는 것일 뿐임을. 그러나 나의 또다른 일부는 생각이 다르다. 우리 모두 어느 하루에 태어났고 어느 하루에 죽는다. 어느 하루, 우리는 달라질 수도 있다. 어느 하루, 사랑에 빠질 수도 있다. 하루 동안 무슨 일이든 일어날 수 있다.

"어때? 꼭 하루만 더 있는 거?" 내가 빌럼에게 묻는다.

그는 대답하지 않는다. 대신 내 몸 위에 올라탄다. 나는 그의 무게를 느끼며 바닥에 밀착된다. 날카로운 무언가가 내 흉곽을 찌를 때까지.

"아얏!"

빌럼이 얼른 내 등 밑에 손을 넣고 조그만 쇳조각을 집어든다.

"아무래도 다른 장소를 찾아봐야겠다. 셀린네 클럽은 말고." 내가 말한다.

"쉿!" 빌럼이 입술로 내 말을 막는다.

천천히 서로의 몸 구석구석을 탐험하고 나서, 팔다리가 무거워지고 하늘이 자줏빛으로 밝아오기 시작할 때까지 키스하고, 핥고, 속삭이고, 웃고 나서, 빌럼이 방수포를 가져와 우리 몸 위에 덮는다.

"후데나흐트,* 룰루!" 그가 말한다. 피로에 눈을 파르르 떨면서.

나는 손끝으로 그의 얼굴을 어루만진다. "후데나흐트, 빌럼!" 나도 말한다. 그의 탐스러운 머리칼을 걷어낸 뒤 내가 그의 귀에 대고 속삭인다. "앨리슨. 내 이름은 앨리슨이야." 그러나 그는 이미 잠들었다. 나는 그의 팔과 어깨 사이에 머리를 기댄 채 그의 팔뚝에 내 이름을 손으로 써본다. 부디 아침까지 그 자국이 남아 있기를.

* '잘 자!'라는 뜻의 네덜란드어.

열셋

열흘간의 폭염 때문에 나는 땀을 흘리며 잠에서 깨어나는 데 익숙해져 있다. 그런데 잠에서 깨니 열린 창문으로 서늘한 바람이 들어오고 있다. 담요를 찾아 손을 뻗는다. 하지만 포근한 담요 대신 딱딱하고 쪼글쪼글한 무언가가 손에 잡힌다. 방수포다. 그 순간 잠결에 모든 게 되살아난다. 내가 어디 있는지, 누구와 있는지. 안에서부터 행복감이 번져온다.

나는 빌럼을 찾아 손을 뻗는다. 그런데 그가 없다. 나는 눈을 뜬다. 흰 벽에 반사되는 여린 햇살에 눈을 찌푸린다.

무의식적으로 손목시계를 본다. 그러나 내 손목엔 아무것도 없다. 나는 스커트를 끌어올려 벗은 상체를 가리고 창가로 간다. 거리는 아직 조용하고 상가와 카페도 문을 열지 않았다. 아직 이른 시간이다.

빌럼을 불러보고 싶지만 교회 안과도 같은 정적 속에서 왠지 그러면 안 될 것 같다. 아마 아래층에 있을 거다. 화장실에 갔거나. 그러고 보니 나도 화장실에 가야 할 것 같다. 나는 옷을 입고 발끝으로 계단을 내려간다. 그러나 화장실에도 빌럼은 없다. 나는 재빨리 소변을 보고 세수를 하며 밀려들기 시작하는 숙취의 기운을 씻어내려 애쓴다.

아마 환할 때 이곳을 탐험해보는 중인가보다. 그사이 다시 위층으로 올라갔거나. 진정해, 내가 중얼거린다. 지금쯤 위층에 돌아와 있겠지.

"빌럼?" 내가 불러본다.

대답이 없다.

나는 다시 우리가 잠들었던 방에 가본다. 엉망이다. 바닥에 내 가방이 있다. 안에 들어 있던 물건들이 밖으로 나와 있다. 그러나 그의 가방, 그의 물건들은 보이지 않는다.

가슴이 빠르게 뛰기 시작한다. 나는 얼른 가방에 들어 있던 내 지갑과 여권, 얼마 안 되는 현금을 확인한다. 그리고 곧바로 나 자신이 한심하게 느껴진다. 파리에 오는 교통비를 그가 지불했다. 내 돈을 빼앗아갈 그가 아니다. 어제 기차에서 괜히 불안해했던 일이 떠오른다.

나는 정신없이 계단을 오르내린다. 그의 이름을 부르면서. 하지만 메아리만 내게로 되돌아올 뿐이다. 빌럼! 빌럼! 벽이 나를 비웃는 것만 같다.

두려움이 밀려들고 이성으로 그 두려움을 떨쳐내려 애쓴다. 먹을 걸 사려고 나갔겠지. 잠잘 곳을 찾으러 나갔겠지.

창가에 서서 기다려본다.

어느덧 파리가 깨어나기 시작한다. 사람들이 가게 철문을 올리고 빗자루로 보도를 쓸어낸다. 경적이 울리기 시작하고 자전거 벨소리도 들려온다. 비 내린 보도에 닿는 발자국 소리는 더 크게 울려퍼진다.

가게문을 여는 걸 보면 아홉시쯤 된 건가? 아니면 열시? 곧 화가들이 도착할 텐데. 골디락*처럼 자기들의 작업실에 숨어 있는 날 발견하고 어떤 반응을 보일지.

나는 밖에서 기다리기로 한다. 신발을 신고 가방을 어깨에 걸친다. 그리고 열린 창문 쪽으로 다가간다. 그러나 환한 아침 햇살 속에서, 술의 힘을 빌린 용기도, 빌럼의 도움도 없이 뛰어내리기에는 2층에서 지면까지의 거리가 너무도 멀게 느껴진다.

정신 차려. 내려갈 수 있어. 스스로를 다독인다. 그러나 창문에 달린 선반에 올라서서 발판 쪽으로 손을 뻗었다가 손이 미끄러지는 순간 현기증이 난다. 파리의 어느 건물에서 떨어져 죽은 내 소식을 전해 듣는 부모님 모습이 그려진다. 결국 나는 다시 안으로 들어와 주저앉은 다음 양손으로 코와 입을 가린 채 거친 숨을 내쉰다.

어디 있지? 도대체 어디 간 거지? 나의 이성은 그가 없는 이유를 찾으려 애쓴다. 돈을 빌리러 갔을 거야. 내 여행가방을 찾으러 갔을 거야. 혹시 나가려다가 창문에서 떨어졌나? 나는 벌떡 일어선

---

* 농화 『골디락과 세 마리 곰』에서 세 마리 곰이 집을 비운 사이 몰래 그 집에 들어가서 잠드는 소녀.

다. 바닥에 널브러져 있는 빌럼을, 조금 다치긴 했지만 그리 심각한 상태는 아닌 그를 찾을 수 있을지도 모른다는, 그래서 내가 돌봐줄 수 있을지도 모른다는 비뚤어진 희망에 가슴이 부풀어오른다. 그러나 창문 밑엔 구정물 말곤 아무것도 없다.

나는 바닥에 털썩 주저앉는다. 밀려드는 두려움에 숨이 가쁘다. 기차 안에서 느꼈던 작은 두려움과는 강도가 다르다.

시간이 흐르고 나는 무릎을 끌어안는다. 습한 아침 공기에 몸을 떨면서. 나는 살금살금 아래층으로 내려간다. 문을 열어보지만 잠겨 있다. 문득, 결국 이곳에 갇혀 늙고 병들고 죽을지도 모른다는 생각이 든다.

화가들은 얼마나 늦게 일어날까. 지금은 몇시일까. 시계가 없어도 빌럼이 너무 오랫동안 나타나지 않고 있다는 것 정도는 가늠할 수 있다. 시간이 흐를수록 내가 지어내는 변명들이 더 공허하게 느껴진다.

마침내 열쇠가 달그락거리다가 자물쇠에 꽂히는 소리가 들린다. 그러나 문이 열리고 들어온 사람은 양 갈래로 머리를 땋고 둘둘 만 캔버스를 들고 있는 여자다. 그녀가 나를 쳐다보며 프랑스어로 말을 건다. 그 순간 나는 쏜살같이 내뺀다.

거리로 나와 빌럼을 찾아본다. 그러나 그는 이 근방에 없다. 여기 있을 것 같지가 않다. 싸구려 중국 식당들과 자동차 정비소, 아파트가 있는, 잿빛 빗물로 모든 게 잿빛인 이 흉측한 거리엔. 왜 나는 이런 곳을 아름답다고 생각했을까.

큰길로 달려나간다. 자동차가 경적을 울려댄다. 경적 소리마저 외국어인 듯 이상하고 낯설다. 나는 제자리에 서서 빙그르르 돌아본다. 내가 어디 있는지, 어디로 가야 할지 도무지 감이 잡히지 않는다. 너무나도 집이 그립다. 우리집의 내 침대, 안전한 그곳.

눈물이 앞을 가렸지만 어찌어찌 비틀거리며 길을 건너고 인도를 걷고, 이리저리 헤매고 다닌다. 이번엔 아무도 나를 따라오지 않는다. 그러나 이번엔 두렵다.

나는 그렇게 몇 블록을 달리고 계단을 몇 번 뛰어오르고 회색과 흰색 자전거 보관대와 부동산 거래소, 약국, 카페가 있는 광장을 지난다. 카페 앞에 공중전화 부스가 있다. 멜라니! 멜라니에게 전화해야지! 나는 심호흡을 하고 울음을 삼킨다. 그리고 국제전화 안내원의 지시에 따른다. 그러나 전화는 바로 음성사서함으로 연결된다. 당연히 그럴 것이다. 멜라니는 우리 엄마 전화를 피하기 위해 전화를 꺼두었을 것이다.

교환원이 내게 수신자부담 전화라 메시지를 남길 수 없다고 알려준다. 나는 울음을 터뜨린다. 교환원이 경찰에 신고하겠느냐고 묻는다. 나는 훌쩍거리며 아니라고 대답한다. 그녀가 전화할 다른 사람이 있느냐고 묻는다. 그제야 나는 폴리의 명함을 떠올린다.

"팻 폴리입니다." 빠르게 이름을 말하며 폴리가 전화를 받는다. 교환원이 그녀에게 수신자부담 전화를 받겠느냐고 세 번 묻는다. 폴리가 전화를 받는 순간 내가 더 크게 울어서 그녀가 교환원의 목소리를 듣지 못했기 때문이다.

"앨리슨? 앨리슨! 무슨 일이야? 어디 아프니?" 그녀가 묻는다.

아픔을 느끼기엔 너무 두렵고 너무 멍하다. 아픔은 나중에 찾아올 것이다.

"아뇨……" 세상에서 가장 작은 목소리로 대답한다. "도와주세요."

폴리는 필요한 정보를 알아낸다. 내가 기차에서 만난 남자와 파리에 왔고, 지금은 돈 한푼 없이 길을 잃고 파리에서 꼼짝 못하고 있다는 걸.

"선생님…… 저 좀 집에 가게 해주세요." 내가 애원한다.

"일단 영국으로 돌아갈 방법을 생각해보자." 그녀가 침착하게 말한다. "기차표는 있니?"

빌럼은 내게 왕복 기차표를 사준 것 같다. 나는 가방을 뒤져 여권을 꺼낸다. 기차표는 여권 안에 고이 접혀 있다. "있는 거 같아요." 떨리는 목소리로 내가 대답한다.

"몇시 기차니?"

나는 티켓을 바라본다. 숫자들과 날짜들이 한꺼번에 헤엄을 친다. "잘 모르겠어요."

"맨 위 왼쪽을 봐. 군사용 시간으로 표기되어 있을 거야. 24시간제로."

나는 맨 위를 본다. "열세시 삼십분이라고 되어 있어요."

"열세시 삼십분." 사람을 안심시키는 특유의 말투로 폴리가 되풀이한다. "좋아. 그럼 한시 반이지. 파리는 지금 열두시가 조금 지났으니까 기차 탈 시간은 아직 충분해. 역으로 갈 수 있겠니? 아니면 지하철이나?"

어떻게 가야 하나. 돈 한푼 없는데. "아뇨."

"그럼 택시를 타. 그리고 파리 북역으로 가."

나는 고개를 젓는다. 택시비를 지불할 유로화가 없다. 내가 그렇게 말한다. 그녀의 침묵에서 나에 대한 실망을 읽는다. 마치 지금까지 한 얘기로는 실망하지 않았지만 돈 한푼 없이 파리에 갔다는 대목에서 실망했다는 듯이. 그녀가 한숨을 쉰다. "내가 여기서 택시를 부르고 돈을 지불해서 널 역까지 데려다주라고 할게."

"그렇게 할 수 있어요?"

"네가 지금 어디 있는지 말해봐."

"어딘지 모르겠어요!" 내가 소리친다. 빌럼이 날 어디로 데리고 가는지 나는 전혀 관심을 기울이지 않았다. 그저 그가 이끄는 대로 걸었다.

"앨리슨!" 그녀의 목소리가 내 뺨을 갈기는 듯 날카롭다. 그리고 실제로 뺨을 갈긴 효력을 발휘한다. 나는 징징대기를 멈춘다. "진정해. 잠깐 수화기를 내려놓고 가장 가까운 교차로에 가서 거리 이름을 적어와."

펜을 찾아보지만 찾을 수 없다. 나는 수화기를 내려놓고 거리 이름을 기억한다. "시몽볼리바르 애비뉴와 드레케르 거리 교차로에 있어요." 발음이 가관이다. "약국 앞에요."

폴리가 주소를 다시 한번 확인한 뒤 내게 꼼짝 말고 기다리라고 말한다. 삼십 분 내로 택시가 도착할 거라고. 만약 택시가 오지 않으면 다시 전화를 하라고. 내가 다시 전화하지 않으면 세인트팽크러스행 한시 반 기차를 탄 걸로 간주하고 두시 사십오분에 런던 기차역 플랫폼 맨 끝에서 날 기다리겠다고. 역 밖으로는 절대 혼자

나가지 말라고.

십오 분 뒤 검은색 메르세데스 승용차가 나타난다. 기사가 내 이름 '앨리슨 힐리'를 적은 종이를 들어 보인다. 나는 안도하면서도 한편으로는 낙담한다. 룰루는, 어디서 왔는지는 몰라도, 이제 완전히 사라져버렸다.

나는 뒷좌석에 올라탄다. 기차역까지 겨우 십 분 거리다. 폴리가 택시 기사에게 역 안으로 나를 데리고 들어가서 기차 타는 곳까지 데려다주라고 부탁해놓았다. 멍한 상태로 역 안으로 들어가 기차에 타고 내 자리에 털썩 앉아 바퀴 달린 가방을 끌고 통로를 지나는 사람들을 보고 나서야 클럽에 여행가방을 두고 왔음을 떠올린다. 내 옷과 이번 여행에서 산 기념품이 전부 다 그 안에 있지만 나는 개의치 않는다. 파리에서 나는 그보다 훨씬 더 소중한 걸 잃어버렸다.

열차가 터널로 들어갈 때까지 나는 애써 마음을 다잡는다. 그러나 터널로 들어서는 순간 어둠이 주는 위안 때문인지, 아니면 모든 것을 무장해제시킨 어제 운하 여행의 기억 때문인지, 칼레 역을 지나고 창밖이 어두워지자 나는 소리 없이 흐느끼기 시작한다. 내가 건너고 있는 바다만큼이나 내 눈물은 짜고 끝이 없다.

세인트팽크러스 역에서 폴리가 나를 카페로 데리고 가 구석 자리에 앉히고 차 한 잔을 주문해준다. 찻잔의 차가 식어간다. 나는 전부 다 털어놓는다. 스트랫퍼드어폰에이번의 언더그라운드 셰익스피어 공연. 기차에서 만난 빌럼. 파리 여행. 완벽했던 하루. 그리고 여전히 이해할 수 없는 그의 실종. 겁에 질려 헤매고 다니던 시간.

그녀가 엄하게 날 꾸짖을 거라고 생각했다. 그녀를 속였고, 반듯하지 않은 행동을 했으니까. 그러나 폴리는 그러는 대신 날 위로한다.

"앨리슨, 딱하기도 하지……" 그녀가 말한다.

"도대체 어떻게 된 건지 모르겠어요. 몇 시간이나 기다렸는데…… 점점 두려워지다가 나중엔 완전히 겁에 질렸어요. 하지만 어쩌면 더 기다렸어야 했는지도……"

"다음번 크리스마스까지 기다릴 수도 있겠지만 내가 보기엔 그랬다고 해도 달랐을 것 같진 않아." 폴리가 말한다.

내가 그녀를 쳐다본다. 나의 애처로운 눈빛을 나도 느낀다.

"앨리슨, 빌럼은 배우야. 그걸 알아야지. 배우들은 됨됨이가 형편없단다."

"그 모든 게 다 연기였다고요? 다 가짜였다고요?" 나는 고개를 젓는다. "어젠 가짜가 아니었어요." 내 목소리는 단호하지만 내가 누굴 설득하고 있는지 나도 잘 모르겠다.

"물론 그 순간엔 진심이었겠지." 그녀가 조심스럽게 단어를 고른다. "하지만 남자들은 여자들하고 달라. 변덕이 심하지. 더구나 배우라면 마음만 먹으면 언제든 쉽게 달아올랐다가 쉽게 식을 거야."

"그건 연기가 아니었어요." 내가 되풀이하지만 내 주장은 설득력을 잃어가고 있다.

"그 녀석하고 잤니?"

그 순간 내 몸에 닿던 그의 손길이 다시 느껴진다. 나는 애써 그의 손길을 떨쳐내고 폴리를 바라보며 고개를 끄덕인다.

"그가 결국 원하는 걸 얻었네." 사무적인 말투지만 냉정하진 않다. "하룻밤 상대 이상으론 생각하지 않았을 거야. 결국 그게 목표였겠지."

그랬을 것이다. 아니, 절대 그렇지 않다. 어젯밤 우리는 서로의 감정을 확인했다. 폴리에게 그렇게 말하려다가 나는 멈칫한다. 서로의 감정을 확인했다고? 아니면 그저 나 혼자만의 생각이었나?

나는 빌럼을 떠올린다. 그리고 곰곰이 생각해본다. 그에 대해 내가 알고 있는 게 뭔지. 몇 가지밖에 되지 않는다. 그의 나이, 키, 몸무게, 국적. 그가 어머니가 네덜란드인이 아니라고 했으니 국적도 확실치 않다. 그는 여행자고 진짜 방랑자다. 우연이 그의 삶을 지배한다.

그의 생일도 모른다. 좋아하는 색깔이 뭔지, 좋아하는 책이 뭔지, 좋아하는 음악이 뭔지도 모른다. 애완동물을 기르는지도 모른다. 뼈가 부러진 적이 있는지, 어쩌다 발에 그런 상처가 났는지, 왜 그토록 오랫동안 집을 떠나 있었는지도 모른다. 심지어 그의 성도 모른다. 그나마 그가 나에 대해 알고 있는 것보단 많이 알고 있다. 빌럼은 내 본명도 모른다!

이 흉측하고 조그만 카페에서, 온 세상을 장밋빛으로 물들이는 파리의 로맨틱한 불빛이 없는 이곳에서, 비로소 나는 상황을 제대로 보기 시작한다. 빌럼은 꼭 하루 동안 나를 파리로 초대했다. 그 이상의 어떤 약속도 하지 않았다. 어젯밤엔 날 집으로 돌려보내려고 했다. 룰루가 내 본명이 아니란 걸 알면서도 내가 누군지 알아내려는 그 어떤 노력도 하지 않았다. 내가 사진을 문자나 메일로 보내주겠다고 했을 때에도 그는 교묘하게 자기 연락처를 알려주지 않았다.

그가 거짓말을 했다고 볼 순 없다. 그는 사랑에 빠진 적은 많지만 사랑한 적은 없다고 했다. 그는 자신을 충분히 보여주었다. 기차에서 만난 여자들, 셀린, 모델, 카페의 여자를 떠올려본다. 꼭 하루 동안 만난 여자들이 그 정도다. 그렇다면 그런 여자들이 도대체 얼마나 많을까. 그런데 나는 하루를 즐기고 내 갈 길을 가는 대신 그 하루에 눌러앉으려 하고 있다. 나는 그와 사랑에 빠졌다고 말했다. 그를 돌봐주고 싶다고 말했다. 하루만 더 함께 보내자고도 했다. 그도 그걸 원할 거라고 생각하면서. 그러나 그는 대답하지 않았다. 그러자고 하지 않았다.

세상에! 이제야 납득이 간다. 어떻게 그렇게 순진할 수 있었을까. 사랑에 빠졌다고? 단 하루 만에? 어제 일어난 모든 일은 가짜다. 환상이다. 진실이 선명하게 드러나는 순간 수치심과 모욕감에 구역질이 난다. 어지럽다. 나는 양손으로 머리를 감싼다.

폴리가 손을 뻗어 나를 다독인다. "자, 이제 그만 잊어. 상투적인 수법이지만 그래도 참 야비하구나. 최소한 역까지 배웅해주고 손 흔들어주고 끝냈으면 좋았잖아. 좀더 신사적으로 말이야." 그녀가 내 손을 꽉 움켜쥔다. "다 지나갈 거야." 그녀가 내 쪽으로 몸을 숙인다. "목은 왜 그러니?"

내가 손을 들어 목을 감싼다. 반창고가 떨어져서 상처가 가렵다. "별거 아니에요." 사고였다고 말하려다가 그만둔다. "나무에 긁혔어요."

"네 멋진 시계는?" 그녀가 묻는다.

나는 손목을 본다. 반점이 보인다. 흉하고 발가벗은, 눈에 띄는 반점. 나는 스웨터 소매를 끌어내려 가린다. "빌럼이 가져갔어요."

그녀가 혀를 찬다. "걔들은 가끔 그런 짓을 한단다. 전리품을 챙기는 거지. 연쇄살인범처럼." 그녀가 남은 차를 들이켠다. "이제 그만 멜라니한테 갈까?"

나는 베로니카의 주소가 적힌 종이를 그녀에게 내밀고 폴리는 런던 지도를 펼쳐 길을 찾는다. 나는 런던 튜브에서 잠이 든다. 어느덧 눈물은 말랐고 탈진으로 인한 멍한 상태가 그나마 유일한 위안이다. 베로니카의 집이 있는 역에서 폴리가 날 깨우고 빨간 빅토리아풍 건물로 나를 데리고 간다.

멜라니는 오늘밤 극장에 갈 옷을 벌써 차려입고 있다. 멋진 이야기를 들을 생각에 멜라니의 얼굴이 환하게 밝아진다. 그러나 폴리를 보는 순간 그녀의 표정이 변한다. 아무것도 모르는 멜라니는 그 한순간 모든 걸 알아차린다. 어제 멜라니가 기차역에서 손 흔들며 작별한 사람은 룰루였는데, 오늘 망가진 채로 그녀에게 돌아온 사람은 앨리슨이다. 멜라니는 놀랄 일도 아니라는 듯 아주 조금 고개를 끄덕인다. 그리고 하이힐을 벗어 던지고 내게 두 팔을 벌린다. 나는 멜라니의 품에 안긴다. 수치심과 허탈감에 그대로 주저앉는다. 멜라니가 내 곁에 앉아 나를 꼭 끌어안는다. 폴리가 계단을 내려가는 소리가 들린다. 나는 한마디 인사 없이 그녀를 보낸다. 고맙다는 생각이 들지 않는다. 나는 이미 알고 있다. 앞으로도 그런 생각이 들지 않으리라는 걸. 그녀가 내게 베푼 엄청난 친절을 생각하면 옳지 않은 일이다. 그러나 만약 이 시간을 견뎌낸다면, 나는 결코 오늘을 돌아볼 수 없을 것이다.

2부

일 년

열넷

9월

대학

"앨리슨! 앨리슨! 너 안에 있니?"

나는 베개 밑에 얼굴을 파묻고 눈을 꼭 감은 채 잠든 척한다.

열쇠를 꽂고 돌리는 소리가 들리고 내 룸메이트 칼리가 문을 열고 들어온다. "너 방안에 있을 때 문 좀 잠그지 말았으면 좋겠어. 안 자는 거 다 알아. 죽은 척하는 거잖아? 너 하는 짓이 꼭 우리 버스터 같아."

버스터는 칼리의 개다. 라사압소종*이다. 칼리는 버스터의 사진들을 잔뜩 갖고 있고 그중 여러 장을 벽에 붙여놓았다. 작년 7월 룸메이트가 되어 처음 전화 통화를 할 때 칼리는 버스터 이야기를 했다. 그때 난 버스터라는 이름이 귀엽다고 생각했고 고향 캘리포니아를 따서 지었다는 칼리의 이름은 좀 별나다 싶었고 단어 하나

* 티베트가 원산지인 작은 개.

하나를 힘주어 발음하는 말투는 귀엽게 들렸다.

"알았어, 앨리슨. 알았다고. 대답 안 해도 돼. 근데 대신 너희 부모님께 전화 좀 드릴래? 너희 엄마가 내 폰으로 전화해서 널 찾으시더라."

나는 베개 밑에서 눈을 뜬다. 휴대폰 전원이 나간 채로 얼마나 버틸 수 있을지 궁금했다. 이미 수상한 소포가 도착해 있다. 비둘기가 편지를 물고 올지도 모른다는 생각도 하긴 했다. 하지만 내 룸메이트한테까지 전화할 줄이야.

내가 베개 밑에 숨어 있는 동안 칼리가 외출복으로 갈아입고 화장을 한 다음 우리 방 모든 물건에 배어 있는 바닐라향 향수를 뿌린다. 칼리가 나가자 나는 베개를 치우고 다리를 침대 가장자리에 내려놓고 걸터앉는다. 가운데에 마개를 닫지 않은 형광펜을 꽂은 화학 교과서를 옆으로 밀어놓는다. 펜이 마르기 전에 조금이라도 더 쓸 수 있으면 좋을 텐데. 양말 서랍에서 죽어 있는 휴대폰을 찾은 다음 옷장의 빨래 더미에서 충전기를 찾는다. 충전된 휴대폰이 다시 켜지는 순간 스물두 개의 새로운 음성 메시지가 있다는 알림이 뜬다. 부재중 전화를 확인해보니 열여덟 개는 부모님, 두 개는 할머니 전화다. 멜라니와 교무과에서 건 전화도 하나씩 있다.

"앨리슨, 엄마야. 잘 지내는지 궁금해서 전화했다. 연락 좀 하렴."

"앨리슨, 엄만데, 쇼핑 카탈로그가 새로 왔어. 예쁜 스커트하고 따듯해 보이는 코듀로이 바지가 있길래 몇 개 주문했다. 학부모 초청행사에 입을 수 있게 우편으로 보낼게. 전화 좀 다오."

아빠가 남긴 것도 있다. "네 엄마가 학부모 초청행사 때 어느 식당을 예약하면 좋을지 너한테 물어보라는구나. 이탈리아, 프랑스, 아니면 일본 식당 중에 어디가 좋겠니? 아빤 네가 어디든 다 좋아할 거라고 했어. 이십오 년 동안 기숙사 음식이 좋아져봐야 얼마나 좋아졌겠니."

그리고 다시 엄마의 메시지. "앨리슨, 너 휴대폰 고장났니? 설마 또 잃어버린 건 아니지? 제발 연락 좀 다오. 학부모 초청행사 일정을 잡아야 하잖아. 엄마도 너하고 같이 수업을 들으면 어떨까 하는데……"

"앨리슨, 할머니다. 지금 페이스북에 들어갔는데, 도무지 뭐가 어떻게 돌아가는 건지 통 모르겠으니, 네가 나를 친구로 좀 만들어 다오. 전화를 한번 주든가. 나도 너희들이 하는 거 해보고 싶구나."

"앨리슨, 아빠다. 네 엄마한테 전화 좀 하렴. 그리고 우리 프레초에 예약할까 하는데……"

"앨리슨, 혹시 어디 아픈 거 아니니? 그러지 않고서야 이렇게 소식이 없을 리가……"

그때부터 상황이 급격히 악화되기 시작한다. 엄마는 나와 마지막으로 통화한 지 사흘이 아니라 석 달은 된 것처럼 호들갑을 떤다. 나는 엄마의 마지막 메시지를 들어보지도 않고 삭제한다. 그다음엔 대학생활과 멋진 뉴욕시티 남자들, 뉴욕 피자의 우월함에 대해 떠드는 멜라니의 이야기를 듣는다.

휴대폰으로 시간을 확인한다. 여섯시. 지금 전화하면 엄마는 집에 없고 응답기가 받을 것이다. 엄만 요즘 뭘 하며 지내는지. 내가 일곱 살 때 엄마는 출산 휴가도 다 쓰지 않은 상태로 회사를 그만

두었다. 내가 대학에 진학하면 다시 직장생활을 할 거라고 했지만 아직 그럴 기미는 보이지 않는다.

두번째 신호에 엄마가 전화를 받는다. "앨리슨! 너 도대체 어떻게 된 거니?" 엄마의 목소리에서 짜증이 조금 배어난다.

"사이비 종교단체에 들어가려고 학교 그만뒀어요." 엄마는 잠시 아무 말도 하지 않는다. 마치 그게 실제로 일어날 수도 있는 일이라는 듯. "엄마, 저 대학생이잖아요. 엄청 바빠요. 무지막지한 숙제에 적응하려고 애쓰는 중이라고요."

"이 정도 갖고 힘들다고? 의대 가봐라. 레지던트생활은 또 어떻고. 엄만 네 아빠 얼굴 보기도 힘들었어."

"그럼 이제 익숙해질 때도 됐잖아요."

엄마가 멈칫한다. 내가 이런 식으로 짜증을 내는 건 처음이다. 아빠는 내가 유럽에서 돌아온 다음부터 때늦은 사춘기 증세를 보인다고 했다. 예전엔 한 번도 이런 적이 없었는데 요즘 들어 확실히 내가 불손하고, 머리도 단정치 못하고, 무책임한 경향이 있는 건 사실이다. 여행가방과 그 안에 들어 있던 물건까지 몽땅 잃어버린 건 물론이고 졸업선물로 받은 시계까지 잃어버린 게 그 증거다. 멜라니와 나는 시계가 든 여행가방을 기차에서 도둑맞았다고 둘러댔다. 그렇게 말하면 내 잘못이 아닌 게 될 줄 알았다. 그런데 그렇지가 않았다. 어쨌든 그건 내 잘못이다.

엄마가 화제를 바꾼다. "소포는 받았니? 너 엄마 무시하는 건 봐줄 수 있는데, 할머니한텐 편지라도 써."

옷가지들 틈에서 소포 상자를 찾는다. 에어캡으로 포장한 고풍스러운 베티 붑 알람시계와 우리 동네 베이커리의 블랙 앤드 화이트 쿠키 한 상자. 쿠키 위에는 포스트잇에 '할머니가 보내는 선물이란다!'라고 적혀 있다.

"네 수집품에 보태면 완벽할 것 같아서."

"그렇겠네요." 나는 옷장에 쌓여 있는 아직 뜯지도 않은 상자들을 바라본다. 알람시계 수집품들과 집에서 가져온 불필요한 물건들이 아직도 그 상태 그대로다.

"네 옷을 좀 주문했는데, 우편으로 보내줄까, 아니면 주말에 들고 갈까?"

"그냥 들고 오시는 편이 낫겠네요."

"참, 그리고 학부모 초청행사 일정 확정해야 하는데, 토요일 밤에 프레초에 저녁식사 예약할 거야. 저녁식사 끝나고 나서는 비행기 타기 전에 네 아빠가 동창회인지 뭔지가 있다는데, 그동안 우린 스파에 가면 어떨까 해서. 참, 그리고 토요일 아침엔, 그러니까 그 오찬 전에, 칼리 엄마 린하고 커피 마시기로 했다. 우리 이메일 주고받았거든."

"엄마가 왜 제 룸메이트 엄마하고 이메일을 주고받아요?"

"왜? 그러면 안 되니?" 엄마의 목소리가 날카롭다. 물어볼 가치도 없는 일이라는 듯. 엄마가 내 삶의 모든 순간에 나타나지 못할 이유가 없다는 듯.

"칼리한테 전화 좀 안 하시면 안 돼요? 이상하잖아요."

"일주일 동안 딸하고 통화 안 되는 건 안 이상하고?"

"사흘이에요, 엄마."

"그래도 날짜는 세고 있었나보네." 엄마가 잠시 말을 멈춘다. 엄마의 득점. "그러니까 기숙사 방에 전화기만 설치했으면 이런 일 없잖아."

"요즘 전화기 설치하는 애들 아무도 없어요. 다 휴대폰 들고 다니잖아요. 각자 번호가 있고요. 제발 칼리한테 전화해서 저 찾지 마세요."

"그럼 네가 엄마 전화 받아."

"알았어요. 충전기를 잃어버려서 그랬어요." 내가 거짓말을 한다.

수화기 반대편에서 들려오는 엄마의 과장된 한숨 소리가 내 거짓말이 먹히지 않고 있음을 알려준다. "네 물건들을 네 몸에 꽁꽁 묶어놓든지 해야지 원." 엄마가 말한다.

"룸메이트한테 빌려줬는데, 걔 물건들에 휩쓸려서 어디 처박혔나봐요."

"칼리 말하는 거니?"

사실 칼리와 난 비누 한 조각도 같이 쓰지 않는다. "네."

"칼리하고 그 가족들 만날 생각 하니 설레는구나. 좋은 사람들 같더라. 라호이아로 놀러 오라던데."

나는 하마터면 엄마에게 이렇게 물을 뻔한다. 자기 딸 이름을 캘리포니아를 따서 칼리라고 짓는 사람들하고 친하게 지내고 싶으냐고. 엄마는 이름에 좀 유난스러운 편이다. 애칭으로 부르는 걸 무척 싫어한다. 내가 어릴 때 엄마는 일종의 강박증이 있어서 누구든 내 이름을 '앨리'나 '앨'로 줄이는 것을 용납하지 않았다. 할머니는 엄마 말을 무시했지만, 다른 사람들은, 심지어 학교 선생님들까지 엄마의 뜻에 따랐다. 이름을 줄이는 게 그토록 거슬린다면, 설령 앨리슨이 성이라고 해도 왜 애당초 줄일 수 없는 이름을 짓지 않았는지.* 어쨌든 난 칼리에 대해 더이상 말하지 않는다. 내가 심술을 부리기 시작하면 행복한 대학생의 가면이 벗겨질지도 모르니까. 딸이 원하는 대학에 보내줄 형편이 안 되는 부모를 둔 탓에 학비를 벌어가며 공부해야 했던 엄마, 나중에는 의대에 다니는 아빠까지 뒷바라지해야 했던 엄마에게 내가 행복한 대학생이 되는 건 너무도 중요한 문제다.

"그만 가봐야 해요." 내가 말한다. "룸메이트하고 나가기로 했어요."

"어머, 재밌겠네! 어디 가는데?"

"파티요."

"맥주파티?"

"영화나 볼까 해요."

"케이트 윈즐릿 나오는 영화 봤는데, 진짜 좋더라. 너도 꼭 봐라."

"네, 볼게요."

"내일 전화해. 휴대폰 켜두는 거 잊지 말고."

"교수님들이 수업시간에 벨 울리는 거 싫어해요." 다시 한번 짜증이 밀려든다.

"내일 토요일이야. 그리고 네 수업 시간표 엄마가 다 알고 있다, 앨리슨. 전부 다 오전 수업이잖아."

---

* 미국에서는 가족의 성을 자녀의 중간 이름 혹은 이름으로 사용하기도 한다.

물론 알고 있겠지. 시간표를 짠 것도 엄마니까. 오전 수업은 출석률이 저조해서 교수의 관심을 더 받을 수 있고 오후 내내 공부할 수 있다는 게 이유였다. 아니면, 지금처럼 오후 내내 낮잠을 자거나.

전화를 끊고 나서 알람시계를 도로 상자에 넣어 옷장에 처박은 다음 룸메이트들이 모여 맥주를 마시고 있는 라운지로 쿠키 상자를 들고 간다. 모두 옷을 차려입었고 외출 준비가 끝난 상태다.

새 학기가 시작되자 다들 신이 났다. 그들은 말 그대로 행복한 대학생들이다. 젠은 유기농 브라우니를 만들었고 켄드라는 우리들 이름을 쓰고 그 위에 멋진 사총사!라고 쓴 작은 문패도 만들었다. 칼리는 계절성 우울증을 떨쳐내는 데 그만이라며 태닝 쿠폰을 돌렸다.

어느덧 한 달이 지났고 그들 셋은 똘똘 뭉쳐 다닌다. 반면 나는 꼭 혹덩어리 같다. 켄드라에게 우리 방 문패를 멋진 삼총사, 그리고 앨리슨!으로 바꾸어도 좋다고 말하고 싶은 심정이다.

나는 터덜터덜 라운지로 들어선다. "자, 이거." 내가 칼리에게 쿠키 상자를 내민다. 칼리는 탄수화물을 경계하고 있고, 블랙 앤드 화이트는 내가 가장 좋아하는 쿠키인데도. "우리 엄마 일은 정말 미안해."

켄드라와 젠이 그럴 필요 없다는 듯 애처로운 신음 소리를 내지만 칼리는 미간을 찌푸린다. "야박하게 굴고 싶진 않지만, 우리 부모님 쫓아내는 것만도 벅차단 말야."

"실은, 우리 엄마가 지금 빈둥지증후군을 앓고 있거든." 아빠가 늘 하던 소리다. "앞으론 안 그러실 거야." 실제로 느끼는 것보다 더 확신에 찬 목소리로 내가 말한다.

"우리 엄만 내가 떠나고 이틀 뒤에 바로 내 방을 창고로 만들었어. 그래도 네 엄마가 널 보고 싶어하는 게 어디니?" 젠이 말한다.

"속상하겠다."

"그거 무슨 쿠키야?" 켄드라가 묻는다.

"블랙 앤드 화이트."

"꼭 우리들 같네!" 켄드라가 말한다. 켄드라는 흑인이다. 아니, 아프리카계 미국인이라고 해야 하나. 어떤 게 옳은지 항상 헷갈린다. 켄드라 자신은 두 가지 표현을 다 사용하고 있다.

"쿠키의 인종적 조화라고나 할까." 내가 말한다.

젠과 켄드라가 웃는다. "우리랑 같이 가자." 젠이 말한다.

"헨더슨에서 열리는 파티에 갔다가 센트럴의 술집에 갈 건데, 거긴 신분증 안 보고 대충 다 들여보내준다더라." 켄드라가 얼마 전에 편 검은 머리카락을 하나로 묶으려다 그만두며 말한다. "멋진 수컷들도 많고."

"멋진 여자들도 많을 거야. 혹시 그게 네 취향이라면." 젠이 거든다.

"그건 아니야. 그러니까, 둘 다 내 취향 아니야."

칼리가 심술궂게 웃는다. "너 학교 잘못 온 거 아니니? 보스턴 수녀원으로 가지 그랬어?"

가슴속 무언가가 비틀리는 기분이다. "유대인은 안 받더라고."

"너희 둘 다 그만해." 언제나 싹싹한 켄드라가 말하며 내 쪽으로 돌아선다. "몇 시간만 나갔다 오자. 응?"

"화학. 물리학." 갑자기 정적이 감돈다. 다들 인문학이나 경영 전공이라 과학 이야기를 꺼내면 입을 다문다.

"그만 갈게. 열역학 제3법칙하고 데이트 있거든."

"화끈하겠다!" 젠이 말한다.

나는 젠의 농담을 받아주는 의미로 미소를 지어 보인 뒤 기숙사 방으로 돌아온다. 방에 들어오자마자 『화학의 기초』를 집어들지만 멋진 삼총사가 기숙사 건물을 나설 무렵 내 눈꺼풀은 모래주머니를 얹은 듯 무겁다. 읽어야 할 책들을 산더미처럼 쌓아두고 나는 잠이 든다. 그렇게 행복한 대학생의 주말은 또다시 시작된다.

열다섯

10월

대학

학부모 초청행사에 대해 되도록 생각하지 않으려 애쓰면서 끝까지 미루고 버티다가, 부모님이 학교에 오시기 직전 목요일, 새로운 시선으로, 그러니까 부모님의 시선으로 기숙사의 벽, 침대, 책상, 옷장을 둘러본다. 이건 행복한 대학생의 기숙사가 아니다. 서랍마다 더러운 빨래들이 비죽이 나와 있고 리포트가 사방에 널려 있다. 엄마는 지저분한 거라면 질색을 한다. 나는 수업을 빼먹고 하루종일 청소한다. 빨랫감을 모아 아래층 세탁기에 넣고 덜컹거리는 세탁기 소음을 들으며 앉아 빨래가 끝나기를 기다린다. 방안의 먼지도 닦아낸다. 그동안 제출했던 과제물은 옷장 안에 전부 다 숨긴다. 안 읽은 신문처럼 높이 쌓여 있는 중국어 문제지, 끔찍하게 낮은 점수가 시뻘겋게 적혀 있는 물리와 화학 시험지, "분발 요망!" "계산 확인!" 그리고 섬뜩한 "면담 요망!" 같은 평가가 적힌 실험 리포트들이다. 눈속임용으로, 학기 초, 그러니까 내가 본격적으로 망가지기 전에 필기한 노트와 그래프 같은 것들을 책상 위에 펼쳐 놓는다. 그동안 덮고 자던 퀼트 이불 위에 지난여름 엄마와 함께 산 고급 이불을 덮어씌운다. 상자에서 사진을 꺼내 방안 곳곳에 흩어놓는다. 심지어는 대학 구내서점에 들러 학교 이름이 적힌 바보 같은 배너까지 하나 사다가 침대맡에 놓는다. 보세요! 제가 이렇게 학교를 사랑한다고요!

그러나 그만 시계를 꺼내놓는 걸 잊는다. 그 바람에 전부 다 들통이 난다.

엄마가 감탄사를 연발하며 조그만 라운지를 둘러보고 나서 기숙사 방으로 들어선다. 엄마는 칼리의 개 사진들을 보고 또 한차례 감탄사를 연발한 뒤 상대적으로 썰렁한 내 쪽 벽을 보고 기겁을 한다. 엄마 표정이 얼마나 섬뜩한지, 누가 보면 내가 범죄현장 사진이라도 붙여놓은 줄 알겠다. "네 수집품들은 어디 있니?"

나는 개봉도 하지 않은 옷장 안의 상자들을 가리킨다.

"왜 그걸 그 안에 둬?"

"너무 시끄러워서요." 내가 얼른 거짓말을 둘러댄다. "칼리한테 방해될까봐." 칼리가 아침 일곱시에 라디오를 틀어놓는 애란 얘기는 하지 않는다.

"태엽을 안 감으면 되지. 그 시계들은 곧 너 자신이잖아." 엄마가 말한다.

그랬었나. 언제부터 시계를 모았는지 기억조차 나지 않는다. 엄마는 주말이면 벼룩시장에 즐겨 갔는데, 그러다 어느 날, 내가 시계 수집가가 되어 있었다. 한동안은 정말 시계를 수집하는 재미에

푹 빠져 지냈다. 그러나 내가 낡은 시계 하나를 발견하고선, 이거 수집하고 싶다, 하고 생각했던 순간의 기억은 없다.

"칼리 벽에 비해 네 벽이 너무 썰렁하네." 엄마가 말한다.

"당신 내 기숙사 방을 봤어야 하는데." 아빠가 향수에 젖은 눈빛으로 말한다. "그때 아빠 룸메이트가 창문마다 은박지를 붙여놨거든. 방이 꼭 우주선 같았단다. 그래놓고 그걸 '미래형 기숙사'라고 불렀지."

"전 '최소주의 기숙사'를 표방하고 있어요."

"뭐 그 나름의 매력이 있구나." 아빠가 말한다.

"이건 집 꾸미기 프로그램의 '이전'과 '이후' 같아." 엄마가 단 1인치의 빈자리도 없이 포스터, 명화, 사진 들로 뒤덮여 있는 칼리의 벽을 가리키며 말한다. "물론 네 쪽이 이전이고." 엄마가 굳이 덧붙인다. 누가 못 알아들었을까봐.

우리는 특별 워크숍에 참석하러 간다. 강의실의 기술적 혁신에 관한, 정신이 혼미해질 정도로 따분한 내용의 워크숍이지만 엄마는 받아적기까지 한다. 아빠는 자신이 기억하고 있는 것 전부와 그사이 달라진 것들 전부를 일일이 지적한다. 작년에 이곳을 둘러볼 때도 그랬다. 엄마 아빠는 내가 이 대학에 다니게 된 걸 무척 기뻐했다. 내가 가문의 전통을 만든 셈이었다. 그때만 해도 나도 기뻤다.

워크숍이 끝나자 아빠는 가문의 전통을 만든 또다른 부모들을 만나고 엄마는 칼리의 엄마 린과 커피를 마신다. 두 사람은 서로 잘 맞는 것 같다. 둘 중 하나다. 칼리가 자기 엄마한테 내가 얼마나 한심한 앤지 말하지 않았거나, 아니면 말했더라도 그 얘기를 함구

할 정도로 칼리의 엄마가 교양 있는 여자거나.

총장과의 오찬 이전에, 멋진 사총사와 그들의 부모들이 기숙사 방에 모인다. 부모들은 서로 인사를 나누고 좁아터진 방을 보고 혀를 차고 우리가 꾸민 조그만 응접실을 감상하고 나를 제외한 룸메이트들이 만들어 방문에 붙인 '멋진 사총사의 부모님 방문을 환영합니다!' 아래 서서 사진을 찍는다. 그다음에는 모두 밖으로 나가 캠퍼스를 둘러본다. 우리는 단풍 든 담쟁이덩굴에 뒤덮인, 보다 오래된 웅장한 벽돌 건물을 구경하기 위해 멀리까지 간다. 모두들 플란넬 스커트에 롱부츠, 캐시미어 스웨터, 양가죽 재킷을 멋지게 차려입고 가을 낙엽 길을 걷고 있다. 우리는 실제로 카탈로그에 나오는 멋진 대학생처럼 보인다.

총장과의 오찬은 점잖고 따분하다. 널찍하고 썰렁한 강당에서 벌어지는 퍽퍽한 닭고기와 따분한 연설의 조합이라니. 멋진 사총사의 신화에 금이 가기 시작한 건 점심식사가 끝난 뒤부터다. 켄드라와 젠, 칼리의 가족들은 아주 미묘하게 자기들끼리 친해지기 시작한다. 그들은 크리스마스와 추수감사절 연휴, 봄방학, 포트럭파티에 대해 이야기한다. 엄마는 그들을 쳐다보면서도 한마디도 하지 않는다.

엄마 아빠가 호텔로 돌아가 저녁식사를 하러 나갈 준비를 한다. 엄마는 내게 저녁식사 장소가 근사한 곳이니 검은색과 빨간색이 섞인 랩 드레스를 입고 지저분한 머리도 좀 감으라고 한다.

엄마 아빠가 날 데리러 캠퍼스로 돌아왔을 때 어색하게도 멋진 사총사의 나머지 멤버들과 그들의 부모님들을 만난다. 그들은 보스턴 시내의 유명한 해산물 레스토랑에 모두 함께 가기로 했다. 우리 부모님과 그들의 부모님들이 어정쩡하게 서 있다. 내 룸메이트들은 얼굴을 붉히며 갑자기 회색 카펫에 엄청난 관심을 보인다. 마침내 젠의 아빠가 나서서 우릴 초대한다. "세 명 정도야 더 앉을 수 있을 겁니다."

"아뇨, 그러실 필요 없어요." 거만한 목소리로 엄마가 말한다. "우린 백베이의 프레초에 예약해두었거든요."

"어머! 거기 어떻게 예약하셨어요?" 린이 묻는다. "예약하려고 했더니 다음달까진 꽉 찼다고 하던데!" 엄마 말에 따르면 프레초는 이 근방에서 가장 좋은 레스토랑이다.

엄마는 신비로운 미소를 지어 보인다. 절대 비결을 말하지 않는다. 아빠에게 들은 바로는, 아빠의 골프 친구이자 보스턴 병원의 이사가 힘을 써주었다고 한다. 거기 예약이 되었다며 엄마는 무척 기뻐했다. 하지만 이제 엄마의 승리는 빛을 잃는다.

"차우더 수프 맛있게 드세요." 엄마가 말한다. 아빠와 나 두 사람만이 엄마가 얼마나 자존심을 누르고 있는지 알아차린다.

저녁식사는 끔찍하다. 보스턴 최고의 부자들에 둘러싸여 으리으리한 식당에 앉아 있는데도, 엄마는 그리고 심지어 아빠까지도 따돌림 당한 것 같은 기분이 드나보다. 그러나 엄마 아빠가 따돌림 당한 게 아니다. 내가 따돌림 당한 것이다.

엄마 아빠가 내 수업에 대해 묻고 나는 화학, 물리학, 생물학, 중국어에 대해 성실하게 대답한다. 아무리 일찍 잠자리에 들어도 수업시간에 깨어 있기가 얼마나 힘든지, 고등학교 때 그렇게 잘했던 과목의 점수가 지금은 얼마나 형편없어졌는지는 말하지 않는다. 그런 이야기를 하느라, 혹은 하지 않느라 너무도 피로한 나머지 십삼 달러짜리 샐러드에 머리를 처박고 싶다.

주요리가 나오자 엄마는 샤르도네 한 잔을, 아빠는 시라즈 한 잔을 주문한다. 나는 와인의 두 가지 색을 배경으로 춤추는 촛불을 외면하려 애쓴다. 촛불마저도 내 마음을 아프게 한다. 내 앞에 놓인 라비올리 접시를 바라본다. 향이 기가 막히지만 먹고 싶단 생각이 들지 않는다.

"너 무슨 일 있니?" 엄마가 묻는다.

아주 짧은 찰나의 순간, 나는 생각해본다. 진실을 말해버릴까. 대학생활이 내가 생각했던 것과 전혀 다르다고, 난 카탈로그에 나오는 여학생과는 거리가 멀다고, 전혀 행복한 대학생이 아니라고. 내가 누군지 모르겠다고, 아니면 내가 누군지는 알겠는데, 더이상 그 아이로 살기가 싫다고, 말해버릴까.

있을 수 없는 일이다. 엄마는 괴로워하고 실망할 것이다. 나의 불행이 나를 키운 엄마에 대한 모욕이라는 듯이. 그다음엔 내가 얼마나 행운아인지 열변을 토하면서 내게 죄책감을 주입할 것이다. 나는 대학생이다. 엄마가 누리지 못했던 여유로운 대학생활을 하고 있다. 이게 바로 고등학교 시절 엄마가 마치 군사령관처럼 내 과외활동 시간표를 짜고 약한 과목마다 과외 선생님을 붙이고 나를 SAT 준비반에 보냈던 이유다.

"그냥 피곤해요." 이것만은 거짓이 아니다.

"너무 도서관에만 틀어박혀 지내는 건 아니니?" 아빠가 끼어든다. "햇볕도 좀 쬐고 그래야지. 안 그러면 생체리듬에 심각한 영향을 미칠 수 있어."

나는 고개를 젓는다. 이것도 진실이다.

"최근에 좀 달려봤니? 근처에 아주 괜찮은 산책길이 있더구나. 강에서 그리 멀지도 않고."

내 기억으론 여행 가기 며칠 전 아빠와 달렸던 게 마지막이다.

"내일 아침에 아빠하고 나가자. 브런치 먹기 전에. 저녁식사 칼로리도 태우고 폐에 신선한 공기도 채우고."

생각만 해도 피곤하지만 아빠는 내 의견을 묻고 있는 게 아니다. 내가 당연히 갈 거라 기대하고 있다. 내가 동의하기도 전에 그렇게 일정이 잡혀버린다.

❖ ❖ ❖

다음날 아침, 룸메이트들이 라운지에서 커피를 마시며 어젯밤 저녁식사 때 일어난 일에 대해 신나게 수다를 떨고 있다. 어느새 '망치와 왕자님'이라는 동화로 각색된, 멋진 웨이터와 랍스터 망치에 관한 일화도 포함해서. 트레이닝팬츠와 기모가 들어간 트레이닝셔츠를 입고 운동화를 찾는 나를 보고 모두 한 박자 늦게 놀란다. 우리 기숙사에는 최첨단 운동시설이 갖추어져 있어서 켄드라와 칼리는 거의 중독 상태고 젠도 어쩌다 한 번씩 끌려가지만 나는 지금껏 한 번도 그곳에 발을 들여놓은 적이 없다.

아빠만 올 거라고 생각했는데 엄마까지 왔다. 엄마는 검은색 울

바지에 캐시미어 망토까지 두르고 있다. "우리 브런치 먹을 때 만나기로 하지 않았어요?" 내가 묻는다.

"네 기숙사에 좀 있다 가려고. 그래야 엄마가 너하고 떨어져 있을 때 네가 있는 곳을 그려볼 수 있을 테니까." 엄마가 칼리에게 돌아선다. "그래도 괜찮다면." 엄마의 말투가 너무도 상냥해서 칼리는 그 안에 담긴 심술을 감지하지 못한다.

"괜찮고말고요." 칼리가 대답한다.

"준비됐니, 앨리슨?" 아빠가 묻는다.

"거의요. 근데 운동화가 어디 있는지 모르겠어요."

엄마가 나를 쳐다본다. 이제 내가 툭하면 물건을 잃어버리는 아이임이 확실해졌다는 듯.

"마지막으로 어디다 뒀니?" 아빠가 묻는다. "머릿속에 그려보렴. 잃어버린 물건은 그렇게 찾는 거야." 상투적인 조언이지만 아빠의 조언은 대체로 유용하다. 아니나 다를까, 침대 밑 여행가방 안에 그대로 둔 운동화를 떠올리고 찾아보니 정말 그곳에 있다.

아래층으로 내려가자 아빠는 건성으로 스트레칭을 한다. "이렇게 하는 게 맞는지 모르겠다." 아빠가 농담을 한다. 아빠는 운동을 별로 좋아하지 않지만 환자들에게 늘 운동하라고 충고하기 때문에 자신의 잔소리를 실천하려 노력한다.

우리는 강 쪽으로 난 길로 달리기 시작한다. 완연한 가을날이다. 싸늘한 겨울의 날카로운 입질마저 느껴지는 맑고 서늘한 날씨. 달리기를 좋아하진 않지만 십 분 정도 뛰다보면 어느덧 몸이 적응이 되고 의식이 흐릿해지면서 내가 뭘 하는지 잊게 된다. 그런데 오늘은 의식이 흐릿해지려 할 때마다 나의 기억이 또다른 달리기, 내 생애 최고의 달리기, 목숨을 건 달리기를 불러낸다. 그럴 때면 내 다리는 물 먹은 나무 몸통이 되고 그 모든 아름다운 가을 빛깔은 잿빛으로 변한다.

그렇게 1마일 정도를 달린 뒤 나는 멈춰 선다. 아빠에겐 다리에 쥐가 났다고 말한다. 기숙사로 돌아가고 싶지만 아빠가 보스턴 시내가 어떻게 달라졌는지 둘러보고 싶다고 해서 시내로 나간다. 커피숍에 들어가 카푸치노를 주문한다. 아빠가 내게 수업에 대해 물으며 유기화학을 공부하던 시절의 향수에 잠긴다. 그리고 요즘 병원 일이 무척 바쁘다면서 엄마가 많이 힘들어한다고, 엄마에게 잘하라고 한다.

"엄마 다시 일한다고 하지 않았어요?" 내가 묻는다.

아빠가 시계를 본다. "그만 가자."

아빠는 기숙사까지 나를 데려다주고 옷을 갈아입으러 호텔로 돌아간다. 기숙사 방에 들어서는 순간 뭔가 잘못되었음을 직감한다. 째깍거리는 소리가 들려온다. 방안을 둘러본다. 나는 잠시 혼란스럽다. 기숙사 방이 기숙사 방 같지가 않고 우리집 내 방 같다. 엄마가 옷장에서 포스터를 전부 다 꺼내 내 방과 똑같은 위치에 붙여놓았다. 사진들도 내 방과 똑같은 자리에 놓았다. 침대에는 장식용 쿠션까지 산더미처럼 쌓아놓았다. 내가 좋아하지 않아서 가져오지 않겠다고 분명히 말했던 것들이다. 장식용 쿠션은 매일 침대를 정리할 때마다 내려놓았다가 다시 올려놓아야 한다. 엄마가 침대 위에서 내 옷가지들을 가지런히 개고 있다. 내가 4학년 때 그랬던 것처럼.

창틀과 책장에 온통 내 시계들이 진열되어 있다. 모두 태엽을 감아놓아서 째깍거리며 돌아간다.

엄마는 내가 입어보지도 않은 바지의 상표를 떼며 고개를 든다. "어젯밤에 네가 좀 우울해 보이더라. 이 방을 네 방처럼 꾸미면 기분이 좀 나아질 것 같아서. 한결 활기 넘치지 않니?" 엄마가 말한다.

나는 반박하고 싶다. 그러나 뭐라고 반박해야 할지 모르겠다.

"칼리하고도 얘기했는데, 시계 소리가 위안이 된다더구나. 백색 소음 같대."

내겐 전혀 위안이 되지 않는다. 언제 폭발할지 모르는 시한폭탄 백 개 같다.

열여섯

11월

뉴욕시티

마지막으로 만났을 때 멜라니는 바래가는 분홍색 염색머리가 섞인 금발에 손바닥만한 상의와 하의를 입고, 메이시스 백화점에서 세일 때 샀다는 아찔한 플랫폼 샌들을 신고 있었다. 그래서 내가 버스에서 내리자마자 북적이는 뉴욕 차이나타운 모퉁이에서 나를 향해 달려오는 멜라니를 바로 알아보지 못했다. 이제 분홍색 염색머리는 사라졌다. 멜라니는 붉은 기운이 감도는 짙은 갈색으로 머리를 염색했고 앞머리를 짧게 자르고 에나멜 젓가락처럼 생긴 핀 두 개로 머리를 틀어올렸다. 특이하고 파격적인 꽃무늬 드레스에 낡은 카우보이 부츠를 신고 할머니 안경 같은 동그란 안경도 썼다. 핏빛에 가까운 빨간 립스틱으로 입술도 칠했다. 내가 아는 멜라니의 모습은 아니지만 그래도 여전히 멋지다.

나를 포옹하는 순간 풍기는 향기만큼은 여전히 멜리니다. 헤어컨디셔너와 베이비파우더향. "야, 너 너무 말랐다!" 멜라니가 말한다. "대학 신입생이면 7킬로는 쪄줘야지. 살이 빠져서야 되겠어?"

"너도 학교 식당에서 먹니?"

"그럼! 우리 학교 식당엔 무한대로 먹을 수 있는 아이스크림 코너도 있어. 그것만 해도 등록금은 뽑았지."

나는 한 걸음 물러서서 다시 그녀를 바라본다. 모든 게 새롭다. 안경까지도. "너 안경 써?"

"가짜야. 잘 봐. 알이 없잖아." 멜라니가 손가락을 넣어 안경알 자리로 통과시켜 보인다. "펑크록 사서 스타일이야. 음악 하는 애들이 이런 스타일 좋아하거든." 그녀가 안경을 벗고 머리를 쓸어 넘긴다. 우리는 함께 웃는다.

"이젠 금발 아니네."

"이젠 좀 진지하게 봐달라 이거지." 그녀가 다시 안경을 쓰고 내 여행가방을 든다. "'거의 보스턴' 생활은 어때?"

대학을 결정하고 나서 멜라니는 내가 다닐 대학이 보스턴에서 5마일 벗어난 곳에 있다는 사실을 두고 날 놀렸다. 우리가 자란 동네가 필라델피아에서 20마일 벗어난 곳이었던 것처럼. 멜라니는 내가 대도시 주변을 맴돌며 산다고 놀렸다. 나와 달리 멜라니는 결국 대도시로 뛰어들었다. 멜라니의 대학은 맨해튼 시내에 있다.

"거의 좋아." 내가 대답한다. "뉴욕은 어때?"

"좋은 정도가 아냐. 할 게 너무 많아! 오늘밤만 해도 여러 가지 선택이 가능해. 기숙사 파티도 있고, 라피엣에 있는, 18세 이상 입장 가능한 아주 괜찮은 클럽에 가도 되고, 아니면 내 친구의 친구가 초대한 파티에 가도 돼. 그린포인트에 있는 로프트에서 열리는

데, 진짜 멋진 밴드가 공연할 거래. 아니면 타임스스퀘어에 가서 라스트 미닛 티켓* 사서 브로드웨이 공연 봐도 되고."

"아무래도 상관없어. 난 너 보러 온 거야."

그 말을 하는 순간 가슴 한구석이 저려온다. 멜라니를 보러 온 건 사실이지만 그게 전부는 아니다. 오늘이 아니어도 며칠 후 추수감사절에 어차피 멜라니를 만날 예정이었다. 그런데 부모님이 내 비행기표를 예약하다가 연휴 주말 비행기는 믿을 수도 없을뿐더러 가격도 너무 비싸다면서 기차를 타고 오라고 했다.

기차에서 여섯 시간을 보낼 생각을 하니 갑자기 멀미가 났다. 여섯 시간 내내 그날의 기억을 떨쳐내려 애써야 하다니. 그러던 중 멜라니의 부모님이 추수감사절 전 화요일에 쇼핑하러 뉴욕에 왔다가 멜라니를 태워 돌아갈 거란 얘길 들었다. 나는 저렴한 버스를 타고 뉴욕에 가서 차이나타운에서 멜라니를 만나 멜라니네 차로 함께 집에 가면 되겠다는 묘안을 떠올렸다. 집에서 보스턴으로 돌아갈 때도 버스를 탈 계획이었다.

"나도 너 보니까 진짜 좋아. 우리가 서로 이렇게 오랫동안 못 본 적이 있었나?"

나는 고개를 젓는다. 우리가 만난 이후 한 번도 없었다.

"좋아. 기숙사 파티, 브로드웨이 공연, 클럽, 아니면 죽여주는 브루클린 밴드. 어쩔래?"

내가 정말 원하는 건 멜라니 방에서 옛날처럼 영화나 보면서 뒹

---

* 공연 시작 직전에 저렴한 가격으로 판매하는 티켓.

구는 거지만 그렇게 말했다간 모험 기피증이라고 놀려댈 게 뻔하다. 브루클린 밴드 파티는 나로서는 가장 내키지 않는 선택이지만 멜라니는 그곳에 가고 싶어하는 것 같고 아마 난 그걸 선택해야 할 것이다. 그래서 나는 그렇게 한다.

멜라니의 눈빛이 반짝이는 것을 보니 시험에서 정답을 맞힌 것 같은 기분이다. "좋았어! 학교 친구들 몇 명도 갈 거거든. 우선 뭐 좀 먹고 집에 가서 짐 내려놓고 준비한 다음에 출동하는 거야. 어때?"

"좋아."

"기왕 차이나타운에 왔으니 여기서 먹자. 내가 제일 좋아하는 베트남 식당이 이 근처에 있어."

우리는 빨간 등과 종이우산, 모형 탑들이 있는 꼬불꼬불하고 북적이는 골목길을 걷는다. 나는 보도에 시선을 고정하려 애쓴다. 주위에 온통 가게 간판들이다. 분명히 두 배의 행복도 있을 것이다. 파리는 여기서 3000마일도 넘는 거리에 있지만 그날의 기억은 아직도…… 하나가 떠올라 애써 밀어내면 바로 또하나가 떠오른다. 언제 달려들지 모른다. 마치 지뢰처럼 곳곳에 묻혀 있다.

우리는 조그만 식당에 들어선다. 형광등 아래에 플라스틱 테이블들이 있고 우리는 구석 자리에 앉는다. 멜라니는 스프링롤과 닭고기, 차를 주문한 다음 안경을 접어 케이스에 넣는다. 가상의 안경알을 보호하기 위해서일까. 멜라니가 차 두 잔을 따른 뒤 나를 보며 말한다. "좀 나아진 거지?"

질문이라기보다는 명령에 가깝다. 멜라니는 바닥을 칠 때의 나를 보았다. 파리에서 런던으로 돌아왔을 때 나는 제정신이 아니었고 멜라니는 내가 밤새도록 울게 해주었다. 멜라니는 비열한 개자식이라고 빌럼을 욕했다. 처음부터 그럴 줄 알았다면서. 집으로 돌아오는 비행기에서 여덟 시간 내내 우는 나를 사람들이 흘금거릴 때마다 멜라니는 날카롭게 그들을 쏘아보았다. 그린란드 상공 어딘가를 날고 있을 무렵, 내가 갑자기 숨을 헐떡이면서, 어쩌면 엄청난 실수를 저지른 건지도 모른다고, 빌럼에게 무슨 일이 일어난 건지도 모른다고, 누군가에게 붙잡혀서 늦은 건지도 모른다고 했을 때, 멜라니가 정신을 차리게 해주었다.

"맞아. 누군가한테 붙잡히긴 했지. 너한테. 그랬다가 마침내 벗어난 거야."

"하지만 어쩌면……" 내가 다시 입을 뗀다.

"앨리슨, 진정해. 하루 사이에, 넌 어떤 여자가 그 자식 옷을 벗기는 걸 봤고, 또 어떤 여자가 비밀 쪽지를 건네는 것도 봤어. 또 기차에서 그애들하고 무슨 일이 있었는지 알 게 뭐야? 바지에 그 얼룩이 과연 뭐였을까?"

그 생각은 미처 하지 못했다.

멜라니는 나를 조그만 비행기 화장실로 데리고 가서 수 우 쉬르 티셔츠를 쓰레기통에 버리고 빌럼이 준 동전을 변기에 넣고 내렸다. 나는 그 동전이 아득히 먼 저 아래 바닷속으로 가라앉는 상상을 했다.

"이제 증거는 모두 말살한 거야." 멜라니가 말했다.

그렇게 증거는 말살되었다. 거의. 휴대폰 사진에 대해선 멜라니에게 말하지 않았다. 아그네테가 찍어준 우리 둘의 사진. 나는 아직도 그 사진을 지우지 못했다. 비록 그 이후로 단 한 번도 그 사진을 보지 않았지만.

집으로 돌아왔을 때 멜라니는 여행의 기억을 뒤로하고 대학이라는 인생의 새 장을 펼칠 준비가 되어 있었다. 나는 멜라니를 이해했다. 나 역시 설레어야 했다. 그런데 그렇지가 않았다. 매일 엄마와 함께 이케아, 베드 배스 앤드 비욘드, 아메리칸 어패럴과 제이크루를 돌아다녔지만 시차로 인한 피로는 영원히 풀리지 않는 것 같았고 가구 전시장 침대에 드러누워 자고 싶은 생각뿐이었다. 멜라니는 나보다 이틀 먼저 학교로 출발했고 그때 나는 울었다. 다들 내가 단짝과의 이별을 슬퍼한다고 생각했지만 멜라니만은 진실을 알고 있었다. 멜라니는 나를 끌어안고 이렇게 속삭였다. "앨리슨, 겨우 하루였잖아. 이겨낼 수 있을 거야."

그래서 멜라니가 내게 좀 나아졌느냐고 물으면 나는 멜라니를 실망시킬 수 없다. "그럼. 이젠 잘 지내." 내가 말한다.

"다행이다!" 멜라니가 손뼉을 치고는 휴대폰을 꺼내 문자를 보낸다. "오늘 같이 가는 애들 중에 남자애가 하나 있는데, 내 친구 트레버의 친구야. 아마 마음에 들걸."

"아닐걸."

"그 네덜란드 개자식은 잊었다고 방금 말했잖아."

"잊었어."

멜라니가 나를 똑바로 쳐다본다. "대학에 들어와서 첫 석 달은 인생에서 가장 적극적으로 움직여줘야 할 때야. 그런데 너 지금까지, 남자한테 눈이라도 한번 깜빡해봤어?"

"남자들하고 뒹굴 땐 아예 눈을 감아."

"얼씨구! 지금 누굴 속이려고? 내가 널 얼마나 잘 아는지 잊었니? 보나 마나 키스 한번 못해봤겠지."

나는 스프링롤 안에 들어 있는 것 중에 이상하게 생긴 것을 뽑아낸 다음 냅킨으로 너무 많은 기름기를 찍어낸다. "그래서?"

"오늘밤에 네가 만날 남자애 말이야. 딱 네 타입이야."

"딱 내 타입이라니, 무슨 뜻이야?" 물론 나는 그 말이 무슨 뜻인지 안다. 어떤 남자가 내 타입이라는 게 왠지 이상하다. 내가 누군가의 타입이라는 것도.

"착하고, 무난해. 네 사진 보여줬더니, 어두우면서도 신비스럽다고 하더라." 멜라니가 손을 뻗어 내 머리칼을 만진다. "너 머리 단발로 다시 잘라야겠다. 너무 어수선해."

런던 이후 한 번도 머리를 자르지 않아서 지저분한 커튼처럼 어깨 길이로 자랐다.

"어수선함, 그게 바로 내가 추구하는 스타일이야."

"그럼 성공했네. 어쨌든 메이슨이라는 그애 정말 착하고……"

"메이슨? 무슨 이름이 그래?"

"언제부터 이름에 그렇게 민감했어? 너 말투가 꼭 네 엄마 같다."

나는 젓가락으로 멜라니의 눈을 찌르고 싶은 충동을 간신히 억누른다.

"어쨌든 이름이 무슨 상관이야? 본명은 제이슨인데 메이슨으로 불리고 싶어하는 건지도 모르잖아." 멜라니가 말을 잇는다. "이름 얘기가 나와서 말인데, 여기선 아무도 날 멜라니라고 안 불러. '멜' 아니면 '레이니' 라고 불러."

"이름 하나값에 두 갤 쓰네."

"앨리슨, 우린 대학생이야. 여기선 우리가 어떤 사람이었는지 아무도 모른다고. 자신을 개조하기에 이보다 더 좋은 기회는 없어. 너도 해봐." 멜라니가 나를 쏘아본다.

멜라니에게 말하고 싶다. 해봤다고. 그런데 오래가지 않더라고.

❖ ❖ ❖

막상 만나보니 메이슨이라는 남자, 그렇게 형편없진 않다. 똑똑하고, 조금 공붓벌레 스타일이고, 남부 출신이다. 그제야 그 이름이 이해가 간다. 그는 남부 특유의 경쾌한 억양으로 말하고 그런 말투를 스스로 비웃는다. 지하철역에서 한참 떨어진, 황량한 거리의 외진 파티 장소에 도착했을 때 그는 자기가 유행 단속반이라면서 이 동네에 들어오려면 문신이 있어야 하는데 문신이 있느냐고 내게 묻는다. 트레버는 팔에 새긴 완장 모양 문신을 자랑한다. 멜라니가 발목이나 엉덩이 아니면 여자들이 즐겨 하는 부위에 문신을 할 계획이라고 떠들자 메이슨은 눈을 크게 뜨며 날 쳐다본다.

건물 엘리베이터는 곧장 맨 꼭대기 층 파티장으로 연결된다. 파티장은 거대하고 낡았고 벽에 커다란 캔버스들이 걸려 있고 유화 냄새, 테레빈유 냄새가 풍긴다. 파리의 스쿼트에서도 이런 냄새가 났다. 또다시 지뢰 발견. 나는 지뢰가 터지기 전에 얼른 걷어찬다.

멜라니와 트레버는 계속 죽여주는 밴드 얘기를 주고받는다. 멜라니가 자기 휴대폰에 저장되어 있는 밴드의 비디오를 보여준다. 전 세계가 이 밴드의 가치를 알아보기 전에 이곳에서 그들을 볼 수 있다는 사실을 자축하면서. 밴드가 연주를 시작하자 멜라니, 그러니까, 멜 혹은 레이니와 트레버가 앞으로 달려나가 미친듯이 춤을 추기 시작한다. 메이슨은 나와 뒤에 남는다. 대화를 나누기에는 너무 시끄럽고 그게 차라리 다행이라는 생각이 든다. 그러면서도 한편으론 누군가 곁에 있어주는 게 고맙다. 나의 관광객 네온사인이 또다시 번쩍거리는 것 같은 기분이 들지만 어쨌든 여긴 미국이다.

영원처럼 긴 시간이 흐른 뒤 마침내 밴드가 휴식시간을 갖는다. 여전히 귀가 울리는 게 그들이 아직도 연주를 하고 있는 것 같다.

"술 한잔 할래?" 메이슨이 묻는다.

"응?" 나는 여전히 반은 귀머거리다.

그가 무언가를 마시는 시늉을 한다.

"아니, 괜찮아."

"곧. 돌아. 올게." 그가 입모양으로 말한다.

한편, 멜라니와 트레버도 그들만의 방식으로 서로의 입모양을 읽고 있다. 소파 한쪽 구석에서 애무를 하면서. 방안에 있는 다른 사람들은 전혀 안중에 없다. 두 사람을 보고 싶지 않지만 그러면서도 눈을 뗄 수가 없다. 그들의 키스를 바라보며 나는 실제로 통증을 느낀다. 그날의 기억을 떨쳐내기가 힘들다. 세상에서 가장 힘든 일이다. 그게 바로 내가 그날의 기억을 가슴 깊이 묻어두는 이유다.

메이슨이 자기가 마실 맥주 한 잔과 내게 줄 물 한 잔을 들고 온다. 그가 멜라니와 트레버를 본다. "내가 저렇게 될 줄 알았어." 메이슨이 말한다. "몇 주 동안 발정난 개처럼 서로를 맴돌더라고. 뭐가 기폭제가 될까 궁금하더라니."

"술이랑 '죽여주는' 음악." 내가 손으로 따옴표를 만들며 말한다. "그리고 방학. 한동안 볼 필요 없는 사람하고 일 벌이긴 쉽잖아. 부담이 없으니까." 그가 그들을 바라본다. "기껏해야 이 주 갈 거야."

"이 주? 너무 후한 거 아니야? 하룻밤으로 끝내는 남자들도 많은데." 소음 속에서도 나의 씁쓸함이 그대로 목소리에 배어난다. 입안에서도 씁쓸한 맛이 느껴진다.

"상대가 너라면 하룻밤 이상 갈 거 같아." 메이슨이 말한다.

말 한번 번지르르하네. 누가 알겠는가. 어쩌면 진심일 수도 있다. 그러나 이제 나는 진실과 거짓을 가리는 나의 판단을 믿을 수가 없다.

그러나 한편으로는 이 모든 걸 끝내고 싶다. 이 모든 기억들이 사라졌으면. 혹은 다른 기억들로 대체되었으면. 이제 더이상 나를 쫓아다니지 않았으면. 그래서 메이슨이 내게 키스하려고 몸을 숙일 때 그저 눈을 감고 키스를 허락한다. 그리고 몰입하려 애쓴다. 입안의 쓴맛이 혹시 진짜 구취가 되지는 않을까 걱정하지 않으려 애쓴다. 다른 누군가에게 키스를 받으려 애쓴다. 다른 사람이 되어 보려 애쓴다.

그 순간 메이슨이 내 목을 만진다. 그날의 상처가 있던, 이제는 아문 바로 그 자리. 나는 얼른 몸을 뺀다.

빌럼이 옳았다. 흉터는 남지 않았다. 그러나 마음 한편으로는 차라리 흉터가 남았더라면 하고 바란다. 적어도 증거가 남았더라면, 이 영원한 기억을 증명할 무언가가 남았더라면 좋았을 텐데. 오직 자신만 볼 수 있는 상처는 더 끔찍한 법이니까.

열일곱

12월

멕시코 캉쿤

캉쿤의 콘도에 도착하자마자 바로 수영복으로 갈아입고 바다로 달려가 첫 수영을 하는 건 멜라니와 내게 하나의 전통이 되었다. 마치 휴가의 세례 의식처럼. 지난 구 년 동안 이곳에 올 때마다 늘 그랬다.

그러나 올해, 멜라니가 가방에서 비키니를 찾고 있을 때 나는 요리책 하나만 덩그러니 놓여 있는 조그만 식탁에 앉아 교재를 펼친다. 나는 매일 네시부터 여섯시까지 공부를 해야 한다. 새해 첫날에는 쉴 수 있지만 그날 하루뿐이다. 그게 내 가석방의 조건이기 때문이다.

한 학기 내내 성적을 비밀에 부쳤기에 학기가 끝나고 도착한 성적표는 부모님에게 충격을 안겨주었다. 나는 노력했다. 정말 노력했다. 중간고사 점수가 형편없게 나온 뒤로는 더 열심히 공부했다. 그러나 내 나쁜 점수의 원인은 나태함이 아니었다. 나는 수업을 빼

먹지도, 파티를 즐기지도 않았다.

차라리 파티를 즐기는 편이 나았을지도 모르겠다. 어차피 항상 피곤했으니까. 전날 열 시간을 자도 소용이 없었다. 강의실에 발을 들여놓는 순간, 교수가 파동에 대해 설명을 시작하는 순간, 방정식을 써내려가는 순간, 숫자들이 내 눈앞에서 춤을 추고 눈꺼풀이 무겁게 내려앉는다. 그러다가 학생들이 다음 강의실로 가다가 내 다리에 걸려 넘어질 때 비로소 잠에서 깨어난다.

독서 주간에는 에스프레소를 너무 많이 마셔서 전혀 잠을 자지 못했다. 수업시간에 너무 자서 더이상 잠을 잘 필요조차 없는 것처럼 말이다. 최선을 다해서 벼락치기를 했지만 그때쯤에는 이미 너무 뒤처져 있어서 도저히 따라잡을 수가 없었다.

그런 상황을 감안해볼 때, 2.7점이라는 학점으로 한 학기를 마칠 수 있었던 것도 기적이었다.

물론 부모님 생각은 전혀 달랐다.

지난주에 성적표가 도착했고 두 분은 경악했다. 부모님은 그런 상황에서 결코 소리를 지르지 않는다. 오히려 말이 없어진다. 그러나 부모님의 실망과 분노는 귀청이 터질 정도로 생생하게 느껴진다.

"우리가 어떻게 해주면 좋겠니, 앨리슨?" 저녁식사 시간에 두 분이 물었다. 마치 진심으로 내 의견이 궁금하다는 듯. 그러고 나서 두 가지 선택을 제시했다. 여행을 취소하는 게 그중 한 가지였다. 그러나 그건 부모님에게 너무 불공평한 처사였다. 다른 한 가지는 이번 여행에 몇 가지 조건을 붙이는 것이었다.

수영복을 갈아입으러 방으로 들어가면서 멜라니가 내게 연민의 눈길을 보낸다. 나는 멜라니가 혼자서는 수영을 하지 않겠다고 우겨주길 은근히 바라고 있지만 그게 너무 이기적인 생각이라는 것도 알고 있다. 그건 예전의 멜라니가 하던 행동이다.

지금의 멜라니는 새로운 멜라니다. 아니면 전혀 새로운 멜라니거나. 추수감사절 이후 멜라니는 완전히 달라졌다. 또 한번의 변신이었다. 멜라니는 머리를 비대칭으로 술 장식처럼 자르고 코걸이를 했다. 멜라니의 부모님이 기겁을 했지만 멜라니가 문신과 코걸이 중에 선택하라고 하자 입을 다물었다. 비키니로 갈아입은 모습을 보니 겨드랑이 털도 기르고 있다. 털이 가늘고 황금빛이라 잘 보이진 않지만.

"이따 봐!" 멜라니가 나서며 입모양으로 말한다. 멜라니의 엄마 수전이 SPF40의 선크림을 멜라니 손에 짜준다. 엄마는 가방에서 특수 돋보기를 찾는 중이다. 매트리스의 빈대를 잡기 위해서다. 마침내 돋보기를 찾은 엄마가 내 곁을 지나가다가 돋보기로 내 화학책을 들여다보는 척한다. 나는 얼른 책을 덮는다. 엄마가 못마땅한 표정으로 날 쳐다본다.

"누군 네 간수 노릇 하는 게 좋은 줄 아니? 네가 대학에 가서 이제 자유인가보다 했는데, 널 감독하는 게 내 전업이 됐으니 원!"

내가 언제 엄마한테 감독해달라고 했어요? 나는 화가 나서 투덜거린다. 물론 속으로만. 입술을 깨물며 화학책을 펼치고 첫 장을 성실하게 읽는다. 수업을 따라잡으려면 그렇게 해야 한다고 엄마가 말했기 때문이다. 그러나 처음 읽었을 때보다 조금도 나아진 게 없다. 여전히 이해가 가지 않는다.

그날 밤 우리 여섯은 멕시코 식당으로 저녁식사를 하러 나간다. 리조트 안에 있는 여덟 개의 식당 중 한 곳이다. 휴가 첫날 우리는 항상 이곳에서 저녁을 먹는다. 웨이터들이 커다란 챙 모자를 쓰고 있고 멕시코 민속 악단도 있지만 음식 맛은 미국의 멕시코 레스토랑과 똑같다. 웨이터가 음료 주문을 받으러 오자 멜라니가 맥주를 주문한다.

양쪽 부모님들이 기겁을 한다.

"여기선 우리 술 마시는 거 불법 아니에요." 멜라니가 아무렇지도 않게 말한다.

엄마가 멜라니의 엄마에게 눈짓을 보낸다. "안 마시는 게 좋을 것 같구나." 엄마가 말한다.

"왜 안 되는데요?" 내가 묻는다.

"내 의견을 말하자면, 술 마시는 건 나이 자체보다는 자연스러운 기대의 문제야. 너흰 술을 마실 수 있는 나이가 스물한 살인 문화권에서 자랐어. 그러니까 아직 술을 마실 준비가 되었다고 볼 순 없지." 과연 치료사다운 수전의 대답이다.

"죄송하지만 대학 안 다니셨어요?" 내가 묻는다. "제가 보기엔 옛날이나 지금이나 별로 다를 것 같지 않은데요. 대학생들이 얼마나 술을 퍼마셨는지 기억 안 나세요?"

엄마 아빠가 서로를 보고, 다시 수전과 스티브를 본다.

"혹시 네 문제가 바로 그거였니? 학교에서 술을 퍼마셨니?" 아빠가 묻는다.

멜라니가 갑자기 너무 크게 웃으면서 엄마가 주문한 특별한 생수를 코에서 뿜어낸다. "아저씨, 죄송한데요. 앨리슨을 너무 모르시는 거 아니에요?" 엄마 아빠는 멜라니를 계속 쳐다본다. "작년 여름에 여행 갔을 때 전부 다 술 마셨어요." 잠시 충격의 침묵이 흐른다. "아, 그런 눈으로 보지 마세요. 유럽에서는 열여덟 살부터 술 마실 수 있잖아요. 어쨌든, 다들 술을 마셨는데, 앨리슨만 안 마셨어요. 앨리슨은 진짜 반듯하고 고지식한 애예요. 그런 앨리슨이 대학에서 술을 퍼마신다고요? 말도 안 되는 얘기죠."

아빠가 나를, 그리고 멜라니를 번갈아 본다. "우린 도대체 앨리슨한테 무슨 일이 있는지 이해하려 애쓰는 것뿐이란다. 어째서 학점이 2.7점인지."

이번에는 멜라니가 기겁을 한다. "너 2.7점이야?" 멜라니는 손으로 입을 가린다. "미안." 멜라니의 표정에 놀라움과 존경이 섞여 있다.

"멜라니는 3.8점이란다." 엄마가 말한다.

"그래요. 멜라니는 천재고 전 바보예요. 누구나 다 아는 사실이죠."

멜라니가 상처받은 표정을 짓는다. "난 자유전공학부잖아. 여기선 다들 A를 받아." 사과하는 듯한 말투로 멜라니가 말한다.

"아마 멜라니는 술 마실걸요." 멜라니가 술을 마신다는 것을 너무도 잘 아는 내가 말한다.

멜라니는 잠시 초조해 보인다. "물론 마셔요. 취할 정도로는 아니지만. 대학이잖아요. 그러니까 당연히 술 마시죠. 다들 그러는 걸요."

"전 안 마셔요." 내가 말한다. "그런데 멜라니는 평점 A를 받고 전 평점 C를 받았어요. 그러니까 저도 이제 술 마실까봐요. 그래야 공평해지죠. 엄마가 시킨 복습보다 그게 훨씬 나은 방법일지도 몰라요."

문득 정말 그렇게 해볼까 하는 생각이 든다. 사실 말도 안 되는 소리다. 나는 맥주를 좋아하지도 않는다. 이 레스토랑에서 그나마 내가 좋아하는 게 있다면 바로 생과일로 만든 버진 마르가리타*다.

엄마가 입안에 파리가 들어갈 정도로 입을 쩍 벌린 채 나를 쳐다본다. "앨리슨, 너 정말 술 때문에 무슨 문제라도 있는 거니?"

나는 손으로 머리를 짚는다. "엄마 청력에 문제 있으세요? 지금까지 뭐 들으셨어요?"

"앨리슨은 그저 긴장 좀 풀고 저녁식사 때 맥주 한잔 하면 어떻겠냐고 말한 것 같은데?" 수전이 말한다.

"고맙습니다, 아줌마." 내가 수전에게 말한다.

엄마가 아빠를 쳐다본다. 아빠가 "애들한테도 맥주 한 잔씩 시켜주지" 하고 말하고 커다란 동작으로 웨이터를 불러 맥주 두 잔을 주문한다.

일종의 승리라고 볼 수 있는 일이다. 내가 맥주를 별로 좋아하지 않는 게 문제지만. 결국 나는 테이블 위에다 흥건하게 땀을 흘리는 맥주잔을 홀짝이는 시늉을 한다. 내가 정말 원했던 버진 마르가리

* 알코올이 들어가지 않은 칵테일의 일종.

타는 주문하지 않는다.

❖ ❖ ❖

다음날 멜라니와 나는 커다란 수영장 앞에 나란히 앉아 있다. 이곳에 온 이후 처음으로 갖는 우리 둘만의 시간이다.

"이번엔 좀 다르게 보내야 할 것 같아." 멜라니가 말한다.

"동감이야. 여기 올 때마다 매번 똑같잖아. 유적지도 똑같은 곳에 가고. 툴룸도 좋지만 이번엔 좀 다른 델 가보면 어떨까? 좀 새로운 델 가자고 부모님한테 말해보자."

"돌고래와 수영한다든가?" 멜라니가 묻는다.

돌고래와 수영하는 것도 색다르긴 하지만 내가 생각하던 것은 아니다. 어제 로비에서 유카탄반도 지도를 보았다. 내륙 쪽에, 비교적 사람들이 많이 찾지 않는 곳에도 유적지가 있었다. 어쩌면 진짜 멕시코의 모습을 볼 수 있을지도 모른다는 생각이 들었다. "난 코바 아니면 치첸이트사 같은 유적지에 가보면 어떨까 생각했어. 좀 다른 유적지."

"그래, 너 엄청 대범하다." 멜라니가 나를 놀리며 아이스티를 한 모금 마신다. "난 새해 전날 얘기하는 거야."

"조니 맥시모하고 마카레나 춤 추기 싫어?" 조니 맥시모는 한물간 멕시코 영화배우로 지금은 이 리조트에서 일하고 있다. 엄마들은 조니 맥시모에 열광한다. 그가 미남이고 남자답고 항상 엄마들을 우리 언니들로 착각하기 때문이다.

"난 마카레나만 아니면 뭐든지 좋아." 멜라니가 책을 내려놓는다. 리타 메이 브라운의 책인데 내가 보기엔 학교 수업에 필요한 책인 것 같지만 멜라니는 아니라고 한다. "여기 바텐더가 알려줬는데 푸에르토모렐로스 해변에서 큰 파티가 열린대. 원래는 여기 사람들이 가는 파티인데 관광객들, 우리 같은 젊은 애들도 많이 간대. 멕시코 레게 밴드가 있는데 아주 독특하대. 좋은 의미로."

"그러니까 넌, 자정이 되는 순간 애무할 육십 세 이하의 건장한 남자를 찾고 있구나."

멜라니가 어깨를 으쓱한다. "육십 세 이하는 맞지만, 남잔 아니야." 멜라니가 야릇한 표정으로 날 쳐다본다.

"뭐?"

"실은 나, 요즘 여자한테 끌린다."

"뭐?" 비명에 가까운 소리가 나온다. "미안. 언제부터야?"

"추수감사절 직후부터. 영화이론 수업시간에 어떤 앨 만났는데, 개랑 친해져서 어느 날 밤에 같이 어울려서 놀다가 그렇게 됐어."

나는 멜라니의 헤어스타일과 코걸이, 털이 무성한 겨드랑이를 본다. 그제야 아귀가 들어맞는다. "그럼 너 이제 레즈비언이야?"

"그런 식으로 이름 붙이는 건 별로." 그녀가 고상한 척하며 말한다. 이름 붙이기 좋아하는 사람이 나라는 투다. 멜라니야말로 항상 이름을 붙인다. 멜, 멜 2.0. 펑크록 사서. 나는 멜라니의 여자친구 이름을 묻는다. 멜라니는 아직 여자친구라고 말할 단계는 아니라면서도 그녀의 이름이 잰이라고 말한다.

"X로 시작하는 잰?"

"아니. Z로 시작하는 잰. 수잰의 애칭이야."

왜 더이상 아무도 본명을 쓰지 않는 걸까.

"부모님한텐 말하지 마. 너 우리 엄마 알잖아. 엄마는 보나 마나 내 성장 발달 과정의 일부라 생각하고 전부 다 털어놓게 만들 거야. 일단 이게 그냥 지나가는 바람인지 아닌지 확실히 알고 싶어."

"제발. 부모님의 과잉분석에 대해서라면 설명 안 해도 되거든."

멜라니가 선글라스를 코 위로 올린 뒤 나를 돌아본다. "하긴. 근데 도대체 왜들 그러시는 거야?"

"왜들 그러시냐고? 너 우리 부모님 알잖아. 내 삶에서 부모님이 상관하지 않는 부분이 조금이라도 있어? 내가 뭘 하는지 일일이 간섭하지 않곤 못 배기시잖아."

"그러게 말이야. 이번에 하루에 두 시간씩 공부하기로 했단 얘기 듣고 어느 정도 짐작은 했지. 그래도 난 네 평점이 낮은 B 정도는 될 줄 알았어. 정말 2.7점이야?"

"너까지 그럴래?"

"너무 놀라서 그래. 너 그동안 진짜 잘했잖아. 도무지 이해가 안 간다." 멜라니는 이미 얼음이 다 녹은 아이스티를 크게 한 모금 들이켠다. "우리집 심리치료사 말씀이, 네가 우울해 보인대."

"너희 엄마가? 너한테 그렇게 말씀하셨어?"

"너희 엄마한테 얘기하는 거 들었어."

"우리 엄마는 뭐라고 하던?"

"우울한 거 아니라고. 벌 받은 적이 없어서 좀 심술을 부리는 것뿐이라고. 나 가끔 너희 엄마 한 대 갈겨주고 싶어."

"나도."

"어쨌든, 나중에 엄마가 나한테도 물어보더라. 네가 좀 우울해 보이지 않더냐고."

"그래서 뭐라고 했어?"

"대학 입학하고 첫해에 힘들어하는 애들 많다고." 멜라니가 짙은 선글라스 뒤로 나를 날카롭게 흘금 쳐다본다. "사실대로 말할 순 없잖아. 파리에서 하룻밤 잔 남자를 못 잊어서 그런 것 같다고 어떻게 말해?"

나는 흠칫한다. 꼬마 하나가 다이빙대에서 뛰어내리며 비명을 지른다. 어렸을 때 멜라니와 나는 손을 잡고 다이빙대에서 반복해서 뛰어내렸다.

"만약 그 사람 때문이 아니라면? 빌럼 때문이 아니라면?" 그의 이름을 입 밖에 내어 말하는 순간 묘한 기분이 든다. 그토록 오랫동안 억눌러왔던 이름. 빌럼. 나는 그 이름을 떠올리는 것조차 용납하지 않았다.

"걔 말고 또 딴 놈이 있었단 거야?"

"아니! 나 말이야."

"너?"

"그러니까…… 그날의 나. 그때 난 어딘가 달랐어."

"달랐다고? 어떻게?"

"난 룰루였어."

"그건 그냥 이름일 뿐이잖아. 가짜 이름."

그런 건지도 모른다. 그러나 그날 하루, 빌럼과 함께 룰루로 살면서 나는 비로소 깨달았다. 그동안 내가 창도 없고 문도 없는 비좁은 방에서 참 답답하게 살아왔다는 걸. 그렇게 살면서도 나는 아무렇지도 않았다. 심지어 행복했다. 행복하다고 생각했다. 그런데 누군가 내게 다가와 그 방에 문이 있다고 일러주었다. 전에는 한 번도 본 적 없는 문이었다. 그리고 그 문을 열어주었다. 내 손을 잡고 그 문밖으로 나서게 해주었다. 그 완벽했던 하루, 나는 문밖에 있었다. 다른 곳에 있었다. 다른 사람이 되었다. 그는 떠났고 나는 다시 좁은 방에 홀로 남았다. 그런데 이젠 아무리 애를 써도 그 문을 찾을 수가 없다.

"그냥 이름이 아닌 것 같았어." 내가 말한다.

멜라니가 연민 섞인 표정을 짓는다. "앨리슨, 그건 네가 뭔가에 홀려 있어서 그랬던 거야. 더구나 거긴 파리였어. 사람은 하룻밤 사이에 바뀌지 않아. 특히 너 같은 앤 더더욱. 넌 앨리슨이야. 아주 단단한 아이. 그게 바로 내가 널 사랑하는 이유 중 하나야. 넌 항상 변함없이 네 모습 그대로니까."

문득 따지고 싶다. 일대 변신은 어쩌고? 그녀가 항상 추구하는 자기 개조는? 그런 것들은 멜라니에게만 가능한 일이었나? 내겐 다른 기준이 적용되는 건가?

"너한테 지금 필요한 게 뭔지 알아? 바로 아니 디프랭코*야." 멜라니가 아이폰을 꺼내고 이어폰을 내 귀에 꽂는다. 아니 디프랭코는 이제 자신의 목소리를 찾아 그 목소리를 내라고 노래하고 있다.

---

* 미국의 급진적 펑크록 뮤지션으로 레즈비언 페미니스트로 알려졌다.

나 자신에게 화가 난다. 이제 껍데기를 벗고 밖으로 나가고 싶다. 나는 뜨거운 시멘트 바닥에 발을 문지르며 한숨을 쉰다. 누군가에게 이 심정을 설명할 수 있으면 좋으련만. 이런 심정을 이해할 누군가에게.

아주 짧은 순간, 문을 찾았다가 다시 잃어버렸다는 얘기를 털어놓을 만한 사람을 떠올린다. 그는 이해할 것이다.

그러나 그 문만은 닫아두어야 한다.

열여덟

맥주를 마시던 날 저녁식사 때처럼, 이제 우리도 성인이니 성인으로 대접해달라는 주장을 관철한 우리는 결국 새해 전날 밤 파티에 가도 좋다는 허락을 받아낸다. 단, 밤새 호텔이 보증하는 택시를 이용해야 한다는 조건이 붙는다. 파티는 대나무 횃불들을 환하게 밝힌 반달 모양의 좁은 백사장에서 열린다. 파티장은 밤 열시부터 북적이기 시작한다. 광고한 대로 멕시코 레게 밴드가 연주할 낮은 무대가 마련되어 있지만 지금은 디제이가 테크노 음악을 틀고 있다.

벗어놓은 신발들의 거대한 무더기가 여럿 보인다. 멜라니는 밝은 노란색 플립플롭을 벗어던진다. 나도 조금 망설이다가 그다지 눈에 띄지 않는 검은색 가죽 샌들을 벗어던진다. 나중에 찾을 수 있어야 할 텐데. 여기서 하나라도 더 잃어버리면, 엄마의 잔소리는 영원히 끝나지 않을 것이다.

"술판 한번 제대로 벌어졌네." 멜라니가 수영복을 입고 데킬라 병을 들고 있는 남자들, 머리카락을 여러 갈래로 가늘게 땋고 사롱*을 두른 여자들을 턱으로 가리키며 뿌듯해한다. 멕시코 사람들도 보인다. 속이 비치는 흰 셔츠를 멋지게 빼입고 머리를 뒤로 빗어넘긴 남자들과 아슬아슬하게 짧은 근사한 파티 드레스를 입고 구릿빛 긴 다리를 드러낸 여자들이다.

"춤 먼저 출래, 술 먼저 마실래?"

나는 춤추고 싶지 않다. 그래서 술을 마시겠다고 말한다. 우리는 북적이는 바 앞에 줄을 선다. 뒤쪽에서 프랑스어로 떠드는 소리를 아무 생각 없이 듣고 있다가 흠칫 놀란다. 우리가 묵는 호텔 투숙객은 거의 미국인이지만 이런 파티에 세계 각국의 사람들이 모이는 건 당연하다.

"자." 멜라니가 내 손에 음료를 쥐여준다. 나는 속을 파낸 파인애플 속에 담긴 음료를 한 모금 마신다. 냄새가 꼭 선탠로션 같다. 달콤하고, 따듯하고, 목 뒤로 넘길 때 조금 싸하다. "잘했어. 우리 모범생!"

문득 폴리 생각이 난다. "그렇게 부르지 마."

"그럼, 우리 날라리."

"날라리도 아니거든."

멜라니는 짜증이 난 표정이다. "알았어, 이도 저도 아닌 애."

우리는 말없이 술을 마시며 무르익어가는 파티를 본다. "춤추

* 허리에 둘러 입는 천.

자.” 멜라니가 말하며 댄스 플로어로 마련된 백사장으로 나를 이끈다.

나는 고개를 젓는다. “나중에.”

또다시 그 한숨을 쉰다. “너 계속 이럴 거야?”

“내가 뭘?” 나는 멜라니가 여행중에 내게 붙인 별명을 떠올린다. 모험 기피증. 그리고 수영장에서 했던 말도. “나답게 구는 거 말하는 거야? 언젠 또 그래서 내가 좋다며!”

“너 도대체 왜 그래? 이번 휴가 올 때부터 뭔가 계속 꼬여 있잖아. 네 엄마가 강제로 공부시키는 나치인 건 내 잘못이 아니야.”

“물론 아니지. 하지만 춤추기 싫어한다고 해서 날 한심한 찌질이 취급하는 건 네 잘못이야. 난 테크노 음악 싫어. 지금까지 죽 그랬으니까 너도 알잖아. 그것도 항상 변치 않는 내 모습의 일부야.”

“좋아. 그럼 내가 춤추는 동안, 넌 항상 변치 않는 네 모습 그대로 저기 앉아 있는 게 어때?”

“좋아.”

멜라니는 둥근 백사장 가장자리에 나를 남겨두고 모르는 사람들과 춤을 추기 시작한다. 처음에는 머리를 가늘게 땋은 남자와 춤을 추다가 그다음에는 머리를 아주 짧게 자른 여자와 춤을 춘다. 멜라니는 신나게 즐기는 것 같다. 몸을 흔들고 비틀면서. 지금껏 내가 멜라니를 알았다 해도 이제 더이상 내가 알던 멜라니가 아니다.

나는 이십 분 넘게 멜라니를 쳐다본다. 단조로운 테크노 음악이 멈추자 멜라니는 사람들과 이야기를 나누며 웃는다. 삼십 분이 지나자 나는 벌써 머리가 지끈거린다. 멜라니와 눈을 마주치려 애쓰다가 결국 포기하고 일어난다.

파티장은 바닷가까지, 그리고 바닷물 안쪽까지 이어져 있다. 사람들이 달빛이 비치는 바닷물에 몸을 담그고 알몸으로 수영을 한다. 조금 더 걸어가보니 한결 분위기가 아늑하다. 모닥불을 피워놓고 둘러앉은 사람들이 기타를 연주한다. 나는 모닥불에서 조금 떨어진 곳에 앉는다. 모닥불의 온기가 느껴지고 나무 타는 소리가 들릴 정도의 거리다. 모래 속에 발을 넣어본다. 표면은 차갑지만 햇볕에 데워진 땅속은 여전히 따듯하다.

바닷가 쪽에서 테크노 음악이 멈추고 레게 밴드가 무대에 오른다. 쿵짝, 쿵짝 하는 한결 부드러운 음악이 듣기 좋다. 물속에서 어떤 여자가 남자의 어깨 위에 올라탄 채 춤을 추다가 비키니 상의를 벗어던지고 남자의 어깨를 밟고 일어서더니, 마치 달빛 속의 인어처럼 작게 철썩 소리를 내며 물속으로 다이빙한다. 뒤쪽의 기타 든 남자들은 〈Stairway to Heaven〉을 연주한다. 그들의 연주가 레게 음악과 묘하게 어우러진다.

나는 백사장에 누워 하늘을 바라본다. 이렇게 누워 있으니 해변을 통째로 다 가진 것만 같다. 한 곡을 마친 뒤 밴드의 가수가 새해까지 삼십 분이 남았다고 말한다. "새로운 한해, 아뇨 누에보! 그것은 타불라 라사*!" 그가 노래한다. "아세르 보론 이 쿠엔타 누에바. 칠판을 깨끗하게 닦을 기회."

정말 그럴 수 있을까? 칠판을 깨끗하게 닦을 수 있을까? 나는

---

* Tabula Rasa. '아무것도 쓰여 있지 않은 흰 종이'라는 의미의 라틴어.

과연 그러고 싶은가? 할 수만 있다면 지난 한 해를 전부 다 지우고 싶은가?

"타불라 라사," 가수가 후렴을 부른다. "처음부터 다시 시작할 기회, 그대여 다시 시작해요. 잘못을 바로잡아봐요. 변화를 이뤄봐요. 당신이 원하는 모습이 되기 위해. 자정을 알리는 종이 울리면, 사랑하는 연인에게 키스하기 전에, 당신 자신에게 키스해봐요. 그리고 눈을 감고 눈앞에 펼쳐진 새로운 한 해를 생각해봐요. 오늘이 바로 그 기회, 모든 것이 달라지는 바로 그날."

과연 그럴 수 있을까? 멋진 생각이지만 왜 꼭 1월 1일일까? 모든 것을 바꾸는 날은 4월 19일이 될 수도 있다. 어느 날이건 하루는 그저 하루일 뿐이다. 그 외엔 아무 의미도 없다.

"자정을 알리는 종이 울리면, 소원을 빌어봐요. 케 에스 투 데세오? 그게 당신의 소원인가요? 당신을 위해, 이 세상을 위해."

이건 새해 소원이다. 생일 케이크에 비는 소원이 아니다. 그리고 나는 여덟 살 꼬마가 아니다. 소원이 이루어진다는 말은 믿지 않는다. 그러나 만약 소원을 빈다면 어떤 소원을 빌어야 할까? 그날 하루를 지워달라고? 그를 다시 볼 수 있게 해달라고?

평상시의 나는 무척 의지가 강하다. 다이어트를 하려고 과자를 거부하는 사람처럼 그를 떠올리는 걸 나 자신에게 결코 허락하지 않는다. 그러나 아주 짧은 순간, 나는 허락한다. 그리고 그의 모습을 그려본다. 황금빛으로 타오르는 머리칼을 흩날리며, 어두우면서 밝은 눈빛으로, 장난기와 그 외에도 너무 많은 것을 머금은 눈빛으로 해변을 걸어 내게 다가오는 그를. 얼핏 그를 정말 본 것도 같다.

나는 환상에 몸을 맡긴다. 그리고 그 환상에 뒤따를 고통을 기다린다. 그러나 고통은 오지 않는다. 대신 호흡이 느려지면서 무언가가 나의 마음을 따듯하게 감싼다. 나는 모든 경계를 풀고 마음껏 그를 생각한다. 양팔로 나를 끌어안는다. 마치 그가 나를 안는 것처럼. 그리고 그 순간 모든 게 마침내 제자리를 찾은 것 같다.

"너 잃어버린 줄 알았잖아!"

고개를 들어보니 멜라니가 내 쪽으로 걸어오고 있다. "난 계속 여기 있었어."

"삼십 분 동안 찾아다녔어! 해변을 샅샅이 뒤졌다고. 네가 어디 있는지 도무지 알 수가 있어야지!"

"나 계속 여기 있었다니까."

"사방으로 찾아다녔다고! 다들 최음제를 탄 칵테일을 마셨는지, 파티가 갈수록 개판이야. 어떤 애가 내 발에서 겨우 6인치 떨어진 데다 먹은 걸 토하질 않나, 남자들이 세상에서 가장 한심한 작업용 멘트를 읊어대면서 무지막지하게 들이대질 않나. 엉덩이를 꼬집힌 게 몇 번인지 셀 수도 없어. 방금 전엔 어떤 매력적인 남자 하나가 다가오더니, 자기 샌드위치를 한입 먹어보겠느냐고 묻더라. 그런데 먹는 샌드위치를 말하는 게 아니었어." 멜라니는 기억을 떨쳐버리려는 듯 고개를 젓는다. "우리는 곁에서 서로를 지켜줘야 한다고."

"미안. 난 네가 신나게 노는 줄 알았지. 시간 가는 줄도 모르고 있었네."

"시간 가는 줄도 몰랐다고?"

"그랬나봐. 걱정시켜서 미안해. 어쨌든 난 괜찮으니까, 가서 더 놀지그래?"

"싫어. 여기 완전 꽝이야. 우리 그만 가자."

"지금 갈 필요는 없잖아." 나는 모닥불을 바라본다. 춤추듯 너울거리는 불길에서 시선을 뗄 수가 없다. "난 더 있어도 상관없어." 아주 오랜만에 나는 나름대로 좋은 시간을 보내고 있다. 모처럼 내가 있는 곳이 마음에 든다.

"난 상관있어. 삼십 분 동안 완전히 겁에 질려서 널 찾아다니는 통에 정신이 번쩍 나서 빨리 여기서 벗어나고 싶단 말이야. 이건 꼭 텔레문도*에 나오는 남학생 기숙사 파티 같아."

"좋아. 그럼 가자."

나는 멜라니를 따라 신발 무더기 쪽으로 향한다. 멜라니의 신발을 찾는 데 시간이 한참 걸린다. 우리는 기다리고 있던 택시에 오른다. 시간을 확인해보니 열두시 이십분이다. 자정에 소원을 빌어보라던 가수의 말을 믿는 건 아니지만 소원을 빌지 못한 게 어쩐지 아쉽다. 기회의 문이 닫히기 전에 뭔가 해야 할 것 같다.

우리는 침묵 속에 콘도로 향한다. 택시 기사만이 라디오 음악에 맞추어 낮게 노래를 흥얼거린다. 택시가 리조트 정문으로 들어가고 멜라니가 요금을 지불한다. 그제야 묘안이 떠오른다.

"멜라니, 이 아저씨한테 부탁해서 하루나 이틀 정도 관광객들이

---

* 미국 NBC의 스페인어 채널.

없는 데로 데려다달라고 하면 어떨까?"

"왜 그래야 하는데?"

"모르겠어. 뭔가 다른 걸 해보면 어떤 일이 일어날까 해서. 저기, 아저씨, 하루종일 저희를 태우고 다니는 데 얼마 드리면 되죠?"

"로 시엔토, 노 아블로 잉글레스!"*

멜라니가 눈을 부라린다. "모험은 한 번으로 충분하지 않니?"

처음엔 멜라니가 그 파티 얘기를 하는 줄 알았다. 그러나 유적지를 두고 한 말이다. 왜냐하면, 올해에는 다른 유적지에 가보자고 내가 마침내 가족들을 설득했기 때문이다. 우리는 툴룸 대신 코바에 갔었다. 내가 바랐던 대로 조그만 마을에도 들렀다. 거기서 나는 정말 흥분했다. 바로 이거라고, 이게 진짜 멕시코라고 생각했다. 온 가족을 다 끌고 가긴 했지만 어쨌든 마야 마을에 들어간 것이다. 두 엄마들은 정신없이 구슬 장신구를 샀고, 마을 사람들이 나와서 우릴 위해 드럼을 연주해주었고, 그들과 함께 모두가 둥글게 서서 춤을 추었고, 전통 영혼정화의식을 치렀다. 다들 비디오로 매 순간을 촬영했고 아빠는 정화의식이 끝난 뒤에 누군가 우리 앞에 수상하게 내민 모자에 십 달러를 '기부'했다. 그제야 나는 마야 마을 역시 다른 관광지와 크게 다르지 않음을 깨달았다.

콘도는 조용하다. 모두 잠자리에 들었나보다. 그러나 문이 닫히자마자 엄마가 방에서 나온다. "일찍 왔네." 엄마가 말한다.

"피곤해서요." 멜라니가 거짓말을 한다. "안녕히 주무세요. 해

---

* '미안해요, 영어 할 줄 몰라요'라는 뜻의 스페인어.

피 뉴 이어!" 멜라니가 방으로 들어가자 엄마는 내게 새해 키스를 한 뒤 방으로 돌아간다.

나는 전혀 피곤하지 않아서 발코니에 앉아 호텔에서 열리는 파티의 잦아드는 소음을 듣는다. 지평선에서 번개를 동반한 먹구름이 피어오르고 있다. 가방에서 휴대폰을 꺼내 처음으로 사진 앨범을 열어본다.

그의 얼굴은 너무도 아름답다. 가슴이 저려온다. 그는 이 세상 사람 같지가 않다. 내가 아는 사람 같지가 않다. 사진 속의 나를 본다. 그래도 기억이 나지 않는다. 머리 모양이 달라져서가 아니다. 딴사람 같다. 그애는 내가 아니다. 룰루다. 그와 함께 룰루도 사라졌다.

타불라 라사. 레게 가수가 했던 말이다. 소원을 이룰 수는 없을지 몰라도 칠판을 깨끗이 닦아볼 수는 있을 것이다. 다 잊을 수 있을 것이다.

나는 파리의 빌럼과 룰루를 한참 동안 바라본다.

"해피 뉴 이어!" 내가 말한다.

그리고 사진을 지운다.

열아홉

1월

대학

멕시코에서 휴가를 보내는 동안 보스턴에는 2피트가량의 눈이 왔고 기온은 좀처럼 영상으로 올라갈 기미가 보이지 않는다. 방학이 끝나고 이 주 만에 돌아가보니 캠퍼스는 우울한 잿빛 툰드라 같다. 나는 개강 며칠 전에 기숙사로 돌아왔다. 새 학기를 준비한다는 핑계를 댔지만 실제로는 나를 감시하는 눈들 때문에 더이상은 단 하루도 집에 머물 수가 없었다. 캉쿤에서도 지긋지긋했지만 그나마 내 관심을 분산시켜줄 멜라니마저 없는 집에선 더 끔찍했다. 멜라니는 휴가에서 돌아온 다음날, 우리 사이에 찾아든 묘한 기류를 해결할 틈도 없이 뉴욕시티로 떠났다.

멋진 삼총사도 멋진 여행담과 자기들끼리만 아는 재미있는 이야기를 안고 돌아왔다. 그들 셋은 버지니아에 있는 켄드라 가족의 콘도에서 함께 새해를 맞이했고, 눈을 맞으며 수영을 했고, 북극곰이 그려진 티셔츠를 함께 주문할 예정이다. 내 여행에 대해서도 물어볼 정도로 착한 애들이지만, 그들만의 친밀감을 견디기 힘든 나는 스웨터에 파카를 껴입고 새 중국어 학습교재를 사러 구내서점으로 향한다.

외국어 코너에 있는데 휴대폰이 울린다. 발신자 번호를 확인할 필요도 없다. 기숙사로 돌아온 이후 엄마는 내게 하루에 두 번 전화를 한다.

"네, 엄마."

"앨리슨 힐리?" 수화기 건너편의 목소리는 높고 매혹적이다. 엄마와는 정반대다.

"네, 그런데요."

"앨리슨, 난 생활지도실 그레천 프라이스라고 해."

나는 얼어붙는다. 뒤집힐 듯 울렁거리는 속을 견디며 숨을 고른다. "네?"

"내 사무실에 잠깐 들러줄래? 서로 인사나 할 겸."

이제 나는 이탈리아어 교재 위에 토할 것 같다. "혹시 저희 엄마가 전화하셨어요?"

"네 엄마가? 아니. 그런 거 아니야." 그 순간, 뭔가가 무너져내리는 것 같은 소리가 들린다. "이런, 잠깐만!" 버스럭거리는 소리가 좀더 나더니 그녀가 다시 돌아온다. "이렇게 급하게 연락해서 미안한데, 요즘 내가 늘 이런 식으로 일을 하게 되네. 학기 시작되기 전에 한번 들러줬으면 해서."

"내일모레면 개강인데요."

"그렇구나. 그럼 오늘은 어떠니?"

혹시 날 퇴학시키려나? 겨우 한 학기 만에 나는 확실하게 죽을 쒔다. 그들은 내가 행복한 대학생이 아니란 걸 알고 있다. 나는 카탈로그에 나오는 대학생이 아니다. 이 대학에도 어울리지 않는다.

"혹시 제가 잘못한 거라도……"

간지러운 웃음소리가 들려온다. "나한테 잘못한 건 없어. 이따 들러줄래? 시간은…… 잠깐만." 다시 서류 뒤적이는 소리가 들려온다. "네시쯤 어떠니?"

"엄마가 전화하지 않은 게 확실한가요?"

"앨리슨, 그건 정말 아니라니까. 네시 괜찮니?"

"도대체 무슨 일인데요?"

"그냥 서로 좀 친해지잔 거야. 네시에 보자!"

그레천 프라이스의 사무실은 담쟁이덩굴에 뒤덮인 여러 행정관 건물 중 인파로 북적이는 구석 건물에 자리잡고 있다. 창가에 놓인 동그란 테이블과 의자, 소파, 어질러진 책상 위에 책, 신문, 잡지들이 가득 쌓여 있다.

내가 들어설 때 그녀가 통화중이라 나는 잠시 문 앞에서 기다린다. 그녀가 내게 들어오라고 손짓한다. "네가 앨리슨이구나! 거기 있는 것들 치우고 의자에 앉으렴. 통화 금방 끝나니까."

나는 땋은 머리 한쪽이 잘린, 지저분한 누더기 앤* 인형과 높이 쌓인 파일 더미를 의자에서 치운다. 파일 중에는 합격, 불합격, 보류 같은 포스트잇들이 붙어 있는 것도 있다. 파일 중 하나에서 서류가

* 미국 작가 조니 그루엘의 동화 『누더기 앤』의 주인공.

비죽이 나와 있는데 입학 원서다. 내가 일 년 전에 보낸 것과 똑같은 양식이다. 나는 원서를 파일 안으로 밀어넣고 옆 의자에 올려놓는다.

그레천이 전화를 끊는다. "그래, 앨리슨, 요즘 어떻게 지내니?"

"잘 지내요." 나는 원서들을 흘긋 쳐다본다. 모두 지금의 내 자리에 오고 싶어하는 아이들이다. "더할 나위 없이."

"정말?" 그녀가 파일을 하나 뽑아든다. 뭔가 잘못된 게 분명하다.

"네." 나는 최대한 발랄한 척하며 대답한다.

"근데 말이야. 내가 네 첫 학기 성적을 봤거든."

눈에 눈물이 차오른다. 그녀는 거짓말로 나를 이곳으로 유인했다. 내가 잘못한 게 없다고, 그냥 좀 친해지자는 거라고 했다. 낙제를 한 것도 아니다. C 학점을 받은 것뿐이다.

내 굳은 표정을 보고 그녀가 양손을 들어 진정하라는 손짓을 한다. "진정해, 앨리슨." 그녀가 타이르듯 말한다. "널 혼내려는 게 아니야. 혹시 도움이 필요한지 궁금해서 그래. 만약 도움이 필요한 상황이라면 도와주고 싶어서."

"첫 학기라서 그래요. 이제 적응하는 중이에요." 너무나 자주 썼던 변명이라 어느덧 나도 그 말을 믿고 있다.

그녀가 의자 뒤로 기대어 앉는다. "사람들은 대입 제도가 아주 불공평하다고 생각하지. 성적으로 학생을 평가할 순 없다고. 하지만 성적은 아주 많은 걸 알려준단다." 그녀는 아이들이 그림을 그린 컵을 들어 커피를 한 모금 마신다. 엄지손가락에 파스텔을 묻혀 지문을 찍어 만든 컵이다. "물론 내가 전부터 널 알았던 건 아니지만, 네 성적을 보고 네가 좀 힘들어하는 것 같다고 생각했어."

내게 힘드냐고 묻는 게 아니다. 왜 힘드냐고 묻는 것도 아니다. 그녀는 내가 힘들어한다는 걸 알고 있다. 눈물이 흐르고 나도 참지 않는다. 안도감이 수치심보다 크다.

"분명히 밝혀두고 싶은 건," 그레천이 티슈 상자를 내 쪽으로 밀며 말한다. "내가 네 성적을 걱정하는 게 아니란 거야. 대학 첫 학기에 성적이 떨어지는 건 신입생 때 체중이 7킬로그램 느는 것만큼이나 흔한 일이거든. 네가 내 대학 첫 학기 성적표를 봤어야 하는데……" 그녀가 고개를 저으며 웃는다. "일반적으로 첫 학기에 힘들어하는 학생들은 둘 중 하나야. 갑자기 주어진 자유에 취해 맥주파티에 너무 많은 시간을 쏟아붓고 도서관엔 거의 안 가는 애들. 그런 애들은 한두 학기 지나면 대개 적응을 해." 그녀가 나를 쳐다본다. "혹시 너도 예거마이스터* 많이 마시니?"

나는 고개를 젓는다. 말투로 보아 그녀 역시 대답을 알고 있는 것 같다.

그녀가 고개를 끄덕인다. "반면 또다른 양상은 훨씬 점진적으로 나타나는데, 사실 그건 낙제의 전조라고 말할 수 있어. 그래서 널 보자고 한 거야."

"제가 낙제할 거라고 생각하세요?"

그녀가 나를 똑바로 쳐다본다. "아니. 하지만 네 고등학교 성적

---

* 독일의 술 브랜드로 미국의 클럽파티에서 에너지 음료와 섞어 마시는 '예거 밤'으로 널리 알려졌다.

과 네 첫 학기 학점을 비교해보면 넌 두번째 양상과 일치해." 그녀가 파일을 뒤적인다. 내 학점이 낱낱이 기록되어 있는 파일이 분명하다. "너 같은 애들, 특히 너 같은 여자애들은 고등학교 성적이 아주 우수해. 네 성적을 좀 봐. 전 과목에 걸쳐서 우수하잖아. 선행 이수 학습, 과학, 인문학까지 전부 다 A야. SAT 점수도 상당히 높은 편이고. 그래서 대학에 들어왔어. 결국 대학에 오려고 그렇게 열심히 공부한 거지, 그렇지?"

나는 고개를 끄덕인다.

"그런데 막상 들어와서 무너지는 거야. 전 과목 A를 받았던 학생 중에 얼마나 많은 애들이 낙제하는지, 알면 아마 놀랄걸." 그녀가 믿을 수 없다는 듯 고개를 젓는다. "그런 애들을 보면 난 정말 속상하단다. 난 입학할 학생을 선발하는 일을 하고 있어. 그렇게 들어온 애들이 제대로 적응 못하면 나한테도 타격이 있지."

"환자가 사망할 때 의사가 타격을 입는 것처럼요?"

"훌륭한 비유구나. 봐라, 네가 얼마나 똑똑한 앤지."

내가 멋쩍은 미소를 짓는다.

"앨리슨, 대학생활은 말이야……"

"인생의 황금기라고요?"

"양분을 흡수하는 시기라고 말하려 했어. 모험이고, 탐험이지. 그런데 널 보니까, 양분을 흡수하고 있는 것 같지가 않아. 그리고 네 강의 시간표도……" 그녀가 컴퓨터 화면을 본다. "생물학. 화학. 물리학. 중국어, 과학 실험. 첫 학기치고는 야심이 대단하네."

"의대를 준비하고 있거든요." 내가 말한다. "그런 과목을 들어야 해요."

그녀는 아무 말도 하지 않는다. 그러다 커피를 한 모금 더 마시고 말을 잇는다. "그게 네가 듣고 싶은 과목들이니?"

나는 흠칫 놀란다. 아무도 내게 그런 걸 물은 적이 없다. 강의 목록이 우편으로 도착했을 때 나는 당연히 의대 필수 과목을 듣는 걸로 되어 있었다. 언제 어떤 과목을 들어야 할지 엄마가 다 꿰고 있었다. 몇 가지 선택 과목들을 보고 도자기공예가 재미있어 보인다고 말해보긴 했다. 수중 바구니 짜기를 전공하겠다고 말하는 게 더 나을 뻔했다.

"제가 어떤 강의를 듣고 싶은지 잘 모르겠어요."

"찬찬히 살펴보고 과목을 바꿔보면 어떻겠니? 아직 얼마든지 변경할 수 있고 내가 좀 도와줄 수도 있거든." 그녀가 말을 멈추고 강의 목록을 내 쪽으로 밀어놓는다. "의대에 진학할 계획이어도 필수 과목은 사 년 내로 듣기만 하면 돼. 인문계 필수 과목도 많고. 한꺼번에 전부 다 들을 필요가 뭐 있어? 벌써 의대에 들어간 것도 아닌데."

"부모님은요?"

"부모님이 왜?"

"부모님을 실망시킬 순 없어요."

"너 자신을 실망시키는 건 어쩌고? 그게 부모님이 원하시는 걸까?"

다시 눈물이 쏟아진다. 그녀가 내게 티슈를 한 장 더 건넨다.

"부모님을 기쁘게 해드리고 싶은 심정은 이해해. 자랑스러운 딸이 되고 싶겠지. 그건 아주 기특한 생각이고 나도 격려해주고 싶어. 하지만 결국 이건 네 공부란다, 앨리슨. 네가 결정해야 하고 네가 즐길 수 있어야 해." 그녀가 잠시 말을 멈추고 커피를 조금 더 들이켠다. "그리고 어쨌든 네 성적이 오르면 부모님도 좋아하시지 않을까?"

맞는 말이다. 나는 고개를 끄덕인다. 그녀는 다시 컴퓨터를 본다. "그러니까 우리 이제 수강 과목들을 한번 갖고 놀아보는 거야. 혹시 듣고 싶은 과목 없니?"

나는 고개를 젓는다.

그녀가 강의 목록을 들고 뒤적인다. "에이, 그러지 말고. 이건 지식의 뷔페잖아. 고고학, 살사댄스, 아동 발달, 회화繪畫, 회계 입문, 저널리즘, 인류학, 세라믹."

"세라믹이 도자기공예 같은 건가요?" 내가 끼어든다.

"맞아." 그녀가 눈을 크게 뜨고 컴퓨터 자판을 두드린다. "기초 세라믹, 화요일 열한시. 아직 자리가 있네. 아, 그런데 이게 물리학 실험하고 겹치는구나. 그럼 물리학은 다음에 들을까?"

"물리학 취소해주세요." 그 말을 하는데 기분이 짜릿하다. 마치 헬륨가스가 가득 든 풍선을 하늘로 멀리 날려보내는 기분이랄까.

"봐라. 벌써 슬슬 감이 오지?" 그레천이 말한다. "인문학은 어때? 균형을 좀 맞추자는 뜻에서. 어차피 졸업 전에 반드시 이수해야 하는 과목이야. 고대 역사하고 현대 역사 중에 어느 쪽에 더 관심 있니? 유럽 동향 조사라는 훌륭한 수업도 있고 러시아혁명에 관한 멋진 세미나도 있어. 매력적인 미국독립혁명 이전 역사 수업은 우리 학교가 보스턴 가까이 있기 때문에 특히 더 유용할 거고. 아니면 문학을 시작해보는 것도 좋을 것 같다. 어디 보자…… 선행 이수 과목에서 네 기초 작문 실력은 검증이 됐으니까, 이번 기회에 아예 화끈하게 재미있는 세미나 수업으로 넘어가보는 것도 좋겠다." 그녀가 컴퓨터 화면을 내린다. "비트 세대 시. 홀로코스트 문학. 산문으로 읽는 정치. 중세 운문. 크게 읽는 셰익스피어."

갑자기 등골이 서늘해진다. 오랫동안 쓰지 않은 회로 차단기가 어둠 속에서 불꽃을 일으킨다.

그래천도 내 표정을 보았나보다. '크게 읽는 셰익스피어'가 기존 셰익스피어 강의와는 전혀 다르고, 글레니 교수는 셰익스피어를 어떻게 가르쳐야 하는지에 대한 소신이 뚜렷한 분이며, 캠퍼스에 그를 추종하는 무리가 있을 정도라고 설명하는 걸 보면.

나는 그를 떠올리지 않을 수 없다. 그리고 타불라 라사도 떠올린다. 새해를 맞으며 했던 결심. 더구나 난 의대를 준비해야 한다. "제가 들을 과목이 아닌 것 같은데요."

내 말에 그녀가 웃는다. "때론 말이야. 하지 말아야 할 걸 하다가 뭘 해야 할지 알게 된단다." 그녀가 자판을 두드린다. "벌써 꽉 찼네. 하긴 늘 그렇지. 대기자 명단에 올려야겠다. 한번 해보는 거야. 운명에 맡겨보자고."

운명. 아마 우연의 또다른 이름이겠지.

나는 더이상 우연을 믿지 않는다.

그럼에도 불구하고, 나는 대기자 명단에 이름을 올린다.

스물

'크게 읽는 셰익스피어' 강의실에 들어선 순간, 지난 넉 달 동안 다녔던 학교가 아닌 다른 학교에 온 것 같다. 과학 과목 강의실처럼 거대한 강당도 아니고, 중국어 수업을 듣는 교실처럼 널찍하지도 않다. 고등학교 교실처럼 작고 아늑하다. 중앙에 교탁이 있고 스물다섯 개 남짓한 책상이 그 주위를 U자 모양으로 빙 두르고 있다. 강의실에 앉아 있는 학생들도 어딘가 달라 보인다. 입술에 피어싱을 한 아이도 보이고 사람의 머리 색깔이라고는 볼 수 없는 빛깔로 염색한 머리도 보인다. 한마디로 잘 차려입은 외계인들의 바다 같다. 예술가 행세를 하고 싶어하는 애들인가보다. 강의실에 들어가서 빈자리를 찾는 나를 아무도 쳐다보지 않는다. 빈자리는 없다.

나는 문 가까이, 바닥에 앉는다. 언제든 달아날 수 있도록. 화학 과목이 적성에 안 맞는 건 사실이지만 여기도 딱히 내게 맞을 것 같진 않다. 글레니 교수는 오 분 늦게 강의실에 들어선다. 마치 록

스타 같은 모습으로. 비죽비죽한 회색 머리카락에 낡은 가죽 부츠, 믹 재거 스타일의 두툼한 입술. 그가 나를 밟고 지나간다. 그러니까, 문자 그대로, 내 손을 밟고 지나간다. 다른 과목들이 끔찍하긴 했어도 교수가 나를 밟지는 않았는데. 시작부터 어쩐지 불길하다. 나가야겠다고 생각하고 일어서지만 나가는 길은 밀려든 학생들로 이미 막혀버렸다.

"어디 손 한번 들어봅시다." 멋지게 낡은 가방을 교탁 위에 올려놓자마자 글레니 교수가 말한다. "셰익스피어의 희곡을 재미있게 읽어본 사람 있습니까?" BBC 명작극장 정도는 아니지만 영국 억양이 느껴진다.

강의실 학생의 반 정도가 손을 든다. 나도 손을 들까 생각하지만 너무 심한 거짓말이고, 어차피 강의를 듣지 않을 바에야 괜히 아첨할 이유가 없다.

"좋아요. 한 가지 더 묻겠습니다. 혼자 셰익스피어 희곡을 읽다가 졸아본 적 있는 사람?"

강의실은 조용하다. 아무도 손을 들지 않는다. 그 순간 글레니 교수가 날 쳐다본다. 어떻게 알았지, 생각하고 있는데, 알고 보니 날 보는 게 아니라 내 뒤의 남학생을 쳐다보고 있다. 그는 혼자 손을 들고 있다. 다른 학생들과 함께 나도 그를 돌아본다. 강의실 안에 있는 두 명의 흑인 중 한 명인데 유일하게 부스스한 아프로 헤어스타일에 반짝이는 머리핀을 꽂고, 입술을 풍선껌 같은 분홍색으로 칠했다. 그러나 옷차림은 꼭 맹렬 학부모처럼 스웨터에 분홍색 어그 부츠를 신고 있다. 그는 마치 정성껏 일구고 있는 개성의

밭에 피어난 한 송이 야생화 혹은 잡초 같다.

"어떤 희곡이 그렇게 졸리던가?" 글레니 교수가 묻는다.

"아무거나 고르시면 됩니다. 「햄릿」「맥베스」「오셀로」. 거의 다 읽다가 잤어요."

학생들이 키득거린다. 마치 책을 읽다가 잠드는 게 아주 한심한 일이라는 듯.

글레니 교수가 고개를 끄덕인다. "그렇다면 왜…… 잠깐, 자네 이름이……"

"디앤절로 해리슨입니다. 친구들은 디라고 부르죠."

"그럼, 나도 주제넘지만 자넬 디라고 부르겠네. 디, 왜 내 수업에 왔나? 여기서 밀린 잠을 보충할 생각인가?"

학생들이 또 한번 웃는다.

"제 계산에 의하면 이 수업은 한 학기에 오천 달러입니다." 디가 말한다. "공짜로 잘 곳은 얼마든지 있어요."

나도 계산해본다. 한 과목 수강료가 그렇게 비쌌던가?

"아주 치밀한 청년이군." 글레니 교수가 말한다. "그래, 다시 한 번 묻겠네. 이 과목의 수강료와 셰익스피어의 수면 유도 효과에도 불구하고 왜 이 강좌를 신청했나?"

"사실 아직 정식으로 신청한 건 아니고요. 대기자 명단에 올라 있습니다."

이쯤 되니 그가 일부러 시간을 끄는 건지 아니면 대답을 피하는 건지 분간이 가지 않는다. 어느 쪽이든 나로서는 놀라울 따름이다. 여기 있는 모두가 정답을 말하려 애쓰는데 교수와 실랑이를 벌이다니. 그런데 글레니 교수는 화가 났다기보단 오히려 재미있어하는 눈치다.

"그러니까 디, 자네가 왜 대기자 명단에 이름을 올려놨는지, 난 그걸 알고 싶은 걸세."

긴 침묵이 흐른다. 형광등의 소음마저 들리고, 대답이 준비된 학생들 몇몇의 헛기침 소리도 들린다. 마침내 디가 대답한다. "왜냐하면, 제가 영화 〈로미오와 줄리엣〉을 보고 펑펑 울었거든요. 그것도 볼 때마다 매번."

이번에도 모두가 웃는다. 그다지 호의적인 웃음은 아니다. 글레니 교수는 교탁 밑에서 종이 한 장을 꺼내고 가방에서 펜을 하나 꺼낸다. 출석부다. 그는 출석부를 한참 보다가 이름 하나에 표시를 한다. 디는 이렇게 대기자 명단에서 탈락되는 걸까. 도대체 그레천 프라이스는 날 어떤 수업에 집어넣은 건지. 셰익스피어 검투사 수업인가?

글레니 교수가 분홍색 머리를 사탕처럼 묶고 셰익스피어 전집에 코를 박고 있는 여학생에게 다가간다. 리어나도 디캐프리오와 클레어 데인즈의 〈로미오와 줄리엣〉을 본 적도, 「맥베스」를 읽다가 잠든 적도 없을 것 같은 학생이다. 그는 잠시 그녀 앞에 서 있는다. 그녀가 고개를 들고 그를 쳐다보면서, '아, 제가 책 읽고 있는 걸 보셨군요!'라고 말하는 듯한 표정으로 수줍게 웃는다. 글레니 교수는 천 와트짜리 따스한 미소를 지어 보인 뒤 요란하게 그녀가 읽던 책을 덮는다. 두꺼운 책이라 엄청난 소음이 발생한다.

글레니 교수는 다시 교탁으로 돌아간다. "셰익스피어는 아주 신비로운 인물입니다. 그에 관한 많은 기록이 있지만 우리가 진정으로 아는 건 거의 없지요. 이렇게 많은 잉크를 낭비하고도 우리가 제대로 알지 못하는 인물은 아마 예수밖에 없을 겁니다. 그래서 전 셰익스피어에 대해 설명하고 싶지 않습니다. 하지만 굳이 위험을 감수하고 한마디만 하자면, 셰익스피어는 우리가 도서관에 앉아 조용히 읽으라고 희곡을 쓴 게 아니란 겁니다." 그는 잠시 말을 멈추고 자신의 말이 학생들에게 스며들기를 기다렸다가 다시 말을 잇는다. "극작가는 소설가와는 다릅니다. 극작가는 공연되고 해석될 작품을 쓰지요. 오랜 세월에 걸쳐 재해석될 수 있는 원본을 제공했다는 것에 바로 셰익스피어의 천재성이 있습니다. 우리가 가하는 수많은 재해석을 견디고 살아남는 위대한 원본이죠. 그러나 셰익스피어를 제대로 이해하려면, 그의 작품이 왜 지금까지 살아남았는지 이해하려면, 큰 소리로 읽거나 공연으로 관람해야 합니다. 시대 의상을 갖추어 입건, 혹은, 뭐 개인적으로 그다지 크게 즐기지는 못했습니다만, 발가벗고 하는 공연이건 상관없어요. 물론, 우리 친구 디가 보여주었듯이, 잘 만든 영화도 그런 효력을 발휘할 수 있습니다. 해리슨 군," 그가 다시 디를 쳐다본다. "솔직한 답변 고맙네. 나도 셰익스피어를 읽다가 잠든 적이 있다네. 내 대학 시절 교재에는 지금도 침 자국이 남아 있지. 자넨 오늘부로 대기자 신세가 아니야."

글레니 교수는 화이트보드 쪽으로 걸어가서 '영문학 317, 크게 읽는 셰익스피어'라고 쓴다. "이 강의의 제목은 결코 우연이 아닙니다. 문자 그대로지요. 이 강의에서 우리는 셰익스피어를 조용히 읽지 않습니다. 침실에서 혹은 도서관에서 혼자 읽지 않습니다. 우리는 실제로 연기를 합니다. 또 연기하는 것을 봅니다. 바로 이 수업 시간에, 큰 소리로, 각자의 파트너와 셰익스피어를 읽을 겁니다. 이 강의실에서는 모두가 배우가 되고, 서로가 서로의 앞에서 해설자가 됩니다. 그럴 준비가 되지 않았거나 기존의 방식을 원하는 사람들은, 이 우수한 대학에서 제공하는 훌륭한 셰익스피어 강의가 얼마든지 있으니, 그런 강의를 찾아 들으시기 바랍니다."

빠져나갈 기회를 주겠다는 듯 그가 잠시 말을 멈춘다. 나가려면 지금 나가야 한다. 그런데 무언가가 내 발목을 잡는다.

"내 수업에서 여러분이 반드시 알아야 할 점이 있다면, 이 수업이 학기중에 공연되는 모든 셰익스피어 작품들과 함께 진행된다는 겁니다. 동호회의 작품이건 전문 극단의 작품이건 상관없습니다. 모든 셰익스피어 공연을 관람하세요. 좋은 성적을 받을 겁니다. 더불어, 다가오는 겨울과 봄, 여러분은 아주 멋진 연극들과 함께하게 되겠죠."

그가 강의 계획표를 나누어주기 시작한다. 강의 계획표가 내게 도착하기도 전에, 교수가 칠판에 작품 순서를 다 적기도 전에, 나는 그것도 목록에 있다는 걸 직감한다. 셰익스피어가 쓴 희곡이 서른 개가 넘지만 분명 그 작품이 목록에 있다는 걸 안다.

강의 계획표 중간쯤에, 「헨리 5세」 「겨울 이야기」 다음, 「뜻대로 하세요」 「심벌린」 「자에는 자로」 앞에 그것이 있다. 마치 거리의 광고판처럼 돌출되어 보이는 글자. 「십이야」. 이 수업을 들을지 말지와 상관없이, 나는 더이상 견딜 수가 없다. 그 글자를 읽을 수가 없다. 이건 타불라 라사와 정반대다.

글레니 교수가 손으로 하나씩 짚어가며, 그의 열정에 글씨가 지워지는 것도 아랑곳하지 않고 설명을 시작한다. "이 수업에서 제가 가장 좋아하는 것은 희곡이 여러분을 선택하게 함으로써 주제를 선정하는 겁니다. 이런 즉흥적인 수업 방식에 대해 학장님도 처음엔 회의적이셨지만, 제가 보기엔 항상 훌륭했습니다. 자, 이제 여기 선정된 희곡들을 보세요." 그가 다시 희곡 목록을 가리킨다. "누가 이번 학기의 주제를 한번 추측해볼까요?"

"전부 다 희극 아닌가요?" 앞줄에 앉은 사탕 머리 여자애가 묻는다.

"좋은 추측입니다. 「겨울 이야기」「자에는 자로」「심벌린」 같은 작품들은 희극적인 요소가 많이 가미되어 있지만 희극이라기보다는 문제극으로 분류되지요. 희곡의 분류에 대해선 나중에 토론하겠지만요. 「헨리 5세」 역시, 희극적인 요소들이 있긴 해도 아주 진지한 내용을 담고 있고요. 다른 의견 있습니까?"

침묵이 흐른다.

"힌트를 드리겠습니다. 「십이야」「뜻대로 하세요」는 희극입니다. 물론 그렇다고 해서 감동 코드가 없는 건 아니죠."

더 긴 침묵이 흐른다.

"자, 여러분 중에 이 작품들을 본 사람이 분명히 있을 겁니다. 〈뜻대로 하세요〉 혹은 〈십이야〉를 본 사람 있습니까?"

정신을 차려보니 내가 손을 들고 있다. 글레니 교수가 호기심에 반짝이는 눈빛으로 날 보고 고개를 끄덕인다. 손을 잘못 들었다고 말하고 싶다. 강의실에서 손을 드는 앨리슨은 다른 앨리슨이라고. 그러나 그럴 수가 없다. 결국 나는 지난여름 〈십이야〉를 보았다고 웅얼거린다.

글레니 교수는 여전히 그 자리에 서 있다. 내가 얘기를 끝낼 때까지 기다려주겠다는 표정이다. 그러나 난 더이상 할말이 없다. 이색한 침묵이 흐른다. 마치 미국 혁명가 집안의 딸들 모임에서 알코올 중독자라고 자백이라도 한 것 같은 기분이다.

그러나 글레니 교수는 날 포기하지 않는다. "그 연극에 흐르는 긴장과 유머의 핵심은 무엇이었지?"

그 순간 나는 겨울 아침의 후덥지근한 강의실에서 벗어나 영국의 무더운 밤, 스트랫퍼드어폰에이번의 운하에 있다. 그리고 파리의 공원에 있다. 잠시 후 나는 다시 강의실로 돌아온다. 그 세 곳에서 나의 대답은 모두 똑같다. "그 누구도 자기가 연기하는 사람이 아니다."

"고마워요. 학생 이름이……"

"앨리슨입니다. 앨리슨 힐리."

"앨리슨, 어쩌면 조금 지나친 객관화일 수도 있지만, 이 수업의 주제를 아주 정확히 짚어주었어요." 그는 화이트보드로 돌아서서 정체성 바꾸기, 현실 바꾸기라고 쓴다. 그리고 나서 다시 명단에 표시한다.

글레니 교수는 말을 잇는다. "자, 마치기 전에, 마지막으로 정리합시다. 수업시간에 많은 희곡들을 다루겠지만, 모든 희곡을 끝까지 읽을 시간적 여유는 없습니다. 혼자 희곡을 읽는 것에 대한 제

견해는 이미 분명히 밝혔고요. 그래서 수업시간에 읽지 못한 부분은 여러분의 파트너와 함께 큰 소리로 읽어야 합니다. 이건 선택사항이 아니에요. 이제 둘씩 짝을 지으세요. 대기자 명단에 있는 분들은 대기자 명단에 있는 사람과 짝을 짓습니다. 앨리슨, 앨리슨은 이제 대기자가 아니에요. 보시다시피, 이 수업에선 적극적으로 참여하는 학생은 보상을 받습니다."

학생들이 짝을 짓느라 어수선하다. 나는 주위를 둘러본다. 내 옆에 동그란 안경을 쓴 평범한 여자애가 있다. 그애한테 물어볼 수도 있다.

아니면, 이대로 일어서서 밖으로 나갈 수도 있다. 대기자 신세에서 벗어났지만 이대로 포기해도 상관없을 것이다. 내 자리를 누군가에게 양보할 수도 있을 것이다.

그러나 어쩐 일인지 둘 중 어느 것도 할 수가 없다. 나는 안경을 쓴 여자애로부터 시선을 돌려 뒤쪽을 본다. 그 남자애 디가 우두커니 앉아 있다. 초등학교 축구 시합에서 매번 마지막까지 선택되지 않는 인기 없고 운동도 못하는 남자애처럼. 그는 어정쩡한 표정을 짓고 있다. 아무도 그를 선택하지 않으리란 걸 알고 있고 굳이 누군가를 곤란하게 만들고 싶지도 않다는 듯. 나와 짝이 되겠느냐고 묻자 그의 어정쩡한 표정이 허물어진다. 진심으로 놀란 표정이다.

"보다시피 짝하자고 달려드는 애들이 너무 많아서 바쁜 처지는 아니야."

"그 말은…… 나랑 하겠단 뜻?"

그가 고개를 끄덕인다.

"좋아. 근데 한 가지 조건이 있어. 조건이라기보단 부탁이라고 해야 할 것 같다. 그러고 보니 부탁이 두 개네."

내 말에 그가 얼굴을 찌푸린다. 성근 눈썹이 만드는 아치 모양이 너무 높이 올라가다가 그의 머리카락이 그린 원 속으로 사라져버린다.

"나 「십이야」는 못 읽어. 네가 다 읽어주면 좋겠어. 나는 듣기만 할게. 대신 다른 희곡 하나는 내가 다 읽을게. 아니면 영화 빌려서 같이 보든가. 어쨌든 난 「십이야」 대사는 읽고 싶지 않아. 단 한 줄도."

"그러면서 이 수업 어떻게 들으려고?"

"방법을 찾아야지."

"「십이야」가 뭐가 어때서?"

"그게 나머지 하나야. 그 얘긴 하고 싶지 않아."

그가 생각에 잠긴 듯한 표정으로 한숨을 쉰다. "너 괴짜야? 아님 공주야? 공주라면 참을 수 있는데, 괴짜는 못 참아."

"둘 다 아니야." 내 말을 듣고도 디는 여전히 회의적인 표정이다. "그것만 좀 그래. 약속할게. 그거 분명히 DVD로 나왔을 거야."

그가 한참 동안 쳐다본다. 마치 엑스레이로 내 실체를 꿰뚫어보겠다는 듯. 그러고 나서, 내가 괜찮아 보여서인지, 아니면 자신에게 다른 선택이 없어서인지, 눈을 크게 뜨며 요란하게 한숨을 쉰다. "사실 「십이야」는 여러 가지 버전으로 나와 있어." 갑자기 그의 목소리와 화법이 완전히 달라진다. 표정까지도 교수처럼 변한다. "영화로도 나와 있는데, 헬레나 보넘 카터가 주연이야. 아주 아름다운 배우지. 하지만 기왕 이런 식으로 속임수를 쓸 바에야, 연극 버전으로 빌리는 게 좋겠다."

나는 멍하니 그를 쳐다본다. 그도 나를 본다. 그리고 그의 입이 세상에서 가장 작은 미소를 만든다. 그 순간 나는 깨닫는다. 조금 전에 내가 했던 말이 진실임을. 그 누구도 자기가 연기하는 사람이 아니다.

스물하나

2월

대학

처음 몇 주 동안 디와 나는 도서관에서 만났는데 사람들의 시선이 곱지 않았다. 디가 목소리 연기로 접어들면 더더욱. 디는 여러 가지 목소리를 흉내낼 수 있다. 헨리 역을 할 땐 근엄한 영국 억양으로, 플루엘런을 연기할 땐, 물론 디는 웨일스 억양을 흉내낸다고 하는 거겠지만 결국 아일랜드 사투리처럼 들리는 억양으로, 그리고 프랑스 인물들을 연기할 때는 과장스러운 프랑스 억양으로 읽는다. 나는 억양 따위는 신경쓰지 않는다. 제대로 읽는 것만으로도 벅차다.

도서관에서 조용히 하라는 경고를 너무 많이 받은 후에는 장소를 학생회관으로 옮겼지만 거기선 소음 때문에 디가 내 목소리를 들을 수가 없었다. 디가 연기를 너무 잘해서 아마 다들 연극 전공이라고 생각했을 것이다. 디는 과학이나 성지학 전공인 것 같다. 물론 직접 들은 건 아니다. 작품을 함께 읽는 걸 제외하면 사적인 대화는 거의 나누지 않는다. 그러다 언젠가 그가 들고 다니는 교재들을 흘금 보았는데 주로 노동운동과 정치조약에 관한 두툼한 책들이었다.

두번째 희곡 「겨울 이야기」를 시작하기 직전 나는 그에게 내 방에서 희곡을 읽자고 제안한다. 오후 시간에 기숙사 방은 거의 비어 있는 편이다. 디는 한참 나를 쳐다보다가 그러자고 한다. 나는 그에게 네시에 오라고 한다.

그날 오후, 나는 할머니가 계속 보내주신 쿠키를 접시에 담아놓고 차를 준비한다. 디가 무얼 기대하고 있을지 알 수 없지만 나로서는 내 방에서 처음 대접을 하는 셈이다. 물론 내가 하려는 게 과연 대접인지, 디가 나의 손님인지는 확실치 않다.

쿠키를 보는 순간 디가 아주 재미있는 미소를 지어 보인다. 그가 코트를 벗어 옷장에 걸어놓는다. 내 코트는 의자에 걸쳐져 있는데도. 그가 부츠를 벗고 방을 둘러본다.

"시계 있어? 내 휴대폰 죽었네." 그가 말한다.

내가 일어나 그에게 알람시계 상자들을 보여준다. 시계들을 다시 옷장에 넣어놓았다. "아무거나 하나 골라."

디는 한참을 생각하다가 1940년대 마호가니 시계를 고른다. 내가 그에게 태엽 감는 법을 알려준다. 디는 알람을 맞추는 방법을 묻고 내가 가르쳐주자 다섯시 오십분에 알람을 맞춘다. 여섯시까지 구내식당에 일하러 가야 한다면서. 희곡 읽기는 삼십 분 이상 걸리지 않는데, 그가 왜 알람을 맞추는지 궁금하지만 묻지 않는다. 그가 어떤 일을 하는지도 궁금하지만 묻지 않는다.

그가 내 책상 의자에 앉고 나는 침대에 앉는다. 디는 책상에 있던 초파리 시험관을 집어들고 재미있다는 표정으로 바라본다. "드로소필라야. 초파리." 내가 설명한다. "수업시간에 쓰려고 기르는 중이야."

그가 고개를 젓는다. "혹시 이거 부족하면 말해. 우리 엄마 부엌에 얼마든지 있으니까."

그 부엌이 어디 있느냐고, 고향이 어디냐고 묻고 싶지만 그는 왠지 경계하는 표정이다. 아니면 내가 경계하는 건지도 모르겠다. 친구를 사귀는 건 특별한 기술이 필요한 일인가보다. 나는 그 기술을 배우지 못했다. "자, 공부할 시간이야. 나중에 보자, 드롭실라들아." 그가 초파리에 대고 말한다. 나는 굳이 그가 잘못 말한 것을 지적하지 않는다.

우리는 「겨울 이야기」의 멋진 도입부를 읽는다. 헤르미오네가 바람을 피운다는 생각에 레온테스가 기겁하는 장면이다. 끝까지 다 읽은 뒤 디는 셰익스피어 책을 가방에 넣는다. 바로 갈 줄 알았는데 저자가 마르쿠제라고 쓰여 있는 책을 꺼낸다. 그가 얼른 내 표정을 살핀다.

"차 더 준비할게." 내가 말한다.

우리는 함께 조용히 공부한다. 편안하다. 다섯시 오십분이 되자 알람이 울리고 디는 일하러 가야 한다며 가방을 챙긴다.

"수요일?" 그가 묻는다.

"좋아."

이틀 뒤에도 우리는 똑같은 의식을 치른다. 쿠키, 차, '드롭실라'

들에게 인사, 셰익스피어 크게 읽기, 조용히 공부하기. 우리는 수다 떨지 않는다. 그저 공부한다. 금요일에는 칼리가 들어온다. 디가, 아니 누구라도 우리 방에 나와 함께 있는 걸 칼리가 보는 건 처음이다. 칼리는 디를 한참 쳐다본다. 내가 두 사람을 서로에게 소개한다.

"안녕, 디. 만나서 반가워." 칼리가 묘하게 교태스러운 목소리로 말한다.

"나야말로 반갑지." 과장스럽게 활기 넘치는 목소리로 디가 말한다.

칼리가 그를 바라보며 미소를 짓는다. 칼리는 갑자기 옷장 문을 열더니 카멜색 코트와 갈색 스웨이드 부츠를 꺼낸다. "디, 뭐 좀 물어봐도 돼? 이 부츠하고 이 코트 어울려? 너무 비슷한 계열인가?"

나는 디를 본다. 그는 반짝이는 글씨로 'I BELIEVE'라고 적힌 티셔츠에 하늘색 스웨터를 걸치고 있다. 디의 모습이 패션 전문가 칼리에게 어떻게 보이는지 나로서는 알 길이 없다.

디는 곧바로 대답한다. "어머머! 그 부츠 진짜 멋지다, 얘. 아무래도 내가 훔쳐가야겠는걸!"

나는 충격에 휩싸인 채 그를 바라본다. 디가 동성애자란 건 알고 있었지만 그렇게 동성애자처럼 말하는 건 처음 본다.

"그렇게는 안 될걸!" 칼리가 대답한다. 교태스러운 말투에다 이제는 그동안 잠복해 있던 쇼핑 좋아하는 부잣집 딸 특유의 어리광까지 가미되고 있다. "이게 얼마나 비싼 건데! 자그마치 사백 달러짜리라고. 하지만 빌려줄 순 있어."

"어머, 너 진짜 천사구나. 니 발은 신데렐라 발이고 내 발은 못생긴 언니 발인 게 문제지만."

칼리가 웃는다. 두 사람은 한동안 패션 이야기를 하며 그런 농담을 주고받는다. 나는 왠지 기분이 좋지 않다. 디가 패션에 관심이 있는 줄 꿈에도 몰랐다. 그러나 칼리는 곧바로 알아보았다. 칼리에겐 특수 레이더가 있어서 사람들의 어떤 점을 공략해야 하는지, 어떻게 해야 친구가 될 수 있는지 곧바로 아는 것 같다. 솔직히 나는 패션에 별로 관심이 없지만 그날 저녁, 알람이 울리고 디가 가방을 챙겨 일어날 채비를 할 때, 엄마가 가장 최근에 사준 스커트를 보여주면서 너무 얌전해 보이지 않느냐고 디에게 묻는다. 그는 스커트에 거의 눈길도 주지 않고 말한다. "괜찮은데 뭘."

그날 이후 칼리는 좀더 자주 나타난다. 매번 〈프로젝트 런웨이〉가 시작되고 그때마다 디는 그 목소리로 돌아간다. 나로서는 이해할 수 없는 패션 이야기일 뿐이다. 그로부터 며칠 뒤, 우리가 방을 막 나서려는데 켄드라가 들어선다. 나는 두 사람을 서로에게 소개한다. 켄드라가 디를 위아래로 훑어본다. 늘 하는 것처럼. 그리고 비행기 승무원 같은 미소를 지으며 디에게 고향이 어디냐고 묻는다.

"뉴욕." 그가 말한다. 나는 그제야 그의 고향이 어딘지 알게 된다. 그를 삼 주 가까이 알았지만 이런 기본적인 것들을 이제야 서서히 알아가고 있다.

"뉴욕 어디?"

"뉴욕시티."

"뉴욕시티 어디?"

"브롱크스"

켄드라의 얼굴에 피었던 비행기 승무원의 미소가 사라지고 연필로 그린 것 같은 경직된 줄만 남는다.

"사우스브롱크스? 여기 오게 돼서 진짜 좋았겠네."

이번에는 디가 켄드라를 위아래로 훑어본다. 그들은 두 마리의 개처럼 서로를 염탐한다. 둘 다 흑인이라서 그럴까. 디는 칼리와 내게 말할 때와는 다른 목소리로 말한다. "너도 사우스브롱크스 출신이야?"

디의 물음에 켄드라가 움찔한다. "아니야! 난 워싱턴에서 왔어!"

"비 더럽게 많이 오는 거기?"

비 더럽게 많이 오는 거기?

"아니, 워싱턴 주 말고. 워싱턴 DC."

"아. 내 사촌이 DC에 살아. 애너코스티아 쪽에. 거기 학교 진짜 똥통이더라. 우리 고향 학교보다 더 심하던데. 무슨 학교가 매주 총질이나 해대고."

켄드라는 겁에 질린 표정이다. "애너코스티아 쪽으론 가본 적 없어. 난 조지타운에 살아. 그리고 나 시드웰프렌즈 나왔거든. 오바마 대통령 딸 다니는 학교."

"난 사우스브롱크스 고등학교 나왔어. 미국에서 가장 한심한 학교. 들어나봤는지 모르겠지만."

"못 들어봤네. 유감스럽게도." 그녀가 얼른 나를 흘금 쳐다본다. "나 그만 가봐야 해. 젭 만나기로 했거든." 젭은 켄드라의 새 남자친구다.

"나중에 보자고, 고향 친구!" 방으로 들어가는 켄드라에게 디가 말한다. 디는 배낭을 집어들면서 몸이 흔들릴 정도로 웃는다.

나는 디를 식당까지 배웅한다. 기분 전환도 할 겸 식당에서 밥을 먹을까 하는 생각이 든다. 식당에서 혼자 먹기는 끔찍하게 싫지만 전자레인지에 부리토를 데워 먹는 것도 한계가 있다. 아래층에서 나는 디에게 정말 사우스브롱크스 고등학교 출신이냐고 묻는다.

다시 입을 연 디는 본래의 목소리로 돌아가 있다. 혹은 내가 알고 있는 디의 목소리로. "그 학교 일 년 전에 문 닫았어. 거기 다닌 적도 없고. 공립학교 다녔어. 그러다가 시드웰프렌즈보다 훨씬 더 비싼 사립학교 프렙 포 프렙*에 장학생으로 뽑힌 몸이야, 첫, 건방진 계집애 같으니라고."

"그럼 왜 그렇게 말하지 않았어?"

디가 나를 쳐다보다가, 다시 켄드라에게 말하던 목소리로 "우리 고향 친구들이 날 빈민굴 쓰레기로 대하고 싶어하거나," 이번에는 다시 간드러진 목소리로 "능글맞은 동성애자로 보고 싶어하면," 마지막으로 굵은 셰익스피어 배우의 목소리로 "굳이 그들의 생각을 바로잡아주고 싶은 생각은 없다오"라고 말한다.

식당에 이르렀을 때 그에게 무슨 말이건 해야 한다는 생각이 들지만 정확히 무슨 말을 해야 할지 알 수가 없다. 결국 나는 그에게 다음에 초콜릿칩이나 버터쿠키 같은 걸 먹겠느냐고 묻는다. 할머

* 1978년 브롱크스 공립학교 교사 게리 시몬스가 설립한 리더십 및 영재 교육 프로그램으로, 뉴욕시티의 소수인종 우수 학생을 대상으로 한다.

니가 둘 다 보내주셨기 때문이다.

"다음엔 내가 쿠키를 가져올게. 엄마가 직접 만든 매운맛 당밀 쿠키를 보내주셨거든."

"잘됐네."

"잘되긴. 우리 엄마가 한판 붙자는 건데. 누구네 할머니한테 지고 싶지 않겠지."

내가 웃는다. 웃음소리가 이상하다. 오랫동안 차고에 세워두었던 차에 시동을 거는 것 같다. "우리 할머니한텐 말씀 안 드리는 게 좋겠다. 우리 할머니가 네 엄마의 도전을 받아들이고 직접 쿠키를 굽기 시작하시면 우리 식중독 걸릴지도 몰라. 우리 할머니 진짜 요리 못하시거든."

❖ ❖ ❖

디와의 만남은 어느덧 하나의 일상이 되어간다. 매주 월요일, 수요일, 금요일. 쿠키, 차, 알람시계, 셰익스피어, 공부. 여전히 사적인 얘기는 거의 하지 않지만 그래도 작은 정보들이 무심결에 흘러나온다. 그의 어머니는 병원에서 일하고 있다. 그에게는 형제가 없지만 사촌들은 셀 수 없을 만큼 많다. 그는 전액 장학생이고 글레니 교수를 무척 좋아한다. 역사와 문학을 복수전공하고 있고 정치학은 부전공인 것 같다. 따분해지면 콧노래를 부르고 독서에 완전히 몰두하면 검지로 머리카락을 탱탱하게 감아서 손가락이 분홍색이 된다. 그리고 수업 첫날부터 내가 예상했던 대로 그는 똑똑하다. 자기 입으로 똑똑하다고 말하진 않지만 누가 봐도 똑똑하다. 글레니 교수의 첫 과제물이었던 「헨리 5세」에 관한 리포트로 그는 수강생 중에 유일하게 A를 받았다. 글레니 교수는 그의 글 일부를 수업시간에 읽어주면서 나머지 학생들에게 본보기로 삼으라고 말했다. 디는 창피해했고 나는 기분이 썩 좋지 않았다. 글레니 교수의 추종자들은 노골적인 부러움의 시선으로 그를 쳐다보았다. 사실, 부러워할 만도 하다. 반면, 페르디타와 잃어버렸다 되찾은 것들에 관해 쓴 나의 리포트는 B를 받았다.

나도 디에게 내 이야기를 조금 들려준다. 그러나 이야기를 하는 중에도 반 정도는 자체 검열을 한다. 디가 마음에 든다. 진심으로. 그러나 타불라 라사의 약속을 지키려고 노력한다. 그러면서도 나와 멜라니와의 관계에 대해 디가 어떻게 생각하는지 물어보고 싶다. 나는 멜라니에게 수강 과목을 완전히 바꾸었다는 내용의 편지와 함께 도자기공예 시간에 만든 첫 작품을 보냈다. 엉성하지만 아름답고 균열이 있는 청록색 광택의 그릇이었다. 특급 우편으로 보냈는데 일주일이 넘도록 멜라니에게선 아무런 연락이 없었다. 그래서 멜라니가 소포를 받았는지 확인해보려고 전화를 걸었다. 멜라니는 연락 못해서 미안하다고, 너무 바빴다고 말했다.

나는 이번 학기에 새로 듣게 된 과목들에 대해, 엄마 아빠를 속이기 위해 어떤 미친 짓들을 할 건지에 대해 얘기했다. 좋아진 생물학 점수(디와 함께 공부하는 시간은 효과가 있었다)와 지난 학기 화학 실험 파트너의 시험 점수를 내 것인 양 보낼 계획이라고. 멜라니가 내 얘기를 듣고 한참 웃을 거라고 생각했지만 멜라니는 그저 덤덤한 목소리로 그러다 걸리면 큰일난다고 했다. 마치 내가 그 사실을 모르고 있다는 듯. 나는 화제를 바꾸어 글레니 교수와 디 얘기, 셰익스피어를 수강생들 앞에서 큰 소리로 읽는 게 무척 창피할 거라고 생각했는데 막상 해보니 생각보다 나쁘지 않더라는 얘기를 했다. 멜라니가 함께 흥분해주기를 바랐지만 멜라니의 목소리는 처음부터 끝까지 덤덤했고 나는 점점 부아가 치밀었다. 그 후 몇 주 동안 우린 통화도 하지 않고, 이메일을 주고받지도 않았다. 그리고 나는 화가 나면서도 한편으로는 마음이 편하다.

디에게 그 얘기를 하고 싶지만 어떻게 꺼내야 할지 모르겠다. 멜라니를 제외하면 내겐 가까운 친구가 없고 친구 사귀는 법도 모른다. 물론 한심한 얘기다. 다른 애들은 친구를 참 잘도 사귀던데. 신나게 놀고 마음을 열고 이야기를 주고받고. 그러나 내가 가장 털어놓고 싶은 한 가지 이야기가 잊어야 하는 이야기라면 어떻게 해야 하나. 더구나 마지막으로 내가 마음을 열었을 때…… 어쩌면 그게 바로 내게 타불라 라사가 필요한 이유인지도 모르겠다. 아무래도 지금 이대로가 안전할 것 같다. 적당히 호의적이고, 다정하고, 유쾌하고, 단순한 상태.

❖ ❖ ❖

2월 말, 대통령의 날* 주말에 부모님이 날 만나러 온다. 학부모

* 워싱턴과 링컨의 생일을 기념하여 2월 세번째 월요일로 정한 공휴일.

초청행사 이후 처음 오는 거다. 이미 한 차례 겪어본 일이라 나는 부모님이 원하는 이미지에 부합하려 노력한다. 시계들을 다시 전부 꺼내놓는다. 펼쳐본 적 없는 화학 교재에 밑줄을 그어놓고 예전 실험실 파트너의 책 일부를 복사해놓는다. 부모님을 캠퍼스로부터, 여러 가지 증거들로부터, 그리고 멋진 삼총사로부터 떼어놓기 위해 보스턴 시내에서 할 여러 가지를 계획해둔다. 켄드라가 대부분의 시간을 남자친구와 함께 보내기 때문에 멋진 삼총사도 이제 다이내믹 듀오가 되긴 했지만. 최근 들어 주말에도 함께 공부하게 된 디에게는 내가 주말에 학교에 있지 않을 거라 금요일과 월요일에는 공부할 수 없다고 미리 말해둔다.

"너 혹시 드루하고 한 팀 하려고 나 버리는 거야?" 드루는 수강생 중에 두번째로 셰익스피어를 잘 읽는 애다.

"아냐! 절대 그런 거 아니야!" 날카롭고 겁에 질린 목소리로 내가 대답한다. "이번주 금요일에 도자기공예 수업에서 현장실습 나가거든." 완전히 거짓말은 아니다. 도자기공예 수업에서는 가끔 현장실습을 나간다. 우리는 다양한 무기질 재료를 가마에 구워 광택을 시험해보고 우리가 직접 흙을 빚어 제작한 가마에 도자기를 구워보기도 한다. 나는 정말 현장실습을 다닌다. 다만 지금 당장 가지 않는 것뿐이다.

"이번 주말에 리포트도 써야 돼." 또다른 거짓말이다. 리포트를 쓰는 과목은 '크게 읽는 셰익스피어'뿐이다. 거짓말쟁이가 된 나 자신이 새삼 놀랍다. "수요일에 보자, 괜찮지? 내가 쿠키 준비할게."

"너희 할머니한테 그 양귀비씨 들어간 꽈배기 과자 더 보내달라고 해."

"루겔라치?"

"이름은 몰라. 먹을 줄만 알지."

"그렇게 전할게."

❖ ❖ ❖

부모님과의 주말은 그럭저럭 잘 지나간다. 우리는 미술관에도 가고 과학박물관에도 간다. 스케이트도 타러 가는데 나는 똑바로 서지도 못한다. 영화도 본다. 사진도 수십 장 찍는다. 엄마가 내년 강의 목록을 꺼내놓고 내 강의 일정을 확인하면서 여름에 무얼 할 계획인지 물었을 때 조금 당황하긴 했지만, 늘 그랬던 것처럼 아무 대꾸 없이 그저 듣기만 한다. 주말이 끝나갈 무렵이 되자 나는 장시간 셰익스피어 희곡을 소리 내어 읽었을 때처럼, 희곡에 등장하는 모든 인물을 혼자 다 연기했을 때처럼 피로하다.

일요일 오후, 저녁식사 전에 기숙사로 돌아와 있는데 디가 나타난다. 그에게 우리 가족 이야기는 단 한마디도 한 적이 없다. 엄마 아빠가 날 어떻게 생각하고 내게 어떤 기대를 갖고 있는지는 고사하고 엄마 아빠가 온다는 얘기조차 한 적이 없는데, 디는 내가 한 번도 본 적 없는 수수한 청바지에 스웨터 차림이다. 머리는 뒤로 묶어 모자를 썼고 립글로스도 바르지 않았다. 하마터면 못 알아볼 뻔했다.

"어떻게 아는 사이니?" 내가 긴장하며 디를 소개하자 엄마가 묻는다.

나는 겁에 질려 그 자리에 얼어붙는다.

"생물학 실험실 파트너입니다." 단 한순간도 지체하지 않고 디가 대답한다. "같이 드로소필라를 키우고 있죠." 디가 초파리의 학명을 정확하게 발음한 건 이번이 처음이다. 그가 시험관을 집어든다. "유전자 변종들을 다 키워보고 있어요."

아빠가 웃는다. "내가 여기 다닐 때도 똑같은 실험을 했지." 아빠가 디를 쳐다보며 묻는다. "자네도 의대를 준비하고 있나?"

디가 눈썹을 치켜세운다. 조금 놀란 표정이다. "전 아직 결정을 못했습니다."

"하긴, 천천히 해도 되니까." 엄마 말에 나는 하마터면 웃음을 터뜨릴 뻔한다.

아빠가 시험관을 제자리에 놓으려다가 그 옆에 미처 내가 치우지 못한 도자기를 본다. "이건 뭐지?"

"아, 그건 제가 만든 겁니다." 도자기를 집어들며 디가 말한다. 그러고는 자신이 도자기공예를 배우고 있고, 이번 학기에는 다양한 광택 성분과 굽기 방식을 실험하는데 소똥을 태워서 불을 지핀 흙가마에 도자기를 전부 넣고 구운 적도 있다고 설명한다.

"소똥?" 엄마가 묻는다. "그러니까…… 분뇨 말이니?"

디가 고개를 끄덕인다. "네, 저희가 직접 농장에 가서 소똥을 수거해가도 되겠냐고 물어봤어요. 사실 생각보다 냄새가 그렇게 끔찍하진 않더라고요. 초식동물이라."

그제야 나는 디가 전혀 다른 목소리를 내고 있음을 깨닫는다. 그런데 지금 그가 연기하는 사람은 바로 나다. 내가 디에게 소똥, 소똥에서 나는 흙내, 농장에서 소똥을 수집한 이야기를 했다. 그때 그는 고개를 뒤로 젖히고 크게 웃었다. 일 년에 사만 달러를 내고 이 학교에 다니면서 고작 농장으로 소똥이나 주우러 다니는 게 너무 웃기다면서. 나는 은연중에 내가 의도한 것보다 훨씬 더 많은 이야기를 디에게 털어놓았고 그는 내 이야기를 잘 들어주었다. 그는 항상 내 이야기를 주의 깊게, 열심히 들었다. 그리고 그 덕분에 지금 날 곤경에서 구해주고 있다.

"소똥이라…… 재미있네." 엄마가 디에게 말한다.

❖ ❖ ❖

다음날, 부모님은 캠퍼스를 떠난다. 그리고 수요일이 되자 셰익스피어 수업에서 「십이야」를 읽기 시작한다. 디가 시청각실에서 우리가 볼 수 있는 두 가지 버전의 셰익스피어를 찾아놓는다. 디는 숙제를 안 하는 대신 여러 편을 관람해야 한다고 생각한다. 내가 컴퓨터를 켜고 있는데 디가 내게 연극 버전을 내민다.

"이것들 구해줘서 고마워. 내가 했어야 했는데." 내가 말한다.

"어차피 시청각실에 갈 일이 있었어."

"고마워. 그리고 지난번에 우리 부모님 앞에서도 고마워. 너 정말 끝내주더라." 나 자신이 부끄러워 잠시 말을 멈춘다. "부모님 오신 거 어떻게 알았어?"

"칼리한테 들었지. 칼리는 전부 다 얘기해. 우린 아주 친하거든."

그가 눈을 가늘게 뜬다. "똑똑히 봤지? 네 친구 디를 부모님한테 숨길 필요는 전혀 없었어. 무슨 일이든 깔끔하게 처리하잖아."

"맞아. 미안해."

좀더 자세한 설명이 필요하다는 듯 디가 나를 쳐다본다.

"미안해. 우리 부모님이 좀 그래. 좀 심하게…… 하여간 좀 복잡한 게 있어."

"복잡할 것 없어. 난 아무렇지도 않으니까. 나 같은 애하고 대충 놀아주는 건 괜찮지만 그래도 항상 조심해야 한단 거겠지."

"절대 그런 거 아냐!" 내가 소리친다. "난 너하고 놀아주는 거 아니야. 난 정말 네가 좋아."

그가 팔짱을 끼고 나를 쳐다본다. "그래서, 현장실습은 잘 다녀왔어?" 그가 따지듯 묻는다.

그에게 설명하고 싶다, 정말로. 하지만 어떻게 설명해야 할까. 나 자신을 전부 다 드러내지 않고 어떻게 설명해야 할까. 나는 노력하고 있다. 새로운 사람, 전혀 다른 사람, 타불라 라사가 되기 위해 노력하고 있다. 하지만 부모님과 멜라니, 빌럼에 대해 얘기하면, 내가 실제로 어떤 앤지 보여주면, 결국 다시 원점으로 돌아가게 되는 것 아닐까.

"거짓말한 건 미안해. 하지만 너 때문에 그런 건 아니었어. 너한테 얼마나 고마운지 몰라."

"내가 뭘 했다고."

"아니. 진심이야. 그날 너 정말 잘했어. 우리 부모님도 너 마음에 들어하셨고. 진짜 자연스러웠어. 전부 다. 조금도 의심 안 하시더라."

그가 주머니에서 립글로스를 꺼내 공들여 윗입술에, 그리고 아랫입술에 바른다. 그러고 나서 마치 나를 꾸짖기라도 하듯 입술을 소리 내어 맞부딪친다. "의심할 게 뭐가 있어? 어차피 난 아무것도 모르는데. 난 그저 도움이 되고 싶었을 뿐이야."

그의 오해를 바로잡고 싶다. 내가 그를 좋아한다는 걸 알려주고 싶다. 그를 부끄러워하지 않는다는 걸, 나와 함께 있을 땐 아무 걱정 안 해도 된다는 걸 알려주고 싶다. "있잖아. 나하고 있을 땐 여러 가지 목소리 안 내도 돼. 그냥 네 본래 목소리로 얘기해도 돼."

칭찬의 의미로 한 말이다. 있는 그대로의 그를 좋아한단 뜻이다. 그런데 디는 내 말을 그런 식으로 받아들이지 않는다. 그는 입술을 비죽 내밀며 고개를 젓는다. "이게 나 자신이야. 다 내 모습이라고. 이 모든 애들이 다 나야. 난 내가 누굴 연기하는지, 또 나 자신이 누군지 정확히 알고 있어." 나를 쳐다보는 그의 표정에 나는 왠지 주눅이 든다. "근데 넌 알아?"

나는 그가 보지 못하도록 내 모습을 꽁꽁 숨겼다. 그러나 디는, 똑똑하고 날카로운 디는, 그 모든 걸 간파했다. 그는 전부 다 알고 있다. 내가 얼마나 가식투성이인지 꿰뚫어보고 있다. 나는 너무도 창피해서 할말을 잃는다. 잠시 후 그가 〈십이야〉를 내 컴퓨터에 넣는다. 우리는 침묵 속에서 연극을 본다. 아무 얘기도 하지 않는다. 논평도, 웃음도 없다. 그저 화면을 보는 네 개의 눈동자만 있을 뿐이다. 그 순간 나는 깨닫는다. 디와는 이걸로 끝이라는 걸.

너무 비참해진 나는 빌럼에 대한 분노조차 잊는다.

스물둘

3월

대학

마멋들이 뭐라고 하건 겨울은 끝나지 않는다.* 디는 더이상 오후에 나를 찾아오지 않는다. 표면적으로는 우리가 「십이야」를 읽지 않기 때문이지만 나는 그게 다가 아니라는 걸 알고 있다. 할머니가 보내준 쿠키가 내 방에 쌓여간다. 나는 독감에 걸리고 독감은 좀처럼 떨어지지 않는다. 그나마 수업시간에 앞에 나가서 「십이야」를 읽지 않아도 된다는 장점은 있다. 글레니 교수도 감기에 걸려 코가 막혔는데, 내게 렘십이라는 감기약을 주면서 빨리 나아서 자기가 가장 좋아하는 희곡 「뜻대로 하세요」의 로절린드를 맡아 두 인물을 연기해보라고 말한다.

우리는 「십이야」를 끝낸다. 홀가분할 거라고 생각했다. 총알을

* 마멋(groundhog)이 성촉절(2월 2일)에 겨울잠에서 깨어났을 때 해가 나면 자기 그림자를 보고 다시 겨울잠을 자서 겨울 날씨가 육 주 동안 더 계속된다는 설이 있다.

빼낸 것처럼. 그러나 그렇지가 않다. 디가 없으니 그 희곡을 읽지 않아도 그 총알이 여전히 박혀 있는 것 같다. 타불라 라사가 옳은 결단이다. 이 수업을 들은 게 잘못이다. 이제 견디는 수밖에 없다. 나는 견디는 일에 익숙해진다.

우리는 「뜻대로 하세요」로 넘어간다. 시작에 앞서 희곡을 소개하면서 글레니 교수는 이 작품이 셰익스피어의 희곡 중에 가장 로맨틱하고 가장 섹시한 작품이라고 말한다. 글레니 교수의 추종자들은 잔뜩 기대에 부푼다. 그가 희곡의 줄거리를 간략하게 설명할 때 나는 무심히 받아적는다. 직위를 박탈당한 공작의 딸 로절린드와 신사 올랜도는 첫눈에 반한다. 삼촌에게 쫓겨난 로절린드는 사촌 실리아와 함께 아든의 숲으로 도망친다. 그곳에서 로절린드는 개니미드라는 남성으로 신분을 위장한다. 한편, 역시 아든의 숲으로 달아난 올랜도는 그곳에서 개니미드를 만나고 두 사람은 우정을 키워간다. 로절린드는 개니미드로 위장한 자신의 모습과 그들 간의 우정을 이용하여 로절린드에 대한 올랜도의 사랑을 시험한다. 그러는 동안 다양한 모습으로 위장한 여러 인물들이 사랑에 빠진다. 언제나처럼 글레니 교수는 특정 주제와 대사에 관심을 기울이라고 말한다. 특히 로절린드가 개니미드가 되었을 때 얼마나 용감해지는지, 그리고 그녀의 용기가 그녀 자신에게, 또 올랜도의 구애에 어떤 영향을 미치는지에 유의하라고 말한다. 희곡 전체가 시트콤 같아서 나는 진지하게 받아들이려 애쓴다.

디와 나는 다시 함께 희곡을 읽기 시작한다. 그러나 우리는 다시 학생회관에서 만난다. 디는 읽기를 끝내자마자 바로 가방을 챙긴다. 미친듯이 목소리 연기를 하지도 않는다. 그제야 나는 그의 목소리가 희곡을 '이해하는' 데 얼마나 큰 도움이 되었는지 깨닫는다. 그와 나 둘 다 단조로운 목소리로 희곡을 읽고 있으니 문장들이 마치 외국어처럼 머리 위를 떠다닌다. 얼마나 따분한지 차라리 혼자 읽는 편이 나을 것 같다. 이제 디가 목소리 연기를 하는 건 내게 말할 때뿐이다. 나는 매일 두 가지 혹은 세 가지의 다른 목소리를 듣는다. 그의 메시지는 너무도 분명하다. 난 강등되었다.

돌이키고 싶다. 바로잡고 싶다. 그러나 어떻게 해야 할지 알 길이 없다. 내 면전에서 문을 닫아버린 사람의 마음을 어떻게 해야 다시 열 수 있을까. 그래서 나는 그저 손놓고 있을 뿐이다.

❖ ❖ ❖

"오늘은 「뜻대로 하세요」에서 제가 가장 좋아하는 장면을 읽겠습니다. 자, 4장부터!" 겨울에서 벗어나는 게 아니라 겨울로 접어드는 것처럼 뼛속까지 시린 3월의 어느 날, 글레니 교수가 말한다. "올랜도와 개니미드/로절린드는 아든의 숲에서 다시 만납니다. 두 사람 사이에 감도는 긴장이 폭발할 지경에 이르죠. 혼란스러우면서도 흥미진진합니다. 올랜도는 남자 개니미드와 얘기한다고 생각하니까요. 하지만 로절린드 역시 혼란스럽긴 마찬가지입니다. 두 가지 정체성, 즉 남성과 여성, 두 가지 욕망 사이의 달콤한 고통 속에 빠져 있는 셈이죠. 자신을 감추고 올랜도의 친구로 남고 싶은 욕망, 그리고 그저 굴복해버리고 싶은 강렬한 욕망과 싸우고 있어요.” 강의실 앞쪽에서 그의 추종자들이 일제히 작은 한숨을 내쉰다. 만약 디와 내가 여전히 친구였다면, 이럴 때 서로를 쳐다보며 눈을 크게 떴을 것이다. 그러나 이제 우린 친구가 아니고 나는 디를 쳐다보지 않는다.

“올랜도는 숲으로 개니미드를 찾아옵니다. 두 사람은 일종의 가부키 연극을 하게 되는데, 그 과정에서 더 깊이 사랑에 빠집니다. 자신이 사랑에 빠진 상대가 누구인지도 알지 못하면서요.” 글레니 교수가 말을 잇는다. “진짜 자아와 거짓 자아 사이의 대사가 무심결에 곳곳에 나타납니다. 그 대사들은 사랑에 빠지는 것에 대한 아주 유용한 상징이기도 하죠. 자, 그 대목을 오늘 한번 읽어보겠습니다. 누가 읽을까요?” 그가 교실을 훑어본다. 학생들이 적극적으로 손을 든다. “드루, 올랜도 역을 맡아보겠나?” 드루가 앞으로 나갈 때 박수가 나온다. 그는 이 수업에서 가장 연기를 잘하는 학생 중 한 명이다. 평상시에 글레니 교수는 드루를 넬이나 케이틀린처럼 연기를 잘하는 애들과 짝짓는다. 그러나 오늘은 예외다. “앨리슨, 나한테 로절린드 역 빚진 걸로 알고 있는데?”

나는 그가 지명한 다른 학생들과 함께 교실 앞으로 나간다. 나는 이 수업의 이 부분을 여전히 좋아하지 않는다. 그나마 예전엔 날 응원해주는 디라도 있었는데. 각자 위치를 잡고 서자 글레니 교수가 연출가로 변신한다. 대학 강단에 서기 전에 연출 일을 했던 게 분명하다. 그가 우리에게 연기를 주문한다. “드루, 이 장면에서 올랜도는 열정적이고, 확신에 차 있고, 완전히 사랑에 빠져 있어. 앨리슨, 네 역 개니미드는 혼란스럽고 매혹당한 상태지만 한편으로는 올랜도를 갖고 놀고 있어. 마치 쥐를 갖고 노는 고양이처럼. 내가 이 장면이 멋지다고 생각하는 이유는, 개니미드가 올랜도를 심문하고 사랑을 증명해 보이라고 시험하면서 로절린드와 개니미드 사이의 벽이 무너지는 것을 볼 수 있기 때문이야. 내가 셰익스피어 희곡의 그런 대목을 좋아해. 자아와 거짓 자아가 감정의 늪을 만드는 대목! 두 주인공이 모두 여기서 그런 감정을 느끼고, 그 감정은 아주 격해지지. 자, 이제 두 사람이 이 역할을 어떻게 하는지 한번 볼까?"

이 장면은 로절린드/개니미드/앨리슨이 올랜도/드루에게, 그동안 어디 있었는지, 왜 날 찾아오기까지 그토록 오랜 시간이 걸렸는지 물으며 시작된다. 이때 나는 로절린드인 척 연기한다. 그 연기는 하나의 술책이다. 로절린드는 개니미드인 척 연기를 하다가 이제 다시 로절린드인 척 연기를 하면서 올랜도가 로절린드와의 사랑을 저버리도록 부추긴다. 실제로는 그녀가 진짜 로절린드고 자신도 그를 사랑함에도 불구하고. 그 모든 연기를 따라가려니 머리가 깨질 것만 같다.

드루/올랜도가 약속한 시간에서 아직 한 시간도 지나지 않았다고 말한다. 나는 사랑의 이름으로 약속하고 한 시간이 지나도록 나타나지 않으면 과연 진정한 사랑인지 의심하게 된다고 말한다. 그가 내게 용서를 구한다. 우리는 다정하게 농담을 주고받다가 로절린드인 척하는 개니미드인 내가 "만약 내가 바로 당신의 그 로절린드라면 내게 무슨 말을 하겠어요?"라고 묻는다.

드루가 잠시 망설이고 나 역시 숨을 죽이고 그의 대답을 기다린다.

그러자 그가 말한다. "대답 대신 키스를 하겠소."

드루의 눈동자는 파란색이다. 빌럼과 전혀 다른 빛깔이지만, 아주 잠깐 나는 그에게서 빌럼의 어두운 눈동자를 본다. 내게 키스하기 직전, 강렬한 빛을 발하던 그 눈동자를.

나는 조금 당황한 상태로 그다음 대사를 읽는다. 나는 올랜도에게 말한다. 키스하기 전에 먼저 대답하라고. 몇 번 그런 실랑이가 오간 뒤 마침내 올랜도가 나—그녀—와 결혼하겠다고 말한다. 나는 현기증이 난다. 다행히 로절린드는 나보다 배짱이 두둑하다. 개니미드인 척하는 로절린드는 이렇게 말한다. "로절린드를 대신해서 말하겠어요. 난 당신을 원하지 않아요."

그러자 드루가 말한다. "그렇다면 나를 대신해서 말하겠소. 난 죽고 말 거라고."

그 순간 내 마음속 무언가가 해체된다. 내가 읽을 대사도, 페이지도 찾을 수 없다. 그것만 잃어버린 게 아닌 것 같다. 나는 나 자신을, 내가 있는 곳을 놓아버린다. 이 시간을 놓아버린다. 얼어붙은 채 그 자리에 서 있는 동안 얼마나 긴 시간이 흘렀을까. 드루가 헛기침을 하며 다음 대사를 재촉한다. 글레니 교수가 의자에서 뒤척이는 소리가 들린다. 드루가 내 대사를 속삭여준다. 나는 그 대사를 따라 하며 겨우 정신을 추스른다. 나는 계속 올랜도에게 질문을 던진다. 그의 사랑을 증명해보라고. 더이상 연기가 아니다. 더이상 가식이 아니다.

"그녀를 소유하고 나서 얼마나 오랫동안 가질 건지 말해봐요." 로절린드가 되어 내가 묻는다. 목소리가 더이상 내 것 같지 않다.

목소리에 격한 감정이 실린다. 기회가 주어졌을 때 물어보았어야 했던 수많은 질문들이 담긴다.

그가 대답한다. "영원 그리고 단 하루."

내 몸에서 한꺼번에 공기가 빠져나간다. 바로 내가 기다렸던 대답이다. 비록 진실이 아니라 해도.

다음 대사를 읽으려 애쓰지만 말을 할 수가 없다. 숨을 쉴 수가 없다. 귀에서 바람 소리가 들린다. 책 위에서 춤추는 글자들을 멈추게 하기 위해 눈을 깜빡여본다. 잠시 후, 내 목소리가 갈라지기 전에, 나는 가까스로 다음 대사를 읽는다. "'영원'이라 말하지 말고 '단 하루'라고 말해줘요."

로절린드는 알고 있다. 영원이라 말하지 말고 단 하루라고 말해줘요. 그 하루가 지나면 슬픔이 온다는 것을. 그녀가 자신의 신분을 밝히지 않는 건 너무도 당연하다.

내 눈에 뜨거운 눈물이 차오른다. 눈물의 장막 너머로, 숨죽인 채 놀란 표정으로 나를 쳐다보는 학생들이 보인다. 나는 책을 떨어뜨리고 강의실 밖으로 뛰쳐나간다. 복도를 뛰어 강의실을 지나치고 여자 화장실로 들어간다. 화장실 구석 칸에 웅크리고 앉아 심호흡을 하고 형광등 소음에 귀를 기울인다. 그리고 나를 산 채로 집어삼킬 것만 같은 공허감을 떨쳐내려 몸부림친다.

나에게는 꽉 찬 삶이 있다. 그런데 왜 이토록 공허한 걸까. 단 한 남자 때문에? 단 하루 때문에? 눈물을 참으려 애쓰면서 나는 빌럼을 만나기 이전의 나날들을 떠올린다. 멜라니와 함께 학교를 다닐 때, 잘 알지도 못하는 애들에 대해 이러쿵저러쿵 얘기하던 내 모습이 보이고 투어에서 덜그럭거렸던 우리의 우정이 보인다. 부모님과 함께 저녁식사를 하는 내 모습도 보인다. 엄마는 항상 들고 다니는 달력에 무용 강좌나 SAT 준비반, 혹은 다른 과외활동 계획을 써넣거나 새 장화를 사려고 카탈로그를 뒤적이며 이야기를 하지만 딱히 나와 대화를 나누는 건 아니다. 에번과 사귀던 시절의 내 모습도 보인다. 처음 같이 자던 날, 에번은 이제 우린 세상에서 가장 가까운 사이가 되었다고 말했다. 달콤한 말이었지만 왠지 책에서 보고 한 말처럼 들렸다. 어쩌면 내가 아무 느낌이 없어서 그랬는지도 모른다. 멜라니가 에번의 단짝과 데이트를 하기 시작했기 때문에 에번과 나도 얼떨결에 데이트를 시작한 게 아닐까 의심이 들던 무렵이었다. 내가 울음을 터뜨리자 에번은 내가 기쁨에 겨워 우는 거라고 생각했고 그의 착각은 상황을 더욱 악화시켰다. 그런데도 나는 그를 떠나지 않았다.

내 삶은 오랫동안 텅 비어 있었다. 빌럼이 느닷없이 내 삶에 들어왔다가 떠나버리기 훨씬 이전부터.

얼마나 오랫동안 그곳에 앉아 있었을까. 문 열리는 소리가 들리더니 화장실 문 밑으로 디의 분홍색 어그 부츠가 보인다.

"거기 있어?" 그가 나지막이 묻는다.

"아니."

"나 들어가도 돼?"

문을 열어보니 디가 내 물건들을 전부 챙겨 들고 서 있다.

"미안해." 내가 말한다.

"미안하다고? 너 대단하더라. 기립박수 받았어."

"우리 부모님 오신다는 얘기 안 해서 미안해. 거짓말해서 미안해. 내가 다 망쳐버려서 미안해. 난 친구 사귈 줄 몰라. 난 아무것도 몰라."

"로절린드가 되는 방법은 아는 것 같던데." 그가 말한다.

"그건 내가 상습적인 연기자라서 그래." 내가 손등으로 눈물을 닦는다. "연기를 너무 잘해서 이젠 내가 연기를 하고 있다는 걸 의식조차 못해."

"너 도대체 이 수업에서 뭘 배운 거야! 연기와 실제 모습을 구분하는 선 따윈 없는 거야." 그가 두 팔을 벌리고 나는 그의 품에 안긴다. "나도 미안해." 그가 말한다. "내가 좀 예민하게 군 것 같아. 내가 원래 드라마틱한 걸 좋아하거든. 혹시 눈치챘는지 모르겠지만."

내가 웃는다. "정말?"

디가 코트를 들어주고 나는 미끄러지듯 코트를 입는다. "누가 나한테 거짓말하는 건 좋아하지 않지만 네가 나한테 하려고 했던 말은 고마워. 사람들은 내가 어떤 앤지 몰라. 내가 살던 동네, 내가 다니던 학교에선 늘 그랬어. 여기서도 그렇고. 그래서 다들 그걸 알아내서 나한테 가르쳐주려 하지. 내가 어떤 애여야 하는지."

"그게 어떤 기분인지 알아."

우리는 잠시 서로를 쳐다본다. 그 침묵 속에서 너무도 많은 이야기가 오간다. 마침내 디가 묻는다. "도대체 뭐가 어떻게 된 건지 얘기하고 싶어?"

얘기하고 싶다. 너무나도 얘기하고 싶어 가슴이 오그라드는 것 같다. 지난 몇 주 동안, 나는 그에게 이것을, 나의 모든 것을 털어놓고 싶었다. 나는 고개를 끄덕인다.

디가 내게 팔을 내밀고 나는 팔짱을 낀다. 함께 화장실을 나설 때 때마침 들어오던 여자애들이 우릴 이상한 눈빛으로 쳐다본다.

"그러니까…… 한 남자애가 있었어." 내가 입을 연다.

그는 고개를 저으며 다정하게 야단치는 할머니처럼 혀를 끌끌 찬다. "내 그럴 줄 알았어."

❖ ❖ ❖

나는 디를 기숙사로 데리고 온다. 그리고 밀린 쿠키들을 대접한다. 디에게 전부 다 털어놓는다. 얘기를 마쳤을 때, 우리는 엄청난 양의 블랙 앤드 화이트 쿠키와 땅콩버터 쿠키를 먹어치운 상태다. 디는 무릎 위에 떨어진 과자 부스러기를 털면서 내게 「로미오와 줄리엣」에 대해 생각해봤느냐고 묻는다.

"세상 모든 일이 다 셰익스피어로 설명되진 않아."

"설명돼. 만약 두 사람이 조금만 인내심이 있었다면 어떻게 됐을지 생각해봤어? 만약 로미오가 잠깐 진정하고 의사를 부르고 줄리엣이 깨어나기를 기다렸다면? 자고 있는 줄리엣을 보고 죽었다고 생각하고 성급하게 독약을 먹지 않았다면?"

"네가 생각해봤다는 건 알겠어." 나도 생각해본다. 로미오는 지나치게 흥분한 상태였다.

"나 그 영화 진짜 여러 번 봤는데, 왜 공포영화 보다가 여자애한테 소리지르고 싶을 때 있지? 볼 때마다 꼭 그런 심정이야. 가지

마! 그 지하실에 내려가지 마! 거기 살인마가 있어! 로미오와 줄리엣을 볼 때마다 그렇게 소리지르고 싶다고. '속단하지 마!' 하지만 그 바보들이 도대체 내 말을 들어야 말이지." 그가 믿을 수 없다는 듯 고개를 젓는다. "항상 난 두 사람이 조금만 기다렸다면 어떻게 됐을까 생각해봐. 줄리엣은 깨어났겠지. 그리고 두 사람은 결혼했을 거야. 몬터규와 캐퓰럿 가문으로부터 멀리 떨어진 곳으로 도망가서 자기들만의 귀여운 성을 짓고 예쁘게 꾸며놓고 살았겠지. 「겨울 이야기」처럼 풀렸을 거야. 레온테스는 헤르미오네가 죽었다고 생각했지만 섣불리 바보짓을 안 한 덕분에 나중에 그녀가 살아 있다는 걸 알고 무지 기뻐했잖아. 어쩌면 몬터규와 캐퓰럿 가문도 나중에 사랑하는 자식들이 살아 있다는 걸 알고 기뻐했을 거야. 그런데도 여전히 서로를 증오한다는 건 말이 안 되니까. 결국 모두가 행복해졌을 거야. 그랬다면 비극이 아니라 희극이 될 수도 있었어."

"「겨울 이야기」는 희극이 아니야. 문제극이지."

"시치미떼긴. 내가 무슨 얘기 하려는 건지 알면서."

물론 나는 안다. 「로미오와 줄리엣」까지 생각해보진 않았지만 빌럼과 나를 놓고 다른 가능성들을 생각해보긴 했다. 영국으로 돌아가는 기차에서, 그리고 집으로 돌아오는 비행기에서, 그런 생각들을 해보았다. 혹시 그에게 무슨 일이 일어난 거라면…… 그런 생각을 털어놓을 때마다 처음에는 폴리가, 그리고 그뒤에는 멜라니가 내 생각을 고쳐주었다. 빌럼은 로미오가 아니라고. 그러나 그는 로미오였다. 내가 줄리엣이 아니었을 뿐. 나는 디에게 그렇게 말한다. 그리고 그가 바람둥이라는 증거를 일일이 열거한다. 기차에서 우연히 만난 여자애를 한 시간 뒤 하루 동안의 파리 여행에 초대한 것만 보아도 빌럼은 바람둥이가 분명하다고.

"평범한 사람들은 그런 행동 안 하잖아." 내가 말한다.

"평범하다는 게 뭔데? 아무 여자나 고른 건 아니었을 거야. 너도 빌럼한테 특별한 의미가 있었을 거야."

"하지만 날 잘 알지도 못했어. 그날 난 완전히 다른 애였거든. 난 룰루였어. 빌럼이 좋아한 건 룰루야. 게다가, 설령 그날 어떤 일이 일어났다고 쳐도, 빌럼이 날 버리고 떠난 게 아니라고 쳐도, 난 걔 이름 말고는 아는 게 없어. 빌럼은 내 이름도 몰라. 걘 다른 대륙에 살고 있어. 한마디로 떠돌이라고. 그런 앨 어떻게 찾아?"

빤한 얘기를 한다는 듯 디가 나를 쳐다본다. "열심히."

스물셋

이름: 빌럼

국적: 네덜란드

나이: 작년 8월 기준 20세

암스테르담에서 성장

부모: 야엘과 브람. 엄마는 네덜란드 출신 아님

엄마는 자연요법 치료사

190센티미터(6피트 3인치)에 75킬로그램(165파운드)

작년 여름 '게릴라 윌' 극단에서 활동

내가 빌럼에 대해 알고 있는 신상 정보 전부다. 안 쓰는 실험 노트에 적어보니 3분의 1페이지 정도밖에 되지 않는다. 마치 진실이 나를 조롱하며 빰을 갈기는 것 같다. 사랑에 빠졌다면서 그 사람에 대해 알고 있는 게 겨우 이거야? 여덟 가지? 이 여덟 가지로 그를 찾겠다니, 차라리 덤불 속에서 바늘을 찾겠다. 그건 쉽다. 눈에 띌 테니까. 지금 나는 바늘공장에서 어떤 바늘 하나를 찾고 있는 거다.

겨우 여덟 가지라니. 창피하다. 물끄러미 노트를 보다가 문득 찢어서 구겨버리고 싶다는 생각이 든다.

한 페이지를 넘긴 다음 다른 내용들을 열거해본다. 생각나는 대로 아무렇게나 적어본다. 납치범인 줄 알았다고 말했을 때 재미있어하던 표정. 카페에서 내게 혼자냐고 물었을 때, 그리고 내가 외동딸인 것을 알게 되었을 때의 표정. 책 선장과 배 안에서 신이 나서 돌아다니던 모습. 그를 그렇게 신나게 만든 사람이 바로 나라는 생각에 내 기분이 얼마나 좋았는지. 운하 밑에서 파리의 소리가 어떻게 들렸는지. 자전거 뒷좌석에서 파리가 어떻게 보였는지. 내 허리에 닿던 그의 손이 어떤 느낌이었는지. 공원에서 여자들을 도우러 달려가던 그의 거친 눈빛. 파리의 거리를 달릴 때 내 손을 잡고 있던 그의 든든한 손. 저녁식사를 하면서 왜 나를 파리로 데려왔느냐고 물었을 때 허를 찔린 듯했던 그의 표정. 그리고 그후 스쾃트에서 날 바라보던 눈빛과 나 자신이 너무도 크고 강하고 유능하고 용감한 아이처럼 느껴졌던 그 순간.

한 페이지를 채우는 동안 그날의 추억이 물밀듯 밀려든다. 또 한 페이지를 채운다. 그러고 나서 나는 더는 그에 대한 글을 쓰지 않는다. 나 자신에 대해 쓴다. 그날 내가 느꼈던 모든 감정들, 두려움과 질투 그리고 온 세상이 수많은 가능성으로 넘쳐나는 것 같았던 그 기분에 대해서.

나는 세 페이지를 채운다. 내가 쓰는 글은 그를 찾는 데 전혀 도움이 되지 않는다. 그러나 글을 쓰는 동안 나는 기분이 좋다. 아니, 단지 기분이 좋다는 표현으론 부족하다. 나는 충만하다. 마침내 할 일을 하고 있는 것 같다. 너무도 오랜만에 느껴보는 감정이다. 그리고 바로 그 감정이 그 무엇보다도 내게 확신을 준다. 그를 반드시 찾아야 한다고.

❖ ❖ ❖

가장 확실한 정보는 게릴라 윌이다. 그래서 거기서 시작한다. 웹사이트에 기본적인 정보들이 나와 있고 그것만으로도 나는 흥분한다. 너무 오래된 정보임을 깨닫기 전까지. 게릴라 윌 사이트는 재작년 여름 연극을 홍보하고 있다. 그러나 이메일 주소는 남아 있다. 나는 몇 시간에 걸쳐 메일을 열 개나 썼지만 간단한 것 하나만 남기고 전부 지운다.

안녕하세요.

빌럼이라는 네덜란드 남자를 찾고 있습니다. 스무 살이고 지난 여름 〈십이야〉를 공연했어요. 저는 스트랫퍼드어폰에이번에서 그 공연을 보면서 그를 만났고, 지난 8월 그와 함께 파리에 갔습니다. 그의 행방을 아시는 분은 앨리슨 힐리, 룰루가 찾고 있으니 연락해달라고 전해주세요. 저에겐 아주 중요한 일입니다.

내 연락처를 전부 다 쓴 다음 잠시 가만히 앉아 이메일을 구성하는 일련의 1과 0과 어떤 것들이 산을 넘고 바다를 건너 누군가의 메일함으로 들어가는 상상을 해본다. 혹시 누가 알겠는가. 그의 메일함으로 들어갈지.

마침내 보내기 버튼을 누른다.

삼십 초 뒤, 내 메일함 알림음이 울린다. 답신일까? 이렇게 빨리? 이렇게 쉽게? 누가 그의 행방을 알고 있나보다. 아니면 빌럼도 계속 나를 찾고 있었거나.

메일함을 클릭하는 내 손이 떨린다. 그러나 내가 방금 보낸 메일이 반송된 것일 뿐이다. 주소를 확인하고 다시 한번 메일을 보낸다. 이번에도 메일이 되돌아온다.

"원 스트라이크야." 다음날 수업 전에 내가 디에게 말한다. 그리고 반송된 메일에 대해 설명한다.

"스포츠에 비유하는 건 별로지만, 야구는 9회까지 있는 걸로 아는데."

"무슨 뜻이야?"

"길게 보라고."

글레니 교수가 들어와 이번에 새로 들어갈 작품 「심벌린」에 대해 이야기하기 시작한다. 그는 〈뜻대로 하세요〉의 공연 티켓이 필요한 사람은 지금 구입하라는 안내와 함께 연말에 있을 발표 준비를 슬슬 시작하라고 말한다. "혼자 하건 파트너와 하건, 평상시처럼 발표하건, 아니면 좀더 연극적인 내용으로 발표를 하건 각자 결정하세요."

"우린 연극적인 걸로 하자." 디가 속삭인다.

"그게 글레니의 방식이지."

그 순간 똑같은 생각이 떠올랐다는 듯 우리가 서로를 쳐다본다. 수업이 끝나자 우리는 글레니 교수의 추종자들이 모여 있는 교탁으로 다가간다.

"로절린드, 〈뜻대로 하세요〉 티켓 사려고?"

나는 얼굴을 붉힌다. "티켓은 벌써 샀어요. 실은, 연락이 끊긴 사람을 찾고 있는데요, 별로 단서가 없어요. 제가 아는 것 중에 확실한 정보는 작년에 스트랫퍼드어폰에이번에서 공연한 셰익스피어 극단 소속이라는 거예요. 웹사이트가 있는데, 이메일을 보냈더니 되돌아왔어요. 그 연극을 본 건 거의 일 년 전이고……"

"스트랫퍼드어폰에이번에서?"

"네. 극장에서 한 공연이 아니었어요. 일종의 언더그라운드 극단인데 이름이 게릴라 윌이에요. 운하 선착장에서 공연을 했는데 정말 좋았어요. 거기서 하는 〈십이야〉를 보려고 로열셰익스피어 극단의 〈햄릿〉을 포기했어요."

글레니 교수는 내 이야기를 재미있게 듣는다. "그랬군. 그러니까 어떤 서배스천을 잃어버린 거구나. 그렇지?" 나는 흠칫 놀라며 얼굴을 붉힌다. 그러나 그는 단지 연극 이야기를 하고 있음을 깨닫는다. "그곳 여행사에 오랜 친구가 하나 있어. 게릴라 윌이라고 했나?"

나는 고개를 끄덕인다.

"내가 한번 알아봐줄게."

그다음주, 봄방학 직전에 글레니 교수가 내게 주소를 하나 건넨다. "내 친구가 알아낸 건데, 경찰 기록에서 찾았다는군. 자네의 그 게릴라 윌 친구는 허가 없이 공연을 자주 했던 모양이야. 예전 체포 기록에서 나온 주소인데, 현재 주소인지는 확실치 않아." 나는 주소를 본다. 영국 리즈라는 도시의 주소다.

"고맙습니다." 내가 말한다.

"천만에. 어떻게 됐는지 알려주게."

그날 밤 나는 게릴라 윌에 보냈던 편지를 출력한다. 그러나 이내 마음을 바꾸어 직접 손으로 빌럼에게 편지를 쓴다.

빌럼,

지난 아홉 달 동안 나는 너와 함께했던 파리에서의 하루를 잊으려고 무척 노력했지만, 보다시피 도저히 잊을 수가 없어. 무엇보다도 난 알고 싶어. 너 그냥 그렇게 떠났던 거야? 만약 그랬다면 괜찮아. 아니, 괜찮다고 말할 순 없겠지. 하지만 진실을 알면 잊을 수 있을 것 같아. 만약 네가 그렇게 떠난 게 아니라면, 무슨 말을 해야 할지 모르겠어. 내가 먼저 떠나서 정말 미안해.

과거에서 온 유령 같은 이 편지를 받고 네가 어떤 기분일지 모르겠어. 하지만 그날 무슨 일이 있었건, 부디 네가 잘 지내고 있길 바라.

나는 룰루와 앨리슨의 이름으로 서명을 하고 모든 연락처를 남겨놓는다. 편지를 봉투에 넣고 게릴라 윌의 주소를 쓴 다음 '빌럼에게 전달해주세요'라고 쓴다. 그리고 봄방학을 맞아 학교를 떠나기 전날 밤 편지를 부친다.

❖ ❖ ❖

집에서 보내는 방학은 따분하다. 멜라니의 방학 일성은 나와 다르다. 나는 한편으로는 멜라니가 그리우면서도 한편으로는 멜라니를 보지 않아도 되어서 다행스럽다. 방안에 틀어박혀 과학 교재들을 주변에 높이 쌓아놓고 페이스북과 트위터를 비롯한 온갖 소셜 네트워크를 검색하지만 이름만 알고 성을 모르는 게 걸림돌이다. 더구나 빌럼은 네덜란드에서 꽤 흔한 이름이다. 그래도 수백 페이지를 살피며 빌럼이라는 사람들의 사진을 본다. 그러나 어디에도 그의 사진은 없다.

나는 페이스북에 룰루라는 이름으로 루이즈 브룩스와 내 사진들을 올려놓는다. 그리고 상태 메시지를 매일 바꾼다. 오직 그만이 이해할 수 있는 말들로. 우주의 우연을 믿어? 누텔라가 초콜릿이야? 사랑에 빠지는 것과 사랑하는 건 같은 거야? 나는 뉴에이지 괴짜들로부터 친구 요청을 받는다. 온갖 이상한 사람들이 친구 요청을 해온다. 미네소타의 누텔라 팬클럽에서도 친구 요청을 한다. 그러나 그에게서는 아무 연락이 없다.

나는 그의 부모를 찾아본다. 단어를 조합해서 검색해본다. 빌럼, 브람, 야엘로 검색해보고 브람과 야엘만으로도 검색해본다. 그러나 성을 모르니 아무것도 찾을 수 없다. 네덜란드의 모든 자연요법 치료사 사이트에서 야엘을 찾아보지만 역시 아무것도 나오지 않는다. 야엘이라는 이름을 검색해보니 히브리어란다. 엄마가 유대인인가? 이스라엘 사람인가? 왜 함께 있을 때 그런 것조차 물어보지 않았을까? 나는 그 이유를 알고 있다. 그와 함께 있을 땐 그를 이미 다 아는 것 같은 기분이 들었기 때문이다.

스물넷

봄방학이 끝나자 셰익스피어 시간에 「심벌린」을 읽기 시작한다. 디와 나는 반 정도 읽다가 아주 재미있는 대목에 이른다. 이모전의 남편 포스추머스는 자신이 이모전에게 준 비밀 팔찌를 이아키모가 차고 있는 걸 보고 이모전이 간통을 저질렀다고 생각한다. 하지만 사실 그 팔찌는 이모전을 유혹할 수 있다는 포스추머스와의 내기에서 이기려고 이아키모가 몰래 훔친 것이었다.

"또 한번의 섣부른 판단이야." 디가 말하며 나를 쏘아본다.

"하지만 충분히 의심할 만해." 내가 말한다. "이아키모가 이모전에 대해 너무 잘 알고 있잖아. 침실이 어떻게 생겼는지도 알고, 가슴에 점이 있다는 것도 알고."

"그야 이모전이 잠들었을 때 염탐해서 알아낸 거지." 디가 말한다. "충분히 설명할 수 있는 일이야."

"무슨 말인지 알아. 빌럼이 사라진 것도 그럴 만한 이유가 있었을 거란 얘기지? 하지만 때론 사실을 있는 그대로 받아들여야 할 때도 있는 거야. 단 하루 동안, 나는 빌럼이 여자들하고 시시덕거리는 걸 봤고, 옷을 벗는 걸 봤고, 적어도 세 명의 여자에게 전화번호를 받는 걸 봤어. 나 빼고. 그것만 봐도 빌럼은 노는 애가 확실해. 날 데리고 논 거야."

"노는 애치곤 사랑에 빠지는 거에 대해 꽤 많이 떠들었네."

"사랑한 게 아니라 사랑에 빠진 거였대." 내가 말한다. "셀린하고." 그러나 나는 서로에게 얼룩을 남겼다는 부모 이야기를 할 때의 그 표정도 기억하고 있다. 가면이 벗겨진 그리움의 표정. 그 순간 갑자기 손목에서 열기가 느껴진다. 마치 그의 침이 아직도 그곳에 남아 있는 것처럼.

"셀린!" 디가 손가락으로 소리를 낸다. "그 죽여준다는 프랑스 여자애!"

"그 정도로 죽여주진 않았어."

디가 눈을 부라린다. "왜 그 생각을 못했지? 걔가 일한다던 그 클럽 이름이 뭐였어? 너 거기 여행가방 두고 왔다며."

"기억 안 나."

"거기가 어디였어?"

"기차역 근처."

"어느 기차역?"

나는 어깨를 으쓱한다. 의도적으로 모든 기억을 차단하고 있었다.

디가 내 노트북을 가져간다. "너 지금 완전 짜증나는 거 알아?" 그가 노트북에 무언가를 입력한다. "런던에서 파리로 갔으면 게리

드 노드에서 내렸을 거야." 그는 파리 북역(가르 뒤 노르)을 게리 드 노드로 발음한다.

"너 엄청 똑똑하다."

그가 구글 지도에 무언가를 입력한다. 몇 개의 빨간 깃발이 나타난다. "좋았어!"

"뭐가?"

"게리 드 노드 근처에 나이트클럽이 몇 개 있어. 거기 전화해봐. 셀린이 그중 한 곳에서 일하고 있겠지. 셀린을 찾으면 빌럼을 찾을 수 있어."

"맞아. 둘이 한 침대에 누워 있겠지."

"앨리슨, 방금 때론 눈을 크게 뜨고 상황을 똑바로 봐야 한다고 말한 건 너야."

"맞아. 하지만 셀린이란 여잔 다시 보고 싶지 않아."

"빌럼을 찾고 싶긴 한 거야?" 디가 묻는다.

"잘 모르겠어. 다른 것보다, 도대체 일이 어떻게 된 건지 알고 싶어."

"그럼 셀린한테 전화해."

"이 클럽들에 다 전화해서 셀린을 찾으라고? 그리고 너, 잘 모르는 모양인데, 나 프랑스어 못해."

"그게 뭐 그리 어렵겠냐?" 그가 하던 말을 멈추고 얼굴을 잔뜩 찌푸린다. "봉 라크루아 몽수아르 위, 트레, 시크 시크 크루아상 프렌치 호백……" 디가 실실 웃으며 말한다. "봤지? 대빵 쉬워."

"대빵도 프랑스어야?"

"아니, 라틴어. 그 사람도 찾아봐. 그 흑인."

아, 그 거인. 그에게라면 이야기할 수 있을 것 같다. 그러나 나는 그의 이름도 모른다.

"네가 해. 네가 나보단 낫잖아."

"낫긴 뭐가 나아? 나 스페인어 공부했어."

"너 목소리 연기 잘하잖아."

"너 로절린드 연기하는 거 봤거든. 그리고 너, 하루종일 룰루를 연기한 애잖아. 그것도 모자라서 네 부모님한테는 의대 지망생 연기를 하고 있고."

나는 고개를 숙이고 손톱을 뜯는다. "그래. 나 완전 거짓말쟁이야."

"거짓말쟁이 아니야. 그저 여러 가지 정체성을 연기하고 있는 거지. 셰익스피어 연극에 나오는 주인공들처럼. 우리가 연기하는 사람들은 이미 우리 안에 있는 사람들이야. 그래서 우리가 그 사람들을 연기할 수 있는 거야."

❖ ❖ ❖

나는 초급 프랑스어 수업을 듣고 있는 칼리에게 대수롭지 않은 일이라는 듯 묻는다. 셀린이란 여자, 혹은 형이 로체스터에 살고 있다는 세네갈 출신 바텐더를 찾고 있다고 프랑스어로 어떻게 말하는지 알려줄 수 있느냐고. 칼리가 멍하니 나를 쳐다본다. 충격받은 표정이다. 아마 내가 입학하고 처음으로 "이 양말 니 꺼니?"

보다 진지한 질문을 했기 때문일 것이다.

"상황에 따라 달라." 칼리가 말한다. "그 사람들이 누군데? 어떤 관계야? 프랑스어는 뉘앙스가 중요하거든."

"그냥 내가 통화하고 싶은 사람이라고 해두면 안 될까?"

칼리는 눈을 가늘게 뜨더니 다시 하던 일로 돌아간다. "그럼 온라인 번역기나 이용해보시든지."

나는 깊이 숨을 들이쉬었다가 한숨을 내쉰다. "알았어. 그 두 사람이 누구냐 하면, 내가 전에 한 번 만난 적 있는, 죽여주게 예쁜 여자애하고 아주 친절한 남자야. 두 사람 다 파리의 어느 나이트클럽에서 일하는데, 아무래도 그 두 사람이 내…… 행복의 열쇠를 쥐고 있는 것 같아서 그래. 이 정도면 뉘앙스를 결정하는 데 도움이 되겠니?"

칼리가 교재를 덮고 내 쪽으로 돌아앉는다. "그렇기도 하고 아니기도 해." 칼리는 메모지를 한 장 들고 턱을 두드린다. "혹시 그 로체스터에 산다는 형 이름은 알아?"

나는 고개를 젓는다. "딱 한 번 아주 빨리 말했어. 왜?"

칼리가 어깨를 으쓱한다. "이름을 알면 로체스터에서 그 사람을 찾아서 동생 연락처를 물어보면 되잖아."

"어머! 내가 왜 그 생각을 못했지! 어떻게든 기억해내서 시도해봐야겠다. 고마워."

"도움을 청하면 이렇게 놀라운 일이 일어나는 법이야." 칼리가 눈을 흘기며 말한다.

"전부 다 듣고 싶어?"

내 물음에 칼리가 치켜세운 눈썹으로 대답한다. 너 지금 돼지한테 진흙탕을 좋아하느냐고 묻는 거야?

그래서 나는 전부 다 털어놓는다. 절친한 친구와는 거리가 먼 칼리에게 그날의 사건을 전부 다 털어놓는다.

"세상에! 그래서 그랬구나!"

"뭐가?"

"네가 늘 혼자 있고 싶어하고 우리가 무슨 얘길 해도 다 싫다고 했던 거. 네가 우릴 싫어하는 줄 알았어."

"싫어하긴! 너희들 싫어하지 않았어. 오히려 내가 너희들한테 따돌림 당하는 기분이었어. 너희들이 나하고 엮인 게 딱하다는 생각도 들었고."

칼리의 눈이 휘둥그레진다. "나 여기 오기 직전에 남자친구하고 헤어졌어. 젠도 여자친구하고 틀어졌대. 내가 왜 버스터 사진을 그렇게 많이 가지고 왔겠어? 다들 우울했고 향수병을 앓고 있었어. 그래서 파티를 쫓아다녔던 거고."

나는 고개를 젓는다. 그런 줄은 몰랐다. 알려고 하지도 않았다. 그리고 웃는다. "일곱 살 때부터 아주 친했던 친구가 있었어. 내가 어울려 다녔던 유일한 친구가 그애여서 그런지 친구 사귀는 법을 배워야 할 시기를 놓친 것 같아."

"그걸 못 배웠을 리가 없어. 유치원에 다녔다면."

나는 절망적으로 칼리를 바라본다. 물론 유치원은 다녔다.

"유치원에 다녔다면 친구 사귀는 법을 모를 리 없어. 가장 먼저 그걸 가르쳐주잖아." 칼리가 나를 쳐다본다. "친구를 만들려면,"

"먼저 친구가 되어라." 내가 칼리의 말을 끝낸다. 핀 선생님에게 배웠던 걸 떠올리면서. 어쩌면 〈바니와 친구들〉에 나온 대사인지도 모르겠다.

칼리가 미소를 지으며 펜을 집어든다. "일단 셀린하고 세네갈 출신 바텐더를 아는지 묻는 편이 간단할 거 같아. 형 얘긴 빼고. 파리에 세네갈 출신 바텐더가 몇 명이나 되겠어? 그래서 그 바텐더를 찾으면 그다음에 로체스터에 형이 있느냐고 물어보면 되잖아."

"로셰에스테르." 내가 정정한다. "그 사람은 그렇게 발음하더라."

"왜 그랬는지 알 것 같다. 훨씬 고상하게 들려. 자." 그녀가 내게 종이를 내민다. 주 부드레 파를레 아 셀린 우 오 바르만 키 비엥 뒤 세네갈, 실 부 플레. 칼리는 프랑스어로 쓰고 발음까지 적어준다. "프랑스어로 그렇게 말하면 돼. 전화할 때도 혹시 도움 필요하면 말해. 친구라면 그 정도는 해줄 수 있으니까."

주 부드레 파를레 아 셀린 우 오 바르만 키 비엥 뒤 세네갈, 실 부 플레. 일주일이 지나니 그 문장을 얼마나 여러 번 말했는지 자다가도 중얼거릴 정도다. 처음엔 연습하느라 중얼거렸고 나중엔 점점 더 절망적으로 변해가는 전화 통화를 하며 그 말을 되풀이했다. 나는 스물세 통의 전화를 건다. 주 부드레 파를레 아 셀린 우 오 바르만 키 비엥 뒤 세네갈, 실 부 플레…… 그렇게 묻는 순간 대체로 세 가지 중 한 가지 상황이 벌어진다. 첫째, 상대방이 전화를 툭 끊는다. 둘째, 농!에 가까운 대답과 함께 전화가 툭 끊어진다. 그런 상황이 되면 해당 클럽의 이름을 목록에서 지운다. 그러나 가끔 속사포 같은 프랑스어로 떠드는 사람들이 있다. 그럴 때면 나는 대답을 할 수가 없다. 셀린? 바르만? 세네갈? 내가 수화기에 대고 되풀이하지만 내가 하는 말들은 물 새는 구명보트처럼 가라앉고 만다. 그 사람들이 무슨 얘기를 하는지 나로서는 알 길이 없다. 셀린과 세네갈 남자가 점심을 먹으러 갔는데 곧 돌아올 거라고 말하는 걸 수도 있고 셀린이란 여자가 있긴 한데 아래층에서 네덜란드 남자와 섹스하는 중이라고 말하는 걸 수도 있다.

나는 칼리에게 도움을 청한다. 셀린이란 여자도, 세네갈 출신 바텐더도 없다는 대답을 듣는 경우도 있지만 칼리 역시 나만큼 어리둥절해하는 경우도 적지 않다. 그동안 칼리와 디는 구글에 로체스터에 사는 세네갈 출신자의 이름들을 검색해보지만 몇 차례의 창피한 통화 끝에도 아무런 수확이 없다.

스물네 통의 한심한 통화를 하고 나니 더이상은 전화해볼 파리 북역 근처 나이트클럽이 없다. 나는 셀린이 주었던 티셔츠에 적혀 있던 밴드의 이름을 기억해낸다. 빌럼과 내게 주었던 티셔츠. 나는 수 우 쉬르를 검색해보고 그들의 투어 일정을 확인해본다. 그 밴드가 셀린의 클럽에서 공연을 했다면 아주 오래전이었던 게 분명하다. 지금은 해체되었으니까.

편지를 보낸 지도 어느덧 삼 주가 흘렀고 나는 서서히 희망을 잃어간다. 그를 찾을 확률은, 처음에도 희박했지만, 갈수록 더 희박해지고 있다. 그러나 이상하게도 내가 해야 할 일을 하고 있다는 생각만큼은 조금도 흐릿해지지 않는다. 오히려 점점 더 또렷해진다.

❖ ❖ ❖

"서배스천 수색 작전은 잘되어가고 있나?" 글레니 교수가 「심벌린」에 관한 리포트를 돌려받으려고 줄을 서 있던 내게 묻는다. 그의 추종자들이 부러움 섞인 시선으로 나를 쳐다본다. 게릴라 윌 이야기를 한 뒤로 글레니 교수는 나를 다시 보는 것 같다. 물론 디는 처음부터 좋아했다.

"막혔어요." 내가 말한다. "더이상은 단서도 없고요."

그가 미소를 짓는다. "단서는 항상 있어. 추리영화에서 형사들이 늘 하는 말 잊었어? '생각의 틀을 벗어나야 해!'" 마지막 말을 형편없는 뉴욕 억양으로 말하며 그가 내 리포트를 돌려준다. "잘했어."

내 리포트에 빨간색으로 적힌 커다란 A-를 보는 순간 가슴이 벅차오른다. 디와 함께 다음 강의실로 가면서 나는 계속 내 점수를 들여다본다. 그럴 리 없겠지만 A가 C로 바뀌지 않았나 확인하느라 눈을 뗄 수가 없다. 미소도 멈출 수가 없다. 그런 내 모습을 보고 디가 웃는다.

"A학점 받는 게 신기한 일인 애들도 있거든." 내가 말한다.

"진짜 눈물나서 못 봐주겠다. 네시?"

"손꼽아 기다릴게!"

네시에 기숙사로 찾아온 디는 완전히 흥분한 상태다. "틀을 벗어나서 생각하는 건 이제 집어치우자. 이제 틀 안을 들여다보는 거야." 시청각실에서 빌린 DVD 두 개를 들어 보이며 그가 말한다.

그중 하나는 제목이 〈판도라의 상자〉다. 슬프고 어두운 눈빛에 헬멧처럼 각진 검은 단발머리를 한 아름다운 여자 사진이 보인다. 그녀가 누군지 나는 곧바로 알아본다.

"이게 무슨 도움이 되는데?"

"몰라. 하지만 판도라의 상자를 열면 뭐가 나올지 누가 알아? 오늘밤에 보자. 나 일 끝나고 나서."

나는 고개를 끄덕인다. "내가 팝콘 준비할게."

"난 식당에서 남은 케이크 가져올게."

"금요일 밤인데 그 정도는 기본이지."

그날 저녁 디를 맞을 준비를 하다가 라운지에서 칼리를 만난다. 칼리가 팝콘을 본다. "갑자기 웬 군것질?"

"디하고 같이 영화 보기로 했어." 나는 한 번도 칼리에게 무언가를 같이 하자고 말한 적이 없다. 주말 저녁이면 칼리는 늘 외출을 한다. 그러나 칼리에게 도움 받은 것도 있고 친구 사귀는 법에 대해 나눈 얘기도 있어서 같이 보겠느냐고 묻는다. "영화 속에서 단서를 찾아야 하거든. 그러고 보니 네 도움이 필요할 것 같아. 로체스터에 있는 형을 찾아보라는 기막힌 아이디어도 네가 낸 거잖아."

칼리의 눈이 휘둥그레진다. "기꺼이 도와줄게! 맥주파티라면 이제 지겨워. 젠, 앨리슨하고 디하고 같이 영화 보자!"

"대답하기 전에 미리 말할게. 이거 무성영화야."

"좋아! 한 번도 본 적 없는데 잘됐다." 젠이 말한다.

나도 무성영화를 본 적이 없다. 그런데 막상 보니 결국 셰익스피어 연극을 보는 것과 비슷하다. 적응하는 데 어느 정도 시간이 필요하고, 흐름을 타야 한다. 대사가 없지만 그렇다고 해서 자막이 있는 외국영화 같지는 않다. 주요한 내용만 자막으로 보여주어서 주로 배우의 표정이나 상황, 오케스트라 음악으로 내용을 파악해야 한다. 좀더 주의를 기울이며 봐야 한다.

우리는 〈판도라의 상자〉를 끝까지 본다. 이 남자, 저 남자 사이를 왔다갔다하는 아름다운 여자 룰루에 관한 얘기다. 룰루는 연인과 결혼한다. 그러나 결혼 전날 밤에 남편을 쏘아 죽인다. 룰루는 살인죄로 감옥에 갔다가 거기서 탈출해 자기가 살해한 남편의 아들과 함께 달아난다. 하지만 결국엔 창녀로 팔려가고 그러다가 크리스마스이브에 잭 더 리퍼*에게 살해당한다. 우리는 열차 충돌 사고 현장을 슬로모션으로 보는 듯한 기분으로 그 영화를 끝까지 본다.

영화가 끝나자 디가 다음 영화를 준비한다. 제목은 〈버림받은 여자의 일기〉이다. "다행히 이번 건 코미디야." 그가 말한다.

그렇게 나쁘진 않다. 룰루는, 이 영화에서는 여주인공 이름이 아니지만, 그래도 마지막에 죽진 않는다. 그러나 여주인공은 유혹에 빠지고, 혼외정사로 임신을 하고, 그 아이를 빼앗기고, 버림받고, 결국 끔찍한 재활원에 버려진다. 그리고 그녀도 창녀가 된다.

불을 켤 때는 거의 새벽 두시다. 우리는 충혈된 눈으로 서로를 본다.

"뭐야 이게?" 젠이 묻는다.

---

* 1888년 영국 런던의 화이트채플 지구에서 최소 다섯 명의 매춘부를 엽기적인 방법으로 살해한 것으로 알려진 연쇄살인범.

"난 그 여자 의상 괜찮더라." 칼리가 말한다.

"의상이 특이하긴 하지만 그렇다고 아주 참신한 건 아니었어." 디가 나를 돌아본다. "혹시 무슨 단서라도?"

나는 주위를 둘러본다. "아무것도 못 찾았어." 정말 아무것도 모르겠다. 지금까지 난 내가 룰루를 닮았다고 생각했다. 그러나 영화 속 룰루와 난 전혀 다르다. 그렇게 되고 싶지도 않다.

젠이 하품을 하며 노트북을 꺼내더니 루이즈 브룩스를 검색한다. 그녀는 A급 영화배우부터 삭스 백화점 점원에 이르기까지 룰루만큼이나 파란만장한 삶을 살았다. 한때 유부남의 애인이 되기도 했지만 마지막에는 은둔자가 되었다. "그런데 여기 이렇게 나와 있어. 그녀는 늘 반항적이었고 자기만의 방식을 고집했다. 그레타 가르보와 동성애 관계였다!" 마지막 문장에서 젠이 미소를 짓는다.

칼리가 노트북을 빼앗아 마저 읽는다. "그리고 짧은 단발의 창시자래."

"그때 내 머리가 짧은 단발이었어. 그 얘기를 미리 해줄걸 그랬다."

칼리가 노트북을 닫고 뒤로 묶은 내 머리채를 잡아 턱 높이까지 올린 뒤 "단발이었으면 좀 비슷했겠다"고 말한다.

"그렇게 말하더라고. 내가 그 여자 닮았다고."

"그렇게 말했다면, 그건 분명 네가 예쁘단 뜻이었을 거야." 젠이 말한다.

"어쩌면. 하지만 그냥 장난이었을 수도 있어. 룰루라고 부른 건 나하고 거릴 두기 위해서였는지도 몰라. 그렇게 부르면 나에 대해 아무것도 알 필요가 없을 테니까." 로맨틱하지 않은, 아니, 보다 정직하고 현실적인 시나리오를 제시하면서도 그다지 수치심이나 모욕감이 들지 않는다. 친구들이 곁에 있으니 그런 것들이 그리 큰 걱정거리처럼 느껴지지 않는다.

켄드라가 젭의 방에서 자기로 해서 칼리가 자기 침대를 디에게 양보하고 자기는 켄드라 침대에 눕는다. 모두가 잠자리에 들면서 서로에게 잘 자라고 인사한다. 여름 캠프에 온 것 같은 기분이다. 그리고 나는 다시 한번, 그 어느 때보다 또렷하게, 내가 해야 할 일을 하고 있다는 생각이 든다.

디는 곧바로 코를 골기 시작한다. 그러나 나는 쉽게 잠을 이룰 수가 없다. 계속 룰루를 생각한다. 어쩌면 룰루는 그저 하나의 이름에 불과했을 수도 있다. 가짜 이름. 그러나 어느 순간부터 룰루는 가짜가 아니었다. 그날 하루 동안, 나는 진짜 룰루였다. 영화 속의 룰루는 아닐지라도, 진짜 루이즈 브룩스는 아닐지라도, 그날 나는 룰루가 의미하는 바로 그런 것들이었다. 자유. 대범함. 모험. 그리고 예스라고 말하는 것.

문득 내가 찾는 사람이 단지 빌럼이 아님을 깨닫는다. 나는 룰루도 찾고 있었다.

스물다섯

4월

마이애미비치

엄마 아빠가 마이애미 공항의 게이트에서 날 기다리고 있다. 엄마는 두 분이 나보다 삼십 분 먼저 도착하도록 비행기 일정을 잡았다. 나는 올해 유월절 예식만큼은 빠질 수 있기를 바랐다. 부모님을 불과 몇 주 전 봄방학 때도 만난데다 유월절을 지내러 여기 오려면 수업을 하루 빠져야 했기 때문이다. 그러나 내게 그런 운이 있을 리 없다. 집안 전통도 전통이지만 유월절은 일 년 중 우리가 할머니를 만나러 가는 유일한 날이라 어쩔 수 없었다.

나는 할머니를 사랑한다. 유월절은 따분하기 짝이 없고 생명의 위협을 느낄 지경까지 할머니가 손수 만든 음식을 먹어야 하지만 그것 때문에 유월절 예식이 싫은 건 아니다.

할머니는 엄마를 미치게 만든다. 그 말은 곧, 할머니네 집에 갈 때마다 엄마가 우릴 미치게 만든다는 뜻이다. 할머니가 우리집에 올 때는 그나마 견딜 만하다. 엄마가 외출을 하거나 수전 아줌마네 집에 가거나 테니스를 치거나 내 일정을 짜거나 쇼핑하러 가서 내게 필요하지도 않은 새 옷을 살 수 있기 때문이다. 그러나 우리가 할머니가 살고 있는 마이애미비치의 노인 전용 콘도에 머물 때면 마치 노인들의 섬에 갇혀버린 것 같은 기분이 든다.

공항에서 짐을 찾을 때부터 엄마의 산소리가 시작된다. 생일선물을 받고 왜 감사 편지를 보내지 않았느냐고. 분명 할머니와 수전 아줌마에게 카드를 받았는지 물어본 거다. 내게 생일 케이크를 만들어준 젠과 칼리, 보스턴에서 자기가 가장 좋아하는 푸드 트럭에 데려가 저녁을 사준 디, 그리고 엄마 아빠를 제외하면 이번 생일에 내가 감사 카드를 보내야 할 사람은 그 두 사람뿐이다. 멜라니는 아무것도 보내지 않았다. 그저 내 페이스북에 생일 축하 인사만 남겼다.

택시를 타자마자(엄마는 첫번째 택시가 에어컨이 약하다면서 그냥 보내고 두번째 택시를 잡는다. 할머니 동네에서는 누구도 엄마로부터 안전하지 않다) 엄마가 여름방학 계획으로 나를 쪼기 시작한다.

지난 2월, 엄마가 처음 여름방학 계획 얘기를 꺼냈을 때 나는 아직 잘 모르겠다고만 대답했다. 그리고 몇 주 뒤, 봄방학이 끝나갈 무렵, 엄마는 자기가 인맥을 동원해서 여기저기 알아본 덕에 괜찮은 기회를 두 개 잡았다고 했다. 하나는 필라델피아 부근의 어느 제약회사 연구소에서 일하는 것이고, 또하나는 아빠의 의사 친구이자 직장 선문의인 바움가트너 씨의 진료실에서 일하는 것이다(멜라니는 그를 범 가드너*라고 부르곤 했다). 두 자리 다 보수는 없지만 엄마 아빠가 상의한 끝에, 내가 거기서 일하면 용돈을 넉넉히 주기로 했다고 엄마가 설명했다. 엄마는 흐뭇해 보였다. 이력서에 쓰면 둘 다 근사하게 보일 거라면서 첫 학기의 "대실패"를 만회하기 위한 첫 단계가 될 거라고 했다.

짜증이 치민 나머지 그 인턴 자리는 들어갈 수 없다고, 나는 자격 미달이라고, 의대에 가지 않을 거라고 말할 뻔했다. 단지 엄마를 괴롭히고 싶고, 엄마의 놀란 표정을 보고 싶어서. 그러나 이내 두려워졌다. 나는 '크게 읽는 셰익스피어' 수업에서 A를 받았다. 중국어 수업에서도 처음으로 A-를 받았다. 생물학 실험은 B, 도자기는 A를 받았다. 나 자신이 대견했고 그 대견함을 퇴색시킬 엄마의 불가피한, 그리고 반복되는 실망을 원치 않았다. 물론 언젠가는 터질 일이겠지만, 일단은 학기말에 성적표를 보여주면서 사실을 털어놓겠다는 본래의 작전을 고수해야 했다.

그러나 기말시험이 아직 삼 주나 남아 있는 지금, 엄마가 인턴십을 빌미로 내 목을 조르고 있다. 할머니의 집 앞에 도착하자 나는 좀더 생각해보겠다고 말한 뒤 얼른 택시에서 내려 아빠가 짐 내리는 걸 돕는다.

참 희한한 일이다. 엄마는 내가 아는 가장 무시무시한 사람인데, 할머니가 문을 열자 쪼그라드는 것 같다. 문을 열고 나온 사람이 염색한 금발에, 노란 운동복 위에 '정신 나간 요리사에게 키스를'이라고 쓰인 앞치마를 두르고, 키가 152센티미터인 아담한 체구의 할머

---

* Bum Gard(e)ner. 엉덩이 정원사.

니가 아니라 거대한 괴물이라도 된다는 듯. 할머니가 샬리마*향과 닭기름 냄새를 풍기며 나를 격하게 끌어안는다. "앨리! 어디 한번 보자! 너 헤어스타일 바꾸었구나! 페이스북에 올린 사진 봤다!"

"페이스북도 하세요?" 엄마가 묻는다.

"앨리하고 난 페이스북 친구야. 안 그러냐?" 할머니가 내게 윙크하며 말한다.

엄마가 움찔한다. 할머니와 내가 페이스북 친구라서 그러는 건지, 할머니가 내 이름을 줄여 불러서 그러는 건지는 확실치 않다.

우리는 집안으로 들어선다. 할머니의 남자친구 필이 커다란 꽃무늬 소파에 잠들어 있다. 거대한 TV에서 농구 경기가 요란하게 중계되고 있다.

할머니가 내 머리를 만진다. 이제 거의 어깨 길이로 자랐다. 지난여름 이후 나는 머리를 자르지 않았다. "원래는 더 짧았어요." 내가 말한다. "지금은 좀 어정쩡하죠."

"지금이 훨씬 나아. 그 단발 정말 끔찍했어." 엄마가 말한다.

"엄마, 그냥 평범한 단발이었어요. 모호크족 머리**가 아니고."

"단발이 뭔진 엄마도 알아. 너 꼭 남자 같았어."

나는 할머니에게 돌아선다. "엄마 어렸을 때 혹시 헤어스타일 때문에 트라우마 있었어요? 제 헤어스타일에 유난히 집착하는 거 같아서요."

---

* 겔랑의 향수 이름.

** 머리의 가운데에만 띠 모양으로 모발을 남겨두는 스타일.

할머니가 손뼉을 친다. "앨리, 생각해보니 네 말이 일리가 있구나. 네 엄마가 열 살 때, 〈악마의 씨〉*란 영화를 보더니 갑자기 미용실에 데려가달라고 조르지 뭐냐. 미용실에서 네 엄마가 계속 더 자르라고 우겨대는 바람에 결국 엄청나게 짧은 머리로 미용실을 나서게 됐지. 그런데 때마침 미용실에 들어오던 어떤 애 엄마가, 네 엄마를 가리키면서 자기 아들한테 '너도 저 녀석처럼 짧게 자르자!' 하더라고." 할머니가 미소를 머금고 엄마를 쳐다본다. "그게 아직도 그렇게 널 힘들게 하는 줄은 몰랐구나."

"힘든 거 없어요. 왜냐하면 그런 일은 일어난 적도 없으니까요. 〈악마의 씨〉 같은 영화는 본 적도 없다고요. 그리고 제가 열 살 때 그 영화를 봤다면, 그건 아주 부적절한 일이었어요."

"내가 사진 보여주랴?"

"사진은 필요 없어요."

할머니가 엄마의 머리를 바라본다. "그 픽시 스타일 다시 해보면 어떻겠니? 너 빌 클린턴이 대통령이던 시절부터 죽 같은 헤어스타일이잖아?" 할머니가 또 한번 악랄한 미소를 지어 보인다.

뒤로 묶은 갈색 생머리를 매만지는 엄마의 키가 3센티미터쯤 작아지는 것 같다. 할머니는 엄마를 그렇게 놔두고 나를 부엌으로 이끈다. "쿠키 먹을래? 마카룬 있는데."

"마카룬은 쿠키가 아니에요, 할머니. 그건 코코넛으로 만든 쿠

---

* 로만 폴란스키 감독의 공포영화로 원제는 'Rosemary's Baby'. 여주인공 미아 패로가 머리를 짧게 자르고 나온다.

키 대용품이에요. 그리고 너무 느끼해요." 할머니는 유월절에 밀가루 섞인 음식을 일절 집에 두지 않는다.

"어디 보자…… 그거 말고 또 뭐가 있더라……" 나는 할머니를 따라 부엌으로 들어간다. 할머니가 내게 다이어트 레모네이드를 따라준다. "네 엄마가 요새 힘들어한다면서?" 할머니가 말한다. 엄마가 시야에서 사라지는 순간 갑자기 연민이 느껴지는지, 할머니가 엄마를 두둔하고 나선다. 마치 엄마를 갈구는 사람이 나라는 듯.

"이유를 모르겠어요. 부러울 것 없이 살고 있으면서."

"참 우습구나. 네가 투덜거릴 때마다 네 엄마도 널 두고 그렇게 말하던데?" 할머니가 오븐을 열고 조리 상태를 확인한다. "네가 없는 생활에 적응하는 게 힘들어서 그렇지. 네 엄마한텐 너밖에 없잖니."

가슴 한구석이 내려앉는다. 나는 참 여러 가지 방법으로 엄마를 힘들게 하고 있다.

할머니는 도저히 거부할 수 없는 니글거리는 젤리 캔디 한 접시를 꺼내놓는다. "그래서 내가 그랬지. 애 하나 더 낳으라고. 뭔가 할 일을 만들어보라고."

나는 레모네이드를 뿜을 뻔한다. "엄마 나이가 마흔일곱이에요!"

"입양하면 되지!" 할머니가 손을 젓는다. "중국 고아들 데려다 키우면 좀 좋냐. 루시 로젠바움도 그렇게 해서 아주 귀여운 손녀를 얻었던데."

"아기가 무슨 강아지예요?"

"나도 안다. 그러니까 좀 큰 애들을 입양하면 되잖아. 그게 바로 진정한 선행이지."

"엄마한테도 그런 얘기 하셨어요?"

"하고말고."

할머니는 다른 사람이 선불리 꺼내지 못하는 얘기를 툭툭 던지는 사람이다. 이를테면, 엄마가 아주 오래전에 유산했던 아기를 위해 기일마다 촛불을 켜자고 한다든가. 그 사건도 엄마를 미치게 만들었다.

"다시 일을 할 게 아니라면 네 엄마한테도 뭔가 할 일이 필요해." 할머니가 거실 쪽을 흘금 쳐다보며 말한다. 할머니와 엄마가 엄마의 직장 문제로 다툰 건 나도 알고 있다. 언젠가 할머니는 의사 부인들이 이혼하는 경우 경제적으로 얼마나 큰 타격을 입는지에 관한 기사를 오려 엄마에게 보냈다. 두 사람은 그 일로 몇 달 동안 말을 하지 않았다.

엄마가 부엌으로 들어와 젤리 캔디를 본다. "엄마, 제발 애한테 제대로 된 음식을 먹여주세요."

"얘는! 먹이긴 누가 먹인다고 그러냐? 혼자서도 먹을 수 있는 애를. 앤 이제 열아홉 살이야." 할머니가 내게 윙크하고 다시 엄마에게 돌아선다. "편육 좀 꺼내 먹지 그러니?"

엄마가 할머니의 냉장고를 열어본다. "고기는 어디 있어요? 거의 두시가 다 됐는데. 얼른 넣어야죠."

"벌써 굽고 있다." 할머니가 말한다.

"몇시에 넣으셨어요?"

"걱정 마라. 신문에서 오려둔 조리법 보고 그대로 했어."
"얼마나 됐느냐고요." 엄마가 오븐 안을 들여다본다. "별로 안 크네. 세 시간 넘기면 안 되겠어요. 고기를 호일에 싸셨어야죠. 온도가 너무 높아요. 가슴살은 천천히 익혀야 하는데…… 다섯시에 시작할 거죠? 언제 넣으셨어요?"
"신경 끄라니까."
"가죽처럼 질기겠네."
"내가 너희 집 부엌에서 이래라저래라 하던?"
"네. 항상요. 물론 제가 들은 척도 안 하지만. 그래서 저녁식사 망친 게 어디 한두 번이에요?"
"말버릇 하고는!"
"전 가서 옷 갈아입을게요." 내가 말한다. 그러나 두 사람 모두 더는 내게 관심이 없다.
손님방에 가보니 아빠가 숨어 있다. 아빠는 아련한 눈빛으로 골프 셔츠를 바라보고 있다. "내가 여길 빠져나가서 골프 한 라운드 돌고 올 확률이 얼마나 될까?"
"일단 파라오에게 재앙을 내려야 할걸요."* 창밖으로 은빛이 감도는 푸른 바다를 내다보며 내가 말한다.
아빠는 골프 셔츠를 다시 가방에 넣는다. 가족 모두가 이토록 빨리 엄마에게 굴복하다니. 사실 유월절은 아빠에게 아무 의미도 없

* 출애굽기에 나오는 열 가지 재앙을 염두에 두고 한 말. 열 가지 재앙 끝에 파라오가 이스라엘 사람들이 이집트를 떠나게 해준다. 유월절은 출애굽을 기념하는 절기다.

다. 아빠는 유대인이 아니지만 모든 유대인 기념일에 엄마와 함께 참석한다. 엄마가 약혼했을 때 할머니는 아빠가 유대인이 아니어서 화가 났을 것이다. 그러나 할아버지가 돌아가신 후, 할머니도 유대인이 아닌 필 할아버지와 사귀고 있다.

"농담이에요." 내가 말한다. 사실은 농담이 아니지만. "그냥 가시면 안 돼요?"

아빠가 고개를 젓는다. "네 엄만 지원군이 필요해."

내가 코웃음 친다. 엄마에게 무슨 지원군이 필요하다는 건지.

아빠가 화제를 바꾼다. "참, 지난 주말에 멜라니 만났다."

"그러셨어요?"

"멜라니의 밴드가 필라델피아에서 공연을 했어. 그래서 오랜만에 왔더라고."

멜라니가 밴드를 한다고? 그럼 멜라니 4.0인가? 난 여전히 믿음직한 나로 남아 있어야 하고? 나는 억지 미소를 짓는다. 마치 다 알고 있었다는 듯.

"프랭크, 유월절 접시를 통 찾을 수가 없구나!" 할머니가 소리친다. "광을 내려고 꺼내놨는데!"

"마지막으로 어디에 두셨는지 떠올려보세요." 아빠가 말한다. 그리고 어깨를 으쓱하더니 할머니를 도우러 나간다. 유월절 접시를 찾은 다음 아빠는 할머니가 앞접시를 꺼내는 것도 돕는다. 엄마가 필 할아버지 말동무나 해드리라고 하자 아빠는 소파에 앉아 졸고 있는 필 할아버지 곁에 앉아서 농구 중계를 본다. 그렇게 골프는 물건너갔다. 나는 발코니로 나가 할머니와 엄마가 서로에게 펴

부어대는 잔소리와 TV에서 흘러나오는 경기 소리를 듣는다. 문득 내 삶이 너무 답답하고 좀이 쑤신다. 몸에 꼭 끼는 울 스웨터처럼.

"저 산책할래요." 내가 말한다. 발코니엔 나밖에 없지만. 나는 신발을 신고 문을 열고 바닷가 쪽으로 걷는다. 바닷가에서 신발을 벗고 이리저리 달려본다. 젖은 모래에 닿는 내 발의 리듬이 마음속 무언가를 휘저어 끈적끈적한 살갗에 맺힌 땀방울 사이로 밀어낸다. 잠시 후, 나는 달리기를 멈추고 앉아 바다를 바라본다. 저 바다 건너는 유럽이다. 저멀리 어딘가에 그가 있다. 그리고 저멀리 어딘가에, 또다른 내가 있다.

❖ ❖ ❖

집으로 돌아오니 엄마가 샤워하고 상을 차리라고 한다. 다섯시가 되자 우리는 자리에 앉아 고대 이집트 노예제로부터 탈출하는 유대인들의 긴 밤을 재현한다. 이것은 해방의 의식이어야 하지만 서로 못 잡아먹어 안달인 엄마와 할머니 때문에 왠지 억압의 의식처럼 느껴진다. 그래도 어른들은 술에 취할 수나 있지. 유월절 밤에는 와인을 넉 잔 정도 마셔야 한다. 물론 나는 크리스털 술잔에 포도주스 넉 잔을 마신다. 지금까지는 그래왔다. 그러나 첫 기도를 마치고 포도주스를 한 모금 마시는 순간, 나는 사래가 들 뻔한다. 와인이다. 나는 뭔가 잘못되었다고 생각한다. 할머니가 나와 눈을 맞추며 윙크하기 전까지는.

유월절 예식은 평상시처럼 진행된다. 평상시에 온순하고 경우

바른 엄마는 갑자기 반항적인 사춘기 소녀가 된다. 할머니가 사십 년 동안 광야를 방황하는 유대인 이야기를 읽자 엄마는 모세가 길 묻는 걸 질색하는 남자라서 그렇게 된 거라고 말한다. 이야기가 이스라엘로 흐르자 엄마는 정치 얘기를 꺼낸다. 정치 얘기를 하면 할머니가 미치는 걸 뻔히 알면서. 마초볼 수프*를 먹을 때는 마초볼의 콜레스테롤 수치에 대해 할머니와 설전을 벌인다.

아빠는 이럴 때 입을 다물고 있어야 한다는 것 정도는 아는 사람이다. 필은 자기 보청기를 만지작거리며 졸다가 깨기를 반복한다. 나는 내 '주스' 잔을 채우고 또 채운다.

두 시간 뒤 가슴살을 가지러 갈 시간이다. 그것은 '출애굽기' 이야기를 잠시 멈추어야 한다는 의미고 참으로 다행스러운 일이다. 그러나 가슴살은 전혀 다행스럽지가 않다. 너무 바짝 익어서 말린 소고기 같고 숯을 씹는 맛이다. 나는 접시 위에서 고깃덩어리를 이리저리 굴리고 할머니는 브리지 클럽 이야기, 필 할아버지와 함께 간다는 크루즈 여행 이야기를 한다. 그러고 나서 우리가 매년 여름에 가는 레호보스 해안 여행 이야기를 한다. 해마다 우리가 그곳에 가 있는 동안 할머니는 며칠을 우리와 함께 머문다.

"그것 말고 올여름에 뭐 다른 계획 있니?" 할머니가 무심히 묻는다.

그저 지나가는 질문이다. 잘 지내니? 별일 없었니? 같은. 내가 "그

* 유대인들의 유월절 전통음식으로 발효시키지 않은 밀가루 반죽으로 빚어 만든 경단을 넣은 수프.

냥 이것저것"이라고 대답하려는 순간, 엄마가 내가 연구실에서 일할 거라고 말한다. 그리고 할머니에게 상황을 전부 다 얘기한다. 제약회사 연구실에서의 실습. 엄마가 저렇게 말하는 걸 보면 내가 분명히 가겠다고 했나보다.

물론 엄마가 이런 식으로 나올 줄 몰랐던 건 아니다. 이러는 게 어제오늘 일도 아니니까. 더구나 나는 엄마의 그런 태도를 그동안 묵인해왔다.

안에서 차오르는 분노가 뜨거우면서도 차갑고, 액체 같으면서도 무쇠 같다. 분노는 또하나의 골격처럼 나의 내면을 에워싼다. 내 몸의 골격보다 더 단단한 골격이다. "저 올여름에 연구실에서 일 안 해요."

"이미 늦었어." 엄마가 바로 쏘아붙인다. "바움가트너 씨한테 벌써 못 간다고 얘기했거든. 그쪽이 더 마음에 들었으면 삼 주 전에 얘기했어야지."

"거기도 안 가요."

"뭐 다른 계획이라도 있는 거냐?" 아빠가 묻는다.

엄마가 코웃음을 친다. 내게 계획 따위가 있을 리 없다는 듯. 어쩌면 엄마 생각이 맞는지도 모른다. 난 한 번도 제대로 된 일을 해본 적이 없었다. 일을 할 필요가 없었다. 나 자신을 위해 아무것도 할 필요가 없었다. 나는 무기력하다. 허당이다. 한심한 애다. 나의 무기력함, 의존성, 수동성. 그 모든 것들이 조그맣고 단단한 공처럼 뭉쳐지는 것을 느낀다. 나는 그 공을 만지작거린다. 약한 것들을 모아 만든 공이 어떻게 이렇게 단단할 수 있을까. 공이 점점 뜨거워진다. 너무 뜨거워서 내가 할 수 있는 일이라고는 던지는 것뿐이다. 엄마를 향해.

"연구소에선 어차피 절 좋아하지 않을 거예요. 과학 과목을 거의 대부분 그만뒀고 가을 학기에는 다른 과목들도 다 그만둘 거니까요." 내가 말한다. 목소리에서 독기가 뚝뚝 떨어진다. "전 의대 안 가요. 실망시켜드려서 정말 죄송해요."

나의 빈정거리는 말투가 눅눅한 허공을 맴돌다가 안개처럼 서서히 사라진다. 그리고 난생처음 깨닫는다. 엄마를 실망시킨 게 사실 조금도 미안하지 않다는 걸. 독을 뿜어내며 말해서인지, 아니면 할머니가 몰래 따라준 와인 때문인지, 엄마를 실망시키는 게 거의 기쁠 지경이다. 피할 수 없는 것을 피하기도 지쳤다. 왜냐하면 난 이미 너무 오랫동안 엄마를 실망시켜왔기 때문이다.

"의대에 안 가겠다고?" 엄마의 목소리는 침착하다. 언제나 내 심장에 총알을 박아 날 쓰러뜨리고 마는 분노와 놀라움의 잔혹한 조합이다.

"의대는 항상 네가 가고 싶어했지." 할머니가 날 두둔하며 엄마에게 말한다. 그러고는 날 쳐다본다. "내 질문에 대답 안 했다, 앨리. 이번 여름에 뭐 할 계획이냐?"

엄마는 너무도 약해 보이고 너무도 화가 나 보인다. 나의 의지가 흔들리기 시작하고 굴복하려 한다. 그러나 그 순간 목소리가 들린다. 나의 목소리가 들린다.

"파리에 다시 갈 거예요."

완전히 무르익은 생각인 듯, 몇 달 동안 계획했던 일인 듯, 나도 모르게 그렇게 말해버린다. 빌럼에게 모든 걸 허락했던 그때처럼. 그 말을 하고 나니 천배는 홀가분하다. 분노가 완전히 잦아들고, 햇살과 바람 같은 흥분이 내 몸을 관통한다.

빌럼과 함께 파리에 있을 때 꼭 이런 기분이었다. 그래서 이게 내가 해야 할 일이라는 걸 안다.

"그리고 저, 프랑스어 배울 거예요." 내가 덧붙인다. 나의 폭탄 선언으로 저녁 식탁은 일대 혼란에 휩싸인다. 엄마는 자기에게 거짓말을 했다고, 내가 미래를 내동댕이치려 한다고 소리지르기 시작한다. 아빠는 전공을 멋대로 바꾸는 게 어딨냐고, 파리 교환학생 프로그램 학비는 누가 대냐고 소리를 지른다. 할머니는 엄마에게 이번 유월절을 망쳤다고 소리지른다.

그 모든 소동 속에서 필이 하는 말이 들리는 게 신기하다. 그는 수프가 나온 이후 거의 한마디도 하지 않고 있다가 느닷없이 이렇게 말한다. "파리에 다시 가겠다고? 네 할머니 말로는 지난번엔 파업중이라 파리 여행이 취소됐다던데?" 그러고는 고개를 젓는다. "파리는 항상 파업중이지."

식탁이 고요해진다. 필이 마초볼 한 개를 먹기 시작한다. 엄마, 아빠, 할머니가 모두 날 쳐다본다.

어물쩍 넘어갈 수도 있다. 필의 보청기는 꺼져 있다. 할아버지가 잘못 들은 거라고, 지난번엔 파리에 못 갔고 그래서 이번에 가려고 한다고 말할 수도 있다. 지금까지 수도 없이 거짓말을 했는데, 한 번 더 한들 뭐가 대수인가.

그러나 나는 더이상 거짓말을 하고 싶지 않다. 어영부영 넘어가고 싶지도 않다. 더는 연기를 하고 싶지 않다. 빌럼과 함께 있을 땐 룰루라는 이름의 여자인 척 연기했지만, 사실 지금껏 그때만큼 내 삶에 정직했던 적도 없었다.

아마도 그게 자유일 것이다. 자유에는 대가가 따른다. 사십 년간 거친 광야를 헤매거나, 아니면 머리끝까지 화가 난 부모의 분노를 감당하거나.

나는 심호흡을 한다. 그리고 용기를 낸다.

"파리에 다시 갈 거예요."

스물여섯

5월

집

나는 새 목록을 만든다.

- 파리 항공료 천이백 달러
- 커뮤니티 칼리지 프랑스어 강좌 사백 달러
- 유럽 이 주 체류비 천 달러

총 이천육백 달러. 유럽에 가려면 그 정도는 모아야 한다. 엄마 아빠는 당연히 여행비를 보태주지 않는 것은 물론 그동안 선물로 받은 돈을 내 통장에서 인출하는 것도 허락하지 않겠단다. 그 돈은 교육비 용도로만 써야 하고 계좌의 신탁 관리자가 두 분으로 되어 있기 때문이라는 설명에 나도 할말이 없다. 할머니가 중재에 나서 준 덕분에, 그리고 내가 여름방학 내내 디의 집에서 살겠다고 협박한 덕분에, 엄마는 내가 집에 있는 건 그나마 허락해주었다. 엄마는 머리끝까지 화가 나 있다. 내막을 전혀 모르는데도 그렇게 화가 났다. 나는 파리에 갔었다고 말했다. 왜 갔는지, 누구하고 갔는지는 말하지 않았다. 왜 다시 돌아가야 하는지도. 중요한 걸 두고 왔다고만 했다. 아마 여행가방일 거라고 짐작하는 것 같다.

둘 중에 뭐가 더 엄마를 화나게 하는 걸까. 지난 학기 내내 엄마를 속인 것? 아니면 내가 엄마에게 전부 털어놓지 않으려는 것? 엄마는 유월절 이후 나와 말을 하지 않았고 그렇게 사 주가 흘렀다. 이제 여름이 시작되고 나는 다시 집으로 돌아와 있다. 엄마는 계속 나를 피하고 있다. 한편으로는 다행스럽고 한편으로는 두렵다. 엄마가 이런 적은 한 번도 없었다.

디는 두 달 동안 이천육백 달러를 버는 건 무리라면서도 불가능하진 않다고 격려한다. 디는 프랑스어 강좌는 포기하라고 말하지만 나는 프랑스어를 꼭 배우고 싶다. 전부터 프랑스어를 배우고 싶었다. 프랑스어를 배우지 않고는 파리에 가지 않을 것이다. 셀린을 만나지 않을 것이다.

이천육백 달러. 해볼 만하다. 일자리를 구할 수만 있다면. 그러나 내가 전혀 경력이 없다는 게 문제다. 아기를 돌보거나 아빠 사무실을 정리하는 걸 제외하면 예쁜 색지에 출력한 이력서에 쓸 만한 일을 한 번도 해본 적이 없다. 그래서인지 사람을 구한다는 시내 가게마다 이력서를 뿌려도 통 연락이 없다.

나는 시계 수집품을 팔기로 한다. 시계들을 전부 들고 필라델피아에 있는 골동품가게로 간다. 가게 주인이 오백 달러를 제안한다. 지난 몇 년 동안 이 시계들을 사느라 그 돈의 두 배는 썼는데. 그가 날 쳐다보며 어쩌면 이베이가 나을 수도 있을 거라 말한다. 그러나 이베이에서 팔려면 몇 달은 걸릴 거고, 나는 그것들을 빨리 처분해 버리고 싶다. 나는 베티 붑 시계만 빼고 모조리 팔아버린다. 그리고 베티 붑 시계는 디에게 부친다.

시계를 팔아버린 걸 알고 엄마가 고개를 젓는다. 아주 역겹다는 듯. 내가 시계가 아니라 내 몸이라도 팔았다는 듯. 나에 대한 엄마의 반감은 점점 더 커진다. 마치 방사능처럼 온 집안에 퍼진다. 어디에도 안전하게 숨을 곳이 없다.

일자리를 구해야 한다. 단지 돈을 벌기 위해서가 아니라 집에서 벗어나기 위해서. 멜라니의 집으로 가는 건 고려의 대상이 아니다. 첫째, 우리는 서로 얘기도 안 하는 사이가 되었고, 둘째, 멜라니가 여름방학의 반을 메인 주의 음악 프로그램에 참가하며 보낼 계획이란다. 그나마 아빠에게서 전해 들은 소식이다.

"계속 노력해야 돼." 집전화로 디에게 전화를 걸었더니 디가 조언한다. 벌로 나는 휴대폰 전원을 꺼야 했고, 우리집 인터넷 패스워드를 몰라서 인터넷을 쓰려면 부모님께 부탁하거나 도서관에 가야 한다. "동네 모든 가게에 이력서를 뿌려. 사람 구하는 데만 뿌리지 말고 무조건 다. 너 같은 애를 채용할 정도로 급한 가게들은 대부분 광고할 시간조차 없거든."

"고마워, 정말."

"일자리를 원해? 자존심은 넣어둬. 사방에 이력서를 뿌려."

"세차라도 할까?" 내가 농담 삼아 말한다.

"해야지." 디는 농담이 아니다. "세차장 매니저 만나게 해달라고 부탁한 다음 그 사람을 세차계의 황제로 대접해."

휠캡을 문지르는 내 모습을 상상해본다. 그리고 올여름 베개공장에서 일하거나 식당에서 접시를 닦을 디를 생각해본다. 디는 주어진 일을 어떻게든 해내는 애다. 다음날, 나는 이력서 오십 장을 새로 출력해서 시내의 모든 가게를 돌아다닌다. 서점, 수선가게, 식료품점, 회계사무소, 주류전문점, 그리고 세차장까지. 이력서만 놓고 나오지 않는다. 매니저를 만나게 해달라고 부탁한다. 때로는 매니저가 나온다. 그들은 내 경력에 대해 묻고 얼마나 오래 일할 계획이냐고 묻는다. 내 대답이 이어진다. 이렇다 할 경력도 없고 고작 두 달을 일할 계획이라고. 왜 아무도 날 채용하지 않는지 나도 알 것 같다.

카페 핀레이를 지나칠 무렵에는 이력서가 거의 떨어진 상태다. 카페 핀레이는 1950년대풍으로 꾸민 조그만 변두리 식당이다. 검은색과 흰색 체크무늬 바닥에 플라스틱 테이블들이 놓여 있다. 내가 이 길을 지날 때마다 어쩐 일인지 항상 문이 닫혀 있었다.

그러나 오늘은 창문이 흔들릴 정도로 요란한 음악이 흘러나온다. 나는 문을 밀어본다. 문이 안으로 열린다. "실례합니다!" 아무도 대답하지 않는다. 의자들이 모두 테이블 위에 올려져 있다. 한쪽 테이블에 깨끗한 냅킨이 높이 싸여 있다. 벽에 걸린 칠판에 어제의 특별 메뉴가 분필로 적혀 있다. 키위와 오렌지 테킬라 할라페뇨 버터 소스를 곁들인 광어 구이. 엄마는 이곳 음식을 "전위적"이라고 표현한다. "이상하다"는 말의 엄마식 표현이다. 그래서 우린 한 번도 여기서 식사한 적이 없다. 여기서 식사했다는 사람 얘길 들어본 적도 없다.

"빵 가지고 왔어?"

돌아서 보니 전사처럼 키가 크고 떡 벌어진 체격의 여자가 서 있다. 파란 두건 밑으로 거칠고 붉은 머리카락이 빠져나와 있다.

"아뇨." 내가 대답한다.

"이 개자식!" 그녀가 고개를 젓는다. "그럼 무슨 일로 왔어?" 내가 이력서를 내민다. 그녀가 손을 내젓는다. "주방에서 일해봤어?" 내가 고개를 젓는다.

"그럼 됐어." 그녀가 말한다.

그녀가 벽에 걸린 메릴린 먼로 시계를 본다. "조너스 이 자식, 내가 가만 안 둬!" 그녀가 주먹을 휘두른다.

나는 가려고 돌아서다 멈춘다. "빵 주문하셨어요?" 내가 묻는다. "제가 얼른 뛰어가서 가져올게요."

그녀가 다시 한번 시계를 보고 요란하게 한숨을 내쉰다. "그리말디 베이커리야. 프렌치 바게트 열여덟 개하고 하비스트 빵 여섯 개. 그리고 하루 묵은 브리오슈 두 개. 알아먹었니?"

"그런 것 같아요."

"그런 것 같아요가 밥 먹여주냐!"

"프렌치 바게트 열여덟 개. 하비스트 빵 여섯 개. 그리고 하루 묵은 브리오슈 두 개."

"묵은 브리오슈란 거 명심해. 신선한 빵으로는 브레드 푸딩을 만들 수가 없어. 조너스를 찾아. 뱁스가 주문하는 거라고 하고, 브리오슈는 공짜로, 나머지는 20퍼센트 할인해달라고 해. 배달하는 녀석이 또 안 나타났으니까. 그리고 이제 사워도우 빵은 더이상 안 받는다고 해. 똥 같다고."

그녀가 낡은 금전등록기에서 현금을 꺼낸다. 나는 현금을 받아들고 그리말디 베이커리로 있는 힘을 다해 뛴다. 조너스를 찾아서 주문을 하고 서른 개의 빵을 들고 돌아오는 게 생각처럼 쉽진 않다.

뱁스가 주문한 빵들을 확인하는 동안 나는 숨을 헐떡이며 서 있는다. "접시 닦을 줄은 알아?"

나는 고개를 끄덕인다. 그 정도는 할 수 있다.

그녀가 체념한 듯 고개를 젓는다. "주방으로 가서 너새니얼한테 호바트 소개해달라고 해."

"호바트요?"

"그래, 호바트. 걔하고 친해져야 할 거다."

알고 보니 호바트는 업소용 식기세척기 이름이다. 식당 문을 열고 나서 나는 호바트와 몇 시간을 함께 보낸다. 거대한 호스로 접시들을 대충 헹군 다음 호바트에 차곡차곡 쌓아놓고, 아직 손이 델 정도로 뜨거울 때 접시들을 꺼낸다. 그리고 그 작업을 반복한다. 마치 기적처럼, 나는 영원히 끝나지 않는 접시들의 행렬을 썩 훌륭하게 통제한다. 접시를 깨뜨리지도, 손을 심하게 데지도 않는다. 레스토랑이 잠시 소강상태에 접어들자 뱁스가 내게 빵을 자르거나 손으로 크림을 젓거나(그녀는 그렇게 해야 더 맛있다고 주장한다) 물걸레로 바닥을 닦거나 냉동실에서 안심을 가져오라고 심부름을 시킨다. 나는 일을 망칠까봐 조바심을 내며 아드레날린 과다 분비 상태로 그날 저녁을 보낸다.

보조 요리사 너새니얼은 성심껏 나를 도와준다. 물건이 어디 있는지 가르쳐주고 나한테 일이 너무 몰릴 때는 튀김용 팬을 문질러 닦는 것도 도와준다. "주말을 기대해." 그가 경고한다.

"난 여기 손님이 없는 줄 알았어." 나는 얼른 손으로 입을 가린다. 뱁스가 들으면 싫어할 텐데.

너새니얼은 그저 웃는다. "뭔 소리야? 뱁스는 필라델피아 식도락가들한테 추앙받는 대단한 요리사야. 그 사람들 뱁스 때문에 이 먼 데까지 찾아온다니까. 필라델피아로 이사하면 훨씬 더 돈을 많이 벌 텐데 뱁스는 자기 개들이 도시를 싫어해서 안 된대. 근데 아무래도 그 개들, 우릴 두고 하는 말 같아."

마지막 손님이 식당을 나서는 순간 웨이터들이 일제히 한숨을 내쉰다. 누군가 롤링스톤스의 노래를 흥얼거린다. 테이블 몇 개를 붙여놓고 모두 자리에 앉는다. 자정이 훨씬 넘은 시간이고 집에 가려면 한참을 걸어야 한다. 내가 짐을 챙기기 시작하자 너새니얼이 나에게도 앉으라고 손짓한다. 나도 테이블에 앉는다. 이 사람들과 저녁 내내 엉덩이를 부딪쳤지만 갑자기 창피하단 생각이 든다.

"맥주 한잔 할래?" 너새니얼이 묻는다. "물론 돈은 내야 해. 원가만."

"업자들이 가져오는 리젝트 와인* 마셔도 되고." 질리언이라는 이름의 웨이트리스가 말한다.

"전 와인 마실래요."

---

* 손님들이 맛을 보고 거절한 와인.

"방금 네 품에서 누가 죽기라도 한 거야?" 웨이터 한 명이 묻는다. 내가 내 몰골을 훑어본다. 면접 복장으로 입고 온 점잖은 스커트와 상의가 온통 핏빛 소스로 얼룩져 있다.

"제가 죽은 것 같은데요." 내가 말한다. 태어나서 이렇게 피곤해 보긴 처음이다. 근육이 욱신거리고 뜨거운 물에 데어 손이 벌겋게 부었다. 그리고 내 발. 생각하기도 싫다.

질리언이 웃는다. "그렇게 말하니까 진짜 주방의 노예 같아!"

뱁스가 뜨끈한 파스타 한 접시, 남은 생선과 고기 접시를 들고 온다. 배에서 꼬르륵 소리가 난다. 모두가 접시들을 돌려가며 음식을 나눈다. 뱁스의 요리가 전위적인지는 잘 모르겠지만 기가 막히게 맛있는 건 사실이다. 오렌지 테킬라 할라페뇨 소스에선 오렌지 향은 아주 조금만 나고 맵다기보단 약간 매캐한 느낌이다. 나는 접시를 깨끗하게 비운 다음 조너스가 만든, 사워도우 빵이 아닌 보통 빵으로 남아 있는 소스를 깨끗이 닦아 먹는다.

"어때?" 다 먹고 나니 뱁스가 묻는다.

모두의 시선이 내게로 향한다. "제 평생 두번째로 맛있는 식사였어요." 내가 말한다. 그건 사실이다.

모두가 야유한다. 마치 내가 뱁스를 모욕했다는 듯. 뱁스는 코웃음을 친다. "가장 맛있는 식사는 보나 마나 애인하고 먹은 거겠지." 그녀의 말에 내 얼굴이 붉게 물든다.

뱁스는 내게 내일 다섯시까지 오라고 말한다. 그렇게 또다시 나의 일과가 시작된다. 나는 그 어느 때보다 열심히 일하고, 맛있게 먹고, 침대에 쓰러진다. 누군가의 대타로 일하고 있는 건지 아니면 심사를 받고 있는 건지 모르겠다. 뱁스는 쉴새없이 내게 소리를 지른다. 주철 소테*에 세제를 사용한다고 소리지르고, 커피잔을 세척기에 넣기 전에 립스틱 자국을 닦지 않았다고 소리지르고, 휘핑크림을 너무 되게 혹은 묽게 만들었다고 소리지르고 바닐라를 적당히 넣지 않았다고 소리지른다. 그러나 네번째 날이 되자 나는 뱁스가 소리지르는 것을 감정적으로 받아들이지 않는 법을 터득한다.

다섯째 날, 저녁 손님들이 몰려들기 직전에 뱁스가 식당 뒤쪽 대형 냉장고 근처로 나를 부른다. 그녀는 보드카를 병째로 마시고 있다. 손님이 몰려들기 전에 그녀는 늘 술을 마신다. 그녀의 립스틱이 보드카병 입구에 얼룩을 남긴다. 순간적으로 나는, 이제 끝장이라고, 이렇게 잘리는 모양이라고 생각한다. 그러나 뱁스는 내게 서류 한 뭉치를 건넨다.

"납세 신고서야." 그녀가 말한다. "난 최저임금만 줄 거야. 대신 팁은 다 네 거야. 참, 그런데 너, 그동안 팁을 안 챙겼더라." 그녀가 카운터 밑에서 내 이름이 적힌 봉투를 꺼낸다.

내가 봉투를 열어본다. 지폐가 여러 장 들어 있다. 족히 백 달러는 될 것 같다. "이게 다 제 거예요?"

그녀가 고개를 끄덕인다. "팁은 다 모아서 똑같이 나누거든."

나는 지폐를 만져본다. 거칠어진 손톱에 지폐가 걸린다. 손 꼴이 말이 아니다. 그러나 열심히 일하다가 그 꼴이 된 거라 괜찮다. 그 손이 내게 돈을 벌어준다. 묘한 감정으로 가슴이 벅차오른다. 파리

* 바닥이 평평하고 넓은 팬.

행 비행기표나 돈 자체와는 상관없는 감정이다.

"가을엔 더 많이 받을 수 있을 거야." 뱁스가 말한다. "여름은 비수기거든."

나는 망설인다. "말씀은 감사하지만, 전 가을엔 여기 없어요."

그녀가 붉은 눈썹을 찌푸린다. "정식으로 채용하려 했는데."

죄책감이 밀려들지만 이력서에도 그렇게 썼다. 첫번째 줄에. 단기간 일할 직장을 구한다고. 물론 뱁스는 내 이력서를 읽지 않았다.

"실은 저 대학생이라서요." 내가 설명한다.

"시간표에 따라 조절하면 돼. 질리언도 대학생이야. 너새니얼도 시간을 조절해가면서 일하고 있고."

"학교가 보스턴에 있어요."

"그래? 노동절* 지나면 고든이 돌아온댔으니까 괜찮아."

"7월 말엔 떠나고 싶어요. 그때까지 이천 달러를 모아야 가능하지만요." 내가 말하며 계산해본다. 일주일에 백 달러의 팁과 임금을 합하면, 어쩌면 가능할 거란 생각이 든다.

"차 사려고?" 그녀가 무심히 묻고 보드카를 한번 더 들이켠다. "내 차 사지그래? 그 괴물 같은 녀석 때문에 결국 내가 죽지 싶다." 뱁스는 낡은 선더버드**를 몬다.

"아뇨. 파리에 가려고요."

그녀가 술병을 내려놓는다. "파리?"

---

* 미국에선 9월 첫째 주 월요일.

** 포드사의 2인승 컨버터블형 스포츠카.

나는 고개를 끄덕인다.

"파리에 뭐가 있는데?"

나는 그녀를 바라본다. 그리고 오랜만에 그를 떠올린다. 정신없는 주방에서 그는 조금 추상적인 존재처럼 느껴진다. "대답."

내 말에 그녀가 얼마나 격하게 고개를 젓는지 곱슬거리는 붉은 머리카락이 머릿수건에서 빠져나온다. "대답을 찾으러 파리에 가는 건 말이 안 돼. 질문을 찾으러 가는 건 말이 되지만. 아니면 마카롱이나."

"마카룬 말씀하시는 거예요? 그 코코넛으로 만든 과자?" 나는 유월절에 쿠키 대신 먹었던 과자를 떠올린다.

"마카룬이 아니라 마카롱. 파스텔 색의 머랭 쿠키야. 천사의 키스라고나 할까." 그녀가 나를 바라본다. "그러니까 이천 달러가 언제까지 필요하다고?"

"8월이요."

그녀가 눈을 가늘게 뜬다. 그녀의 눈은 항상 약간 충혈되어 있지만 이상하게도 일이 끝났을 때보다는 일을 시작할 때 일종의 광기 같은 빛을 발한다. "내가 제안 하나 할까. 주말에는 브런치 시간에도 일해주면 7월 25일까지 이천 달러 벌게 해줄게. 25일부터 이 주 동안 레스토랑 문 닫고 휴가 갈 거야. 단, 한 가지 조건이 있어."

"뭔데요?"

"파리에 가면 매일 마카롱을 하나씩 먹어. 신선한 걸로. 한 봉지 사서 하루에 하나씩 먹는 건 안 돼." 그녀가 말을 멈추고 눈을 감는다. "신혼여행 때 마카롱을 처음 먹었어. 지금은 이혼했지만. 하지만 세상엔 오래가는 사랑도 있어. 더구나 파리에서 이루어진 사랑이라면."

작은 전율이 목까지 전해져온다. "정말 그렇게 믿으세요?" 내가 묻는다.

그녀는 뭔가를 알겠다는 듯 눈을 반짝이면서 보드카를 들이켠다. "네가 찾으려는 대답이 그거였구나. 그건 내가 도와줄 수 없겠네. 하지만 얼른 냉장고에 가서 버터밀크하고 크림 가져오면, 완벽한 크렘프레슈*를 어떻게 만드느냐 같은 평범한 질문에는 대답해 줄게."

* 사워크림과 비슷한 프랑스식 크림.

스물일곱

6월

집

프랑스어 초급반 수업은 일주일에 사흘씩 육 주 동안 열한시 삼십분에서 한시까지 진행되고, 날 못마땅해하는 집에서 벗어날 수 있는 또하나의 빌미가 되어준다. 카페 핀레이에서 일주일에 닷새 저녁을 일하고 주말에는 하루종일 일하지만 주중에는 다섯시까지 집에 있어야 한다. 더구나 월요일과 화요일에는 레스토랑 문을 닫기 때문에 엄마와 내가 서로 피해다닐 시간이 너무 길다.

수업 첫날 나는 삼십 분 정도 일찍 도착한다. 길가 판매대에서 아이스티를 사 들고 강의실을 찾아 들어가 교재를 들추어본다. 프랑스, 특히 파리의 사진들이 많다.

학생들이 모여든다. 대학생들일 거라 생각했지만 나 말고는 모두 우리 부모님 나이다. 희끗희끗한 금발 할머니가 내 옆자리에 털썩 앉더니 캐럴이라고 자신을 소개하며 껌 한 개를 내민다. 나는 반갑게 그녀와 악수하지만 껌은 사양한다. 수업시간에 껌을 씹는 건 왠지 프랑스답지 않은 것 같다.

회색 머리를 짧게 자른, 한 마리 새를 연상시키는 여자가 들어온다. 몸에 붙는 리넨 스커트에 몸에 붙는 실크 블라우스 차림의 여자는 마치 잡지에서 튀어나온 모델 같다. 스커트와 블라우스는 완벽하게 다림질되어 있다. 90퍼센트에 가까운 습도를 감안하면 거의 불가능에 가까운 일이다. 그녀는 스카프까지 매고 있는데 90퍼센트에 가까운 습도를 감안하면, 역시 조금 이상한 일이다.

분명히 프랑스 여자다. 스카프를 보고 알아차리지 못했더라도 강단으로 걸어가며 이야기를 시작하는 순간, 모두 알아차렸을 것이다. 그녀는 프랑스어로 말한다.

“잘못 찾아왔나?” 캐럴이 속삭인다. 그녀는 칠판으로 가서 이름을 쓴다. 마담 랑베르. 그리고 우리 반 이름을 쓴다. 프랑스어 초급. 그것도 프랑스어로 쓴다. “제대로 왔나보네. 불행히도.” 캐럴이 말한다.

마담 랑베르가 돌아서서 우리가 상상할 수 있는 가장 심한 프랑스 억양의 영어로, 초급 프랑스어 수업이긴 하지만 프랑스어를 배우는 가장 좋은 방법은 말하고 듣는 것이라고 말한다. 그리고 그것이 그로부터 한 시간 반 동안 내가 들은 유일한 영어다.

“주 마펠 테레스 랑베르.” 그녀가 말한다. “코망 부 자펠 부?”

반 전체가 그녀를 멀뚱히 쳐다본다. 그녀가 똑같은 질문을 반복한다. 처음엔 자신을, 그다음엔 우리를 가리키면서. 여전히 아무도 대답하지 않는다. 그녀가 눈을 커다랗게 뜨고 혀로 딸깍거리는 소리를 낸다. 그러고는 나를 가리킨다. 다시 한번 딸깍거리는 소리를 내며 내게 일어나라고 손짓한다. "주 마펠 테레스 랑베르." 그녀가 다시 한번 자기 가슴을 가리키며 천천히 발음한다. "코망 타펠 튀?"

나는 잠시 얼어붙은 채 멍하니 서 있는다. 경멸의 눈초리로 나를 쳐다보며 알 수 없는 말을 퍼부어대던 셀린을 보는 것 같다. 마담 랑베르가 같은 질문을 반복한다. 내 이름을 묻는가보다. 프랑스어를 할 줄 모르는데. 할 줄 알았다면 여기 오지도 않았겠지. 여긴 프랑스어 초급반이다.

그러나 그녀는 계속 기다린다. 나를 그대로 앉히지 않는다.

"주 마펠 앨리슨?" 내가 도전해본다.

그녀가 웃는다. 마치 내가 프랑스혁명의 발단이라도 설명했다는 듯. "브라보! 앙샹테, 앨리슨!"

그녀는 우리 반 학생 모두에게 똑같은 방식으로 이름을 묻는다.

그렇게 1라운드가 끝난다. 다음은 2라운드. "푸르쿠아 불레 부 아프랑드르 르 프랑세?"

그녀는 질문을 반복하더니 칠판에 적고 단어마다 동그라미를 치고 그 밑에 영어로 옮긴다. 푸르쿠아: 왜. 아프랑드르: 배우다. 불레 부: 당신은 원합니까. 아, 알겠다. 그러니까 왜 프랑스어를 배우느냐고.

그 질문에 어떻게 대답해야 할지 나는 모른다. 몰라서 여기 와 있는 것이다.

그러나 그녀는 거기서 멈추지 않는다.

"주 뵈 아프랑드르 르 프랑세 파르스 크……" 그녀가 '주 뵈'에 동그라미를 치고 '나는 원한다'라고 쓴다. '파르스 크'는 '왜냐하면'. 그녀는 그것을 세 번 반복한다. 그리고 우리를 가리킨다.

"나 이거 알아. 영화에서 봤거든." 캐럴이 속삭이더니 손을 든다. "주 뵈 아프랑드르 르 프랑세 파르스 크……" 그녀가 떠듬떠듬 단어를 내뱉는다. 억양이 끔찍하지만 마담은 기대에 찬 눈빛으로 그녀를 바라본다. "파르스 크 르 디보르스!"

"엑셀랑!" 마담 랑베르가 말한다. 왠지 영어보다 훨씬 더 '훌륭하게' 느껴지는 프랑스어로. '르 디보르스', 그녀가 칠판에 쓴다. "이혼, 라 멤!" 그녀가 말한다. '똑같아요.' 그녀가 다시 쓴다. 그러고 나서 '르 마리아주'라고 쓰고 이혼의 반대말이라고 설명한다.

캐럴이 내게 몸을 숙인다. "남편하고 이혼하면서, 앞으로 뚱뚱해지고 프랑스어를 배우겠다고 결심했거든. 뚱뚱해지는 속도로 프랑스어를 배울 수만 있다면 9월엔 유창해질 텐데!"

마담 랑베르가 교실을 돌아다니고 학생들은 제각기 프랑스어를 배우는 이유를 말한다. 프랑스로 휴가를 갈 거라고 한 사람이 두 명, 미술사를 공부하는데 프랑스어를 알아야 한다고 한 사람이 한 명, 그냥 프랑스어가 듣기 좋아서라고 말한 사람이 한 명이다. 선생님은 칠판에 단어를 적고 그 의미를 쓴 다음 반대말을 적는다. 휴가: 바캉스. 일: 트라바유.

첫 질문엔 가장 먼저 대답했지만 이번엔 내가 마지막이다. 나는 조금 당혹스럽다. 뭐라고 말하지? 프랑스어로 우연이 뭐지? 실수를 저지른 것 같아서? 「로미오와 줄리엣」 때문에? 잃어버린 것을 찾기 위해? 경쟁이 싫고 그저 프랑스어를 잘하고 싶어서? 하지만 그런 말을 프랑스어로 어떻게 하는지 모른다. 만약 알았다면 여기

오지 않았을 것이다.

그 순간 나는 빌럼을 떠올린다. 누텔라. 사랑에 빠지는 것과 사랑하는 것. 그가 얼룩을 어떻게 말했더라? 얼룩을 프랑스어로 뭐라고 말했지? 새시? 타슈?

"앨리슨," 그녀가 말한다. "푸르쿠아 뵈 튀 아프랑드르 르 프랑세?"

"주 뵈 아프랑드르 르 프랑세……" 내가 입을 뗀다. 일단 다른 사람들이 하는 말을 그대로 따라 해본다. 그 부분은 받아적어두었다. "파르스 크……" 내가 말을 멈추고 잠시 생각한다. "르 타슈." 마침내 내가 말한다.

내가 한 말이지만 정말 이상한 말이다. 얼룩 때문에 프랑스어를 배우다니. 그게 도대체 뭔 소린가. 그러나 마담 랑베르는 단호하게 고개를 끄덕이며 칠판에 '라 타슈la tâche'라고 쓴다. 그리고 '과업'이라고 옮긴다. 내가 잘못 기억한 건가. 그녀가 나를, 혼란스러워하는 내 표정을 본다. 그리고 또 한 단어를 쓴다. '라 타슈la tache: 얼룩.'

나는 고개를 끄덕인다. 맞아, 그거였어. 그녀는 반대말을 쓰지 않는다. 얼룩은 반대말이 없으니까.

모두 대답을 끝내자 선생님이 미소를 지으며 박수를 친다. "세 쿠라죄 달레 당 렝코뉘." 그녀가 칠판에 문장을 쓰며 말한다. 그녀는 우리에게 칠판에 적힌 문장을 따라 쓰고 사전을 찾아 해석해보라고 한다. 쿠라죄: 용기 있는. 당: 안에. 렝코뉘: 미지의. 마침내 뜻을 알아내기까지 이십 분이 걸린다. 미지의 영역으로 들어서는 것은 용기 있는 일이다. 뜻을 알아내고 우리 반 전체가 선생님만큼이나 뿌듯해한다.

하지만 나는 첫 주 동안에는 선생님이 시킬까봐 겁에 질린 상태로 수업을 듣는다. 모두가 자주 호명된다. 학생은 겨우 여섯 명이고 선생님은 모두가 수업에 적극적으로 참여하길 원한다. 우리가 수줍어할 때마다 그녀가 우리에게 일깨워준다. "세 쿠라죄 달레 당 렝코뉘." 그렇게 결국 나는 나를 넘어선다. 말할 때마다 실수하고 문법은 엉망이고 발음도 끔찍하지만 우리 모두 한배를 탔다. 말을 할수록 점점 더 용감해지고 점점 더 쉬워진다.

"완전히 바보 멍청이가 된 기분이긴 한데, 이러면서 배우는 거겠지." 어느 날 오후, 수업을 마치고 캐럴이 말한다.

그녀와 나 그리고 몇몇 학생들은 수업이 끝난 후 커피를 마시거나 점심을 먹거나 프랑스어 공부를 하기 위해 모이곤 한다. 마담 랑베르의 무차별 언어 폭격에서 회복하기 위해서이기도 하고 그녀가 '프' 하면서 입술 사이로 바람을 내보내는 게 어떤 의미인지 해독하기 위해서이기도 하다. 그녀의 '프'에는 너무도 많은 의미가 담겨 있다.

"나 프랑스어로 꿈꿨어." 캐럴이 말한다. "내 전남편들한테 완벽한 프랑스어로 얘기했다니까." 그녀가 기억을 되살리며 미소를 짓는다.

"전 아직 그 정도로 잘하진 못하지만 그래도 이젠 좀 느낌이 오는 거 같긴 해요." 내가 말한다. "바보가 되는 느낌이 오는 건진 모르겠지만요."

"윙 이디오!" 캐럴이 프랑스어로 말한다. "영어를 프랑스식으로 발음하면 반은 맞더라고. 바보가 된 것 같은 기분을 극복하면 아마 이 전투의 절반은 성공한 걸 거야."

나는 파리에 홀로 있는 나 자신을 상상한다. 앞으로도 나는 수많은 전투들을 치러야 한다. 혼자 하는 여행, 셀린을 대면하는 것, 프랑스어로 말하는 것. 이 모든 게 생각만 해도 으스스해서 어떤 날은 내가 실제로 그 전투를 준비하고 있다는 사실마저 믿기지 않는다. 하지만 캐럴의 말이 옳다. 수업시간에 버벅대면서 그 과정을 잘 견딜수록 결국 더 철저하게 준비하는 셈이다. 단지 프랑스어뿐 아니라 여행 전부를. 세 쿠라죄 달레 당 렝코뉘.

❖ ❖ ❖

레스토랑에서 뱁스가 직원들을 다 모아놓고, 내가 파리에 가서 애인을 만나려고 돈을 모으고 있으며 애인이 영어를 못해서 프랑스어를 배우고 있다고 말하는 바람에 질리언과 너새니얼이 내 가정교사를 자처하고 나섰다. 뱁스는 특별 메뉴에 프랑스 음식들을 추가하는 것으로 자신의 역할을 한다. 마카롱을 포함해서. 마카롱을 만들려면 시간이 오래 걸리지만 막상 맛을 보니, 세상에! 왜들 그렇게 난리를 치는지 알 것 같다. 엷은 분홍색에 겉은 딱딱하지만 안은 폭신하고 가볍고 달콤하고 라즈베리 맛이 난다.

수업이 없을 때, 프랑스어 수업에서 만난 사람들과 어울릴 때나 일을 할 때, 그러니까 프랑스어를 하지 않을 때도 나는 프랑스어를 생각한다. 질리언이 접시를 주방으로 나르면서 동사 공부를 시킨다. "먹다!" 그녀가 말한다. "주 망주, 튀 망주, 일 망주, 누 망종, 부 망제, 일 망주!"* 내가 대답한다. 프랑스어를 할 줄은 모르지만 프랑스 여자친구를 사귄 적이 있다는 너새니얼이 내게 욕을 가르쳐준다. 특히, 여자친구와 싸울 때 쓰는 욕.

테 투주르 오시 살로프? 넌 항상 그렇게 나쁜 년이니?

타 테 레글레 우 쿠아? 너 지금 생리중이냐?

페름 타 귈! (너새니얼에 의하면) 아가리 닥쳐.

"프랑스 사람들이 아가리 닥치라는 말을 할 리가 없어." 내가 말한다.

"직역은 아니더라도 아주 근접하다니까." 그가 대답한다.

"너무 무식한 표현이야. 프랑스어는 고상하잖아."

"바보, 프랑스 사람들이 제리 루이스**를 얼마나 좋아했는데! 그 사람들도 너나 나하고 똑같은 인간일 뿐이라고." 그가 하던 말을 멈추고 미소를 짓는다. "물론 여자들은 다르지. 프랑스 여자들은 인간이라고 볼 수 없어."

셀린을 떠올리는 순간 가슴 한구석이 저려온다.

웨이터 중 한 명이 내게 로제타스톤***을 빌려주어서 그걸로도 연습한다. 몇 주 뒤 프랑스어 실력이 나아지고 있음을 느낀다. 마담 랑베르가 내게 점심에 무얼 먹을 거냐고 물으면 그럭저럭 대답을

* 주어의 인칭 변화에 따른 동사 변화.

** 20세기를 풍미했던 미국의 배우이자 코미디언, 영화감독.

*** 어학 학습 프로그램.

할 수 있다. 서서히 구절과 문장으로 대답하기 시작한다. 중국어를 할 때처럼 머릿속으로 미리 생각할 필요가 없다. 어느 순간 저절로 그렇게 된다. 마침내 내가 해내고 있다.

❖ ❖ ❖

그렇게 한 달이 거의 지나갈 무렵 어느 날 아침, 아래층에 내려가 보니 엄마가 부엌 식탁에 앉아 있다. 커뮤니티 칼리지의 강의 목록과 수표책을 앞에 놓고서. 나는 엄마에게 아침 인사를 하고 오렌지 주스를 꺼내기 위해 냉장고로 간다. 엄마가 말없이 나를 쳐다본다. 완충제 역할을 하는 아빠가 없을 때면 우린 항상 그런 식이었다. 엄마가 있으면 내가 나간다. 그런데 엄마가 잠깐 앉으라고 한다.

"네 아빠하고 얘기했는데, 프랑스어 수강료는 대주기로 했다." 엄마가 수표를 뜯으며 말한다. "그렇다고 네 여행을 인정하겠단 의미는 아니야. 네 이중성은 용납할 수 없으니까. 절대 용납할 수 없고말고. 하지만 프랑스어 강좌는 네 교육의 일부고, 열심히 하고 있으니까 그 수업료까지 네가 낼 필요는 없어."

엄마가 내게 수표를 내민다. 사백 달러. 큰 액수다. 그러나 나는 이미 천 달러 가까이 모았다. 그 돈으로 프랑스어 수업료를 충당하고 있고 파리행 티켓의 예치금도 넣었다. 뱁스가 일주일치 임금을 당겨주기로 했기 때문에 다음주에는 비행기표를 살 수 있다. 더구나 여행을 떠나기까지 아직 한 달이나 남았다. 사백 달러면 한결 부담이 줄어들겠지만 나는 그 부담이 줄어드는 걸 원치 않는다.

"괜찮아요." 내가 수표를 엄마 쪽으로 밀어놓으며 말한다. "하지만 감사해요."

"싫다고?"

"싫다는 게 아니라, 굳이 그러실 필요 없다고요."

"그럴 필요가 없다니!" 엄마가 쏘아붙인다. "파리 물가가 얼마나 비싼데!"

"알아요. 하지만 일하면서 돈을 많이 모으고 있어요. 이번 여름엔 거의 돈을 쓰지 않았고요. 자동차 기름값도 안 들었잖아요." 나는 애써 가볍게 말한다.

"그건 다른 문제야. 그리고 하루종일 일할 땐 저녁엔 차를 써야지."

"괜찮아요. 저 때문에 엄마가 집에 묶이는 건 싫어요."

"그럼 전화해. 데리러 갈 테니까."

"늦게 끝나요. 그리고 차 태워줄 사람 있어요."

엄마가 수표를 집어들더니 내가 놀랄 정도로 거칠게 수표를 찢어발긴다. "더이상 널 위해 내가 할 수 있는 일이 하나도 없구나."

"무슨 말씀이세요?"

"내 돈도, 내 차도 필요 없고, 태워줄 필요도 없고. 일자리를 구해주려고 했는데 그것도 필요 없고."

"저 열아홉 살이에요." 내가 말한다.

"네가 몇 살인지 내가 모를까봐서? 앨리슨, 내가 널 낳았어!" 엄마의 목소리는 채찍처럼 따갑다. 엄마 자신도 놀랄 정도로.

때로는 무언가의 부재로 그것의 존재를 알게 된다. 뒤에 남겨지는 공백으로. 있는 대로 화가 나서 씩씩거리는 엄마를 바라보면서 마침내 나는 깨닫는다. 엄마는 단지 화가 난 게 아니다. 엄마는 상처를 입었다. 엄마에 대한 연민이 내 몸을 감싸고 나의 분노를 조금 덜어낸다. 그러나 분노가 잦아드는 순간 나는 내 분노가 얼마나 큰 것이었는지 깨닫는다. 엄마에게 얼마나 화가 나 있었는지. 지난 한 해 동안, 어쩌면 그보다 더 오랫동안.

"엄마가 절 낳아주셨다는 건 알고 있어요." 내가 말한다.

"십구 년 동안 널 키웠는데 이제 네 인생 밖으로 이렇게 밀려나는구나. 이제 엄만 너에 대해 아는 게 하나도 없어. 네가 무슨 강의를 듣는지, 어떤 친구들하고 어울리는지, 왜 파리에 가려고 하는지, 엄만 하나도 몰라." 엄마는 소름과 한숨 사이의 무언가를 내뱉는다.

"제가 알잖아요." 내가 말한다. "그럼 된 거 아닌가요?"

"아니, 그렇지 않아." 엄마가 쏘아붙인다.

"그래도 할 수 없어요." 내가 되받는다.

"이젠 다 네 멋대로 하겠단 거구나."

"그런 뜻이 아니에요. 제 멋대로 하려는 게 아니라고요. 엄마가 절 잘 키우셨다는 걸 믿으시란 뜻이에요."

"믿었지. 전에는. 그게 내 일이야. 그러니까 날 해고하려는 사람처럼 굴지 마라."

엄마의 말이 놀랍다. 엄마가 날 돌보는 일을 하나의 직장으로 생각해서라기보단 내가 엄마를 해고할 수 있는 입장이라는 게 놀랍다. "홍보업계 일로 돌아간다고 하셨잖아요."

"그랬지." 엄마가 큰 소리로 웃는다. "네가 중학교 들어갈 때 다시 시작하겠다고 했다가, 고등학교에 가면 시작한다고 했다가, 네가 운전면허를 따면 간다고 했다가……" 엄마가 손바닥 아랫부분으로 눈을 문지른다. "정말 돌아가길 원했다면 진작 돌아가지 않았을까?"

"왜 그렇게 안 하셨어요?"

"내가 원한 건 그게 아니었으니까."

"무슨 뜻이죠?"

"엄만 모든 게 제대로 돌아가길 바랐어."

그 말에 나는 화가 난다. 그 말이 진실이기도 하고 거짓이기도 하기 때문이다. 엄마는 날 화석으로 만들려 한다. "모든 게 제대로 돌아갈 때도 그걸로 충분치 않았잖아요. 엄마한테 난 한 번도 충분한 적이 없었어요."

엄마가 고개를 든다. 피로하면서도 놀란 눈빛이다. "충분했어. 충분했고말고."

"절 힘들게 하는 게 뭔지 아세요? 엄마 아빤 늘 그러셨죠. 좋을 때 그만뒀다고. 하지만 좋을 때 그만두는 건 없어요. 나빠서 그만두는 거지. 그래서 그만둔 거잖아요!"

화가 난 엄마가 얼굴을 찌푸린다. 미쳐 날뛰는 십대 딸을 상대하는 엄마의 표정이다. 십대의 마지막 해였던 지난 한 해 동안 어느덧 내가 익숙해진 저 표정. 이상하게도 엄마는 작년 이전까지 그런 표정을 지을 일이 별로 없었다. 이제야 나는 깨닫는다. 어쩌면 바로 그게 문제일 수도 있다는 걸.

"엄만 아이를 더 낳고 싶어했어요." 내가 말을 잇는다. "그런데 저 하나로 만족해야 했죠. 그리고 지금껏 제 인생을 저 하나로 충분하게 만드는 데 바치게 만드셨어요."

내 말이 엄마의 관심을 끈다. "그게 무슨 소리니? 엄만 지금도 너 하나로 충분해."

"아뇨, 충분치 않아요. 어떻게 충분할 수 있겠어요? 자식이라곤 저 하나밖에 없는데, 엄마의 투자가 헛되어선 안 되잖아요. 나 말곤 다른 대안이 없으니까."

"말도 안 돼. 넌 투자의 대상이 아니야."

"엄만 절 그렇게 취급하세요. 모든 기대를 저한테 쏟아부으시잖아요. 엄마가 낳지 못한 아이들에 대한 모든 기대와 희망을 저 혼자 짊어지고 사는 기분이라고요!"

엄마가 고개를 젓는다. "난 도대체 네가 무슨 소릴 하는 건지 모르겠다." 엄마가 나지막이 말한다.

"정말 모르시겠어요? 열세 살에 의대 진학을 결정했다고요? 왜 이러세요, 엄마. 도대체 의대에 가겠다는 열세 살짜리가 어딨어요?"

잠시, 엄마는 급소를 얻어맞은 표정을 짓는다. 그리고 손을 배에 얹는다. 마치 맞은 자리를 손으로 가리듯. "여기."

"네?" 나는 혼란스럽다. 그러나 그 순간 나는 떠올린다. 고등학교 때 내가 화학이나 생물학 과목에 모르는 게 있을 때마다 아빠가 본인이 의사면서도 엄마에게 물어보라고 했던 것. 대학 강의 목록이 도착했을 때 엄마가 의대 필수 과목을 다 꿰고 있었던 일. 그리고 엄마의 예전 직장. 엄마는 홍보 담당이었다. 제약회사의 홍보

담당. 그리고 지난 유월절 할머니의 말씀. 의대는 항상 네가 가고 싶어했지.

"엄마가? 엄마가 의사가 되고 싶었어요?"

엄마가 고개를 끄덕인다. "네 아빠를 처음 만났을 때 엄만 의대를 준비하고 있었어. 아빠는 의대 신입생이었고 틈틈이 가정교사를 하고 있었지. 나는 시험을 보고 열 군데에 지원을 했는데, 한 곳도 합격하지 못했어. 내가 연구실 경험이 없어서 그렇다고 네 아빠가 그러더라. 그래서 글락소에 들어간 거야. 때가 되면 다시 대학에 지원할 생각이었지. 그러다가 네 아빠와 결혼을 했고 결국 홍보부서로 옮기게 됐어. 그렇게 몇 년이 흘렀지. 우리도 아이와 한 가정을 꾸릴 때가 됐다고 생각했어. 그런데 어린아이를 데리고 네 아빠하고 내가 둘 다 공부를 하거나 레지던트생활을 하는 건 원치 않았어. 그다음엔 불임 문제도 있었고. 더 아이를 갖지 않기로 결정하고 나서 엄만 직장을 그만뒀어. 네 아빠 수입만으로도 생활이 가능했으니까. 의대에는 다시 지원할 생각이었는데, 너하고 보내는 시간이 너무 좋더라. 너랑 떨어져 있고 싶지 않았어."

현기증이 난다. "항상 엄마 아빠는 소개로 만났다고 했었잖아요."

"맞아. 캠퍼스 가정교사 센터에서 소개로 만났어. 전부 다 얘기하지 않았던 건, 내가 널 위해 모든 걸 포기했다고 생각할까봐서야."

"엄마가 상황이 나쁠 때 그만뒀다는 걸 저한테 알리고 싶지 않았던 거겠죠." 내가 정정한다. 그게 정확한 표현이 아닐까.

엄마가 손을 뻗어 내 손목을 잡는다. "아니야, 앨리슨. 좋을 때 그만뒀단 말을 네가 잘못 이해한 거야. 그건 감사한다는 의미였어.

이 정도면 충분하다고 생각했을 때 멈추었다는 뜻이야."

엄마 말이 전부 다 믿기지는 않는다. "만약 그 말이 사실이라면, 지금이야말로 좋을 때 그만두세요. 엄마와 나 사이가 더 망가지기 전에."

"더이상 네 엄마 노릇을 하지 말란 소리니?"

처음엔 그 질문이 그저 반어적인 표현이라고 생각한다. 그러나 그 순간 나를 바라보는 엄마의 크고 두려움에 찬 눈을 본다. 엄마가 실제로 그런 생각을 하고 있다고 생각하니 마음 한구석이 아프다.

"아뇨." 내가 나지막이 말한다. 잠시 침묵이 흐르고, 나는 다음 말을 내뱉기 위해 마음을 다잡는다. 엄마가 얼어붙는다. 엄마 역시 마음을 다잡고 있다. "지금까지와는 다른 엄마가 되어주세요."

엄마의 몸이 축 늘어진다. 안도해서일까. 아니면 좌절해서일까. "그래서 내가 얻는 게 뭔데?"

짧은 순간, 나는 상상해본다. 엄마와 차를 마시며 지난여름 파리에서 있었던 일을 얘기하는 내 모습. 그리고 이번 여행에서 무슨 일이 일어날지 얘기하는 내 모습. 언젠가는 그런 날이 오겠지. 하지만 아직은 아니다.

"지금까지와는 다른 딸."

스물여덟

7월

집

비행기표를 샀다. 프랑스어 수업료도 지불했지만 두 차례 거금을 지출하고도 무지하게 바쁘고 짭짤했던 독립기념일 주말 덕분에 오백 달러를 모을 수 있었다. 카페 핀레이는 7월 25일에 문을 닫지만 이변이 없는 한 남은 삼 주 동안 돈을 충분히 모을 수 있을 것이다.

독립기념일 직후 멜라니가 집으로 돌아온다. 멜라니는 캠프에서 돌아와 일주일을 집에서 쉬었다가 다시 콜로라도로 래프팅 여행을 간다더라고 부모님이 전한다. 멜라니가 여행에서 돌아올 무렵 나는 파리로 떠나 있을 것이다. 그리고 내가 유럽에서 돌아오면 바로 학기가 시작된다. 이 여름이 지난 육 개월 동안 그랬던 것처럼 우리의 우정 따윈 애당초 없었다는 듯 그렇게 지나가게 될까. 멜라니의 집 앞에 주차된 멜라니의 차를 보면서도 나는 아무 말도 하지 않는다. 엄마도 아무 얘기가 없다. 아마 수전 아줌마와 우리 얘기를 한 모양이다.

프랑스어 강좌가 끝난다. 마지막 주에 학생들은 프랑스와 관련된 주제로 구두 발표를 한다. 나는 마카롱의 기원과 조리법에 대해 발표한다. 뱁스의 주방장 앞치마와 모자를 빌려 쓰고서. 발표를 마친 뒤 나는 뱁스가 우리 반을 위해 특별히 만들어준 마카롱을 카페 핀레이의 홍보용 엽서와 함께 나누어준다.

수업이 끝나자 나는 엄마의 차를 몰고 집으로 향한다. 발표에 필요한 것들을 싣기 위해 엄마 차를 빌렸다. 들어가는 길에 집 앞에서 있는 멜라니를 본다. 멜라니도 나를 본다. 우리는 잠시 서로를 바라본다. 마치 서로에게 묻는 것 같다. 앞으로 계속 이렇게 서로 못 본 체해야 돼? 우리는 없었던 척해야 돼?

그러나 우리는 분명히 있다. 적어도 한때는 있었다. 그래서 나는 그녀에게 손을 흔든다. 그리고 차에서 내린다. 나는 보도의 중간 지점을 향해 걷는다. 멜라니도 내 쪽으로 걸어온다. 그녀의 눈이 휘둥그레진다. 나도 내 우스꽝스러운 복장을 쳐다본다.

"프랑스어 강좌 때문에." 내가 설명한다. "마카롱 하나 먹어볼래?" 나는 엄마 아빠를 위해 남겨둔 마카롱 중 하나를 건넨다.

"고마워." 그녀가 한입을 깨문다. 그녀의 눈이 휘둥그레진다. 알아, 라고 말하고 싶다. 그러나 몇 달이 흐른 지금 나는 그 말을 할 수 없다. 나는 이제 멜라니를 모른다. 더이상은 모른다.

"프랑스어 강좌 듣는다고?" 멜라니가 말한다. "우리 둘 다 각자 여름 일정 때문에 바빴네, 그치?"

"맞아. 넌 포틀랜드에 있었다면서? 음악 연수 프로그램?"

그녀의 눈이 반짝인다. "응. 진짜 대단했어. 연주만 하는 게 아니라 작곡도 하고 업계 전반에 대해 이것저것 배웠거든. 우리와 작업하고 싶어하는 전문가들도 있었어. 시험 삼아 작곡을 하나 했는데, 내년에 학교에서 발표할 거야." 그녀의 얼굴이 환하게 빛난다. "난 음악 이론 전공할까 생각중이야. 넌?"

나는 고개를 젓는다. "모르겠어. 난 아무래도 언어 쪽인 거 같아." 이번 가을에 중국어와 프랑스어 수업을 듣고 글레니 교수의 셰익스피어 수업도 하나 더 들을 생각이다. 기호학 개론과 아프리카댄스도.

그녀가 고개를 든다. 그리고 잠시 망설이다가 묻는다. "그럼, 너 올여름엔 로호보스 해변에 안 가겠네?"

우리는 다섯 살 때부터 해마다 여름이면 그곳에 갔다. 그러나 올해는 가지 않는다. "아빠가 하와이 학회에서 초청을 받았는데 엄마한테 같이 가자고 했어. 아무래도 날 위해 그러신 것 같아."

"넌 파리에 가니까?"

"응, 난 파리에 가."

잠시 침묵이 흐른다. 이웃집 마당에서 어린아이들이 스프링클러 주위에서 물을 뿌리며 뛰어노는 소리가 들린다. 멜라니와 내가 그랬던 것처럼.

"그 사람 찾아보려고?"

"알고 싶어서. 도대체 어떻게 된 건지. 무슨 일이 있었는지."

멜라니의 조소, 빈정거림, 비웃음이 이어질 거라 생각하며 마음을 다잡는다. 그러나 멜라니는 잠시 내 말을 생각해본다. 마침내 멜라니의 입에서 나온 말은 헐뜯는 것이라기보다는 있는 그대로의 사실이다. "설령 그 사람 찾는다고 해도, 그리고 그 사람이 일부러 널 두고 떠난 게 아니라고 해도, 네가 지금껏 만들어놓은 그 사람의 모습과 꼭 들어맞지 않을 수도 있어."

그런 생각을 안 해본 건 아니다. 그를 찾을 확률도 희박하지만, 내가 기억하는 모습 그대로의 그를 찾을 확률은 더욱 희박하다. 그러나 나는 항상 아빠가 했던 말로 되돌아간다. 무언가를 잃어버리면 마지막으로 놓아둔 장소를 머릿속에 그려보라는. 파리에서 너무도 많은 걸 찾았고 또 잃어버렸다.

"알아." 내가 멜라니에게 말한다. 방어심리가 작동하지 않는 게 이상하다. 멜라니가 날 걱정하고 있는 것 같아 조금 마음이 놓인다. 반면 정작 나 자신은 나를 별로 걱정하지 않는 것 같아서 그것도 마음이 놓인다. 이 모든 일에 대해, 어쩐지 나는 별로 걱정하지 않는다. "그건 별로 중요하지 않아."

그녀의 눈이 휘둥그레진다. 그리고 실눈을 뜨고 나를 위아래로 쳐다본다. "너 좀 달라진 것 같다."

내가 웃는다. "달라지긴 뭘. 이 복장 때문에 그렇지."

"복장 말고." 멜라니가 말한다. 조금 갈라지는 목소리로. "너 딴 사람 같아."

"그래? 그럼…… 고맙다고 해야 되나?"

나는 멜라니를 바라본다. 그제야 멜라니의 모습이 눈에 들어온다. 너무도 익숙한 모습. 다시 돌아온 멜라니. 머리카락이 길게 자라면서 다시 본래의 색으로 돌아왔다. 멜라니는 짧은 반바지에 자수를 놓은 예쁜 티셔츠를 입고 있다. 코걸이는 없다. 문신도 없다. 여러 색깔로 부분 염색한 머리도 없다. 옷차림이 야하지도 않다. 물론 겉모습이 예전과 똑같다고 해서 멜라니가 예전과 똑같을 거라고 말할 수는 없다. 문득 멜라니도 나만큼이나 격동의 한 해를 보냈고 나 역시 멜라니를 이해하지 못했다는 생각이 든다.

멜라니는 여전히 날 보고 있다. 그러다 마침내 말한다. "미안해."

"뭐가?" 내가 묻는다.

"런던에서 네가 별로 내키지 않아했는데 억지로 머리 자르게 만들어서. 네가 엉엉 울어서 마음이 안 좋았어."

"괜찮아. 그때 머리 자르기 잘한 것 같아." 진심이다. 만약 루이즈 브룩스의 헤어스타일이 아니었다면 그는 내게 말을 걸지 않았을 것이다. 아니, 어쩌면 말을 걸었을 수도 있다. 그래서 내 본명을 알았을 수도 있다. 알 수 없는 일이다. 이미 일어난 우연은 결코 돌이킬 수 없으니까.

우리는 그렇게 길가에 서 있는다. 차렷 자세로, 무슨 말을 해야 할지 모르는 채로. 스프링클러 옆에서 이웃 아이들이 소리를 지른다. 어린 시절의 나와 멜라니를 생각한다. 멕시코 수영장의 높은 다이빙대 위에 있던 우리. 우리는 항상 손을 잡고 함께 뛰어내렸다. 그러나 다시 수면으로 돌아올 때면 어느 틈엔가 손을 놓고 있었다. 아무리 애를 써도 헤엄치기 시작하는 순간 손을 놓게 되었다. 수면으로 떠오르면 우리는 다시 수영장 밖으로 나와 사다리를 타고 다이빙대로 올라가 또다시 손을 잡고 뛰어내렸다.

우리는 지금 각자 헤엄치고 있다. 이제야 알 것 같다. 가라앉지 않으려면 아마도 그렇게 해야 하나보다. 하지만 누가 알겠는가. 어느 날, 수영장 밖으로 나와, 다시 손을 잡고 뛰어내릴지.

스물아홉

뉴욕시티

부모님이 JFK 공항까지 태워주겠다고 했지만 내가 파리로 떠나기 전에 디를 만나기로 했기 때문에, 우리는 공항 대신 필라델피아 30번가 역으로 향한다. 나는 기차를 타고 맨해튼으로 갈 예정이다. 일 년 만의 기차 여행이다. 디가 펜실베이니아 역으로 마중나오기로 했다. 내일 밤 나는 비행기를 타고 런던으로 날아갔다가 거기서 다시 파리로 간다.

기차가 도착한다는 안내방송을 듣고 우리는 승강장으로 향한다. 아빠가 초조한 듯 발을 구른다. 아빠의 머릿속에서 마우이의 골프코스가 춤을 추는가보다. 두 분은 월요일에 떠난다. 엄마는 그저 서성거린다. 멀리서 내가 탈 기차의 헤드라이트가 보이자 엄마는 핸드백에서 상자를 하나 꺼낸다.

"이번엔 선물 같은 거 안 하기로 했잖아요." 작년에는 거하게 외식을 하고 이것저것 선물을 챙겨주었지만 어젯밤은 비교적 차분한 분위기였다. 집에서 라사냐를 먹었고 엄마와 나 둘 다 먹는 둥 마는 둥 했다.

"널 위한 거라기보단 엄말 위한 거야."

상자를 열어본다. 조그만 휴대폰과 충전기, 어댑터가 들어 있다.

"새 휴대폰 사주시는 거예요?"

"아니. 아, 그렇다고 봐야겠네. 여행에서 돌아오면 예전에 쓰던 걸 다시 쓰게 될 거야. 이건 쿼드밴드 폰이라 분명히 유럽에서도 터질 거야. 그것만 사면 돼…… 그 뭐더라…… 그게 뭐지, 여보?" 엄마가 아빠에게 묻는다.

"심 카드."

"맞아." 엄마가 휴대폰 뒷부분 뚜껑을 연다. "그거 별로 안 비싸대. 아무데서나 가서 개통하면 된다더라. 급한 일 생기면 전화하든지 문자 보내. 물론 네가 하고 싶을 때만. 사실 널 위해 산 거야. 필요할 때 우리한테 연락할 수 있어야 하니까. 그러니까, 네가 혹시 필요하면 말이야. 하지만 그럴 필요가 없으면 굳이……"

"엄마," 내가 엄마의 말을 자른다. "알았어요. 문자 보낼게요."

"정말?"

"그럼요. 엄마도 하와이에서 문자 보내세요. 이거 카메라도 돼요?" 내가 휴대폰의 카메라를 확인한다. "사진 보낼게요."

"그럴래?"

"그럼요."

엄마 얼굴을 보니 마치 내가 엄마에게 선물을 준 것 같다.

❖ ❖ ❖

펜실베이니아 역은 인파로 북적이지만 나는 레몬색과 라임색 조각 천을 이어붙인 나일론 반바지에 'UNICORNS ARE REAL'이라고 선명하게 적힌 탱크톱을 입고 전광판 아래 서 있는 디를 곧바로 알아본다. 디가 나를 번쩍 안아든다.

"여행가방은?" 그가 묻는다.

나는 돌아서서 필라델피아 군납품가게에서 산 올리브색 배낭을 자랑한다.

디가 휘파람을 분다. "거기에 무도회 드레스를 어떻게 넣었어?"

"아주 작게 접어서 넣었지."

"훨씬 큰 가방을 들고 올 줄 알고 둘러보기 전에 일단 집으로 간다고 했어. 그래서 엄마가 점심 준비하셨어."

"점심 좋지!"

디가 양손을 하늘로 쳐든다. "실은, 엄마가 깜짝파티를 준비하셨어. 나한테 들었다고 말하면 안 된다."

"파티? 너희 엄만 날 잘 모르시잖아."

"내가 네 얘길 하도 많이 해서 아마 잘 안다고 생각하실걸. 그리고 엄만 음식을 만들 수만 있다면 무슨 핑계든 갖다붙이니까. 친척들이 올 거야. 사촌 타냐도. 내가 타냐 얘기한 적 있지?"

"미용사라는?"

디가 고개를 끄덕인다. "네 머리 좀 해달라고 부탁했어. 백인들 머리도 하거든. 맨해튼에 있는 고급 미용실에서 일해. 다시 단발로 잘라서 루이즈 브룩스 스타일을 해보면 어떨까 했어. 처음 만났을 때처럼. 어쨌든 너 그 대걸레 같은 머리는 손 좀 봐야 돼." 그가 언제나처럼 머리핀을 꽂은 내 머리카락을 만지며 말한다.

우리는 시내까지 지하철을 타고 간다. 지하철 종점까지. 거기서 내려 다시 버스를 탄다. 창밖을 내다보면서 시끌벅적한 사우스브롱크스의 풍경을 기대하지만, 버스는 나무 그늘 밑에 선 예쁜 벽돌 건물들 사이를 달린다.

"여기가 사우스브롱크스야?" 내가 디에게 묻는다.

"사우스브롱크스에 산다고 말한 적 없는데."

내가 그를 쳐다본다. "그렇게 말한 적 없다고? 사우스브롱크스 출신이라고 열 번은 말했겠다."

"브롱크스 출신이라고만 했지. 여긴 브롱크스야. 브롱크스 리버데일."

"너 켄드라한테 사우스브롱크스 출신이라고 했잖아. 사우스브롱크스 고등학교 나왔다고……" 나는 잠깐 말을 멈추고 첫번째 대화를 떠올린다. "근데 그 학교는 이제 없다고 했지."

"그냥 멋대로 상상하게 놔둔 것뿐이야." 디가 능글맞게 웃으며 말한다. 그가 버스에서 내리기 위해 벨을 누른다. 내려보니 아파트 건물들이 밀집한 복잡한 거리다. 으리으리하진 않지만 멋진 동네다.

"너 진짜 대단한 연기자야, 디앤절로 해리슨."

"역시 연기자가 연기자를 알아보는군. 난 브롱크스 출신이야. 그리고 가난해. 사람들이 그걸 빈민굴 출신이라는 걸로 해석하고 싶어하면, 뭐 어쩌겠어?" 그가 미소를 짓는다. "더구나 그래서 나한테 장학금을 주고 싶어한다면 더더욱 말릴 이유가 없지."

우리는 괴물 형상의 금간 홈통 주둥이들이 문 위쪽에 달려 있는 예쁜 벽돌 건물 앞에 선다. 디가 벨을 누른다. "우리 오는 거 다들 알고 있어." 우리는 새장처럼 생긴 고풍스러운 엘리베이터를 타고 5층으로 올라간다. 집 앞에서 그가 나를 보며 내 귀 뒤쪽 머리카락 몇 가닥을 잡아당긴다.

"깜짝 놀라는 척해." 그가 속삭이며 문을 연다.

우리는 안으로 들어선다. 조그만 거실에 열 명 남짓한 사람들이 모여 있고 음식이 잔뜩 차려진 식탁 위에는 '앨리슨의 멋진 여행을 기원합니다!'라고 적힌 플래카드가 걸려 있다. 나는 눈을 휘둥그레 뜨고 디를 바라본다.

"서프라이즈!" 그가 양손을 쫙 편 채로 들고 살짝 흔들며 말한다.

디의 엄마 샌드라가 치자나무향을 풍기며 다가와 나를 와락 끌어안는다. "얘한테 들었지? 그렇게 한심한 놀라는 연기는 내 평생 처음 본다. 저 녀석은 도무지 비밀을 지킬 줄 모른다니까. 자, 어서 인사도 나누고, 음식 좀 먹으렴."

샌드라는 나를 여러 이모, 삼촌, 사촌 들에게 인사시킨 뒤 바비큐 치킨, 마카로니와 치즈, 야채를 접시에 담아서 주고 식탁 의자에 앉힌다. "이제 얘기 좀 해봐."

디가 빌럼에 대해 이미 상당히 많은 얘기를 해놓은 터라 저마다 그를 찾는 방법에 대한 조언을 한다. 그다음엔 여행에 대한 질문들을 퍼붓기 시작한다. 파리에 어떻게 가는지—비행기로 뉴욕에서 런던까지 간 다음 런던에서 파리로 갈 거예요—어디서 묵을 건지—빌럼하고 돌아다녔던 빌레트 지역의 유스호스텔에 묵어요. 하룻밤에 이십오 달러—거기 가서 어떻게 돌아다닐 건지—가이드북을 보고 지하철에 도전해보려고요. 그들이 파리에 대해 묻고 나는 작년에 보았던 것들을 설명해준다. 그들은 파리가 다채로운 도시라는 점과 아프리카인들이 모여 사는 동네 이야기에 관심을 보인다. 그러다 프랑스 식민지였던 아프리카 국가가 어디인지를 놓고 설전이 벌어진다. 결국 누군가가 지도를 가져와 위치를 짚고 나서야 끝난다.

모두가 지도를 보고 있을 때 샌드라가 내게 피치 코블러*를 한 접시 가져다준다. "너한테 줄 게 있어." 그녀가 포장된 얇은 무언가를 내밀며 말한다.

"이러시면 안 되는데……"

그녀는 퀴퀴한 냄새를 쫓듯 손을 흔들어 나의 항의를 뿌리친다. 포장을 풀어보니 코팅된 파리 지도가 나온다. "이거 산 가게 주인이 그러는데 꼭 필요할 거래. 지하철 정류장하고 주요 도로가 표시되어 있거든." 그녀가 지도를 펼쳐 내게 보여준다. "우리 디앤절로하고 내가 한참 동안 들여다봤어. 이 지도의 모든 길에 우리의 축복을 담았단다."

"다신 길을 잃지 않을 것 같아요."

그녀가 지도를 접어 내 손에 얹어준다. 샌드라의 눈은 디의 눈과

* 복숭아로 만든 디저트의 일종.

똑같다. "올해 우리 디를 도와줘서 고맙다."

"제가 디를 도왔다고요?" 나는 고개를 젓는다. "잘못 아신 것 같은데요."

"잘못 알긴!"

"아니에요. 이번 학기 내내 디가 절 도와줬어요. 거의 창피할 정도로요."

"말도 안 되는 소리! 우리 디앤절로가 똑똑하고 그동안 운도 따라준 건 맞지만, 여기까지 오는 게 결코 평탄치는 않았단다. 고등학교 사 년, 대학 일 년 합쳐서 학교 친구를 집으로 데려오는 건 고사하고 얘기를 한 것도 네가 처음이야."

"지금 내 얘기 하는 중이지!" 디가 묻는다. 그러고는 양팔로 우리 두 사람에게 어깨동무를 한다. "혹시 내 천재성을 극찬하는 중?"

"너의 어떤 면을 극찬하는 중." 내가 대답한다.

"두 사람 다 상대방 얘기 한마디도 믿지 마!" 그가 돌아서서 키가 크고 우아하고 머리카락을 촘촘하게 꼰 여자를 내게 소개한다. "내가 얘기했지? 이쪽은 타냐."

우리는 인사를 나누고 샌드라는 피치 코블러를 더 가지러 간다. 타냐가 내 머리핀을 빼고 머리카락을 만져본다. 머리끝을 보면서 고개를 젓고 디가 자주 하는 것처럼 못마땅한 듯 혀 차는 소리를 낸다.

"저도 알아요. 일 년 됐거든요." 내가 말한다. 그리고 문득 깨닫는다. 정말 일 년이 지났다는 걸.

"일 년이 길다는 거야? 짧다는 거야?" 디가 묻는다. 그리고 타냐에게 말한다. "루이즈 브룩스 머리로 해줘. 얘가 그 친구를 찾을 때를 대비해서."

"혹시 그 친구를 찾을 경우를 대비해서." 내가 정정한다. "이 정도 길이였어요." 내가 턱선을 가리키며 말한다. 런던의 스타일리스트가 작년에 내 머리를 그 길이로 잘랐다. 그러나 나는 얼른 손을 거둔다. "그런데요. 저 단발 안 할래요."

"짧게 자르는 거 싫어요?" 타냐가 묻는다.

"아뇨, 자르는 건 좋아요." 내가 말한다. "그런데 단발은 싫어요. 새로운 스타일에 도전해볼래요."

서른

파리

대략 열세 시간의 비행을 하고 여섯 시간의 시차가 생기면서 나는 완전히 넋이 나간다.

샤를드골 공항 입국장에 들어서는 순간 벌어진 상황이다. 내 주위의 모든 사람이 친척들과 포옹하거나 팻말 든 기사의 환영을 받는다. 날 맞아주는 사람은 아무도 없다. 아무도 날 기다리지 않는다. 아무도 날 지켜보고 있지 않다. 날 아껴주는 사람들이 있다는 건 알지만, 지금 이 순간 나는 너무도 외롭다. 문득 내 머리 위에 말풍선처럼 달렸던 네온사인이 떠오른다. 관광객. 다만 지금은 이렇게 쓰여 있다. 야, 너 어쩌자고 여기까지 온 거니!

나는 가슴의 배낭 줄을 단단히 조인다. 마치 배낭이 날 안아줄 수 있다는 듯. 그리고 심호흡을 한다. 한 발을 들어 앞으로 내디딘다. 그렇게 한 발, 또 한 발을 내디딘다. 비행기에서 작성한 목록을 꺼낸다. 첫째, 환전하기.

나는 환전 사무소 중 한 곳으로 가서 더듬거리는 프랑스어로, 달러를 환전할 수 있느냐고 묻는다. "그럼요. 여기서 하시면 됩니다." 카운터 뒤의 남자가 프랑스어로 대답한다. 백 달러를 건네주고 유로화를 돌려받을 때 너무도 안도한 나머지 돈을 세어볼 생각조차 하지 않는다.

다음, 유스호스텔 찾기. 이미 가는 길을 생각해두었다. 기차로 시내까지 가서 지하철을 타고 조레스 역에 내려야 한다. 나는 파리 도심으로 들어가는 기차 RER 간판을 따라간다. 그런데 알고 보니 RER 역으로 가려면 공항 열차를 타야 한다. 엉뚱한 길로 가는 바람에 다른 터미널로 나가게 되어 되돌아가 공항 열차 역에 도착하기까지 한 시간이 걸린다.

자동 티켓 발권기 앞에 서는데 꼭 적과 대면한 기분이다. 영어 버튼을 눌렀는데도 안내가 여전히 혼란스럽다. 지하철 티켓 한 장이 필요하냐고? 열차 티켓 한 장이 필요하냐고? 아니면 두 장 다 필요하냐고? 내 머리 위의 네온사인이 더 반짝거리는 것 같다. 이제 네온사인에는 이렇게 적혀 있다. 도대체 어쩌자고 여기까지 왔냐고!

나는 다시 가이드북을 펼치고 파리 시내로 들어가는 방법을 살펴본다. 아, 그러니까 티켓 한 장이면 시내로 들어가서 지하철로 갈아탈 수 있구나. 나는 파리 지하철 노선도를 본다. 여러 개의 선들이 뱀처럼 얽혀 있다. 마침내 내 행선지인 조레스 역을 찾는다. RER 노선을 따라가며 환승 지점을 찾다 환승 지점이 바로 파리 북역임을 깨닫고 놀란다. 어딘가 익숙하게 느껴지는 그곳. 나를 그날에 묶어놓는 그곳.

"좋아, 앨리슨. 넌 이제 더이상 물러설 곳이 없어." 내가 중얼거린다. 그리고 다시 발권기와 마주선다. 어깨를 쫙 펴고, 결투에 임하는 투사처럼. 터치스크린 버튼을 누르고 십 유로짜리 지폐를 넣으니 발권기가 조그만 티켓 한 장과 거스름돈을 뱉어낸다. 무표정한 적으로부터 얻은 작은 승리지만 뿌듯함에 얼굴이 붉게 물든다.

나는 사람들을 따라 게이트로 향한다. 런던 튜브의 게이트와 비슷하다. 커다란 여행가방이 없으면 들어가기가 한결 편하다는 걸 이제 알겠다. 좋았어! 또 한번 적을 물리쳤다.

RER과 지하철이 만나는 환승역에서 지하철 몇 호선으로 갈아타야 하는지 한참 헤매고, 조그만 티켓을 어디 두었는지를 몰라 또 한참을 헤맨다. 티켓은 RER에서 나갈 때도 필요하고 지하철을 탈 때도 필요하다. 지하철을 탔다가 마지막 순간에 잘못 탔음을 깨닫고 놀라서 뛰어내리기도 한다. 마침내 목적지 역에 도착했을 때 나는 완전히 탈진하고 방향감각을 잃은 상태다. 내가 어디 있는지 알아내려 십오 분이 넘도록 지도를 뚫어지게 쳐다본다. 내가 제대로 왔다는 첫번째 신호인 운하에 이르기까지 대여섯 번은 길을 잘못 든다.

그러나 유스호스텔이 어디 있는지는 여전히 알 수 없다. 지치고 짜증나고 눈물이 쏟아지기 일보 직전이다. 유스호스텔 하나 못 찾다니. 주소도 있고 지도도 있는데 못 찾다니. 그러면서 도대체 무슨 배짱으로 여기서 그를 찾을 수 있다고 생각했던 걸까.

그대로 미쳐버리기 직전, 나는 잠시 걸음을 멈추고 운하 주위를 둘러본다. 그리고 심호흡을 한다. 서서히 두려움이 잦아들기 시작한다. 내가 서 있는 곳이 어딘가 친근하게 느껴진다. 이곳이 낯설지 않다. 여기 와본 적이 있다.

나는 지도를 접어 가방에 넣는다. 그리고 조금 더 심호흡을 한다. 주위를 둘러본다. 똑같은 회색 자전거들이 보인다. 똑같이 멋진 여자들이 힐을 신고 자갈길 위를 또각또각 걷는다. 일 따위는 안 해도 되는지 인파로 북적이는 카페들도 보인다. 나는 다시 심호흡을 한다. 감각의 기억이 밀려든다. 그리고 그 순간, 내가 어디 있는지 알 것 같다. 여기서 왼쪽으로 가면 책 선장과 덴마크 사람들을 만났던 호수 공원이다. 오른쪽으로 가면 우리가 크레페를 먹었던 카페가 있다. 나는 다시 지도를 꺼내 내가 있는 곳을 확인한다. 그리고 오 분 뒤 유스호스텔에 도착한다.

내 방은 6층이다. 엘리베이터가 고장이라 꼬불꼬불한 계단을 걸어서 올라간다. 한쪽 팔에 그리스 신 모양의 문신을 한 남자가 아침식사 장소와 공동 화장실(남녀 공용), 그리고 일곱 개의 침대가 있는 내 방 위치를 알려준다. 그가 자물쇠를 주면서 외출할 때 짐을 보관할 수 있는 곳을 일러준다. 그리고 본 샹스!란 말과 함께 나를 남겨두고 떠난다. 행운을 빈다고. 누구에게나 그런 말을 하는 걸까, 아니면 내게 행운이 필요할 것 같아 그런 말을 하는 걸까.

침대에 앉아 배낭 위쪽에 묶어둔 침낭을 풀어 펼친다. 그리고 아늑한 침낭 속에 들어가 생각한다. 빌럼도 여기 묵었을까. 빌럼도 이 침대에서 잤을까. 그럴 것 같진 않지만 가능성이 아예 없는 일은 아니다. 여긴 빌럼이 알려준 동네니까. 이젠 무슨 일이든 할 수 있을 것 같다. 마침내 해야 할 일을 하고 있는 것 같은 기분이 심장박동과 함께 온몸에 퍼지며 나를 달래 잠들게 한다.

몇 시간 뒤 베개에 침을 흘리고 머릿속이 윙윙거리는 상태로 잠에서 깨어난다. 미지근한 물로 샤워를 한 다음 시차로 인한 피로를 샴푸로 헹구어낸다. 수건으로 머리의 물기를 닦아낸 뒤 타냐가 가르쳐준 대로 젤을 바른다. 워시 앤드 웨어.* 타냐는 그렇게 말했다. 층을 많이 내고 툭툭 자른 헤어스타일이 아직 낯설긴 하지만 마음에 든다.

아래층으로 내려가니, 스프레이로 그린 거대한 피스 마크 뒤의 벽시계가 일곱시를 가리키고 있다. 런던에서 출발하면서 비행기에서 준 요구르트와 롤빵을 먹은 게 전부다. 허기가 져서 구역질이 난다. 로비의 조그만 카페에서는 음료수만 판다. 혼자 여행한다는 건 혼자 식사를 하고 프랑스어로 직접 주문해야 한다는 뜻이다. 나는 마담 랑베르와 여러 차례 연습했다. 지난 한 해 동안 학교 식당에서 혼자 식사한 것도 한두 번이 아니다. 그러나 오늘은 할 만큼 했다는 생각이 든다. 오늘밤엔 샌드위치나 사서 방에서 먹어야지.

유스호스텔 앞으로 나가보니 가랑비 속에 사람들이 모여 있다. 영어로 대화를 나누고 있고 억양을 들어보니 오스트레일리아 사람들 같다. 나는 심호흡을 하고 그들에게 다가가 이 근처 어디를 가면 먹을 만한 샌드위치를 살 수 있는지 아느냐고 묻는다.

흰머리가 줄무늬처럼 간간이 섞인 갈색 머리카락에 얼굴이 통통하고 체격이 좋은 여자애가 나를 돌아보며 환하게 웃는다. "운하

---

* 머리를 감고 나서 물기를 털고 그대로 나가는 머리.

건너편에 훈제연어 샌드위치를 아주 잘하는 데가 있어." 그녀가 말한 뒤 내게 손짓으로 방향을 일러주고는 다시 일행에게 돌아서서, 정식이 십이 유로고 와인 한 잔을 곁들이면 십오 유로라는 식당 이야기를 한다.

생각만으로도 입안에 침이 고인다. 음식 그리고 친구들. 나도 끼워달라고 말하는 건 정말 뻔뻔한 짓일 것 같다. 평상시의 나였다면 결코 하지 않을 행동이다.

그러나 나는 지금 혼자 파리에 있다. 내게 이곳은 처녀지나 다름없다. 나는 햇볕에 그을린 오스트레일리아 여자애의 어깨를 두드리며 저녁을 먹으러 같이 가도 되겠느냐고 묻는다. "나 오늘 여행 첫날이거든. 어디로 가야 할지 모르겠어." 내가 말한다.

"그렇구나." 그녀가 대답한다. "우린 여행한 지 아주 오래됐어. 지금 OA중이거든."

"OA?"

"해외 탐험Overseas Adventure. 오스트레일리아를 뜨는 게 워낙 돈이 많이 들기 때문에 한번 나오면 끝장을 봐야 돼. 참, 난 켈리야. 얘는 믹, 쟤는 닉, 쟤는 니콜라를 줄여서 니코, 쟤는 샤저. 샤저는 영국 출신인데, 그래도 우리가 좋아해."

샤저가 켈리에게 혀를 내밀고는 내게 미소를 짓는다.

"난 앨리슨."

"어, 우리 엄마 이름이 앨리슨인데!" 켈리가 말한다. "나 방금 엄마 보고 싶다고 말하는 중이었어! 그지, 얘들아! 이건 카르마야!"

"키즈멧*이지." 니코가 정정한다.

"키즈멧이기도 하고."

켈리가 나를 쳐다본다. 그리고 아주 잠깐, 나는 그 자리에 멍하니 서 있는다. 왜냐하면, 켈리가 아직 내 물음에 답을 하지 않았고 만약 거절하면 내가 바보 천치처럼 보일 것이기 때문이다. 프랑스어 수업에서 창피함을 견디는 연습을 해서 그런지 바보 천치 같은 기분이 드는 게 그렇게 두렵지는 않다. 일행이 어디론가 걷기 시작하고 나는 그들에게서 돌아서서 샌드위치가게가 있다는 쪽으로 걷기 시작한다. 그때 켈리가 돌아선다.

"우리랑 같이 가!" 켈리가 말한다. "넌 어떤지 몰라도 난 지금 말 한 마리는 너끈히 먹을 것 같거든."

"진짜 말고기 먹을래? 여기 사람들 말고기 먹잖아." 샤저가 말한다.

"아냐, 안 먹어." 일행 중 또다른 남자아이가 말한다. 믹이라고 했던가, 닉이라고 했던가. 누가 누군지 분간을 못하겠다.

"그건 일본이야." 니코가 말한다. "거기선 그게 최상급 요리래."

모두 걷기 시작하고 나는 프랑스 사람들이 말고기를 먹는지 안 먹는지를 놓고 그들이 실랑이를 벌이는 소리를 듣는다. 천천히 걸음을 옮기며 나는 생각한다. 마침내 꿈이 이루어지고 있다고. 파리에서, 불과 오 분 전에 만난 사람들과 함께, 저녁을 먹으러 가다니. 지난 한 해 동안 일어났던 그 어떤 일보다 짜릿하다.

레스토랑으로 가는 길에 내 휴대폰에 쓸 심 카드를 사기 위해 모

---

* 이슬람교에서 말하는 운명.

두가 잠시 멈춰 선다. 그러고 나서 살짝 길을 잃었다가, 마침내 레스토랑에 도착하고, 모두가 앉을 수 있을 정도로 큰 테이블이 나기를 기다린다. 메뉴가 프랑스어로 적혀 있지만 나도 이해할 수 있다. 나는 사탕무가 들어 있는 샐러드를 주문하고 너무 예뻐서 사진을 찍어 엄마에게 보낸다. 엄마는 곧바로 아빠가 아침식사로 먹는다는, 훨씬 덜 예술적인 로코모코*를 찍어 보낸다. 나의 주요리는 후추 소스를 끼얹은 정체불명의 생선이다. 나는 멋진 시간을 보낸다. 주로 일행의 황당한 여행담에 귀를 기울이면서. 디저트를 먹을 시간이 되자 나는 뱁스와 했던 약속을 떠올린다. 메뉴판을 확인해보니 마카롱이 없다. 거의 열시가 다 되었고 가게들은 문을 닫았다. 여행 첫날부터 약속을 못 지키다니.

"젠장! 아니, 메르드**라고 해야 하나!" 내가 말한다.

"왜 그래?" 믹인지 닉인지가 묻는다.

나는 마카롱 이야기를 하고 모두 넋을 놓고 듣는다.

"웨이터한테 물어봐." 니코가 말한다. "내가 전에 시드니에 있는 레스토랑에서 일했거든. 메뉴판에 없는 메뉴들도 무지 많았어. VIP들을 위한." 모두 그녀를 쳐다본다. "물어봐서 손해볼 거 없잖아."

그래서 나는 물어본다. 마담 랑베르가 뿌듯해할 정도로 유창한 프랑스어로 설명한다. 마 프로메스 뒤 망제 데 마카롱 투 레 주르***에 대해. 웨이터는 주의 깊게 듣는다. 아주 심각한 일이라는 듯. 그

---

* 밥과 햄버거패티, 달걀프라이 등으로 이루어진 하와이의 대표 음식.

** '똥'을 뜻하는 프랑스어로 '젠장' 혹은 '제기랄!' 같은 감탄사로도 쓰인다.

*** '매일 마카롱을 먹겠다는 나의 약속'이라는 뜻.

리고 주방으로 간다. 그는 다른 사람들의 디저트, 크렘브륄레, 초콜릿 무스와 함께 마치 기적처럼, 오직 나를 위한 크림색의 완벽한 마카롱을 한 개 들고 온다. 속에는 아마도 무화과 열매로 만든 것 같은 달콤하고 까끌까끌한 갈색 필링이 들어 있다. 설탕 가루가 너무도 섬세하게 뿌려져 있어서 한 폭의 그림 같다. 나는 사진을 한 장 더 찍고 마카롱을 먹는다.

열한시가 되자 나는 접시에 코를 박고 졸기 시작한다. 아이들이 나를 유스호스텔에 데려다주고 자기들은 프랑스 여성 밴드의 공연을 보러 나간다. 나는 그대로 쓰러져 잠이 들고 아침에 일어나 켈리, 니코, 샤저가 모두 나와 한 방에서 잠들었음을 알게 된다.

"지금 몇시야?" 내가 묻는다.

"늦었어! 벌써 열시야." 켈리가 말한다. "너 진짜 잘 자더라. 그렇게 시끄러웠는데도. 매일 아침에 한 시간씩 헤어드라이어로 머리 말리는 러시아 여자애가 있거든. 너도 우리하고 같이 갈 건지 물어보려고 기다렸어. 우린 오늘 페르 라셰즈 묘지에 가보려고. 소풍 가는 거야. 좀 섬뜩하지만 프랑스 사람들은 원래 묘지로 소풍 가잖아."

솔깃하다. 켈리 일행과 함께 파리에서 이 주 동안 관광객이 되어 마음껏 즐기면 어떨까. 그러면 그 음침한 나이트클럽에 갈 필요도 없을 텐데. 셀린을 만날 일도 없을 텐데. 또 한번 가슴이 무너지는 모험을 감내할 필요도 없을 텐데.

"나중에 만나자. 오늘은 좀 할 일이 있어." 내가 말한다.

"그래. 마카롱을 찾는 대장정을 멈출 순 없으니까."

"맞아. 그거야." 내가 말한다.

아침식사를 하면서 나는 지도를 들여다본다. 호스텔과 파리 북역 사이의 거리를 가늠한다. 걸어갈 수 있는 거리다. 그래서 바로 출발한다. 길이 어딘가 낯이 익다. 자전거도로가 있고 한복판에 보도가 있는 크고 널찍한 불러바드. 그러나 역에 가까워질수록 속이 메슥거린다. 조금 전에 마신 차가 넘어온다. 두려움에 시큼해진 상태로.

파리 북역에서 나는 잠시 머뭇거린다. 그리고 역 안으로 들어간다. 나는 유로스타의 철로 주변을 서성거린다. 유로스타 한 대가 보인다. 게이트를 박차고 출발하기를 기다리는 한 마리 말 같다. 일 년 전 이곳에서 괴롭고 두려운 상태로 폴리에게 돌아가던 내 모습이 떠오른다.

나는 용기를 내 역 밖으로 나간다. 그리고 기억을 더듬어가며 발걸음을 옮긴다. 모퉁이를 돈다. 한 번, 또 한번. 철로를 지나 공업지구로 들어서는 순간 클럽이 바로 눈앞에 나타난다. 이럴 수가. 인터넷으로 그렇게 오랫동안 검색했는데, 이렇게 찾기 쉽다니. 구글에 등록이 안 되어 있는 걸까. 아니면 내 프랑스어가 너무 엉망이라 아무도 알아듣지 못한 걸까.

어쩌면 그게 아닐 수도 있다. 내 프랑스어를 완벽히 이해했지만 그저 셀린과 그 거인이 더이상 여기서 일하지 않는 건지도. 일 년은 긴 시간이다. 많은 게 바뀔 수 있는 시간이다.

문을 열고 안으로 들이서자 머리를 뒤로 묶은 젊은 남자가 보인다. 너무 실망한 나머지 울음을 터뜨릴 뻔한다. 그 거인은 어디 있을까. 그 사람이 여기 없으면 어쩌지. 그 여자가 여기 없으면 어쩌지.

"엑스퀴제 무아, 주 셰르슈 셀린 우 윙 바르만 키 비엥 뒤 세네갈."

그는 아무 말도 하지 않는다. 반응도 없다. 그저 비눗물로 계속 접시를 닦을 뿐이다.

내가 말을 한 건가? 프랑스어로? 나는 다시 한번 시도한다. 이번에는 실 부 플레*도 붙여서. 그가 나를 흘긋 보고 자기 휴대폰을 집어들더니 누군가에게 문자를 보내고 다시 접시를 닦는다.

콩.** 내가 프랑스어로 중얼거린다. 너새니얼이 가르쳐준 말이다. 나는 클럽 문을 열고 나선다. 아드레날린이 휘몰아친다. 카운터 뒤에 있는 나쁜 자식에게 화가 난다. 내 질문에 대꾸도 하지 않는 그에게 화가 나고 이 먼길을 왔는데 아무 소득도 얻지 못한 나 자신에게 화가 난다.

"돌아왔군요!"

고개를 들어보니 그 거인이 있다.

"돌아올 줄 알았어요!" 그가 내 손을 잡고 내 양쪽 뺨에 키스한다. 지난번에 만났을 때처럼. "가방 찾으러 온 거 맞지요?"

나는 할말을 잃는다. 그저 고개만 끄덕인다. 나는 두 팔로 그를 끌어안는다. 그를 다시 만나 너무도 기쁘다. 그래서 그에게 그렇게

---

* 영어의 'please'에 해당하는 프랑스어.

** '머저리'라는 뜻.

말해준다.

"나도 기뻐요. 가방을 보관해두길 잘했지. 셀린이 버리자고 했는데, 내가 안 된다고 했어요. 꼭 찾으러 올 거라고."

나는 가까스로 목소리를 낸다. "내가 온 거 어떻게 알았어요? 오늘 왔다는 거?"

"마르코가 어떤 미국 여자가 날 찾는다고 문자를 보냈어요. 그래서 누가 왔는지 알았지요. 이리 와요."

나는 그를 따라 클럽 안으로 들어간다. 마르코는 대걸레로 바닥을 닦으며 여전히 나를 외면하고 있다. 프랑스어로 그를 머저리라고 욕했기 때문에 나도 그를 보기가 쉽지 않다.

"주 쉬이 트레 데졸레." 그의 옆을 지나며 내가 사과한다.

"라트비아 사람인데 프랑스어가 서툴러서 말을 잘 안 해요." 거인이 말한다. "여기 청소부로 일하고 있지요. 아래층으로 갑시다. 거기 가방이 있어요." 마르코를 보면서 나는 디를 떠올린다. 그리고 셰익스피어도. 세상 모든 것이 보이는 그대로가 아니라는 사실을 다시 한번 기억한다. 부디 그가 내 프랑스어 욕을 이해하지 못했기를. 나는 다시 한번 사과한다. 거인이 나를 아래층 창고로 안내한다. 한쪽 구석에 쌓아놓은 상자들 뒤에 내 가방이 있다.

모든 게 내가 남겨놓은 그대로다. 목록이 들어 있는 지퍼락. 기념품들. 쓰지 않은 우편엽서 한 묶음이 든 여행 일기. 그동안 먼지가 한 겹 내려앉았을 것이다. 손끝으로 일기장을 쓸어본다. 지난 여행의 흔적이다. 그러나 이 물건들은 내게 소중한 기억도, 오래가는 기억도 아니었다.

“좋은 가방이에요.” 거인이 말한다.

“가질래요?” 내가 묻는다. 이 가방을 끌고 다니고 싶지 않다. 기념품들은 집으로 부치면 된다. 여행가방은 불필요한 짐일 뿐이다.

“아니, 아니에요. 이건 당신 거잖아요.”

“난 가져갈 수가 없어요. 중요한 물건들을 꺼낼게요. 하지만 이걸 끌고 다닐 수는 없어요.”

그가 진지한 표정으로 날 바라본다. “하지만 돌려주려고 보관해두었던 건데요.”

“보관해줘서 정말 고마워요. 하지만 이제는 정말 필요 없어요.”

그가 미소를 짓는다. 하얀 치아를 반짝이면서. “올봄에 로셰에스테르에 우리 형 졸업 축하하러 가요.”

나는 중요한 물건들을 꺼낸다. 내 일기장, 내가 가장 좋아하는 티셔츠, 잃어버렸던 귀고리. 그것들을 가방에 넣는다. 그리고 종이상자에 기념품들과 쓰지 않은 우편엽서들을 담는다. 집으로 부치기 위해서. “이 가방을 들고 로셰에스테르에 가세요. 그럼 제가 너무 기쁠 거예요.” 내가 말한다.

그가 고개를 끄덕인다. “가방을 가지러 온 게 아니었군요.”

나는 고개를 끄덕이며 묻는다. “그 사람 본 적 있어요?”

그는 잠시 나를 쳐다보다가 고개를 끄덕인다. “그날 이후 꼭 한 번.”

“어딜 가면 그를 만날 수 있는지 알아요?”

그가 턱수염을 만지면서 내가 정말 원치 않는 연민의 눈빛으로 나를 쳐다본다. 그렇게 한참을 뜸들이다가 그가 대답한다. “셀린한테 물어보는 게 좋겠어요."

그의 말투가 이미 알고 있는 사실을 다시 한번 확인해준다. 빌럼과 셀린은 한때 사귀었던 사이다. 처음부터 내가 의심했던 대로. 거인은 그 사실을 알고 있을지언정, 드러내놓고 말하지는 않는다.

"오늘은 비번이에요. 하지만 가끔 저녁 공연 때 오기도 해요. 오늘 밤엔 앤드로지니가 공연을 하는데, 셀린이 그 팀하고 아주 친해요. 오늘 올 건지 물어보고 알려줄게요. 그때 와서 궁금한 걸 물어봐요. 나중에 나한테 전화해주면 셀린이 오는지 알려줄게요."

"좋아요." 나는 내 파리 전용 휴대폰을 꺼내고 그와 전화번호를 주고받는다. "근데 이름 말 안 해줬잖아요."

내 말에 그가 웃는다. "네, 그랬지요. 내 이름은 모두 미오디예요. 나도 그쪽 이름 몰라요. 가방을 살펴봐도 없더라고요."

"그러게요. 제 이름은 앨리슨이에요. 셀린은 나를 룰루로 알고 있을 거예요."

그는 어리둥절한 표정을 짓는다. "둘 중 어느 게 진짜예요?"

"둘 다 진짜란 생각이 드는 참이에요."

그는 어깨를 살짝 으쓱하고 내 손을 잡은 다음, 내 뺨에 두 번 키스하며 작별인사를 한다.

❖ ❖ ❖

모두와 헤어지고 나니 거의 점심시간이다. 언제 셀린을 만날지 알 수 없는 상태에서 나는 집행유예를 선고받은 사람처럼 묘한 안도감을 느낀다. 파리에서 관광객이 될 계획은 없었지만 이제 관광객이 되어보기로 한다. 용기를 내서 지하철을 타고 마레 지구로 가서 아름다운 보주 광장의 어느 카페에 들어간다. 샐러드와 시트롱 프레세를 주문한 뒤 이번에는 설탕을 많이 넣어 마신다. 웨이터가 쫓아낼 때를 기다리며 한참을 앉아 있어도 내가 계산서를 달라고 할 때까지 쫓겨나지 않는다. 한 제과점에서 터무니없이 비싼 마카롱을 산다. 황혼의 마지막 속삭임처럼 엷은 귤 빛깔이다. 나는 마카롱을 먹으며 걷는다. 좁은 골목길로 들어갔다 나오기를 반복하면서. 활기 넘치는 유대인 구역이 검은 모자에 몸에 붙는 세련된 정장을 입은 정통파 유대인들로 북적인다. 나는 사진을 찍어 엄마에게 보내면서 할머니에게 보내달라고 부탁한다. 할머니가 무척 좋아할 사진이다. 고급 의상실도 둘러본다. 나로서는 엄두도 못 낼 고가의 옷들을 팔고 있다. 점원이 내게 찾는 물건이 있느냐고 프랑스어로 물어서 나도 프랑스어로 그저 둘러보는 중이라고 답한다.

우편엽서를 사서 다시 보주 광장으로 돌아가 광장 안 공원에 앉는다. 아기들과 뛰어노는 엄마들, 신문을 읽으며 담배를 피우는 노인들 틈에서 엽서를 쓴다. 엽서를 보낼 사람들이 많다. 부모님, 할머니, 디, 칼리, 젠, 카페 핀레이, 캐럴. 그리고 마지막으로 멜라니에게도.

멋진 하루다. 너무도 편안하다. 영락없는 관광객이지만 한편으로는 파리지엥이 된 것 같은 기분이다. 모두에게서 연락이 오지 않는 게 오히려 다행스럽다. 켈리에게서 저녁식사 때 만나자는 문자가 온다. 호스텔로 돌아가려고 짐을 챙기는데 휴대폰이 울린다. 모두의 연락이다. 셀린이 열시 이후에 클럽으로 온다.

나른하고 편안했던 오후에 갑자기 먹구름이 드리우는 것 같다. 이제 겨우 일곱시. 아직 몇 시간을 더 때워야 한다. 돌아가서 오스트레일리아 친구들과 저녁식사를 할 수도 있을 테지만 그러기엔 너무 긴장이 된다. 그래서 나는 긴장한 상태로 시내를 돌아다니다 아홉시 반에 클럽으로 가 밖에서 기다린다. 쿵쿵거리는 라이브 음악에 심장이 쿵쾅거린다. 벌써 셀린이 와 있을지도 모르지만 예정보다 일찍 가는 건 실례일 것 같다. 그래서 밖에서 서성이면서 면도날로 자른 듯한 머리를 하고 세련된 스타일로 유행에 앞서가는 파리지엥들이 클럽 안으로 들어가는 것을 지켜본다. 내 모습을 훑어본다. 카키색 스커트, 검은색 티셔츠, 가죽 슬리퍼. 왜 전투를 치를 옷차림을 하지 않았을까.

열시 십오분이 되자 십 유로를 내고 클럽으로 들어간다. 클럽은 꽉 찼고 무대 위에 밴드가 있다. 밴드는 묵직한 기타들과 바이올린 한 대를 연주하고 체구가 아주 작은 아시아계 여자가 높고 카랑카랑한 목소리로 노래를 부른다. 멋쟁이들에 둘러싸인 채 홀로 우두커니 서 있는 나. 이렇게 뻘쭘하긴 난생처음이다. 우스운 꼴을 당하기 전에 어서 여기서 나가라고 나의 온몸이 외치고 있다. 그러나 나는 나가지 않는다. 겁먹고 도망치려고 여기까지 온 게 아니다. 힘겹게 바 쪽으로 다가가 마침내 모두가 보이자, 잃어버렸던 오빠를 만난 것처럼 반갑다. 그가 미소를 지으며 와인을 한 잔 따라준다. 돈을 내려 하자 그가 손을 내젓는다. 그나마 기분이 좀 나아진다.

"아, 셀린 저기 있네!" 그가 앞쪽 테이블을 가리키며 말한다. 그녀는 혼자 앉아 묘하게 집중하는 눈빛으로 밴드를 바라보고 있다. 담배 연기가 마녀의 연기처럼 그녀 주위로 피어오른다.

나는 테이블로 다가간다. 그녀는 알은체하지 않는다. 나를 무시해서 그러는지 밴드에 집중해서인지 알 수 없다. 빈 의자 가까이로 다가가 그녀가 앉으라고 말해주기를 기다리다가 어느 순간 포기하고 의자를 끌어당겨 앉는다. 그녀가 아주 조금 고개를 끄덕이고 담배를 한 모금 빤 다음 내 쪽으로 연기를 뿜는다. 환영의 인사일까. 그녀는 다시 밴드에 주의를 집중한다.

우리는 그렇게 앉아 음악을 듣는다. 스피커 바로 옆자리라 음악 소리에 귀가 먹먹할 정도다. 나는 벌써 귀가 윙윙거린다. 셀린이 음악을 즐기고 있는지는 확실치 않다. 그녀는 발장단을 치지도 몸을 흔들지도 않는다. 그저 밴드를 바라보며 담배를 피울 뿐이다.

마침내 밴드가 휴식시간을 가질 때 그녀가 나를 돌아본다. "이름이 알리순느라면서요." 내 이름을 알리순느로 발음한다. 음절이 너무 많은 미국식 이름의 SUV 브랜드처럼 들린다.

나는 고개를 끄덕인다.

"프랑스 이름이 아니네요?"

나는 고개를 젓는다. 프랑스 이름이라고 주장한 적 없다.

우리는 잠시 서로를 쳐다본다. 그 순간 나는 깨닫는다. 그녀는 내게 아무것도 알려줄 생각이 없다. 그러나 난 무엇이든 알아내야만 한다. "빌럼을 찾고 있어요. 어딜 가면 만날 수 있을지 혹시 아세요?" 나는 그 말을 비장하게, 프랑스어로 거침없이 말하려 했지만 너무 긴장한 나머지 모국어의 안락함 속에 숨고 만다.

그녀는 새 담배에 불을 붙이고 다시 내 쪽으로 연기를 내뿜는다.
"아뇨."

"빌럼이 당신과 친구라고 하던데요."

"그러던가요? 아니에요. 나도 당신하고 똑같은 처지예요."

둘 다 X염색체 두 개를 가진 여성이라는 것 말고 도대체 뭐가 나하고 똑같다는 건지 감이 잡히지 않는다. "우리가 어떤 면에서 똑같다는 거죠?"

"그의 여러 여자들 중 한 명이라고요. 우리 같은 여자들 널렸어요."

그 사실을 몰랐던 건 아니다. 그가 그 사실을 숨겼던 것도 아니다. 그러나 직접 그 말을 들으니 맥이 쭉 빠진다. 여행의 피로가 나를 추락하는 엘리베이터처럼 나락으로 떨어뜨린다.

"그래서 빌럼이 어디 있는지 모르신다고요?"

그녀가 고개를 젓는다.

"어딜 가면 알 수 있는지도?"

"몰라요."

"만약 알았다면 가르쳐주었을까요?"

그녀의 입에서는 담배 연기가 몽글몽글 피어오르고 눈썹은 올라가 완벽한 아치 모양을 만든다.

"성이 뭔지라도 가르쳐줄 수 있어요? 그 정도는 알려줄 수 있겠죠."

내 말에 그녀가 미소를 짓는다. 지난여름부터 해오던 이 작은 게임에서 마침내 내가 두 손을 들었기 때문이다. 그것도 곪아터진 두 손을. 그녀가 펜과 종이를 찾아 무언가를 적는다. 그리고 내 쪽으로 밀어놓는다. 종이에 그의 이름이 적혀 있다. 그의 성과 이름이. 내 조바심을 드러내 그녀에게 만족감을 주고 싶지 않다. 종이를 보지도 않고 애써 태연하게 주머니에 넣는다.

"뭐 달리 필요한 거라도?" 오만하고 기세등등한 그녀의 목소리가 다시 연주를 시작한 밴드의 음악 소리 속에서 들려온다. 그녀가 잘난 친구들과 함께 날 비웃는 소리가 들리는 것만 같다.

"아뇨. 이거면 됐어요."

그녀가 잠시 나를 바라본다. 그녀의 눈동자는 파랗다기보다 보랏빛이다. "이제 어쩌시려고?"

나는 야비한 미소를 지으려 애쓴다. 그러나 야비하기는커녕 변비 걸린 여자의 미소처럼 어정쩡해 보일 것 같다. "이제 좀 둘러봐야죠."

그녀가 담배 연기를 내뿜는다. "좋죠. 관광객이 되어보는 것도." 그녀가 말한다. 관광객이라는 말을 꼭 욕처럼 한다. 그리고 나서 셀린은 나 같은 미천한 관광객들이 주로 찾는 명소들을 읊어댄다. 에펠탑. 사크레쾨르 성당. 루브르박물관.

숨은 의미를 찾기 위해 그녀의 표정을 살핀다. 빌럼이 그녀에게 우리 얘길 했을까. 스킨헤드에게 책을 던지고 빌럼을 돌봐주겠다고 나서던 나를 비웃는 두 사람의 모습이 그려진다.

셀린은 여전히 내가 파리에서 할 수 있는 일들을 나열하고 있다. "쇼핑도 좀 하세요." 그녀가 내게 말한다. 핸드백도 사고, 보석도 사고, 시계도 새로 사고, 신발도 사라고. 폴리처럼 주절주절 늘어놓는 충고가 이렇게 모욕적으로 들릴 수 있다는 게 놀라울 따름이다.

"시간 내주셔서 감사해요." 내가 말한다. 프랑스어로. 분노가 나를 두 언어에 능통하게 만든다.

서른하나

빌럼 더 라위터르.

그의 이름은 빌럼 더 라위터르다. 나는 인터넷 카페로 달려가 구글에 그의 이름을 쳐본다. 그러나 빌럼 더 라위터르라는 이름은 네덜란드에서 아주 흔한 이름이다. 그 이름을 가진 영화 촬영기사도 있고 유명한 외교관도 있다. 그리고 유명인은 아니지만 인터넷에 올라 있는 수많은 평범한 사람들도 그 이름을 갖고 있다. 영어로, 그다음에는 독일어로, 몇백 페이지를 더 훑어보지만 그에게로 연결되는 건 한 페이지도 없다. 그가 존재한다는 증거를 한 조각도 찾을 수 없다. 그의 부모님 이름 브람 더 라위터르를 구글에 쳐본다. 야엘 더 라위터르. 자연요법 치료사. 배우. 내가 생각할 수 있는 것은 전부 쳐본다. 그리고 그것들을 조합해서도. 어떤 이상한 극단 이름이 나와서 조금 흥분했는데 클릭해보니 웹사이트가 폐쇄되고 없다.

사람 하나 찾는 게 이렇게 힘들어서야. 혹시 셀린이 일부러 틀린 이름을 가르쳐준 건 아닐까.

나는 구글에 내 이름 앨리슨 힐리를 쳐본다. 역시나 아무것도 나오지 않는다. 내 페이스북 페이지를 찾으려면 학교 이름을 같이 입력해야 한다.

그제야 나는 깨닫는다. 이름을 아는 것만으로는 충분치 않다는 것을.

그가 어떤 사람인지를 알아야 한다.

서른둘

다음날 아침, 켈리 일행이 로댕박물관에 갔다가 쇼핑을 할 생각이라며 같이 가겠느냐고 묻는다. 하마터면 그러겠다고 대답할 뻔한다. 하고 싶은 일들이기 때문이다. 하지만 가야 할 곳이 한 곳 더 있다. 거기서 뭔가 찾을 수 있을 거라고 기대하는 건 아니다. 단지 악마를 대면하려면 거기도 가야 할 것 같아서다.

정확한 위치는 모른다. 하지만 폴리가 내게 택시를 불러줬던 교차로는 기억하고 있다. 그 장소는 내 뇌리에 선명하게 새겨져 있다. 시몽볼리바르 애비뉴와 드레케르 거리의 교차로. 모욕과 패배의 교차로.

지하철역에서 나와보니 모든 게 낯설다. 마지막으로 이곳에 왔을 때 나는 겁에 질려 제정신이 아니었기 때문이다. 그래도 공중전화를 찾기까지 한참 뛰어다니지 않았던 건 확실히 기억한다. 스쿼트에서 그리 멀리 가지 않았다. 나는 침착하게 한 블록을 걸어본다. 그리고 또 한 블록을 걷는다. 다시 되돌아온다. 여전히 모든 게 낯설다. 방향을 물어보고 싶지만, 아트 스쾃트를 프랑스어로 어떻게 말하지? 화가들이 있는 낡은 건물? 그걸로는 충분하지 않다. 나는 그 부근에 있던 중국 음식점을 기억해내고 사람들에게 그 위치를 묻는다. 어느 젊은 남자가 무척 흥분하면서 드벨빌 거리 건너편에 아주 괜찮은 곳이 있다고 추천한다. 그 식당으로 가본다. 그리고 거기서 두 배의 행복 간판을 찾는다. 다른 곳일 수도 있지만 왠지 그곳이 맞는 것 같다.

십오 분 정도 더 헤매고 돌아다닌 끝에, 어느 한적한 삼각 지대에서 그 건물을 찾는다. 그때 있었던 것과 똑같은 가설 발판이 있고 그때 본 것과 똑같은, 어쩌면 햇볕과 비바람에 조금 더 낡은, 일그러진 초상화들이 걸려 있다. 철문을 두드려본다. 대답은 없지만 안에서 분명 인기척이 느껴진다. 열린 창으로 음악이 흘러나온다. 나는 문을 밀어본다. 삐걱거리는 소리와 함께 문이 열린다. 문을 더 밀어 열고 안으로 들어가도 아무도 내게 관심을 보이지 않는다. 나는 삐걱거리는 계단을 올라 그 모든 일들이 일어난 곳으로 간다.

점토가 먼저 눈에 들어온다. 밝은 흰색이면서 한편으로는 따스한 황금빛이다. 한 남자가 작업중이다. 체구가 작은 아시아계 남자고 그의 모든 것이 강한 대비를 이루고 있다. 머리카락은 뿌리만 검은 백발이고, 마치 찰스 디킨스 소설에서 튀어나온 인물처럼 시대에 뒤떨어진 검은색 옷을 입고 있다. 그리고 그날 밤의 나처럼 온몸에 흰 먼시를 뒤집어쓰고 있다.

그는 수술용 메스로 점토 한 덩어리에 무언가를 새기는 중이다.

얼마나 작업에 열중하고 있는지 아주 작은 소리에도 그가 깜짝 놀랄 것 같아 걱정이다. 나는 헛기침을 하며 조용히 노크한다.

그가 고개를 들고, 집중하느라 침침해진 눈을 비빈다. "위?"

"봉주르." 내가 입을 뗀다. 그리고 더듬거린다. 상황을 설명하기에는 내 프랑스어가 너무 짧다. 그날 당신의 스쾃트에 어떤 남자와 함께 잠입했다, 내 평생 가장 은밀한 밤을 보냈지만 눈을 떠보니 혼자였다. "저기, 제가 지금 친구를 찾고 있는데, 혹시 아실까 해서요. 아, 죄송해요. 파를레 부 장글레?*"

그가 고개를 들더니, 발레리노의 섬세함과 절제가 깃든 동작으로 아주 살짝 고개를 끄덕인다. "네." 그가 말한다.

"친구를 찾고 있는데요. 혹시 아실까 해서요. 이름은 빌럼 더 라위터르고요. 네덜란드 출신이에요." 그의 얼굴에서 빌럼을 기억하는 기미를 찾아보지만 그는 여전히 무표정하다. 우리를 둘러싼 조각상들처럼.

"모르세요? 그 친구하고 제가 여기서 하룻밤을 묵었거든요. 아, 하룻밤을 묵었다기보단……" 내가 말끝을 흐리며 작업실을 둘러본다. 그 순간 모든 게 되살아난다. 메마른 보도를 적시던 비의 냄새, 흩날리는 먼지, 등에 닿던 테이블의 매끄러운 목재. 날 내려다보던 빌럼.

"이름이 뭐라고 하셨죠?"

"앨리슨이에요." 내 목소리가 먼 곳에서 들려오는 듯 아련하다.

---

* '영어 할 줄 아세요?'라는 뜻.

"밴이라고 합니다." 그가 자신을 소개하며 체인 달린 낡은 회중시계를 만지작거린다.

나는 테이블을 바라보며 내 등이 닿던 순간의 강렬하고 날카로운 느낌을, 나를 번쩍 들어 그 위에 올려놓던 빌럼을 떠올린다. 테이블은 그날처럼 깔끔하게 정돈되어 있다. 한쪽에 반듯하게 쌓아놓은 서류들, 구석에 세워놓은 만들다 만 작품들, 철망 연필꽂이에 꽂힌 목탄과 펜. 잠깐, 저 펜은…… 나는 펜 쪽으로 손을 뻗는다.

"이거 내 건데!"

"네?" 밴이 묻는다.

나는 연필꽂이에서 그 펜을 꺼낸다. 펄모클리어와 함께 편안한 호흡을!이라고 적힌 볼펜이다. "이거 제 거예요. 제가 아빠 진료실에서 가져온 거예요."

밴이 당황한 표정으로 나를 쳐다본다. 여전히 내 말을 이해하지 못한다. 그 펜은 내 배낭 속에 들어 있었다. 나는 펜을 꺼낸 적이 없다. 그런데 어느 순간부터 보이지 않았다. 보트를 탈 때만 해도 갖고 있었다. 그 펜으로 두 배의 행복을 썼으니까. 그런데 다음날 폴리와 통화를 할 땐 그 펜이 없었다.

"작년 여름에, 제 친구 빌럼하고 제가 하룻밤 재워줄 사람이 있을까 해서 여기 왔었거든요. 빌럼이 스쾃트에서 잘 수 있을 거라고 했어요." 내가 말을 멈추자 밴이 고개를 조금 끄덕인다. "그런데 아무도 없었어요. 창문 하나만 열려 있었고요. 그래서 여기서 잤어요. 밴의 작업실에서. 다음날 아침에 일어나보니 제 친구 빌럼이 보이지 않았어요."

무단침입 사실을 알고 밴이 화를 낼 거라 생각했는데 그는 이 여자가 도대체 왜 볼펜 하나를 칼처럼 움켜쥐고 있는지 궁금해하는 표정이다. "이 볼펜은 분명히 제 가방 속에 있었는데 어느 순간 없어졌어요. 그런데 여기 있네요. 혹시 여기 쪽지 같은 거 없었나요?"

밴은 여전히 멍한 표정이다. 무단으로 들어왔던 걸 사과하려다, 나는 그의 얼굴에서 일출 직전의 희미한 한 가닥 빛 같은 것을 발견한다. 어떤 기억이 그의 얼굴을 밝히고 있다. 그가 검지로 코를 문지른다.

"뭔가 있긴 했어요. 쇼핑 목록 같던데."

"쇼핑 목록?"

"그러니까 그게…… 그게 뭐였더라…… 잘 기억은 안 나는데 초콜릿하고 빵이었나?"

"초콜릿하고 빵이요?" 그건 빌럼의 주식이다. 걷잡을 수 없이 심장이 뛴다.

"잘 기억은 안 나요. 난 그냥 쓰레기라고 생각했어요. 휴일 동안 여길 비웠는데, 돌아와보니 엉망이더라고요. 그래서 버렸어요. 미안해요." 그는 몹시 괴로워하는 표정이다.

작업실에 몰래 들어와 어질러놓은 건 우리인데 오히려 그가 미안해한다.

"아니에요. 사과하지 마세요. 정말 큰 도움이 됐어요. 혹시 여기 다른 사람이 그런 쇼핑 목록을 써놓았을 수도 있나요? 본인이 쓰신 건 아니고요?"

"아니에요. 그리고 제가 썼다면 빵하고 초콜릿 같은 건 절대 목록에 없었을 겁니다."

그 말에 내가 미소를 짓는다. "누군가에게 남긴 쪽지였을 수도 있을까요?"

"그럴 수도 있겠네요."

"우린 빵하고 초콜릿을 아침식사로 먹을 생각이었어요. 그리고 제 펜도 여기 있고요."

"펜은 가져가세요."

"아뇨, 가지셔도 돼요." 내가 말하고는 큰 소리로 웃는다. 쪽지라니. 그가 내게 쪽지를 남긴 걸까?

나는 밴을 와락 끌어안는다. 밴은 놀라서 잠시 몸이 굳었다가 이내 긴장을 풀고 나를 끌어안는다. 기분이 좋다. 그에게서 좋은 냄새가 난다. 유화와 테레빈유 냄새, 먼지 냄새, 오래된 나무 냄새. 그날의 모든 것과 함께 내 기억에 각인된 바로 그 냄새다. 아주 오랜만에, 이 모든 게 저주처럼 느껴지지 않는다.

❖ ❖ ❖

밴의 작업실을 나설 무렵에는 이미 오후가 중반으로 접어들었다. 오스트레일리아 친구들은 아직도 로댕박물관에 있을 것이다. 그들을 만나러 갈 수도 있다. 그러나 나는 다른 일을 해볼 생각이다. 나는 가장 가까운 지하철역으로 가서 눈을 감고 한 바퀴 빙 돈 다음 손으로 역을 짚는다. 쥘조프랭 역이 나온다. 나는 어느 열차를 타야 그곳으로 갈 수 있는지 확인해본다.

마침내 도착한 곳은 너무도 파리다운 동네다. 수많은 좁은 골목, 언덕길, 그리고 가게 들이 보인다. 구둣가게, 미용실, 조그만 동네 술집 들. 나는 정처 없이 걷는다. 내가 있는 곳이 어딘지 알 수 없지만 놀랍게도 길을 잃은 게 즐겁다. 마침내 널찍한 계단 앞에 이른다. 아파트 건물들과 양쪽으로 우거진 초록빛 나뭇잎들 사이에 놓인, 마치 계곡 같은 느낌을 자아내는 가파른 오르막 계단이다. 그 계단이 어디로 이어지는지 알 길이 없다. 어디선가 빌럼의 목소리가 들려오는 것 같다. 그러니까 더더욱 가봐야지!

그래서 나는 그의 말대로 한다. 계단을 오른다. 오르고 또 오른다. 이제 다 왔다 생각하는 순간 또다른 계단이 나타난다. 계단을 다 오르고 자갈 깔린 중세풍의 도로를 가로지르자, 얍! 어느새 나는 관광객들 틈에 있다. 느릿느릿 지나가는 마차와 발 디딜 틈 없이 북적이는 카페들, 에디트 피아프의 곡을 연주하는 아코디언 연주자가 보인다.

나는 관광객들의 행렬을 따라 모퉁이를 돈다. 영어, 스페인어, 프랑스어, 독일어로 적힌 메뉴판을 내놓은 카페들이 골목을 꽉 채웠고 그 끝에 하얀 돔 지붕의 거대한 성당이 보인다.

"엑스퀴제 무아, 케스크 세?"* 어느 카페 앞에 서 있던 남자에게 묻는다.

그가 눈을 크게 뜨며 대답한다. "세 사크레쾨르!"

아, 사크레쾨르 성당! 역시 그렇군. 나는 가까이 다가가 세 개의

* '실례합니다, 저게 뭔가요?'라는 뜻.

둥근 지붕을 바라본다. 두 개의 작은 지붕이 커다란 지붕을 양쪽에서 호위하며 파리의 지붕들 위로 높이 솟아올라 위엄을 떨치고 있다. 오후의 햇살 속에서 황금빛으로 빛나는 성당 앞에는 언덕 반대편으로 내려가는 초록빛 잔디 비탈길과 그 사이에 난 대리석 계단들이 보인다. 어딜 가나 사람들로 북적인다. 비디오카메라로 촬영하는 관광객들, 일광욕을 하며 누워 있는 배낭족들, 이젤을 세워놓고 그림을 그리는 화가들, 서로에게 몸을 기대고 밀어를 속삭이는 젊은 연인들. 아름다운 파리! 아름다운 인생!

관광객들의 행렬을 쫓아가다보니 또하나의 무너져가는 낡은 성당 앞에 이른다. 어느 틈엔가 나도 모르게 사람들을 따라 안으로 들어선다. 황금빛 모자이크들, 흐릿하게 보이는 석상들, 북적이는 인파에도 불구하고 조용히 기도하는 사람들, 묵주 알을 굴리는 사람들, 상념에 잠긴 사람들의 모습에서 동네 교회의 정취가 느껴진다.

촛불 진열대가 보인다. 몇 유로를 내면 초에 불을 밝힐 수 있다. 가톨릭 신자가 아니라 이런 예식에 대해서 잘 모르면서도 왠지 이 순간을 기념해야 할 것 같은 생각이 든다. 나는 동전 몇 개를 건네고 초 하나를 받아든다. 촛불을 켜고 나니 기도를 해야 할 것 같다. 할아버지처럼 이미 죽은 이들을 위해 기도해야 하나? 아니면 디를 위해? 엄마를 위해? 빌럼을 찾게 해달라고?

그중 어떤 것도 딱히 내키지가 않는다. 나는 그저 지금 이 순간을 위해 기도하고 싶다. 여기 온 것. 또다시. 이번엔 나 혼자. 그런데 그걸 어떻게 표현해야 할지 모르겠다. 그러나 어쨌든 난 그것을 위해 기도한다.

어느덧 시장기가 느껴지고 긴 황혼이 시작된다. 나는 뒤쪽 계단으로 내려가 전형적인 프랑스 동네의 비싸지 않은 식당을 찾는다. 빵집이 문 닫기 전에 마카롱부터 먹어야 할 텐데.

계단을 내려가서 몇 블록을 걷다가 마침내 빵집을 찾는다. 문 앞에 차양이 내려져 있어서 문이 닫힌 줄 알았는데 안에서 사람 목소리가 들려온다. 그것도 여러 명의 목소리가. 나는 머뭇거리며 문을 밀어 연다.

파티가 열리고 있나보다. 좁은 공간에 많은 사람들이 모여 있어 공기가 탁하다. 술병들과 꽃다발들이 보인다. 문을 닫고 도로 나가려는데, 안에서 거세게 말하는 소리가 들려 다시 문을 연다. 사람들이 내게 들어오라고 손짓한다. 열 명 남짓한 사람들이 있다. 몇 사람은 조리용 앞치마를 둘렀고 몇 사람은 외출복을 입었다. 모두가 손에 잔을 하나씩 들었는데 기분좋게 상기된 표정들이다.

나는 더듬거리는 프랑스어로 마카롱 하나 살 수 있느냐고 묻는다. 한바탕 소란이 벌어진 후 마카롱 하나가 나온다. 지갑을 찾았더니 돈은 받지 않겠단다. 돌아서서 문 쪽을 향해 가는데, 문에 닿기 전에 누군가가 종이컵에 따른 샴페인 한 잔을 내게 건넨다. 내가 잔을 들자 모두 내게 잔을 부딪친 뒤 샴페인을 마신다. 턱수염 끝이 말려올라가게 기른 덩치 큰 사내가 갑자기 울음을 터뜨리고 모두가 그의 등을 다독인다.

도대체 무슨 일인지 영문을 알 수가 없다. 궁금한 표정으로 주위를 둘러보니 한 여자가 아주 빠르게, 강한 억양으로 내게 뭐라고 얘기한다. 나는 많이 알아듣지는 못하고 '베베'라는 단어를 알아들는다.

"아기?" 내가 영어로 묻는다.

콧수염 기른 남자가 자기 휴대폰을 내 쪽으로 내민다. 쪼글쪼글하고 빨간 얼굴에 파란 모자를 쓴 아기 사진이다. "레미!" 그가 외친다.

"아드님이세요?" 내가 묻는다. "보트르 피스?"

콧수염 남자가 고개를 끄덕인다. 그의 눈에 다시 눈물이 차오른다.

"펠리시타시옹!"* 내가 말한다. 그러자 콧수염 남자가 나를 와락 끌어안고 사람들이 모두 환호하며 박수를 친다.

호박 빛깔 술 한 병이 돌아간다. 종이컵들이 전부 다 술로 채워지자 사람들이 컵을 치켜들고 건배를 외치거나 이런저런 축하의 말을 건넨다. 모두가 차례로 한마디씩 하고 마침내 내 차례가 된다. 나는 이럴 때 유대인들이 하는 말을 외친다. "르하임!"

"'삶을 위하여!'란 뜻이에요." 내가 설명한다. 그 말을 하는 순간, 나는 그것이야말로 성당에서 기도할 때 내가 찾던 말이라는 생각이 든다.

"르하임!" 소란스러운 빵집 사람들이 내게도 그 말을 해준다. 그리고 우리는 술을 마신다.

---

* '축하드려요!'라는 뜻.

서른셋

켈리의 제안에 따라 나는 다음날 오스트레일리아 여행 팀에 합류한다. 오늘 그들은 루브르박물관에 도전한다. 내일은 베르사유 궁전에 가고, 모레엔 기차를 타고 니스로 갈 거란다. 그 모든 여행에 나를 끼워주겠단다. 아직 열흘이 더 남았지만 나는 이미 찾을 걸 다 찾은 기분이다. 나는 그가 내게 쪽지를 남겼다는 걸 알게 되었다. 그리고 그건 내가 기대했던 것 이상이었다. 그들과 함께 니스로 갈지 고민이다. 어제 근사한 하루를 보냈던지라, 혼자 어디로든 가볼까 하는 생각도 든다.

아침식사를 하고 모두 루브르에 가기 위해 지하철을 탄다. 니코와 샤저가 새로 산 옷들을 자랑한다. 길거리에서 샀단다. 켈리는 메이드 인 차이나 옷을 사기 위해 파리까지 왔느냐며 그들을 놀린다. "난 그래도 프랑스 물건을 샀다고." 켈리가 손목을 내밀며 새로 산 프랑스제 최첨단 디지털시계를 자랑한다. "방돔 근처에 커다란 가게가 있는데 시계만 팔아."

"여행하는 데 시계가 왜 필요해?" 닉이 묻는다.

"누구 휴대폰 알람이 안 울려서 우리가 기차를 놓친 게 몇 번인데 그런 소릴 해?"

그 말에 닉은 아무 말 못한다.

"여기 꼭 가봐. 엄청나게 큰 가게야. 세계 각국의 시계를 파는데, 어떤 건 만 유로나 돼. 생각해봐. 시계 하나에 그런 돈을 쓰다니……" 켈리는 계속 떠든다. 그러나 나는 더이상 켈리의 말을 듣고 있지 않다. 나는 셀린을 생각하고 있다. 셀린이 했던 말. 셀린은 내게 시계를 새로 사라고 했다. 새로 사라고. 셀린은 내가 시계를 잃어버린 걸 알고 있었다.

열차가 들어오고 있다. "미안해." 내가 켈리와 친구들에게 말한다. "나 좀 가볼 데가 있어."

❖ ❖ ❖

"내 시계 어딨어요? 그리고 빌럼은요?"

나는 클럽 사무실에 있는 셀린에게 묻는다. 셀린은 서류에 파묻혀 앉아 있다. 알이 두꺼운 안경을 쓴 그녀의 모습이 어딘가 위협적이다.

셀린이 고개를 든다. 졸린 듯한 눈빛이지만 나를 보고 소스라치게 놀라진 않는다.

"시계를 새로 사라면서요. 빌럼이 내 시계를 가져갔다는 걸 알고 있다는 뜻이잖아요." 내가 말을 잇는다.

셀린이 부정할 거라고, 날 비난할 거라고 생각했다. 그러나 그녀는 대수롭지 않은 일이라는 듯 어깨를 으쓱할 뿐이다. "왜 그랬어요? 만난 지 하루 만에 그런 비싼 시계를 주고. 그렇게 절박했어요?"

"그러는 당신도 절박한가보죠? 거짓말을 할 정도로?"

그녀가 다시 어깨를 으쓱하며 느릿느릿 컴퓨터 자판을 두드린다. "난 거짓말 안 했어요. 어딜 가면 그를 만날 수 있는지 아느냐고 물었잖아요. 그건 몰라요."

"하지만 다 말해주지도 않았잖아요. 빌럼을 만났죠? 빌럼이 날…… 떠난 이후에."

셀린은 고개를 끄덕이는 것도 젓는 것도 아닌, 그 사이의 어정쩡한 동작을 취한다. 애매함의 완벽한 표현이다. 다이아몬드가 박힌 돌벽 같다.

바로 그때 너새니얼의 프랑스어 강좌가 떠오른다. "테 투주르 오시 살로프?"* 내가 그녀에게 묻는다.

그녀가 한쪽 눈썹을 치켜세우며 재떨이에 담뱃재를 떤다. "이제 프랑스어 할 줄 알아요?" 그녀가 프랑스어로 묻는다.

"욍 프티 푀." 아주 조금.

그녀가 서류를 뒤적거리다가 담배를 비벼 끈다. "일 포 미외 에트르 살로프 크 라슈." 그녀가 말한다.

이건 또 뭔 소린지. 나는 최대한 침착한 표정을 유지하며 선생

---

* '넌 항상 그렇게 나쁜 년이니?'라는 뜻.

님이 가르쳐준 대로 잠긴 문장을 풀어줄 열쇠를 찾으려 애쓴다. 살로프: 나쁜 년. 미외: 더 낫다. 라슈: 우유인가? 아니, 우유는 레였지. 그 순간 마담이 미지의 세계로 모험하는 건 용기 있는 행동이라면서 늘 하던 대로 반대말을 가르쳐주던 기억이 떠오른다. 쿠라죄의 반대말 라슈.

네가 방금 날 겁쟁이라고 욕했어? 분노가 목 뒤쪽에서 양쪽 귀를 지나 머리까지 치밀어오는 것이 느껴진다. "나더러 겁쟁이라고 하지 마!" 내가 영어로 내뱉는다. "당신은 날 그렇게 부를 자격 없어! 날 알지도 못하니까!"

"그 정도는 알아요." 그녀가 영어로 대답한다. "당신이 기권했다는 것 정도는." 기권하다니. 백기를 흔드는 내 모습이 보인다.

"기권? 내가 어떻게 기권했다는 거죠?"

"달아났잖아요."

"그 쪽지에 도대체 뭐라고 적혀 있었던 거야?" 나는 실제로 소리를 지르고 있다.

그러나 내가 흥분할수록 그녀는 침착하다. "난 아무것도 몰라요."

"뭔가 아는 게 있잖아요!"

그녀가 담배 한 개비에 더 불을 붙이고 내게 연기를 내뿜는다. 나는 손으로 연기를 내친다. "제발요, 셀린. 일 년 내내, 난 최악의 시나리오만 상상했어요. 그런데 지금, 그 최악의 시나리오가 착각일 수도 있다는 생각이 든단 말이에요."

조금 더 침묵이 흐른다. 그리고 잠시 후. "빌럼은 그…… 뭐라고 하죠? 보옹합?"

"보옹합?"

"피부 꿰매는 거요." 그녀가 자기 뺨을 가리킨다.

"봉합? 얼굴을 꿰맸다고요?"

"그래요. 얼굴이 부풀어올랐고 한쪽 눈은 멍들었어요."

"어쩌다가 그랬대요?"

"그 얘긴 안 했어요."

"어젠 이런 말 안 했잖아요."

"어젠 이런 거 안 물어봤잖아요."

셀린에게 화를 내고 싶다. 이제야 얘기를 해서만은 아니다. 파리에 온 첫날 내게 못되게 굴었기 때문이고 내가 겁쟁이라고 욕했기 때문이다. 그러나 나는 문득 깨닫는다. 이 모든 게 셀린과는 아무 상관 없는 일이라는 걸. 상관있었던 적이 없다. 빌럼에게 사랑한다고 말했던 사람은 나였다. 그를 돌봐주겠다고 했던 사람도 나였다. 도망친 사람도 나였다.

나는 셀린을 바라본다. 셀린은 잠든 개를 바라보는 고양이처럼 비밀스러운 눈빛으로 날 보고 있다. "주 쉬이 데졸레." 나는 사과한다. 그리고 가방에서 마카롱을 꺼내 그녀에게 내민다. 라즈베리 마카롱. 셀린을 만난 상으로 먹으려고 아껴두고 있던 거다. 마카롱을 남에게 주는 건 뱁스가 정해준 규칙을 어기는 셈이지만 왠지 뱁스도 이해할 거란 생각이 든다.

그녀가 의심의 눈초리로 마카롱을 쳐다보다가 마치 오염된 물건이라도 되는 듯 두 손가락 사이에 끼운다. 그녀는 마카롱을 CD 케이스 더미 위에 조심스럽게 내려놓는다.

"그래서 어떻게 됐어요?" 내가 묻는다. "붕대를 감고 여기 왔어요?"

그녀가 아주 살짝 고개를 끄덕인다.

"왜요?"

그녀가 얼굴을 찌푸린다. "말 안 했다니까요."

침묵이 흐른다. 그녀가 시선을 떨어뜨렸다가 다시 나를 쳐다본다. "당신 가방을 뒤졌어요."

그 안에 뭐가 있었지? 짐 쌀 때 챙겨야 하는 물건들의 목록. 옷가지들. 기념품들. 쓰지 않은 우편엽서들. 수화물표? 그건 런던의 튜브 역에서 떨어졌다. 내 일기장? 그건 내가 지금 가지고 있다. 나는 가방에서 일기장을 꺼내 뒤적여본다. 로마와 길고양이 이야기. 빈 쇤브룬 궁전 이야기. 프라하의 오페라 이야기. 나에 관한 정보는 하나도 없다. 이름도, 주소도, 이메일 주소도 없다. 여행에서 만난 그 누구의 연락처도 없다. 우리는 연락을 주고받자는 형식적인 인사치레조차 하지 않았다. 나는 일기장을 가방에 다시 넣는다. 셀린은 눈을 가늘게 뜨고, 안 보는 척하면서 나를 관찰하고 있다.

"내 가방에서 뭘 꺼내던가요? 뭐라도 찾았나요?"

"아뇨. 그런데 냄새가……" 그녀가 고통스럽다는 듯 말을 멈춘다.

"냄새?"

"아주 고약한 냄새가 났어요." 그녀가 진지하게 말한다. "당신 시계를 갖고 있더라고요. 내가 두고 가라고 했어요. 우리 삼촌이 보석상을 해서 비싼 시계라는 걸 알았죠. 그런데 싫다고 하더군요."

내가 한숨을 쉰다. "어딜 가면 그를 만날 수 있죠? 제발, 그 정도는 도와줄 수 있잖아요."

"그 정도? 이 정도면 도와줄 만큼 도와준 것 같은데요." 셀린이 화가 치미는 듯 씩씩거리며 말한다. "난 그 사람이 어디 있는지 몰라요. 거짓말 아니에요." 그녀가 나를 똑바로 쳐다본다. "진실을 말해주죠. 빌럼은 자기가 오고 싶을 때 오는 사람이에요. 그리고 거의 대부분, 오지 않아요."

그녀가 틀렸다고 말할 수 있었으면. 나에게만은 달랐다고 말할 수 있었으면. 그러나 그가 셀린과의 사랑에 계속 머물지 않았다면, 설령 그가 실제로 나를 좋아했다고 해도, 그날 이미 나와 볼장을 다 본 게 아니라고 생각할 근거가 어디 있을까.

"영 못 찾겠던가요? 인터넷으론?" 그녀가 묻는다.

나는 주섬주섬 내 물건을 챙기기 시작한다. "네."

"빌럼 더 라위터르는 흔한 이름이죠. 네스 파*?" 그녀가 말한다. 그리고 그 순간, 셀린 같은 여자는 절대 하지 않을 것 같은 행동을 한다. 얼굴을 붉힌 것이다. 그녀도 그를 찾아본 거다. 그리고 결국 그를 찾지 못했다. 그제야 비로소, 어쩌면 내가 셀린을 잘못 봤는지도 모르겠다는, 완전히 잘못 본 건 아니어도 아주 조금은 잘못 봤는지 모르겠다는 생각이 든다.

나는 파리의 우편엽서 한 장을 꺼낸다. 내 이름과 주소, 그 외의 자세한 정보들을 적어서 그녀에게 건넨다. "빌럼을 만나면 전해줘요. 아니면, 혹시 보스턴에 오게 되면, 묵을 곳이나 짐 맡길 곳 필

* '안 그래요?'라는 뜻.

요할 때 연락하세요."

그녀가 우편엽서를 받아들고 잠시 보다가 서랍에 넣는다. "보스턴이라…… 난 뉴욕이 더 좋아요." 그녀가 코웃음을 치며 말한다. 다시 오만한 셀린의 말투를 들으니 차라리 마음이 놓인다.

나는 디를 생각한다. 디라면 셀린을 맘대로 요리할 수 있을 것이다. "뉴욕도 가능해요."

내가 문 앞에 이르렀을 때 셀린이 나를 부른다. 나는 돌아선다. 셀린이 동그란 마카롱을 한입 깨물자 마카롱은 반달이 된다.

"겁쟁이라고 해서 미안해요." 그녀가 말한다.

"괜찮아요." 내가 말한다. "가끔 정말 겁쟁이일 때도 있거든요. 하지만 용감해지려고 노력하는 중이에요."

"봉!"* 그녀가 잠시 망설인다. 그 순간, 나는 하마터면 그녀가 미소를 지어줄 거라고 생각할 뻔한다. "만약 빌럼을 다시 만나면, 그땐 정말 용감해져야 할 거예요."

❖ ❖ ❖

나는 분수대 가장자리에 앉아 셀린이 한 말을 생각해본다. 정확히 어떤 의미인지, 격려인지 경고인지, 아니면 둘 다인지 판단이 안 선다. 이제 모든 게 허망하게 느껴진다. 마침내 막다른 골목에 다다랐기 때문이다. 셀린은 그가 어디 있는지 모른다. 인터넷으로

* '잘됐네요'라는 뜻.

찾아보고 게릴라 월에 다시 한번 편지를 보내볼 수도 있을 것이다. 그러나 그것 말고는 할 수 있는 일이 없다.

용감해져야 할 거예요.

아마 여기까진가보다. 이게 끝인가보다. 내일은 오스트레일리아 친구들과 함께 베르사유에 갈 것이다. 그래도 괜찮을 것 같다. 유스호스텔로 돌아가는 길을 찾기 위해 디와 샌드라가 준 지도를 꺼낸다. 그리 멀지 않다. 걸어갈 수도 있는 거리다. 나는 손가락으로 지도 위의 길을 짚어본다. 지도를 짚은 내 손가락에 분홍색 네모가 하나도 아니고 두 개나 스친다. 커다란 분홍색 네모들은 병원이다. 나는 지도를 얼굴 가까이 당긴다. 사방에 분홍색 네모가 있다. 파리는 병원 천국이다. 나는 스콰트를 짚어본다. 엄지손가락 거리에 병원이 몇 개 있다.

만약 빌럼이 스콰트 근처에서 다쳤다면, 그리고 봉합을 했다면, 이 병원들 중 한 곳에서 치료를 받았을 확률이 높다. "고마워, 디!" 오후의 파리를 향해 내가 외친다. "고마워, 셀린!" 조금 낮은 목소리로 한번 더 외친다. 그리고 일어나 유스호스텔로 향한다.

❖ ❖ ❖

다음날, 켈리가 나를 기분좋게 맞아준다. 그러나 그러기가 쉽지 않아 보인다. 나는 어제의 행방불명을 사과한다.

"괜찮아." 그녀가 말한다. "오늘 베르사유엔 같이 갈 수 있어?"

나는 얼굴을 찌푸린다. "못 가."

상처받은 그녀의 표정이 굳어진다. "우리하고 어울리고 싶지 않으면 그렇다고 말해. 괜찮으니까. 내키지도 않는데 억지로 같이 다닐 필요 없어."

왜 켈리에게 말하지 않았을까. 단 하루 동안 알았던 남자를 찾아 여기까지 와서 그 고생을 한 게 너무 한심하게 느껴져서일까. 내가 그 긴 이야기를 짧게 편집해서 오늘의 황당한 계획까지 털어놓는 동안 켈리의 얼굴은 점점 더 심각해진다. 마침내 얘기를 끝냈을 때 켈리는 그저 고개를 까딱할 뿐이다. "알았어. 아침식사 때 보자." 켈리가 심각한 표정으로 말한다.

아침식사 장소로 내려가보니 켈리 일행이 커다란 나무 식탁 위에 지도를 펼쳐놓고 둘러앉아 있다. 나는 크루아상과 차, 요구르트를 들고 그들 곁에 앉는다.

"같이 갈게. 우리 모두 같이." 켈리가 말한다.

"뭐? 왜?"

"왜냐하면 너한텐 지원군이 필요하니까." 다들 내게 대충 인사를 건넨 뒤 한꺼번에 떠들기 시작한다. 그것도 아주 큰 소리로. 사람들이 우릴 쳐다보지만 누구도 이 아이들을 말릴 수 없다. 식탁 맨 끝에 앉은 창백하고 왜소한 여자애만 책에 코를 박고 우리를 외면하고 있다.

"너희들 정말 베르사유 안 가도 되겠어?"

"베르사유는 유적지야. 오늘 안 간다고 없어지지 않아. 하지만 이건 현실이야. 진짜 로맨스. 이것보다 더 프랑스다운 게 어디 있겠어?" 켈리가 말한다.

“네가 싫건 좋건, 우린 따라갈 거야. 필요하다면 여기부터 니스까지 모든 프랑스 병원을 샅샅이 뒤질 거야.” 샤저가 말한다.

“그럴 필욘 없을 것 같아.” 내가 말한다. “내가 지도를 보고 가능성이 있는 병원을 세 군데로 좁혀놨거든.”

요정 같은 여자애가 고개를 든다. 그녀의 눈동자는 너무도 투명해서 마치 물로 만든 것 같다. “미안한데, 혹시 병원 간다고 했어?” 그녀가 묻는다.

나는 오스트레일리아 친구들을 바라본다. 나의 어설픈 지원군들은 열의로 가득차 있다. “그런데?”

요정 소녀가 묘한 집중력으로 나를 쳐다본다. “병원이라면 내가 좀 알거든.” 그녀가 나지막이 말한다.

나는 다시 그녀를 바라본다. 솔직히 프랑스의 직업소개소에 가는 게 아니고서야 이보다 더 따분한 일은 없을 것이다. 그녀가 우리하고 같이 가고 싶어한다는 게 도무지 믿기지 않는다. 외로워서 그러는 거라면 얘기가 다르다. 그런 거라면 이해할 수 있다.

“너…… 같이 가고 싶어?” 내가 묻는다.

“딱히 가고 싶은 건 아닌데, 왠지 내가 가야 할 것 같아.” 그녀가 말한다.

지도에 나와 있는 첫번째 병원은 막상 찾아가보니 개인 병원 같은 곳이다. 병원 곳곳을 돌아다니며 한 시간에 걸쳐 알아낸 바에 따르면 응급실이 있긴 하지만 도로에서 발생하는 응급환자들은 거의 받지 않고 공공 병원으로 보낸다. 그곳 사람들이 우리를 라리부아지에르 병원으로 보낸다. 우리는 곧장 위르장스로 향한다. 위르장스는 프랑스판 응급실이다. 번호표를 받고 기다리라는 지시를 받은 뒤 불편한 의자에 앉아 팔꿈치가 부러진 사람, 섬뜩하고 전염성이 있을 것 같은 기침을 해대는 사람들과 함께 한참을 기다린다.

우리 일행이 품었던 처음의 열정은 프랑스의 응급실을 돌아다니는 게 여느 응급실을 돌아다니는 것만큼 따분하다는 사실을 깨닫자 곧 사그라든다. 결국 아이들은 종이를 뭉쳐 만든 공을 가지고 놀고 카드 게임을 하며 시간을 때우기 시작한다. 그런 우리 일행이 간호사들에게 달가울 리 없다. 우리가 데려온 창백한 요정 소녀 렌은 그런 한심한 짓거리에 일절 동참하지 않고 책만 읽는다.

접수대에서 우릴 호명할 무렵 간호사들은 이미 우릴 상당히 미워하는 상태고 그런 감정은 우리도 마찬가지다. 개중 프랑스어를 제일 잘하는 샤저가 우리 측 대표로 임명된다. 샤저의 프랑스어가 문제인지, 아니면 외교적인 수완이 부족해서인지 샤저는 오 분 만에 간호사와 격한 말다툼을 시작하고 십 분 만에 우리 일행은 거리로 쫓겨난다.

어느덧 오후 세시. 하루의 반이 지나갔다. 모두 안달이 나고 지치고 배가 고프고 베르사유에 가지 않은 걸 후회하고 있다. 생각해보니 너무도 한심한 노릇이다. 아빠 병원의 안내 데스크를 지키는 리오나라는 간호사는 아빠가 날 기다리고 있다는 걸 확인해주지 않으면 나조차 들여보내지 않는다. 그녀는 자기 상사의 딸이고 자기와 같은 언어를 구사하는 내게도 절대 진료기록을 보여주지 않을 것이다. 하물며 외국인에게는 말할 것도 없다.

"헛고생했네." 거리로 나와 내가 말한다. 지난 며칠 동안 파리를 뒤덮고 있던 겹겹의 구름이 어느새 걷히고 덥고 청명하게 개었다. "아직 남아 있는 오후라도 건지자. 먹을 걸 사서 뤽상부르공원으로 소풍 가는 거야."

다들 솔깃해하는 분위기다. 아무도 반대하지 않는다. "하지만 우리가 지원군이 되어주기로 약속했잖아." 켈리가 말한다. "너 혼자 보낼 순 없어."

나는 항복의 의미로 양손을 든다. "나도 안 가. 나도 이젠 끝이야. 어차피 부질없는 짓이었어."

제각기 지도들을 꺼낸다. 지하철 노선을 두고 의견들이 오간다. 소풍에 가져갈 음식에 대해서도.

"사람들이 수호성인을 자주 혼동하는 거 알아?" 내가 고개를 든다. 하루종일 말 한마디 없이 우릴 쫓아다니던 요정 렌이 마침내 입을 연다.

"그래?"

그녀가 고개를 끄덕인다. "성 안토니오는 잃어버린 물건의 수호성인이야. 성 유다는 잃어버린 명분의 수호성인이고. 어떤 성인한테 도움을 청할지 분명히 구분해야 돼."

모두가 일제히 렌을 쳐다본다. 혹시 사이비종교 신자?

"잃어버린 사람의 수호성인은 누구야?" 내가 묻는다.

렌이 잠시 생각에 잠긴다. "그건 상황에 따라 달라. 어떻게 잃어버린 사람인데?"

그건 나도 모른다. 그를 잃어버렸다고 말할 수 있는지조차 모르겠다. 어쩌면 그는 자기가 있고 싶은 곳에 있을지도 모른다. 어쩌면 발견되길 원치 않는 사람을 쫓고 있는 나야말로 뭔가 잃어버린 사람인지도 모른다. "나도 모르겠어."

렌은 팔찌에 달린 장식을 만지작거리며 팔찌를 돌린다. "그러면 아마 두 수호성인한테 모두 기도해야 할 거야." 그녀가 내게 수호성인들을 보여준다. 여러 개의 수호성인 장식들이 팔찌에 달려 있다. 날짜가 적힌 것도 있고, 클로버 모양도 있고, 새 모양도 있다.

"나 유대인이야."

"성인들은 그런 거 상관 안 해." 렌이 고개를 들어 나를 본다. 그녀의 눈동자는 파랗다기보다는 파란색이 빠진 색에 가깝다. 동트기 직전의 하늘처럼. "성인들한테 도움을 청해야 해. 그리고 세번째 병원에 가봐야 해."

❖ ❖ ❖

알고 보니 생루이 병원은 사백 년이나 된 병원이다. 렌과 나는 본관과 연결된 현대적인 건물로 들어선다. 다른 애들은 뤽상부르공원으로 소풍을 보냈다. 큰 저항은 없었다. 유리 아트리움*으로 햇살이 스며들어 바닥에 빛의 프리즘을 드리운다.

응급실은 조용하고 빈 의자 여러 줄에 몇 사람이 앉아 있다. 렌은 데스크 뒤에 앉은 남자 간호사 둘에게 다가가고, 곧이어 이상할 정도로 달콤한 목소리로 완벽한 프랑스어를 쏟아낸다. 나는 렌의

* 현대식 건물 중앙의 천장이 높고 넓은 공간으로, 보통 천장이 유리로 되어 있다.

뒤에 서서 그 말을 알아들으려 애쓴다. 그녀는 내 이야기로 사람들을 매혹시키고 있다. 의자에 앉아 있던 사람들까지도 그녀의 작은 목소리를 들으려 앞으로 몸을 숙인다. 렌은 내 얘길 어떻게 알고 있을까. 렌에게 그 얘길 한 적이 없는데. 아침식사 시간에 다른 애들한테서 들었나보다. 그녀가 말을 마치자 잠시 침묵이 흐른다. 간호사들이 그녀를 바라보다가 고개를 숙이고 타이핑을 시작한다.

"너 프랑스어 어떻게 그렇게 잘해?" 내가 속삭인다.

"나 퀘벡 출신이야."

"다른 병원에 갔을 땐 왜 통역 안 했어?"

"거긴 아니었으니까."

간호사가 내게 그의 이름을 묻는다. 내가 말하고 스펠링까지 일러준다. 그들이 그의 이름을 입력하는 소리가 들린다.

"농," 한 간호사가 말한다. "파지시."* 그가 고개를 젓는다.

"아탕데." 다른 간호사가 말한다. 잠깐만요.

그가 자판을 조금 더 두드려본다. 그가 렌에게 하는 말을 나는 알아듣지 못한다. 그러다가 한 구절이 들려온다. 날짜다. 빌럼과 내가 함께 보낸 다음날. 우리가 헤어진 날.

숨이 멈춘다. 그가 고개를 들고 그 날짜를 반복해서 말한다.

"네." 내가 대답한다. 그가 이곳에 왔던 날이다. "위."

간호사가 렌에게 무언가를 설명하고 나는 이해하지 못한다. 내가 렌을 돌아본다. "어디 가면 빌럼을 만날 수 있는지 안대?"

---

* '여긴 없어요'라는 뜻.

렌이 다시 간호사에게 묻고 내게 통역해준다. "진료기록은 기밀이래."

"서류를 내줄 필요는 없어. 하지만 빌럼에 관해 무언가 아는 게 있을 거잖아."

"기록은 전부 청구서 발송과에서 보관하고 여기엔 별로 없대."

"뭔가 있을 거야. 이제 성 유다에게 도움을 청할 때인 것 같다."

렌은 팔찌의 장신구를 만지작거린다. 그때 수술 가운과 연구실 가운을 입은 의사 둘이 커피를 들고 문을 밀고 나온다. 렌과 나는 서로를 쳐다본다. 성 유다가 우리에게 두 개의 기적을 일으켜주기로 결정했나보다.

"의사 선생님하고 얘기 좀 해도 될까요?" 형편없는 프랑스어로 내가 간호사에게 묻는다. "혹시 저분들 중에……" 내가 렌에게 돌아선다. "프랑스어로 외과 의사가 뭐지? 아니면 빌럼을 치료했던 의사라는 말은?"

간호사가 내 영어를 조금 이해한 듯 턱을 문지르고는 다시 컴퓨터로 돌아간다. "아, 닥터 로비넷!" 그가 말하며 수화기를 든다. 몇 분 뒤 다시 문이 열린다. 성 유다가 우리에게 보너스를 주기로 했는지, 문을 열고 나온 의사가 연예인처럼 잘생겼다. 곱실거리고 희끗희끗한 머리카락, 섬세하면서도 강인해 보이는 얼굴. 렌이 상황을 설명하기 시작하고 그제야 나는 깨닫는다. 허튼 짓이건 아니건 이 상황은 내가 직접 설명해야 한다는 것을. 상상할 수 있는 가장 심혈을 기울인 프랑스어로 나는 상황을 설명하려 애쓴다. 내 친구, 다쳤어요. 이 병원. 친구. 잃어버렸어요. 찾아야 해요. 완전히 탈진한 상태인데다 형편없는 문장들을 더듬거리는 내 모습은 아마도 원시인 같겠지.

닥터 로비넷은 잠깐 동안 나를 쳐다본다. 그리고 우리에게 문 안쪽의 빈 검사실로 들어오라고 손짓한다. 그는 바퀴 달린 의자에 앉으면서 내게 검사대에 앉으라고 손짓한다.

"안타까운 상황에 처하신 건 알겠습니다만," 그가 완벽한 영국 영어로 대답한다. "환자 기록을 내어줄 순 없어요." 그는 나를 똑바로 쳐다본다. 그의 눈은 밝은 초록빛이고 날카로우면서도 따듯하다. "미국에서 이 먼길을 오셨는데, 정말 죄송하게 됐습니다."

"어딜 다쳤는지는 알려줄 수 있으세요? 차트를 안 보고 얘기해주실 순 없으신가요? 그것도 규율을 어기는 건가요?"

닥터 로비넷은 참을성 있게 미소를 짓는다. "하루에 보는 환자가 수십 명이에요. 더구나 이건…… 일 년 전이라고 했나요?"

내가 고개를 끄덕인다. "네." 나는 양손으로 머리를 감싼다. 내가 얼마나 한심한 짓을 하고 있는지 새삼 깨닫는다. 단 하루. 그리고 일 년.

"인상착의를 좀 설명해주시면 혹시 모르겠네요." 닥터 로비넷이 내게 밧줄을 던진다.

나는 얼른 그 밧줄을 잡는다. "네덜란드 출신이에요. 키가 아주 커요. 6피트 3인치. 그러니까 190센티미터쯤. 75킬로그램이고요. 머리카락 색이 무척 옅어요. 지푸라기 같은 빛깔이에요. 눈동자는 아주 짙은 색이고요. 석탄 빛깔이요. 마른 편이고, 손가락이 길고, 오른쪽 발등에 지그재그 모양의 상처가 있어요." 그의 외모를 설명하다보니 잊고 있던 그의 세세한 특징이 되살아나고 그의 모습이 눈앞에 떠오른다.

하지만 닥터 로비넷에겐 그의 모습이 보이지 않는다. 그는 당혹스러워한다. 그의 관점에서 보면, 수천 명의 환자들 중에 키 큰 금발 남자 하나를 설명하고 있는 것에 불과하다.

"혹시 사진 있어요?"

내가 그려낸 빌럼의 이미지가 방안에 살아 있는 것만 같다. 중요한 일을 기억하기 위해 꼭 카메라가 필요한 건 아니라는 빌럼의 말은 옳았다. 그는 늘 내 마음속에 있었다.

"없어요." 내가 말한다. "하지만 여기서 상처를 봉합했다고 했어요. 한쪽 눈이 멍들었고요."

"우리가 받는 환자들 대부분이 그래요." 로비넷이 말한다. "정말 미안합니다." 그가 의자에서 일어나는데 무언가가 바닥에 떨어진다. 렌이 유로화 동전을 주워 그에게 건넨다.

"잠깐! 동전으로 이런 장난을 했어요. 손마디 위에 동전을 올리고 균형을 잡을 줄 알았어요. 이렇게요. 한번 보여드릴까요?" 내가 동전을 들고 손마디로 동전을 튕기는 시범을 보인다.

나는 닥터 로비넷에게 동전을 돌려준다. 그가 손바닥 위에 동전을 올려놓고 잠시 바라본다. 마치 희귀한 동전을 보듯이. 그가 동전을 하늘로 획 던졌다가 잡는다. "코모시옹 세레브랄!" 그가 말한다.

"네?"

"뇌진탕!" 렌이 통역한다.

"뇌진탕?"

그가 검지를 들고 천천히 돌린다. 마치 깊은 우물에서 정보를 끌어올리듯. "뇌진탕이었어요. 그리고 내 기억이 맞는다면, 얼굴이 찢어졌고요. 상태를 두고 봐야 했기 때문에 병원에 있으라고 했죠. 뇌진탕은 자칫하면 심각해질 수 있으니까요. 경찰에 신고하려고 했어요. 공격을 받았다고 했거든요."

"공격을 받았다고요? 왜요? 누구한테요?"

"그건 모르죠. 그런 경우에는 경찰에 신고하는 게 관례인데, 그가 거부했어요. 무척 초조해했어요. 이제야 기억이 나네! 몇 시간 지나니까 가려고 했어요. 바로 가려는 걸 우리가 우겨서 CT촬영을 했어요. 얼굴을 봉합하고 뇌출혈이 없는 걸 확인하고 나니 가겠다고 고집을 피웠어요. 아주 중요한 일이라면서. 안 그러면 그 사람을 놓친다고." 그가 내 쪽으로 돌아선다. 그의 눈이 커다래진다. "그게 당신이었나요?"

"너였네." 렌이 말한다.

"나였어." 내가 말한다. 눈앞에서 검은 점들이 춤추기 시작하고 내 머리가 액체로 변하는 것 같다.

"얘 아무래도 쓰러질 거 같아요!" 렌이 말한다.

"머리를 다리 사이에 넣고 앉아요." 로비넷이 조언한다. 그가 복도에 무어라고 소리를 지르자 간호사가 물 한 잔을 들고 온다. 나는 물을 마신다. 그제야 빙빙 돌던 세상이 멈춘다. 천천히 허리를 펴고 앉는다. 닥터 로비넷이 나를 쳐다본다. 의사로서의 직업의식은 많이 약해진 듯하다.

"하지만 일 년 전이잖아요." 담요처럼 포근한 목소리로 그가 말한다. "일 년 동안 서로 못 본 거예요?"

내가 고개를 끄덕인다.

"일 년 내내 찾았어요?"

나는 고개를 끄덕인다. 어떤 식으로건 나는 항상 그를 찾고 있었다.

"그 친구도 당신을 찾고 있었을 거 같아요?"

"모르겠어요." 정말 모르겠다. 일 년 전에 그가 나를 찾으려 했다 해도 지금도 나를 찾고 있을지, 아니면 내가 찾아주길 바라는지 나는 알 수 없다.

"아셔야죠." 그가 말한다. 알아야 할 걸 모른다고 나를 야단치려나보다 생각하고 있는데, 그가 휴대폰을 꺼내 어디론가 전화를 건다. 통화를 끝내고는 내 쪽으로 돌아선다. "반드시 알아내셔야죠. 수납계 2번 창구로 가세요. 진료기록을 보여줄 순 없지만 주소를 알려드리라고 지시해놓았어요."

"주소가 있어요? 빌럼의 주소가?"

"주소가 있어요. 지금 가서 받아요. 그리고 그 친구를 찾아요." 그가 다시 나를 바라본다. "무슨 일이 있어도, 당신은 알아야 해요."

나는 늦은 오후의 햇살을 받으며 암환자들이 방사선치료를 받는 곳을 지나 병원 밖으로 나간다. 빌럼의 주소를 출력한 종이를 손에 꼭 쥐고서. 아직 펼쳐보지 않았다. 렌에게 잠시 혼자 있고 싶다고 말하고 오래된 병원의 돌남 쪽으로 향한다.

나는 벽돌 건물들 사이에 자리잡은 네모난 잔디밭 앞 벤치에 앉는다. 꽃밭에서 벌들이 춤을 추고 아이들이 뛰어논다. 낡은 병원 건물 벽 사이 공간에도 활기가 넘친다. 나는 손에 쥔 종이를 펴본다. 아무 주소나 적어놓은 걸 수도 있다. 그는 세계 어느 나라에건 있을 수 있는 사람이다. 나는 어디까지 갈 생각일까.

나는 빌럼을 생각한다. 얻어맞은(그가 얻어맞다니!) 상태로 여전히 나를 찾으려 했던 그. 나는 심호흡을 한다. 막 깎은 잔디 냄새가 꽃가루와 도로를 오가는 트럭들의 매연과 뒤섞인다. 나는 내 팔목의 반점을 바라본다.

그리고 종이를 펼친다. 어디로 가게 될지는 모른다. 그러나 그곳이 어디든 나는 갈 것이다.

서른넷

8월

네덜란드 위트레흐트

가이드북에 위트레흐트가 두 페이지 분량으로 나와 있어서 조그맣고 볼품없는 공업도시 정도로 생각했는데, 막상 도착해보니 아름다운 중세풍 도시다. 박공지붕을 얹은 낮은 집들과 선상가옥들이 떠 있는 운하, 인형들이 다닐 것 같은 작고 앙증맞은 골목이 보인다. 유스호스텔은 많지 않다. 그나마 내 형편에 맞는 곳을 하나 발견했는데 알고 보니 호스텔로 개조되기 전에는 스콰트였다고 한다. 그 얘기를 듣는 순간, 마치 우주의 어느 비밀스러운 영역과 교신하는 레이더로 감지하듯 나는 깨닫는다. 그래, 내가 묵을 곳은 바로 여기야.

유스호스텔 남자들은 친절하고 도움이 되고 영어도 완벽하다. 빌럼이 그랬던 것처럼. 그중 한 명은 외모까지 닮았다. 똑같이 각진 얼굴에, 똑같이 도톰한 붉은 입술. 나는 그에게 혹시 빌럼을 아느냐고 묻는다. 그는 모른다고 대답한다. 그에게 내가 찾는 사람과 닮았다고 말했더니, 그는 웃으면서 자기는 네덜란드 남자 절반과 닮았을 거라고 말한다. 그리고 위트레흐트 지도를 주고는 병원에서 알려준 주소로 찾아가는 법을 일러준다. 주소지가 유스호스텔에서 몇 킬로미터 떨어져 있다면서 자전거를 대여하는 게 어떻겠냐고 한다.

나는 버스를 타기로 한다. 빌럼의 집은 레코드가게, 꼬챙이에 고기를 꽂아서 돌려 굽는 전통 식당, 곳곳에 낙서가 있는 변두리 마을에 있다. 몇 번 길을 잘못 들고 나서 보니 철로 맞은편이 주소에 적힌 거리다. 철로 위엔 거의 빈틈없이 낙서로 뒤덮인, 버려진 화물열차 한 대가 서 있다. 길 건너편에 좁고 긴 연립주택 건물이 보인다. 내가 받은 주소에 의하면 빌럼 더 라위터르가 마지막으로 남긴 주소지가 바로 저 건물이다.

입구에 묶인 자전거 여섯 대를 헤치고 연립주택 현관 앞에 선다. 밝은 금속성 파란색으로 칠한 문이다. 나는 잠시 망설이다 벨을 누른다. 눈알처럼 생긴 벨. 이상할 정도로 마음이 차분해진다. 벨소리가 울리고 발자국 소리가 들린다. 빌럼을 꼭 하루밖에 알지 못했지만 빌럼의 발자국 소리가 아니라는 것 정도는 알 수 있다. 그의 발자국 소리였다면 더 가벼웠을 것이다. 갈색 머리를 양 갈래로 땋은, 키가 크고 예쁜 여자애가 문을 연다.

"안녕하세요. 영어 할 줄 아세요?" 내가 묻는다.

"네. 물론."

"빌럼 더 라위터르라는 사람을 찾고 있어요. 여기 산다고 해서 찾아왔어요." 증거를 제시하듯 주소가 적힌 쪽지를 들어 보인다.

나는 안다. 그가 여기 없다는 것을. 긴장이 되지 않아서 아는 걸까. 그녀의 표정에 그를 안다는 기미가 없어도 나는 그다지 놀라지 않는다. "그런 사람 몰라요. 전 올여름에만 이 집을 빌렸어요." 그녀가 말한다. "죄송합니다." 그러고는 문을 닫으려 한다.

지금까지의 경험을 통해 아뇨라든가 죄송합니다가 반드시 도움을 드릴 수 없어요는 아니라는 사실을 알고 있다. 오히려 도움의 시작일 수도 있다. "혹시 그 사람을 아는 사람이 있을까요?"

"사스키아!" 그녀가 외친다. 너무 좁아서 사다리처럼 보이는 계단 꼭대기에 또다른 여자애가 나타난다. 그녀가 계단을 내려온다. 금발에 발그레한 뺨, 푸른 눈동자. 농장 출신 소녀의 풋풋함이 배어난다. 머리카락을 층지게 잘랐고 평범하기 짝이 없는 검은색 울 스웨터를 입었음에도 불구하고 방금 전까지 말을 타거나 밭을 갈다 온 것 같다.

나는 다시 한번 빌럼 더 라위터르를 찾고 있다고 설명한다. 그러자 사스키아는 나를 잘 알지도 못하면서 안으로 들어오라고, 커피나 차를 한잔 대접하겠다고 한다.

우리 세 사람은 잡지들과 봉투들이 잔뜩 쌓인 어지러운 나무 테이블에 앉는다. 사방에 옷가지가 널려 있다. 여럿이 살고 있는 게 분명하다. 그러나 빌럼은 없다.

"그 사람은 여기 실제로 산 적 없어요." 내게 차와 초콜릿을 내어주며 사스키아가 설명한다.

"하지만 그 사람을 아시죠?" 내가 묻는다.

"몇 번 보긴 했어요. 제 친구 중에 리엔이라는 애가 있는데, 로베르트 얀의 친구들 중 한 명의 여자친구였거든요. 하지만 빌럼을 직접 알진 못해요. 아나미크처럼 저도 이번 여름에 이 집에 들어왔거든요."

"그럼 빌럼이 왜 이 집을 자기 주소로 적었을까요?"

"아마 로베르트 얀 때문일 거예요." 사스키아가 말한다.

"로베르트 얀이 누군데요?"

"로베르트는 위트레흐트 대학에 다녀요. 저처럼요. 전에 여기 살았고요." 사스키아가 설명한다. "하지만 지금은 이사 나갔어요. 제가 그의 방으로 들어왔죠."

"그랬군요." 내가 중얼거린다.

"여기처럼 학생들이 사는 집은 늘 사람들이 드나들어요. 하지만 로베르트 얀은 위트레흐트로 돌아올 거예요. 여기 말고 다른 집으로 가겠죠. 미안하지만 어디로 갈지는 몰라요. 어쩌다 그가 살던 방으로 들어온 것뿐이니까요." 그녀가 어깨를 으쓱한다. 그게 전부라는 듯.

나는 손가락으로 낡은 나무 테이블을 두드리며 우편물 더미를 바라본다. "우편물을 좀 확인해봐도 될까요? 혹시 단서가 될 만한 게 있을까 해서요."

"그러세요." 사스키아가 말한다.

나는 우편물을 뒤적인다. 주로 이곳에 살고 있거나 살았던 사람들 앞으로 온 청구서와 잡지, 카탈로그 들이다. 로베르트 얀을 포함해 대여섯 명의 이름이 보이지만 빌럼의 이름은 없다.

"빌럼의 우편물이 여기로 온 적이 있나요?"

"전엔 좀 있었어요." 사스키아가 말한다. "며칠 전에 누가 우편물을 한번 정리했는데, 아마 그때 치웠나봐요. 아까 말했지만 빌럼은 몇 달 동안 여기 안 왔거든요."

"잠깐," 아나미크가 말한다. "빌럼의 이름이 적힌 우편물이 새로 온 걸 본 것 같아요. 아직 문 옆 상자에 있을 거예요."

그녀가 봉투 하나를 들고 온다. 홍보용 우편물이 아니다. 손으로 주소를 적은 편지다. 네덜란드 소인이 찍혀 있다. 그를 찾고 싶지만 사적인 편지까지 뜯어볼 정도로 절박하진 않다. 나는 봉투를 다시 우편물 더미 위에 내려놓다가 그제야 놀라며 깨닫는다. 봉투의 왼쪽 상단에 적힌 발신자 주소는, 낯선 필체로 갈겨쓴 그 주소는, 바로 내 주소라는 걸.

봉투를 들어 램프의 불빛에 비춰본다. 안에 또하나의 봉투가 있다. 열어보니 내가 쓴 편지가 나온다. 빌럼에게 전해달라고 영국의 게릴라 윌로 보냈던 그 편지. 여러 개의 소인과 X표가 쳐진 주소, 봉투에 붙인 테이프로 보아 여러 번 부쳐진 게 분명하다. 혹시 첨부된 내용이 있나 확인해보려고 편지를 펼쳐보지만 내가 쓴 편지 그대로다. 여러 차례 읽히고 다른 사람에게 넘겨진 게 분명하다.

그런데도 나는 너무나 기쁘다. 그동안 나의 이 작고 보잘것없는 편지도 그를 찾고 있었다. 내 편지의 굳은 의지에 키스를 보내고 싶다.

나는 사스키아와 아나미크에게 편지를 보여준다. 편지를 읽고 그들이 어리둥절한 표정으로 날 쳐다본다. "이 편지, 제가 썼어요." 내가 말한다. "다섯 달 전에. 처음으로 그 사람을 찾으려고 했을 때 쓴 편지예요. 영국 주소로 보냈는데, 여기까지 왔네요. 저처럼." 그 말을 하는 순간, 다시 한번 그 느낌이 밀려든다. 내가 길을 제대로 들었다는 느낌. 내 편지와 나는 같은 곳에 이르렀다. 비록 그가 있는 곳은 아니지만.

사스키아와 아나미크가 서로를 쳐다본다.

"전화해볼게요." 사스키아가 말한다. "로베르트 얀을 찾는 걸 도와줄 수 있어요."

두 사람이 위층으로 올라간다. 컴퓨터 켜는 소리가 들린다. 사스키아가 통화하는 소리가 들린다. 이십 분쯤 뒤 두 사람이 돌아온다. "8월이라 다들 여행중인데, 하루나 이틀 내로 로베르트 얀과 연락이 닿을 거예요."

"고마워요." 내가 말한다.

그녀의 눈빛이 반짝인다. 두 사람이 날 바라보는 눈빛이 썩 유쾌하진 않다. "실은, 빌럼을 찾을 더 빠른 방법이 있긴 해요."

"그래요? 어떻게요?"

그녀가 잠시 망설인다. "빌럼의 여자친구."

서른다섯

아나 루시아 아우렐리아노. 그녀의 이름이다. 빌럼의 여자친구. 그녀는 위트레흐트 대학교 부속 단과대학에 다니고 있다.

오랫동안 빌럼을 찾아다녔지만 여기까지 올 줄은 몰랐다. 그동안 나는 실제로 그를 찾는 순간을 일부러 상상하지 않았다. 여자친구가 많을 거라고 짐작은 했지만 그에게 단 한 명의 여자친구가 있을 거란 생각은 하지 못했다. 지금 와서 생각해보면 참으로 어리석은 노릇이다.

물론 그와 다시 사귀려고 여기까지 온 건 아니다. 애당초 우리가 사귀었다고 말할 수도 없다. 그러나 여기까지 왔는데 이대로 돌아서면 평생 후회할 것 같다.

아이러니하게도, 그 여자를 만나야 한다는 확신이 든 건 셀린이 한 말 때문이다. 용감해져야 할 거예요.

도시 한복판에 널찍하게 자리잡은 위트레흐트 대학과는 달리 단과대학 캠퍼스는 규모가 작고 주 캠퍼스와 떨어져 있다고 사스키아가 설명한다. 단과대학은 변두리에 자리잡고 있다. 사스키아가 한사코 타고 가라고 우기는 바람에 그녀의 분홍색 자전거를 빌려 타고 캠퍼스로 가면서, 빌럼의 여자친구를 만나면, 혹은 빌럼을 만나면 무슨 말을 할지 연습해본다.

학생 수가 많지 않고, 학생 대부분이 캠퍼스 기숙사에서 산다. 국제적인 학교라 세계 각국의 학생들이 다니고 있고 모든 수업은 영어로 진행된다. 덕분에 겨우 두 명에게 물어보고도 루시아의 기숙사 위치를 알아낸다.

기숙사 방은 대학 기숙사라기보단 이케아 가구 전시장 같다. 유리 미닫이문 안쪽을 들여다보니 매끄러운 목재의 현대적인 가구들이 놓여 있다. 내가 칼리와 함께 쓰고 있는 따분한 가구들과는 차원이 다르다. 불이 꺼져 있다. 노크하지만 아무도 나오지 않는다. 문 앞에 시멘트로 만든 조그만 층계참이 있고 그 위에 자수를 놓은 쿠션들이 있다. 나는 거기 앉아서 기다린다.

그러다가 잠이 든 모양이다. 고개가 뒤로 젖혀지면서 잠에서 깨어난 걸 보면. 그때 누군가가 방문을 열고 내가 뒤를 돌아본다. 그녀, 그러니까 아나 루시아인 듯한 여자는 아름답다. 길게 물결치는 갈색 머리카락에 장미꽃 같은 입술을 빨간 립스틱으로 강조했다. 셀린과 그녀 사이에서 주눅이 드는 것도 당연하겠지만 그 순간 그런 기분이 들진 않는다.

"무슨 일이시죠?" 그녀가 나를 내려다보며 묻는다. 자기 집 계단에서 잠든 비렁뱅이를 바라보는 눈빛으로.

구름 뒤로 나온 태양이 유리창에 반사되어 강렬한 빛을 만든다. 나는 두 손으로 눈을 가리며 몸을 일으킨다. "죄송해요. 깜빡 잠이 들었나봐요. 아나 루시아 아우렐리아노를 찾고 있어요."

"제가 아나 루시아예요." 그녀가 나의 발음을 정확한 스페인어 발음으로 정정하고 나를 바라보며 눈살을 찌푸린다. "절 아세요?"

"아뇨. 전 앨리슨 힐리라고 해요. 저…… 정말 죄송합니다. 좀 당황스러우시죠? 전 미국에서 왔고, 사람을 찾고 있어요."

"첫 학기세요? 온라인 학생 명부가 있어요."

"네? 아뇨. 전 이 학교 안 다녀요. 전 보스턴에서 대학을 다니고 있어요."

"누굴 찾으시는데요?"

왠지 그의 이름을 말하고 싶지가 않다. 아무 이름이나 지어서 대도 될 텐데. 그러면 저 사랑스러운 말투로 자기 남자친구를 무슨 일로 찾고 있느냐고 묻는 걸 듣지 않아도 될 텐데. 그러나 그러면 나는 집으로 돌아가야 하고 이 긴 여행은 결국 허탕이 된다. 그래서 나는 말해버린다.

"빌럼 더 라위터르."

그녀가 잠시 나를 쳐다본다. 그리고 그녀의 아름다운 얼굴이 일그러지고 화장품 광고에 나올 법한 입술이 벌어진다. 그 완벽한 입술에서 욕설 비슷한 게 튀어나온다. 확실히는 알 수 없다. 스페인어라서. 그러나 그녀는 갑자기 양팔을 내저으면서 속사포처럼 말을 쏟아낸다. 그녀의 얼굴이 벌겋게 달아오른다. 바테! 데하메, 푸타! 그러고 나서 내 양어깨를 잡아 일으키더니 현관에서 날 밀친다. 술 취한 사람을 밀쳐내는 술집 경호원처럼. 내 가방도 던진다. 들어 있던 물건들이 전부 쏟아져나온다. 그녀가 방문을 쾅 닫는다. 유리문으로 할 수 있는 범위 내에서 최대한 요란하게. 그러더니 문을 잠그고 커튼까지 친다.

나는 멍하니 그 자리에 앉아 있는다. 그리고 얼떨떨한 상태로 물건들을 주워 담기 시작한다. 팔꿈치를 살펴보니 넘어지면서 상처가 났다. 팔에는 반달 모양의 손톱 자국이 있다.

"괜찮아요?" 고개를 들어보니 머리카락을 가늘게 여러 갈래로 땋은 예쁜 여자가 몸을 숙이고 내 선글라스를 내민다.

나는 고개를 끄덕인다.

"얼음 같은 거 필요하지 않아요? 방에 좀 있는데." 그녀가 자기 방 쪽으로 돌아서서 걷는다.

머리를 만져보니 혹이 생겼지만 심각하진 않다. "괜찮아요. 고맙습니다."

그녀가 날 바라보며 고개를 젓는다. "설마, 빌럼에 대해 물으신 건 아니죠?"

"그 사람 아세요?" 내가 묻는다. "빌럼을 아세요?" 내가 그녀의 방 쪽으로 다가간다. 문 앞 계단에 노트북과 교과서가 놓여 있다. 물리학 책이다. 양자 얽힘에 관한 페이지가 펼쳐져 있다.

"몇 번 보긴 했어요. 전 이제 2학년이라 빌럼이 학교를 다닐 땐 여기 없었어요. 하지만 아나 루시아를 저렇게 발작하게 만드는 사람은 꼭 한 명뿐이거든요."

"잠깐, 빌럼이 이 학교를 다녔어요?" 처음 만났을 때의 빌럼, 떠돌이 배우였던 그의 모습을 대학생인 그의 모습과 조화시키려 애써본다. 나는 그에 대해 얼마나 아는 게 없는지.

"일 년 동안요. 제가 입학하기 전에. 경제학을 공부했다던데요, 듣기로는."

"그래서 무슨 일이 있었던 거예요?" 나는 대학 얘기를 한 건데 그녀는 아나 루시아에 대해 얘기한다. 빌럼과 아나는 작년에 다시 만나기 시작했지만, 빌럼이 계속 어떤 프랑스 여자를 몰래 만나고 있었다는 사실을 아나가 알게 되었다. 그녀는 대수롭지 않게 이야기한다. 전혀 놀랄 일이 아니라는 듯.

그러나 나는 머리가 빙빙 돌기 시작한다. 빌럼이 이 대학을 다녔다니. 경제학을 공부했다니. 마지막 대목을 이해하기까지 잠시 시간이 필요하다. 아나 루시아와 사귀면서 프랑스 여자와 바람을 피웠다고?

"프랑스 여자요?" 내가 묻는다.

"네. 빌럼은 스페인에서 몰래 그 여자를 만날 생각이었나봐요. 아나 루시아가 빌럼이 자기 컴퓨터로 비행기 티켓을 사는 걸 봤어요. 깜짝선물로 자길 데리고 스페인에 갈 거라고만 생각했죠. 아나의 친척들이 스페인에 있거든요. 그래서 스위스로 휴가 가려던 계획을 취소하고 가족들한테 알렸어요. 가족들이 성대한 파티까지 준비했죠. 그런데 그 비행기 티켓은 아나를 위한 게 아니었어요. 프랑스 여잘 위한 거였죠. 아나는 머리끝까지 화가 나서 캠퍼스 한복판에서 빌럼한테 따지고 들었는데, 그때 진짜 대단했어요. 정확히 그뒤부터 빌럼은 한 번도 나타나지 않았어요. 그런데 머리에 댈 얼음 정말 안 필요해요?"

나는 그녀 옆에 털썩 주저앉는다. 셀린일까? 셀린은 작년 이후 그를 본 적이 없다고 했는데. 하지만 여러 가지 이야기를 했다. 우리 둘 다 빌럼이 어쩌다 한 번씩 들르는 항구라는 말도 했다. 우리 같은 여자들이 널렸다고. 프랑스 여자 하나. 아니, 어쩌면 둘이나 셋. 그리고 스페인 여자 하나. 미국 여자 하나. 세계 각국의 여자들이 항구에서 그에게 손을 흔들고 있겠군. 셀린이 나와 헤어질 때 한 말이 떠오른다. 어쩐지 불길하더라니.

빌럼이 바람둥이고 내가 그의 여러 여자들 중 한 명이라는 건 알고 있었다. 그러나 그가 그날 날 버리지 않았다는 것, 내게 쪽지를 남겼다는 것 역시 알고 있다. 그리고 비록 건성일지언정, 그는 나를 찾으려 애썼다.

나는 엄마가 한 말을 떠올린다. 갖지 못한 걸 갈망하기보다는 지금 가진 것에 감사하라는. 한때 그가 거닐었을 캠퍼스에 서 있자니 엄마 말이 무슨 뜻인지 알 것 같다. 좋을 때 그만둔다는 게 어떤 의미인지 비로소 알 것 같다.

서른여섯

암스테르담

앞으로 전진. 그게 나의 새로운 모토다. 후회는 없다. 돌이킬 수도 없다.

나는 파리를 경유하는 비행기 티켓을 취소한다. 런던에서 곧장 집으로 날아가기 위해서. 파리로 돌아가고 싶지 않다. 다른 곳으로 가고 싶다. 나에겐 유럽에 머무를 시간이 닷새 더 남았고 저가 항공사는 얼마든지 있다. 아일랜드로 갈 수도 있다. 루마니아로 갈 수도 있다. 기차를 타고 니스로 가서 오스트레일리아 친구들과 합류할 수도 있다. 나는 어디든 갈 수 있다.

그러나 어디든 가려면 일단 암스테르담으로 가야 한다. 그래서 먼저 그곳으로 가기로 한다. 분홍색 자전거를 타고.

감사의 표시로 줄 초콜릿 한 상자를 들고 사스키아에게 자전거를 돌려주러 갔다. 그리고 그녀에게 로베르트 얀의 연락처를 알아봐주지 않아도 된다고 말했다.

"원하는 걸 찾았어요?" 그녀가 물었다.

"그렇기도 하고 아니기도 해요."

사스키아는 이해한 것 같았다. 그리고 초콜릿은 받겠지만 자전거는 가지라고 했다. 아무도 쓰지 않는 거라면서, 암스테르담에서 필요할 거라고. 기차를 탈 때 싣고 가도 좋고 다른 사람한테 주어도 좋다고.

"분홍색 '하얀 자전거'네요." 내가 말했다.

그녀가 미소를 지었다. "하얀 자전거 얘기 알아요?"

내가 고개를 끄덕였다.

"그게 지금도 있으면 좋을 텐데."

나는 내 여행을 되돌아보았다. 사람들이 내게 베푼 모든 것들을. 우정, 도움, 조언, 격려, 마카롱. "어떻게 보면 지금도 있는 거 같아요." 내가 말했다.

아나미크는 내게 위트레흐트에서 암스테르담까지 자전거를 타고 가는 방법을 적어주었다. 겨우 25마일 정도 거리고 가는 길 내내 평평한 자전거도로가 이어진다고. 일단 동쪽으로 계속 가다보면 9호선 전차 노선이 보이고, 거기서부터 중앙역까지 전차 노선을 따라 죽 달리다보면 저렴한 유스호스텔이 널려 있는 중앙역에 도착할 거라고.

위트레흐트를 벗어나니 주변 풍경이 공업지구로 변했다가 다시 농장으로 바뀐다. 초록빛 풀밭에 소들이 나른하게 누워 있고 커다란 석조 풍차와 심지어 나막신을 신은 농부도 보인다. 그러나 전원 풍경은 곧 복합 상업지구와 뒤섞이기 시작하고 나는 어느덧 암스테르담 외곽에 도착한다. 아약스라는 거대한 스타디움을 지나고 나니 자전거도로가 날 복잡한 거리에 내동댕이치고 그때부터 모든 게 혼란스러워진다. 부릉거리는 전차 소리가 들린다. 아나미크가 말한 9호선이다. 전차 노선을 따라 길게 뻗은 도로를 따라 달리다가 오스테르파르크를 지나고 플라밍고 한 무리가 모여 있는 것으로 보아 아마도 동물원인 듯한 곳을 지난다. 그러다 커다란 벼룩시장 옆 교차로에서 주위가 어수선해지는 바람에 나는 그만 전차 노선을 놓치고 만다. 뒤쪽에서 차들이 경적을 울린다. 자전거가 차보다 두 배는 많은 것 같다. 나는 계속 전차 노선을 찾아보려 애쓰지만 운하가 원을 그리며 이어지는 것 같고 운하 풍경도 다 똑같다. 모든 운하에 높은 석조 제방이 있다. 수상가옥, 노 젓는 보트와 유리지붕 달린 유람선에 이르기까지 다양한 배들이 염분이 섞인 물에 떠 있다. 믿을 수 없을 정도로 폭을 좁게 지은 박공지붕 단층집들도 지나고, 문을 활짝 열어젖히고 백 년은 된 듯 갈색으로 변색된 실내 벽을 드러낸 작고 아늑한 카페들도 지난다. 오른쪽으로 도는 순간 잿빛 아침에 꽃을 피운 색색의 꽃들이 넘쳐나는 꽃시장이 펼쳐진다.

나는 지도를 꺼내 빙 돌려본다. 도시 전체가 원을 그리며 도는 것 같고 거리 이름들은 알파벳들이 자동차에 치인 것 같다. Oudezijds Voorburgwal. Nieuwebrugsteeg. 나는 완전히 길을 잃었다. 페달을 힘껏 밟아, 가죽 재킷을 걸친 키 큰 남자에게 다가가본다. 자전거에 금발 아기를 태우고 안전벨트를 매어놓았다. 그의 얼굴을 보는 순간, 또 한번 놀란다. 나이가 좀 들었을 뿐 그 역시 또 한 명의 빌럼이다.

내가 길을 묻자 그는 담 광장까지 자기를 따라오라고 한 뒤, 그곳에서 어지러운 원형 교차로를 빠져나가 바르무스트라트 쪽으로 가는 길을 알려준다. 나는 대담하고 충격적인 물건들로 쇼윈도를 꾸민 섹스숍들이 즐비하게 들어선 길을 지난다. 블록 끝에 비교적 저렴한 유스호스텔들이 모여 있다.

유스호스텔 로비는 활기가 넘친다. 당구 치는 사람, 탁구 치는 사람도 있다. 카드 게임을 하는 사람도 있다. 모두가 맥주를 한 잔씩 들고 있다. 점심시간이 아직 멀었는데도. 내가 도미토리를 쓰고 싶다고 하자 검은 눈동자 소녀가 아무 말 없이 내 여권 번호와 돈을 받는다. 실내에서 마약을 금지한다는 안내문에도 불구하고 2층 방엔 마리화나 연기가 자욱하고 눈이 충혈된 남자가 은박지에 가느다란 관을 대고 무언가를 흡입하고 있다. 분명 마리화나도 아니고 법적으로 허용된 마약도 아니다. 나는 배낭을 사물함에 넣고 잠근 뒤 아래층으로 내려가서 거리로 나가 북적이는 인터넷 카페에 들어간다.

삼십 분 사용료를 지불한 다음 저가 항공사 사이트들을 확인한다. 오늘은 목요일. 월요일에 런던에서 집으로 가는 비행기를 탄다. 리스본으로 가는 비행기가 사십육 유로. 밀라노로 가는 것도 있고 크로아티아로 가는 것도 있다. 나는 구글에서 크로아티아를 검색해보고 바위로 뒤덮인 해안과 낡은 등대 사진을 본다. 등대 안에 저렴한 호텔도 있다. 등대 호텔에서 하룻밤을 묵어볼까. 나는 뭐든 할 수 있다.

크로아티아에 대해 아는 게 하나도 없다. 그래서 그곳에 가보기로 한다. 비행기표를 구입하려고 직불카드를 꺼낸다. 그런데 바로 그 순간 다른 창으로 열어놓은 메일함에 새 메일이 들어온다. 렌이 보낸 메일이다. "지금 어디야?"라는 제목.

나는 암스테르담에 있다고 얼른 답한다. 지난주 파리에서 렌과 오스트레일리아 친구들에게 작별인사를 할 때 렌은 마드리드로 가는 기차를 탈 거라고 했고 켈리 일행은 니스로 갈 거라고 했다. 바르셀로나에서 다시 만나자는 얘기도 했다. 그래서 삼십 초 뒤 "설마! 나도!"라는 메일을 받았을 때 나는 깜짝 놀란다. 메일에 렌의 휴대폰 번호가 적혀 있다.

렌에게 전화를 걸면서 나는 미소를 짓는다. "여기 올 것 같더라니!" 그녀가 말한다. "왠지 느낌이 오더라. 어디야?"

"바르무스트라트의 인터넷 카페. 넌 어디야? 스페인 간다고 하지 않았어?"

"계획을 바꿨어. 윈스턴, 여기서 바르무스트라트 얼마나 멀어?" 그녀가 누군가에게 묻는다. "윈스턴은 여기서 일하는 잘생긴 남자야." 그녀가 내게 속삭인다. 뒤에서 남자 목소리가 들린다. 그리고 렌이 비명을 지른다. "우린 지금 오 분 거리에 있어! 담 광장에서 만나자. 그 페니스처럼 생긴 하얀 탑 앞에서!"

나는 윈도 창을 닫는다. 그리고 십 분 뒤, 마치 오래전에 헤어진 가족을 다시 만나듯 렌을 와락 끌어안는다.

"와! 성 안토니오가 일 처리를 빨리 해주셨나보네!" 그녀가 말한다.

"그러게!"

"어떻게 된 거야?"

나는 아나 루시아를 찾은 얘기와 거의 빌럼을 찾을 뻔했지만 이제 찾지 않기로 했다는 얘기를 들려준다. "그래서 이제 크로아티아에 가보려고."

그녀는 실망한 표정이다. "그렇구나. 언제?"

"내일 아침에. 네가 전화했을 때 비행기표 사고 있었어."

"여기 며칠만 더 있자. 같이 여기저기 둘러보는 거야. 자전거 빌리면 돼. 네덜란드 여자애들처럼 한 대 빌려서 둘이 같이 타도 되고."

"나 자전거 한 대 있어." 내가 말한다. "분홍색이야."

"내가 앉을 짐칸도 있어?"

그녀의 미소는 거부할 수 없을 정도로 전염성이 강하다. "있어."

"나하고 같이 있자. 나 요르단 근처 호스텔에 있는데, 방이 딱 욕조만하지만 아주 아늑하고 더블 침대가 있어. 같이 있자."

나는 하늘을 올려다본다. 곧 비가 올 것처럼 하늘이 찌푸렸고 8월 치고는 꽤 쌀쌀하다. 인터넷으로 검색해보니 크로아티아는 29도 정도고 화창하다. 하지만 렌이 여기 있다. 그건 어떤 가능성을 의미하는 걸까? 렌은 수호성인을 믿는다. 나는 우연을 믿는다. 내 생각에 우린 기본적으로 같은 걸 믿고 있다.

나는 유스호스텔 방에서 짐을 챙긴다. 이미 남자 하나가 뻗어 있다. 렌의 호스텔로 가보니 내가 묵는 호스텔보다 훨씬 더 아늑하다. 키가 크고 피부가 어두운 윈스턴이 미소를 지으며 우리를 맞이해줘서 더더욱. 2층 렌의 침대에는 가이드북이 널려 있다. 유럽뿐 아니라 전 세계 여러 나라의 가이드북이다.

"이게 다 뭐야?"

"윈스턴이 빌려줬어. 내 버킷 리스트야."

"버킷 리스트?"

"죽기 전에 꼭 하고 싶은 일들."

나는 파리에서 처음 만났을 때 렌이 했던 수수께끼 같은 말을 떠올린다. 병원이라면 내가 좀 알거든. 렌을 겨우 하루하고 반나절 알았을 뿐이지만 렌을 잃는다는 건 상상조차 할 수 없다. 내 표정을 읽었는지 그녀가 내 팔을 다정하게 어루만진다. "걱정 마. 난 아주 오래오래 살 거니까."

"그럼 왜 버킷 리스트를 만들어?"

"진짜로 죽음이 닥칠 때까지 기다리면 너무 늦잖아."

나는 그녀를 바라본다. 병원이라면 내가 좀 알거든. 그리고 성인들. "그럼 누가?" 내가 나지막이 묻는다.

"우리 언니 프란체스카." 그녀가 종이 한 장을 꺼낸다. 몇 개의 제목과 지명이 적혀 있다. 아름다운 앙젤(파리), 음악수업(런던), 그리스도의 부활(마드리드). 그런 식으로 이어졌다.

"무슨 소린지 통 모르겠다." 내가 종이를 돌려주며 말한다.

"언니는 뭐든 배워볼 기회 자체가 별로 없었지만 그림만큼은 정말 열심히 그렸어. 병원에서도 한 팔에 항암치료 주사를 맞으면서 다른 한 팔엔 스케치북을 들고 있었으니까. 그림을 수백 장 그렸어. 그게 자기가 남기는 유산이라면서. 자기가 죽어도 그림은 남을 테니까. 비록 다락방에라도."

"그야 모르는 일이지." 아트 스쿼트에 있던 그림들과 조각들을 떠올리며 내가 말한다. 어쩌면 언젠가는 루브르박물관에 전시될지도 모를 그림들.

"맞아, 바로 그거야. 프란체스카는 반 고흐나 페르메이르 같은 화가들이 살아 있을 땐 별로 알려지지 않았다가 죽은 후에 유명해졌단 사실에 큰 위로를 받았어. 그 사람들 그림을 직접 보고 싶어 했고. 그래서 지난번에 조금 차도가 있었을 때 우린 토론토, 뉴욕으로 그림들을 보러 갔어. 그다음에는 더 긴 목록을 만들었고."

나는 다시 목록을 본다. "여긴 무슨 그림이 있는데? 반 고흐?"

"언니의 목록에 반 고흐도 있긴 했어. 뉴욕에서 같이 본 〈별이 빛나는 밤〉도 있었고. 여기 있는 페르메이르 작품들 몇 점도 있었는데 프란체스카가 가장 좋아했던 페르메이르 작품은 런던에 있는 거였어. 그리고 그건 프란체스카의 목록이야. 파리 이후엔 제쳐두었어."

"잘 이해가 안 간다."

"난 프란체스카를 사랑해. 언젠간 언니를 위해 그 그림들을 볼 거야. 난 내 삶의 많은 시간을 언니 그늘 속에서 살았어. 그럴 수밖에 없었으니까. 하지만 이젠 언니가 떠났는데도, 난 아직 그 그늘에서 살고 있는 것 같아. 내 말 이해하겠어?"

이상하게도 난 이해할 수 있다. 그래서 고개를 끄덕인다.

"파리에서 널 만난 건 정말 특별한 일이었어. 넌 미친 짓을 하는 평범한 애였으니까. 그게 나한테 영감을 준 거야. 그래서 계획을 바꿨어. 그런 생각이 들더라. 널 만난 게 이번 여행의 목적일지도 모른다는. 어쩌면 프란체스카와 수호성인들이 우리가 서로 만나길 바랐는지도 몰라."

그 말에 나는 소름이 돋는다. "정말 그렇게 생각해?"

"그렇게 생각해. 걱정 마. 부모님한테 내가 한 달 더 있다가 돌아가는 이유가 너 때문이라고 말하진 않을 테니까. 지금 좀 화가 나셨거든."

나는 웃는다. 그 말도 이해한다. "그래서 네 목록엔 뭐가 있는데?"

"내 목록은 프란체스카 목록보다 훨씬 덜 고상해." 그녀가 일기장에서 구겨진 종이를 꺼낸다. 에펠탑 꼭대기에서 남자와 키스하기. 튤립 꽃밭에서 뒹굴기. 돌고래와 수영하기. 오로라 보기. 화산 올라가기. 록밴드에서 노래하기. 부츠 만들기. 스물다섯 명의 친구들을 위해 만찬 준비하기. 친구 스물다섯 명 사귀기. "아직 쓰는 중이야. 계속 추가하고 있는데 벌써 차질이 생기네. 사실 튤립 꽃밭 때문에 여기 왔거든. 그런데 꽃이 봄에만 핀다잖아. 다른 걸 찾아봐야지. 노르웨이의 보되라는 곳에 가면 오로라를 볼 수 있대."

"에펠탑에서 키스하는 건 성공했어?"

그녀의 입술이 조금 짓궂은 꼬마 요정 미소를 짓는다. "성공했지. 네가 떠나던 날 아침에 에펠탑에 갔어. 이탈리아 사람들이 있더라. 그 사람들, 굉장히 협조적이던데?" 그녀가 목소리를 낮춘다. "이름도 안 물어봤어."

"때론 이름을 물을 필요조차 없지." 나도 속삭인다.

서른일곱

우리는 푸짐한 레이스타펠*이 나오는 인도네시아 레스토랑에서 늦은 점심을 먹는다. 미련할 정도로 배부르게 먹고 나서 자전거를 타는 순간 좋은 생각이 떠오른다. 쾨켄호프 공원**의 꽃밭에 견줄 수는 없지만 기분을 낼 수는 있을 것이다. 이십 분 정도 길을 잃고 헤매다가 마침내 아침에 지나친 꽃시장에 도착한다. 상인들이 문을 닫고 있고 엄청난 양의 꽃을 내다버렸다. 렌과 나는 버려진 꽃을 한아름 가져다가 운하 제방 위 구불구불한 보도에 깐다. 렌이 그 위를 뒹군다. 무척이나 행복한 표정으로. 나는 렌의 카메라로, 내 휴대폰으로 렌을 찍으며 웃는다. 그리고 사진을 엄마에게 보낸다.

지나가던 상인들이 엷은 미소를 띠고 렌을 바라본다. 마치 일

---

* 네덜란드의 쌀 요리. 인도네시아에서 기원한 것으로 고기나 야채 따위의 여러 반찬을 곁들인다.

** 봄 꽃축제로 유명한 네덜란드의 세계적 명소.

주일에 두어 번은 있는 일이라는 듯. 수염을 기르고 불룩하게 나온 배 위로 멜빵을 맨 남자가 시들어가는 라벤더를 들고 다가온다. "이것도 가져가렴."

"자, 받아." 내가 향긋한 보라색 꽃들을 그녀 쪽으로 던진다.

"고맙습니다." 내가 남자에게 말한다. 그리고 그에게 렌의 버킷 리스트에 대해 설명한다. 실은 튤립 꽃밭에서 뒹굴고 싶었지만 지금은 철이 아니라 이 정도로 만족하기로 했다는 얘기와 함께.

그는 스웨터에 붙은 꽃잎과 잎사귀들을 떼어내려 애쓰는 렌을 쳐다본다. 그러더니 주머니에 손을 넣어 명함을 꺼낸다. "8월에 튤립 구하기가 쉽진 않지. 하지만 너희가 아침 일찍 일어날 수만 있다면 조그만 꽃밭 정도는 내가 구해줄 수 있단다."

❖ ❖ ❖

다음날 아침, 렌과 나는 새벽 네시에 울리는 알람을 듣고 일어나 십오 분 뒤 아래층으로 내려가서 인적 없는 거리에 미니 트럭을 세우고 기다리는 볼프강을 만난다. 낯선 사람과 차를 타선 안 된다는 부모님의 경고가 떠올랐지만, 조금 황당한 상황이긴 해도 볼프강은 이제 낯선 사람이 아니다. 우리는 그의 좁은 트럭 앞좌석에 끼어 앉은 채 알스메이르의 온실로 향한다. 렌은 흥분해서 깡충깡충 뛴다. 새벽 네시 십오분이고 아직 커피를 마시기 전인데도. 고맙게도 볼프강이 삶은 달걀과 빵, 보온병에 담은 커피를 들고 왔다.

우리는 통속적인 유로팝을 들으며 달린다. 암스테르담 요르단으로 이주해 오기 전에 삼십 년 동안 상선을 탔다는 볼프강의 얘기도 듣는다. "태어날 땐 독일인이었지만 죽을 땐 암스테르담에서 죽어야지." 그가 이를 드러내고 웃으며 말한다.

다섯시가 되자 우리는 비오플로르라는 곳에 도착한다. 온갖 색깔의 카펫이 깔린 쾨켄호프 공원과는 전혀 다르다. 오히려 일종의 집약농업단지처럼 보인다. 나는 렌을 바라보며 어깨를 으쓱한다. 볼프강이 지붕에 태양전지판을 길게 이어 붙인, 축구장 크기만한 온실 앞에 차를 세운다. 장밋빛으로 얼굴이 상기된 요스라는 남자가 우릴 반기고 그가 문을 열어준다. 그 순간 렌과 나는 숨을 헉 들이쉰다.

갖가지 빛깔의 꽃들이 줄지어 피어 있다. 몇 에이커는 될 것 같다. 우리는 화단 사이로 난 좁은 길을 따라 걷는다. 습하고 거름 냄새가 난다. 볼프강이 자줏빛깔, 구름 사이로 비치는 햇살 빛깔, 피 묻은 오렌지처럼 타오르는 듯한 빛깔의 튤립 화단을 가리킨다. 나는 렌을 화단에 남겨두고 돌아선다.

렌은 잠시 멍하니 그 자리에 서 있는다. 그러다가 어느 순간 소리친다. "도저히 믿기지가 않아! 이거 보여?" 볼프강이 날 쳐다보지만 나는 대답하지 않는다. 렌은 우리에게 묻는 게 아니다.

렌이 온실 안을 뛰어다닌다. 향긋한 프리지어가 가득 피어난 또 다른 온실에서도 뛰어다닌다. 나는 사진을 여러 장 찍는다. 어느덧 볼프강이 돌아가야 할 시간이다. 가는 길 내내 아바의 노래를 듣는다. 볼프강은 아바가 에스페란토어로 행복이라는 뜻이라며 UN총회에서 아바의 노래를 틀어야 한다고 말한다.

암스테르담 외곽의 어느 창고에 도착해서야 볼프강의 트럭 짐칸이 여전히 비어 있음을 깨닫는다. "오늘 가게에서 팔 꽃 안 사셨어요?"

그가 고개를 젓는다. "농장에선 안 사. 도매상들한테 경매로 사면 가게까지 배달해주거든." 그가 꽃을 트럭에 싣고 있는 사람들을 가리킨다.

"그럼 저희 때문에 그 먼길을 다녀오신 거예요?" 내가 묻는다.

그가 어깨를 으쓱한다. 물론, 안 될 게 뭐 있어? 라고 말하는 듯한 표정이다. 사람들이 얼마나 친절하고 관대할 수 있는지 이제 익숙해질 때도 됐건만 나는 여전히 놀란다. 그리고 매번 할말을 잃는다.

"제가 오늘 저녁식사 대접해도 될까요?" 내가 묻는다.

그는 고개를 젓는다. "오늘밤은 안 되는데. 폰델 공원에서 하는 공연 보러 갈 거라." 그가 우리를 쳐다보며 말한다. "너희들도 같이 가자. 영어로 하거든."

"왜 네덜란드에서 영어로 공연을 해요?" 렌이 묻는다.

"바로 그게 독일 사람과 네덜란드 사람의 다른 점이지." 볼프강이 대답한다. "독일 사람들은 셰익스피어를 번역해. 네덜란드 사람들은 영어로 보고."

"셰익스피어?" 내가 묻는다. 온몸의 털이 곤두선다. "어떤 연극인데요?"

볼프강이 제목을 채 말하기도 전에 나는 웃음을 터뜨린다. 도저히 있을 수 없는 일이다. 이건 바늘공장에서 어떤 바늘 하나를 찾는 것보다 희박한 일이다. 우주에서 별 하나를 찾는 것보다 더 희박한 일이다. 수십억의 사람들 중에 사랑할 수 있는 한 사람을 찾는 것보다 희박한 일이다.

왜냐하면 오늘밤, 폰델 공원에서 공연되는 작품이 〈뜻대로 하세요〉이기 때문이다. 그리고 나는 생각한다. 이유는 설명할 수 없지만, 그 공연에 그가 출연한다는 데 내 목숨을 걸 수도 있다고.

서른여덟

결국 일 년 만에, 처음 만났을 때와 똑같은 방식으로 그를 만난다. 후덥지근한 황혼의 어느 공원에서, 윌리엄 셰익스피어의 대사를 읊고 있는 그를.

그러나 일 년이 지난 오늘밤, 모든 게 그때와 다르다. 게릴라 윌이 아니다. 무대와 좌석과 조명과 관객이 있는 제대로 된 공연이다. 관객도 많다. 공연장에 도착했을 땐 이미 조그만 원형극장 가장자리의 낮은 울타리 쪽에 설 수밖에 없다.

이 공연에서 그는 더이상 조연이 아니다. 그는 스타다. 내 예상대로 올랜도 역을 맡고 있다. 그가 무대에 올라서는 첫 배우다. 그리고 바로 그 순간부터 무대를 장악한다. 시선을 사로잡는다. 나의 시선만이 아니다. 모두의 시선을 사로잡는다. 그가 첫 독백을 시작하는 순간 관객은 쥐죽은듯 고요해진다. 그 침묵은 공연 내내 이어진다. 하늘이 어두워지고, 나방과 모기가 조명의 불빛 속에서 춤추고, 암스테르담 폰델 공원은 잃어버린 것을 찾을 수 있는 기적의 장소 아든의 숲으로 변한다.

그를 바라보며 서 있자니 마치 그와 나 둘뿐인 것 같다. 빌럼 그리고 나. 그 외의 모든 것들은 사라져버린다. 자전거 벨소리와 전차의 경적 소리도 사라진다. 연못 분수대에서 윙윙거리는 모기들도 사라진다. 내 옆에 앉아 있던 시끄러운 남자들도 어디론가 사라진다. 다른 배우들도 사라진다. 지난 한 해도 사라진다. 나의 모든 의심도 사라진다. 마침내 길을 제대로 들었다는 느낌이 내 몸 구석구석을 채운다. 나는 그를 찾았다. 바로 이곳에서, 올랜도가 된 그를. 지금까지 내게 일어난 모든 일이 날 이곳으로 이끌었다.

그가 연기하는 올랜도는 우리가 수업시간에 연기했던 올랜도와 다르고 보스턴의 배우가 연기했던 올랜도와도 다르다. 그는 섹시하면서도 연약한 올랜도이고 로절린드를 향한 그의 열망은 너무도 생생해서 손으로 만질 수 있을 것만 같다. 그의 몸이 뿜어내는 페로몬이 소용돌이치는 투광조명 속에서 표류하다가 그를 환영하는 나의 축축한 피부에 닿는다. 나의 욕망, 나의 갈망, 그리고 나의 사랑이 나의 맥박 속에서 흘러나와 무대로 향한다. 나는 그 모든 것들이 마치 줄처럼 그에게로 연결되는 상상을 한다.

내가 여기 있는 걸 그가 알 리 없다. 그러나, 미친 소리 같겠지만, 나는 그가 나의 존재를 아는 것만 같다. 그가 읊는 대사 어딘가에서 그가 나를 느끼고 있음을 감지한다. 마치 내가 글레니 교수의 수업시간에 처음 그 대사를 읊으며 무언가를 느꼈던 것처럼.

나는 로절린드의 대사를 꽤 많이 기억하고 있다. 올랜도의 대사도 기억한다. 그래서 배우들과 함께 대사를 읊는다. 마치 나와 빌럼이 둘만의 대화를 주고받는 것처럼.

내가 지닌 작은 힘을 당신과 나누고 싶어요.
행운을 빌어요. 부디 내가 당신을 잘못 안 것이기를!
그럼 날 사랑해줘요, 로절린드.
당신은 날 가질 건가요?
당신은 선한 분인가요?
그러길 바라오.
그녀를 소유하고 나서 얼마나 오랫동안 가질 건지 말해봐요.
영원 그리고 단 하루.

영원 그리고 단 하루.

나는 한 손으로 렌의 손을, 또 한 손으로 볼프강의 손을 꼭 잡는다. 우리 세 사람은 그렇게 사슬처럼 이어진다. 연극이 끝날 때까지 우리는 그렇게 서 있는다. 모두가 해피엔딩을 맞을 때까지. 로절린드는 올랜도와 결혼하고, 올리버는 실리아와 결혼하고 올랜도와 화해한다. 피비는 실비어스와 결혼하고 악한 공작은 구원을 받고 추방당했던 공작은 집으로 돌아온다.

로절린드의 독백과 함께 연극이 끝나고 관객들은 열광적으로 환호하며 박수를 치고 휘파람을 분다. 나는 먼저 렌을 끌어안고, 그 다음엔 볼프강을 끌어안는다. 그의 셔츠에 뺨을 묻고 담배와 꽃과 흙냄새를 들이마신다. 또다른 누군가가 렌과 나를 끌어안는다. 우리 옆에 있던 시끌벅적한 남자들이다. "가장 친한 친구야!" 그들 중 한 명이 소리친다. 장난기 어린 푸른 눈에 키가 다른 사람들보다 머리 하나 정도 작은 남자다. 네덜란드 사람이라기보다는 호빗족 같다.

"누가요?" 렌이 묻는다. 렌은 지금 이 남자 저 남자에게 안기는 중이다. 시끄럽고 술에 취한 것 같은 네덜란드 남자들에게.

"올랜도!" 호빗이 대답한다.

"어!" 렌의 눈이 커다래지고 창백해지면서 마치 진주처럼 빛을 발한다. "어!" 그녀가 내게 말한다.

"혹시 로베르트 얀 씨?" 내가 묻는다.

호빗은 잠시 놀란 표정을 지었다가 이내 싱긋 웃는다. "친구들 사이에선 브로저로 통해요."

"브로저!" 볼프강이 웃으며 나를 돌아본다. "샌드위치 같은 거야."

"브로저가 좋아하는 음식이죠!" 그의 친구 중 한 명이 그의 배를 두드리며 말한다.

브로저 혹은 로베르트 얀이 그의 손을 밀친다. "오늘밤 파티에 오세요. 굉장한 파티가 될 거예요. 내 친구 정말 끝내주지 않았어요?"

렌과 나는 둘 다 고개를 끄덕인다. 브로저 혹은 로베르트 얀은 빌럼이 얼마나 훌륭한 배우인지 신이 나서 이야기한다. 그의 친구도 네덜란드어로 빌럼 이야기를 한다.

"뭐라고 했어요?" 내가 볼프강에게 속삭인다.

"저렇게 행복해하는 모습은 본 적이 없다고. 다 듣지는 못했는데, 아버지 얘길 하는 것 같던데?"

볼프강이 가죽 주머니에서 담배 상자를 꺼내고 담배를 말기 시작한다. 그가 내 쪽을 보지 않고 걸걸한 목소리로 말한다. "배우들이 저기서 나오나봐." 그가 무대 옆 조그만 철문을 가리킨다.

그가 담배에 불을 붙인다. 그의 눈이 반짝인다. 그는 다시 문을 가리킨다.

내 몸은 더이상 고체가 아니다. 작은 먼지 알갱이다. 순수한 전율이다. 그 전율이 나를 극장을 가로질러 무대 옆으로 날아가게 한다. 그곳엔 배우들을 기다리는 관객들이 있다. 사람들이 꽃다발을 내밀고 샴페인병을 내민다. 실리아 역을 맡았던 배우가 환호를 받으며 나와 사람들을 끌어안는다. 그리고 애덤, 그다음엔 로절린드가 나온다. 로절린드는 꽃을 한아름 받는다. 나의 심장이 천둥처럼 울리기 시작한다. 이렇게 가까이 와서도 그를 놓칠 수 있을까?

그러나 그 순간 나는 그의 목소리를 듣는다. 그는 언제나처럼 웃고 있다. 자크 역을 맡았던 남자가 하는 말을 듣고 웃는다. 나는 그를 본다. 전보다 조금 짧아진 머리카락. 어두우면서도 한편으로는 환한 눈동자. 뺨에 난 조그만 상처는 오히려 그의 외모를 돋보이게 한다.

숨이 차서 말이 나오지 않는다. 그동안 내가 그를 지나치게 미화한다고 생각했다. 하지만 오히려 그 반대다. 그동안 잊고 있었다. 그가 얼마나 아름다운지. 그가 얼마나 빌럼 그 자체인지.

빌럼. 그의 이름이 내 목안에서 만들어진다.

"빌럼!" 그의 이름이 크고 맑게 울려퍼진다.

그러나 그 목소리는 내 것이 아니다.

나는 손가락으로 내 목을 만져 확인한다.

"빌럼!"

다시 그 목소리가 들려온다. 그리고 나는 어떤 움직임을 감지한다. 젊은 여자가 사람들 틈에서 뛰어나온다. 달려가 그의 품에 안길 때 그녀가 들고 있던 꽃다발이 바닥에 떨어진다. 빌럼이 그녀를 품에 안는다. 그녀를 꼭 끌어안고 바닥에서 번쩍 들어올린다. 두 팔로 빨간 머리카락의 그녀를 와락 끌어안고 그녀가 귓가에 속삭이는 말에 큰 소리로 웃는다. 두 사람은 빙그르르 돈다. 행복한 결합이다. 사랑의 결합이다.

나는 얼어붙은 듯 그 자리에 서서, 사람들 앞에서 거리낌이 없는 그들의 은밀한 모습을 지켜본다. 마침내 누군가가 빌럼에게 다가가 그의 어깨를 두드리고 여자가 바닥에 내려선다. 그녀는 꽃다발을 집어들어 먼지를 턴다. 해바라기. 나 역시 그를 위해 그 꽃을 골랐을 것이다. 빌럼은 한 팔로 그녀를 안고 그녀의 손에 키스한다. 그녀의 팔이 그의 허리를 뱀처럼 휘감는다. 나는 깨닫는다. 연기하던 그의 몸에서 사랑이 배어나온다고 느낀 것이 틀리지 않았음을. 다만 그 대상을 틀렸을 뿐.

두 사람이 함께 걷는다. 너무도 가까이 내 곁을 스쳐지나가서 그들이 일으킨 바람을 느낄 수 있을 정도다. 우리는 서로 너무나 가까이 있는데 그는 그녀를 보느라 나를 알아보지 못한다. 두 사람은 손을 잡고 북적이는 인파를 피해 정원의 정자 쪽으로 향한다. 나는 여전히 그 자리에 서 있다.

누군가 가볍게 내 어깨를 두드린다. 볼프강이다. 그는 고개를 한

쪽으로 기우뚱하고 나를 바라본다. "다 끝난 거지?" 그가 묻는다.

나는 빌럼과 여자를 본다. 아마 그 프랑스 여자인가보다. 아니면 또다른 여자거나. 두 사람은 무릎을 맞대고 마주보고 앉아 손을 잡고 이야기를 나눈다. 두 사람 이외의 다른 세상은 존재하지 않는다는 듯. 작년에 나와 함께였을 때도 그는 그런 모습이었다. 만약 다른 사람들이 그때 우릴 보았다면 꼭 그렇게 보였을 것이다. 그러나 지금은 내가 그 다른 사람들이 되었다. 나는 다시 한번 두 사람을 본다. 내가 있는 곳에서도 그녀가 그에게 특별한 존재임을 느낄 수 있다. 그가 사랑하는 여자다.

나는 파멸의 순간을 기다린다. 일 년을 간직해온 희망이 무너지기를, 슬픔이 밀려들기를 기다린다. 그리고 마침내 느낀다. 그를, 혹은 내가 생각했던 그를 잃는 고통을. 그러나 그 고통과 함께 또 다른 무언가가 솟아오른다. 처음엔 조용하다. 그래서 나는 긴장한다. 그러나 그때 조용히 문 닫히는 소리가 들린다. 그리고 너무도 놀라운 일이 벌어진다. 바람 없는 고요한 밤에 한차례 바람이 분 것이다. 마치 천 개의 문이 동시에 활짝 열릴 때처럼.

나는 마지막으로 빌럼을 바라본다. 그리고 볼프강에게로 돌아선다. "다 끝났어요." 내가 말한다.

실은 그 반대라고, 나는 생각한다. 이제부터 시작이라고.

서른아홉

눈부신 햇살에 잠에서 깨어난다. 여행용 알람시계를 흘금 쳐다본다. 정오가 다 되었다. 네 시간 내로 나는 떠난다. 렌은 며칠 더 머물기로 했다. 특이한 박물관을 몇 군데 찾았다면서 꼭 가보고 싶다고 한다. 한 곳은 중세 고문 박물관이고 또 한 곳은 핸드백 박물관이다. 윈스턴이 그녀에게 구두 만드는 법을 가르쳐줄 사람을 안다고 하는 바람에 렌은 일주일 더 머물기로 했다. 그러나 나에겐 사흘이 남았고 크로아티아로 가기로 마음을 정했다.

오늘밤에 크로아티아에 갔다가 월요일 아침 일찍 출발해서 집으로 가는 비행기를 탈 것이다. 크로아티아에서는 꼭 하루를 보내게 된다. 그러나 나는 하루 동안 어떤 일들이 벌어질 수 있는지 알고 있다. 무슨 일이든 일어날 수 있다.

렌은 내가 실수하는 거라고 말한다. 렌은 빨간 머리 여자와 함께 있는 빌럼을 보지 못했고 그래서 자꾸만 애인이 아닐 수도 있다고,

어쩌면 여동생일 수도 있다고 우겨댄다. 나는 나나 지금의 렌처럼 빌럼도 혼자라고 굳이 말하지 않는다. 어젯밤 내내 렌은 내게 파티에 가서 상황을 제대로 알아보라고 했다. "그 사람 집 어딘지 알아. 로베르트 얀이 알려줬어. 어디냐 하면…… 길 이름은 기억 안 나는데, 네덜란드 말로 '벨트'랬어. 189번지."

나는 양손을 든다. "그만 좀 할래? 안 간다니까."

"하지만 한번 상상해봐." 그녀가 말한다. "만약 네가 전에 빌럼을 만난 적이 없다면? 그래서 브로저가 파티에 초대했을 때 우리가 거기 갔다면, 그리고 너희 둘이 거기서 처음 만나서 사랑에 빠졌다면? 그렇게 될 수도 있었잖아."

멋진 얘기다. 정말 그렇게 되었을까? 궁금하다. 만약 우리가 오늘 만난다면 사랑에 빠지게 될까? 내가 정말 그와 사랑에 빠지긴 했던 걸까? 아니면 그저 그를 둘러싼 미스터리에 심취했던 걸까?

그 순간 나는 또다른 무언가가 궁금해진다. 만약 이 황당한 여행이 빌럼을 찾기 위한 게 아니었다면? 혹시 다른 누군가를 만나기 위한 것이었다면?

❖ ❖ ❖

옷을 입고 있는데 렌이 문을 열고 종이봉투를 내민다. "어이, 잠꾸러기! 내가 아침 준비했다! 실은, 윈스턴이 만들었어. 네덜란드식 아침이래."

내가 봉투를 받아든다. "고마워." 나는 렌을 바라본다. 렌이 미친 사람처럼 실실 웃고 있다. "윈스턴이 만들었다고?"

렌이 얼굴을 붉힌다. "방금 퇴근했는데, 오늘 네가 떠나는 대로 날 자전거에 태워서 구두 만드는 자기 친구한테 데려가주겠대." 그녀가 말한다. 그녀의 미소가 얼굴을 반으로 갈라놓을 정도로 커다랗다. "그리고 내일은, 아약스 스타디움에 축구 경기 보러 가재." 그녀가 잠시 말을 멈춘다. "내 목록에 있는 건 아닌데, 혹시 알아?"

"맞아. 모르는 일이지. 나도 곧 떠나야 돼. 그러니까 넌 어서……"

"너 비행기 타려면 아직 멀었잖아."

"괜찮아. 일찍 갈 거야. 여기 공항이 아주 근사하대."

나는 내 물건들을 챙겨 렌과 함께 아래층으로 내려간다. 윈스턴이 기차역 방향을 알려준다.

"공항이나 기차역까지 같이 안 가도 괜찮겠어?" 렌이 묻는다.

나는 고개를 젓는다. 내일 다시 만날 사람처럼, 렌이 분홍색 자전거를 타고 사라지는 걸 보고 싶다. 렌은 나를 꼭 끌어안고 네덜란드 사람처럼 세 번 키스한다. "토트 진스!" 그녀가 말한다. "네덜란드 말로, 이따 보잔 뜻이야. 우린 작별인사 하는 게 아니니까." 나는 목 밑에서 울컥 치밀어오르는 울음을 삼킨다. 윈스턴이 커다란 검은색 자전거에, 렌은 조그만 분홍색 자전거에 올라탄다. 두 사람은 함께 페달을 밟는다.

나는 배낭을 메고 기차역까지 짧은 거리를 걷는다. 스키폴 공항으로 가는 기차는 십오 분 간격으로 있다. 나는 티켓 한 장과 차 한 잔을 산 다음 아침을 먹기 위해 딸깍거리는 현황판 아래 앉는다.

아침식사를 열어보고 나는 웃음을 터뜨린다. 윈스턴은 내게 하헬슬라흐 샌드위치를 만들어준 모양이다. 이 샌드위치에 대해 빌럼과 참 많은 얘기를 나누었지만 정작 먹어본 적은 없다.

나는 샌드위치를 한입 베어 문다. 초콜릿 알갱이가 입안에서 부서지고 버터가 아직 따듯한 빵과 함께 녹는다. 뒷맛이 꼭 그를 닮았다.

시간이 액체라는 말이 어떤 의미인지 비로소 알 것 같다. 지난 한 해가 내 눈앞에서 흐르고 응고되고 팽창한다. 나는 이곳 암스테르담에서 하헬슬라흐를 먹으면서, 동시에 내 허리에 손을 얹은 그와 함께 파리에 있고, 한편으로는 런던행 기차를 타고서 전원 풍경을 바라보고 있고, 또 한편으로는 〈햄릿〉을 보기 위해 줄을 서 있기 때문이다. 나는 빌럼을 본다. 운하 선착장에서 나를 바라보던 그. 기차에서 청바지에 얼룩이 지기 전, 내가 얼룩을 남기기 전의 그. 파리로 가는 기차에서 수만 가지 웃음을 보여주던 그.

현황판이 움직이고, 나는 고개를 들어 올려다본다. 그리고 전혀 다른 시간을 상상해본다. 그 시간 속에서 빌럼은 좋을 때 멈춘다. 그 시간 속에서 그는 내 아침식사에 대해 아무 말도 하지 않는다. 그 시간 속에서 그는 날 파리로 데려가는 대신 런던 기차역에서 작별인사를 한다. 그 시간 속에서 그는 스트랫퍼드어폰에이번에서 내게 말을 걸지 않는다.

그리고 그 순간 나는 그가 내게 얼룩을 남겼음을 깨닫는다. 내가 아직도 그와 사랑에 빠져 있건, 그가 한 번이라도 나와 사랑에 빠진 적이 있건, 그가 지금 누구를 사랑하건 상관없다. 빌럼은 내 삶을 바꾸어놓았다. 그는 내게 길을 잃는 법을 가르쳐주었고 나는 길을 찾는 법을 스스로 터득했다.

우연은 적절한 말이 아닐지도 모른다. 기적이 더 맞는 말일지도.

아니, 기적이 아닐지도 모른다. 아마 이런 게 삶일 수도 있다. 우리가 마음을 열었을 때 펼쳐지는 삶. 삶의 행로에 우리 자신을 내려놓았을 때의 삶. 예스라고 말할 때 펼쳐지는 삶.

이 먼길을 오고도 어떻게 그에게 말하지 않을 수 있을까. 누구보다도 이 모든 걸 잘 이해할 그에게. 그날 전단을 나누어주고, 〈햄릿〉을 보지 말라고, 살 것인지 말 것인지, 그게 중요한 게 아니라 어떻게 살 것인지가 중요하다고 일깨워준 그에게.

이 먼길을 오고도 어떻게 용기를 내지 않을 수 있을까.

"실례합니다." 나는 물방울무늬 드레스에 카우보이 부츠를 신은 여자에게 묻는다. "암스테르담에 이름이 네덜란드어로 벨트인 동네가 있나요?"

"케인투르반." 그녀가 대답한다. "25호선 전차 타세요. 역 바로 앞이에요."

나는 기차역 밖으로 나가서 25호선 전차를 타고 운전기사에게 케인투르반 189번지에 가려면 어디서 내려야 하느냐고 묻는다. "사르파티 공원 근처예요." 그가 대답한다. "알려드릴게요."

이십 분 뒤, 나는 공원에서 내린다. 공원 안에는 널찍한 모래밭이 딸린 조그만 놀이터가 있다. 나는 놀이터 나무 그늘에 앉아 용기를 끌어모은다. 어린아이 둘이 앉아 공들여 만든 모래성의 마무리 손질을 하고 있다. 몇 피트는 되어 보이는 모래성에는 크고 작은 탑들과 도랑들이 있다.

나는 일어서서 건물로 향한다. 그가 정말 여기 사는지는 확실치 않다. 그러나 제대로 찾아온 것 같은 느낌은 그 어느 때보다 또렷하다. 세 개의 벨이 있고 나는 맨 끝 벨을 누른다. 인터콤에서 여자의 목소리가 나온다.

"안녕하세요." 내가 말한다. 그러나 말을 더 잇기도 전에 문이 열린다.

나는 어둡고 퀴퀴한 복도로 들어선다. 문이 열리고, 내 심장은 제멋대로 뛰지만, 그가 아니다. 나이든 여자가 나오고 그녀의 발꿈치에서 개 한 마리가 사납게 짖어댄다.

"빌럼?" 내가 그녀에게 묻는다. 그녀는 엄지손가락을 위로 들어 올리고 문을 닫는다.

나는 가파른 계단을 올라 2층으로 향한다. 이 건물에는 두 집이 더 있다. 그러니까 이 집일 수도 있고 윗집일 수도 있다. 그래서 나는 잠시 문간에 서서 안에서 들려오는 소리를 듣는다. 나지막이 흘러나오는 음악을 제외하면 조용하다. 내 심장이 다시 빠르고 힘차게 뛰기 시작한다. 마치 빙빙 도는 레이더처럼. 여기야, 여기야, 여기야.

노크하는 손이 조금 떨린다. 첫 노크 소리는 미약하다. 구멍을 파낸 통나무에 노크한 것 같다. 나는 주먹을 꽉 쥐고 다시 노크한다. 그의 발자국 소리가 들린다. 그의 발에 난 상처가 떠오른다. 오른쪽이었나? 아니면 왼쪽? 발소리가 가까워진다. 심장이 더 빨리 달린다. 발소리보다 두 배는 더 빨리.

문이 열리고, 거기 그가 있다.

빌럼.

그의 큰 키가 내게 그림자를 드리운다. 마치 첫날처럼. 우리가 실제로 만났던 유일한 또다른 날처럼. 그의 눈동자, 그 짙은 눈동자, 수많은 비밀의 스펙트럼을 지닌 어두운 눈동자가 휘둥그레지고 입이 벌어진다. 그가 숨을 들이켜는 소리가, 헉하며 이 상황의 충격을 들이켜는 소리가 들린다.

그는 문간에 서서 마치 유령을 보듯 나를 본다. 어쩌면 난 정말 유령인지도 모른다. 하지만 그가 셰익스피어를 조금이라도 안다면, 유령은 언제든 나올 수 있다는 것도 알 것이다.

온갖 질문과 대답이 그의 표정에서 충돌하는 동안 나는 그저 그를 바라본다. 그에게 하고 싶은 이야기가 너무나 많다. 어디서부터 시작해야 할까.

"안녕, 빌럼." 내가 말한다. "내 이름은 앨리슨이야."

그는 아무 말도 하지 못한다. 그저 그곳에 가만히 서서 날 바라본다. 그러다 한쪽으로 비켜서며 문을 활짝 연다. 내가 들어갈 수 있을 만큼 활짝.

나는 그 문으로 들어선다.

감사의 말

이 책은 셰익스피어로 시작한다. 따라서 감사의 말도 태머라 글레니로 시작하려 한다. 내가 셰익스피어가 나오는 이야기를 쓰고 있다고 했을 때, 태머라는 곧바로 내가 참고할 만할 희곡들을 적어주었고, 그 연극들 중 몇의 티켓을 사주었으며—운명의 연극 〈뜻대로 하세요〉를 포함해서—황당할 정도로 모호한 수많은 질문에 특유의 열정과 너그러움으로 답해주었다.

그뒤로 이 책은 프랑스로 건너간다. 셀린 포르와 필리프 로비네에게 감사를 전한다. 그들은 앨리슨과 빌럼의 파리를 발견하도록 도와주었고 "아가리 닥쳐" 같은 말을 프랑스어로 어떻게 하느냐고 물었을 때에도 눈 하나 깜빡이지 않았다. 로랑스 셰클레도 이 책에 등장하는 번역의 상당 부분을 도와주었다. 미리 엘리자 그라맹은 완벽한 프랑스 밴드 이름을 짓는 것을 도와주었다. 병원 투어를 도와준 테일리 미스, 이 모든 것을 지휘해준 윌리 레비태너스, 퍼트

리샤 로스, 줄리 로스에게도 감사한다.

그다음 우리는 네덜란드로 간다. 헬레인 부투와 엠커 스파우벤은 환상적인 위트레흐트 여행으로 앨리슨과 빌럼의 이야기를 반짝이게 할 세부사항들을 채워주었다. 나의 형부 로베르트 스함하르트는 네덜란드에 관한 구체적인 정보를 주었고 그 자신의 정체성과 관련된 몇 가지 중요한 면을, 심지어 그의 별명까지도 사용할 수 있게 해주었다. Hartelijk bedankt! 감사합니다!

다시 본토로 돌아와서, 독창적인 편집자 줄리 스트라우스 게이블은 내가 어떤 책을 써야 하는지 또 한번 깨우쳐주었고, 과연 내가 이 작품을 쓸 수 있을지 회의가 들 때마다 든든한 지원군이 돼주었다. 그녀는 "난 걱정 안 해요"라고 자주 말했다. 혼란에 빠질 때마다 그 말이 얼마나 큰 힘이 되었는지 모른다. 걱정 안 해줘서, 그리고 걱정해줘서 고마워요! 더턴 팀의 다른 특별한 멤버들—리자 캐플런, 스코티 바우디치, 대니엘 덜레이니, 데버러 캐플런, 로잰 라우어, 엘리스 마셜, 에밀리 로메로, 돈 와이즈버그, 그리고 펭귄 영 리더 그룹의 놀라운 세일즈마케팅 팀, 멋진 학술서 및 총서 팀, 뛰어난 온라인 팀, 그리고 환상적인 현장 실무자들에게도 감사를 전한다. 자신들이 만드는 책에 대한 애착이 대단한 사람들이다.

세라 번스는 나의 에이전트이자 옹호자이고, 현실감각을 일깨워주는 사람, 나의 엄마 곰, 그리고 무엇보다도 지적이고 너그러운 친구다. 나의 모든 면을, 나아가 나의 주인공들과 작품들까지도 구석구석 이해하는 친구가 있다는 사실에 감사한다. 로건 개리슨, 리베카 가드너, 윌 로버츠의 막강한 팀은 내 책을 내가 한 번도 꿈꾸어본 적 없는 곳까지 끌어올려주었다. 그들보다 더 멋지고 똑똑한 불도그 팀은 아마 상상할 수도 없을 것이다.

이저벨 키리아코에게, 무엇보다도 내가 스페인어로 훨씬 더 유창하게 욕을 할 수 있도록 도와준 것에 감사한다. 나의 어린 지지자, 특히 리바 브레이와 스테퍼니 퍼킨스에게 감사한다. 그들은 작가와 동등한 입장에서 필요한 처방을 내려주었다. 즉, 많이 들어주었고 때로는 레이저광선처럼 예리한 질문과 지적을 해주었다. (보험 처리도 해줄 거라 믿는다.) 니나 라쿠어, E. 록하트, 샌디 런던, 마거릿 스톨, 로빈 와서먼을 포함하여 내가 복잡한 이야기의 실마리에 대해 종알거리는 걸 들어준 모든 이에게 감사한다. 행여 내가 놓칠세라 고삐를 잡고 있어준 오놈 에도디 디소웨, 빅토리아 힐 그리고 BK/BNS의 모든 직원들에게 감사한다. 이 책이 진정 무엇에 관한 책이어야 하는지 이해하도록 도와준 베로니카 브로드스키에게 감사한다. 나와 첫 여행을 함께해준 리베카 하워스에게도 감사한다. 우리에게도 앨리슨과 멜라니의 갈등 같은 순간이 있었지만 다행히 반대편 출구로 빠져나왔다. 내 글을 읽어주고 손을 잡아주고 나와 함께 셰익스피어를 공부해준 마저리 잉걸에게도 감사한다.

기왕 얘기가 나왔으니, 이미 오래전에 작고해 무덤에서 우리의 충성이나 찬사를 받을 리 없지만 셰익스피어에게도 감사하고 싶다. 그가 이 책의 놀라운 장면을 만들어주었고 다양한 각도로 연구해볼 희곡을 남겨주었다. 이 책의 집필을 막 시작할 무렵 때마침 뉴욕시티에서 〈뜻대로 하세요〉를 공연해준 로열셰익스피어 극단에 감사한다. 나를 「심벌린」과 연결해주고 이 책과 다음 책의 집필에 큰 도움을 준 피아스코시어터 극단에도 감사한다.

여행에 대한 애정을 물려주시고, 고등학교 졸업 후 '일생일대의 대학'에 진학하기 위해 유럽행 편도 티켓을 끊은 딸을 자랑스러워해주시고, 나 혼자 힘으로, 나의 경제력으로, 적어도 몇 년간 여행할 수 있는 방법을 가르쳐주신 부모님께 감사드린다. 나름의 방식으로 언제나 동생의 치어리더이자 지원자가 되어준, '예스'라고 말하는 법을 가르쳐준 언니 타마와 오빠 그레그에게도 감사한다. 캐런과 데타, 리베카, 해나, 리엄, 루시 그리고 모든 친지들에게 감사한다.

지난 몇 년 동안 여행에서 만났던 모든 이들에게 감사한다. 그들 중 몇은 지금도 연락하고 있고, 몇은 이 책에 등장하고, 또 몇은 내 삶의 궤도를 바꾸어놓았다. 당신들이 없었다면, 나는 지금 이 글을 쓸 수 없었을 것이다.

가상의 짐을 꾸려 나와 함께 여행을 떠나주는 독자들에게 감사한다. 여러분이 없었다면 나는 지금 이 글을 쓸 수 없었을 것이다.

마지막으로 닉, 윌라, 그리고 덴벨에게 감사한다. 그들이 현재 내 여행의 동반자들이다. 얼마나 신나고 멋진 여행인가.

옮긴이의 말

우연히 만난 청춘 남녀가 아름다운 파리의 골목길을 자전거로 달린다. 노을 지는 센 강의 물과 함께 흐르고, 한적한 공원의 풀밭에 풀과 함께 눕는다. 어제와 이어지지도, 내일로 향하지도 않는, 어느 완벽한 하루에.

소설 『저스트 원 데이』는 우리가 상상할 수 있는 모든 여행의 이미지들과 셰익스피어의 대사들이 기가 막히게 어우러진 사랑 이야기다. 그러나 소설 전반에 걸쳐 흐르는 삶과 여행에 대한 작가의 단상은 결코 흔하지도, 가볍지도 않다. 단언컨대 작가는 여행이야말로 삶의 묘약임을 알고 있다.

대학 입학을 앞둔 앨리슨은 단짝과 함께 별다른 기대도 감흥도 없이 유럽 여행길에 오른다. 일정에 따라 무리 지어 다니는 관광에 싫증을 느낄 무렵, 우연히 네덜란드 출신의 연극배우 빌럼을 만난다. 앨리슨은 틀에 박힌 자신의 삶과는 대조적으로 자유분방한 방랑자의 삶을 살고 있는 빌럼에게 무작정 마음이 끌리고 그가 제안한 파리 여행을 충동적으로 수락한다.

낯선 남자와 함께한 단 하루의 파리 여행은 앨리슨에게 그동안 알지 못했던 자신의 모습과 조우하는 특별한 시간이 되지만, 두 사람의 만남은 지속되지 않는다. 결국 앨리슨은 혼란과 절망 속에서 파리를 떠나게 되고, 반듯하게 정리된 것처럼 보였던 그녀의 삶은 그날 이후 자꾸만 삐거덕거린다. 단 하루일지언정, 앨리슨은 빌럼이 그립고 빌럼의 곁에서 진정으로 살아 있던 그날의 자신이 그립다. 마침내 앨리슨은 또 한번의 여행을 준비한다. 빌럼을 만나고 그날의 자신을 만나기 위한 여행이며, 제대로 길을 잃기 위한 여행을.

이 소설의 듀엣 소설이자 남자 주인공의 관점으로 쓴 『저스터 원 이어』도 번역중이다. 각기 다른 삶의 행로 속에서 단 하루가 포개진 두 사람의 이야기가 애틋하고도 아름답다. 같고도 다른 하루의 여행을 모티브로 젊은 남녀의 삶과 사랑이 담긴 두 권의 장편을 써낸 작가의 기획력과 필력이 놀랍다.

"아주 멀리 떠나라. 비로소 너 자신을 만날 것이다."
이 소설을 번역하면서 여러 번 떠올렸던 말이다. 낯선 나를 발견하고 사랑하게 된다는 점에서, 여행은 사랑을 닮았다. 그리고 이 소설에는 그 두 가지가 담겨 있다.

우리 삶의 모든 나날들이 특별할 수는 없겠지만, 단 하루의 특별한 날은 수많은 삭막한 나날들을 밝힌다. 마치 사막에 숨어 있는 우물처럼.

어쩌면 여행이야말로, 그 특별한 하루들을 우리 삶 곳곳에 안배하는 묘약은 아닌지.

소설을 덮으며 나는 나에게 묻는다.

단 한 번뿐인 인생.

'관광객'이 아닌 '여행자'로 살고 있는가.

이진

옮긴이 **이진**
이화여자대학교에서 문헌정보학을 전공하고 광고대행사에서 근무하다가 현재 전문 번역가로 활동하고 있다. 『어디 갔어, 버나뎃』『미니어처리스트』『우리에겐 새 이름이 필요해』『사립학교 아이들』『열세 번째 이야기』『잃어버린 것들의 책』『658, 우연히』『갈림길』『비행공포』『페러그린과 이상한 아이들의 집』 등 80여 권의 책을 번역했다.

문학동네 세계문학
저스트 원 데이

초판인쇄 2016년 9월 29일 | 초판발행 2016년 10월 10일

지은이 게일 포먼 | 옮긴이 이진 | 펴낸이 염현숙
책임편집 윤정민 | 편집 홍유진 양재화
디자인 김선미 이원경 | 저작권 한문숙 박혜연 김지영
마케팅 정민호 이미진 정진아 김혜연 | 홍보 김희숙 김상만 이천희
제작 강신은 김동욱 임현식 | 제작처 영신사

펴낸곳 (주)문학동네
출판등록 1993년 10월 22일 제406-2003-000045호
주소 10881 경기도 파주시 회동길 210
전자우편 editor@munhak.com | 대표전화 031) 955-8888 | 팩스 031) 955-8855
문의전화 031) 955-1927(마케팅) 031) 955-2634(편집)
문학동네카페 http://cafe.naver.com/mhdn | 트위터 @munhakdongne

ISBN 978-89-546-4236-1 03840

www.munhak.com